# DONGSUH MYSTERY BOOKS 30

A MURDER IS ANNOUNCED

# 예고살인

애거서 크리스티/박용숙 옮김

동서문화사

옮긴이 박용숙(朴容淑)

중앙대 국문학과 졸업. 〈자유문학〉에 단편 《부록》으로 문단 데뷔. 중앙일보 신춘문예 미술평론 당선 미술평론 활동. 홍익대·동덕여대 교수 역임. 지은책 《구조적 한국사상론》 작품집 《순례자》《꿈을 꾸는 버러지》

DONGSUH MYSTERY BOOKS 30

예고살인

애거서 크리스티 지음/박용숙 옮김

1판 1쇄 발행/1977년 12월 1일

1판 2쇄 발행/2003년 1월 1일

2판 2쇄 발행/2010년 10월 1일

발행인 고정일/발행처 동서문화사

창업 1956. 12. 12. 등록 16-345(윤)

서울강남구신사동 540-22 ☎ 546-0331~6 (FAX) 545-0331

www.epascal.co.kr

\*

편찬·필름·제작 일체 「동판」 자본으로 이루어짐에 따라

출판권 소유권자 「동판」에서 제조출판판매 세무일체를 전담합니다.

사업자등록번호 211-90-02201

ISBN 978-89-497-0111-0 04840

ISBN 978-89-497-0081-6 (세트)

# 예고살인

## 차례

'감미로운 죽음'을 처음으로
맛보신 랄프와 앤 뉴만에게 바침

등장인물

미스 마플   세인트 메리 미드 마을에 사는 할머니. 이 작품의 탐정

미스 블랙록   리틀 패독스의 주인

돌라 배너   블랙록의 친구

패트릭 시몬스 ⎫
줄리아 시몬스 ⎬ 블랙록의 육촌 동생

필리퍼 헤임스   리틀 패독스에 함께 사는 전쟁 미망인

미치   리틀 패독스의 하녀

스웨테남 부인 ⎫
에드먼드 스웨테남 ⎪
줄리앙 하몬 ⎪
하몬 부인 (번치) ⎪
이스터브룩 대령 ⎬ 치핑 클레그혼 마을 사람들
이스터브룩 부인 (로라) ⎪
에이미 마거트로이드 ⎪
미스 힌치리피 ⎭

조지 라이데스데일   미들시아 경찰서 서장

클래독 경감   라이데스데일의 부하

# 살인을 알림

1

조니 배트는 매일 아침 7시 반에서 8시 반 사이에 자전거로 치핑 클레그혼 마을을 한 바퀴 돈다. 단 일요일은 쉰다. 이빨 안쪽에서 쥐어짜내는 듯한 휘파람을 시끄럽게 불어대며, 저택이나 오두막집 앞에 오면 자전거 위에서 가볍게 뛰어내려 편지통에 주문한 조간지를 밀어 넣는다. 그는 하이스트리트에서 문방구점과 신문 소매점을 함께 하고 있는 토트맨 씨네 집에서 일하고 있는 배달원이다. 그가 배달하는 신문은, 우선 이스터브룩 대령 내외가 사는 집에 〈타임스〉와 〈데일리 그래픽〉, 스웨테남 부인 댁에 〈타임스〉와 〈데일리 워커〉, 미스 힌치리피와 미스 마거트로이드에게 〈데일리 텔레그래프〉 및 〈뉴스 클로니클〉, 미스 블랙록 댁에 〈텔레그래프〉와 〈타임스〉와 〈데일리 메일〉——이런 순서로 돌리고 있다.

이밖에 금요일마다 〈노드 베남 뉴스 앤드 치핑 클레그혼 가제트〉, 줄여서 통칭 〈가제트〉라고 부르는 신문을 배달한다. 이것은 앞서 말한 모든 집에 물론 다 배달되고, 치핑 클레그혼 마을 집까지 빠짐없이 다 배부되고 있었다.

그러므로 금요일 아침이면 일간 신문의 표제——'국제 정세의 위기!' '국제연합 총회 오늘부터 개막!' '경찰견의 공훈, 금발의 타이피스트 살해범 체포!' '3탄갱(炭坑), 파업에 들어감' '시사이드 호텔에서 23명 중독사' 등등——를 잠깐 훑어보고는 열 사람 중 아홉 사람은 개인 광고란을 읽는다. 이 난에는 사고 파는 광고, 고용인 급모 같은 광고를 비롯하여 개에 관한 매매, 질병에 대한 모든 광고, 가축, 정원 설비, 그밖에 치핑 클레그혼이라는 작은 사회에 사는 주민들의 흥미를 끌 만한 사항이 복잡하게 가득 차 있다.

10월 29일 금요일——이 문제의 금요일도 그 예외는 아니었다.


## 2

스웨테남 부인은 이마 위로 흘러내린 한 줌 가량의 희끗희끗한 머리칼을 쓸어 올리면서 〈타임스〉를 펴들자 멍한 눈길로 왼쪽 페이지의 중간쯤을 보고 있었다. 그리고 여느 때나 다름없이 '타임스라는 신문은 비록 소름이 오싹 끼치는 뉴스가 있어도 잘 카무플라주해 버린다'라고 단정을 내리고 출생, 결혼, 사망란——특히 사망란을 잠깐 들여다보고는 그 신문을 놓고 이번에는 초조한 듯이 〈치핑 클레그혼 가제트〉를 집어들었다.

그리고 조금 뒤에 아들인 에드먼드가 방으로 들어왔는데, 이미 그때는 개인 광고란을 정신없이 읽고 있는 중이었다.

"잘 잤니?" 하고 부인이 말했다. "스메드레이네 집에서 자동차를 팔려고 내놓았구나. 1935년 형——이제 상당히 낡았겠어. 안 그러냐?"

에드먼드는 건성으로 대답하고, 커피를 따른 다음 접시에 훈제 청어를 두 조각 담아 가지고 〈데일리 워커〉를 펴고는 토스트 래크에 세웠다.

"'강아지 매매'" 하고 스웨테남 부인이 신문을 읽기 시작했다. "이런 시국에 어떻게 개까지 먹여 키운담. 정말 알 수 없는 일이야…… 아니, 셀리나 로렌스가 또 요리사 모집 광고를 냈구나. 이런 때 광고를 내 봐야 시간이 아까울 뿐이라고 말해 주고 싶군. 게다가 자기네 주소는 신지도 않고 사서함 번호만 적어 놓았어. 이래서야 도저히 가망이 없지. 그 사람에게 충고를 해줬더라면 좋았을 걸. 고용인들은 자기가 갈 집을 자세히 알고 싶어하거든. 즉 살기 편한 집을 좋아하니까…… '틀니'——어째서 이렇게 틀니가 보급되었지? '구근(球根) 1등품 고가에 삽니다. 특히 정성껏 봅니다.' 어쩐지 싸게 사들이는 것 같군…… 여자아이가 '흥미있는 일을 하고 싶음——여행도 할 수 있다'는구나. 정말 놀라운 일이야! 여행을 싫어하는 사람 봤니? 닥스훈트…… 닥스훈트는 갖고 싶다고 생각해 본 일도 없어. 나는 그게 독일 개라서 그러는 건 아냐. 어떤 개인지 너무도 잘 아니까 말이야. 즉 조금도 갖고 싶지 않다는 것 뿐이야. 어머나, 왜 그러시지요, 핀치 부인?"

문이 열리고 낡은 비로드 베레모를 쓴 여인의 엄격해 보이는 얼굴과 몸이 안을 들여다보고 있었다.

"안녕히 주무셨습니까?" 하고 핀치 부인이 말했다. "이제 청소를 해도 되겠습니까?"

"아직 안 돼요. 식사도 끝나지 않았으니까" 하고 스웨테남 부인이 말했다. 그리고 "이제 곧 끝나요" 하고 비위를 맞추듯 덧붙여 말했다.

핀치 부인은 에드먼드와 그녀가 읽고 있는 신문을 흘끔 쳐다보았다. 그리고 "흥" 하고 콧방귀를 뀌고 사라져 버렸다.

"저는 이제 먹기 시작인걸요." 에드먼드가 이렇게 말하자 어머니는 곧 대답했다.

"제발 부탁이니 그렇게 무서운 신문(〈데일리 워커〉는 영국 공산당 기관지)은 읽지 마라, 에드먼드, 핀치 부인은 그러는 걸 '몹시' 싫어한단다."

"제 정치 견해와 핀치 부인이 무슨 관계가 있습니까?"

"그렇지 않아." 부인은 뒤쫓듯이 말했다. "마치 네가 노동자인 체하는 것이 못마땅한 거야. 노동도 하지 않으면서."

"그렇지 않아요." 에드먼드는 화가 난 듯이 말했다. "책을 쓰고 있으니까요."

"내가 말하는 것은 '진짜' 노동 말이야. 핀치 부인이 없으면 큰일이야. 만일 우리 집이 싫어서 오지 않거나 해 봐라. 누가 집안일을 돌봐 주겠니?"

"광고를 내면 될 것 아니에요? 〈가제트〉에다가요." 에드먼드는 몹시 불쾌한 얼굴로 말했다.

"그런 짓은 해봤자 헛일이라고 지금 말했잖니. 아, 이런 시국에는 나이 많은 믿음직스러운 하녀가 있어 부엌일이며 모든 일을 척척 해줘야지. 안 그러면 큰일이야."

"그렇다면 왜 그런 늙은 하녀를 두시지 그랬어요. 빨리 저에게 그런 하녀를 얻어 주었으면 될 것 아닙니까? 어째서 그렇게 해주시지 않았나요?"

"전에는 젊은 잔심부름꾼이 있었는데, 너에게도."

"안 돼요, 그런 하녀는" 하고 에드먼드는 속삭이듯 말했다.

스웨테남 부인은 다시 개인 광고란을 읽기 시작했다.

"'중고 모터 제초기 팝니다.' 아니…… 어쩌면 이렇게 비싸지……. 또 닥스훈트……. '절망하는 와글루즈에게 편지나 그 밖의 수단으로 연락 바람'이란다. 꽤 이상한 이름이군……. '스패니얼 종의 사냥개'. 너 생각나니, 그 순한 수지 말야, 에드먼드? 정말 눈물을 잘 흘렸지, 그 하녀는. 그리고 네가 무슨 말을 해도 잘 들었었어……. '세라톤 식 그릇장 팝니다' '옛날식 최고급 가정용 물건' '데이어스 홀' '루커스 부인'……. 정말 거짓말쟁이야, 이 루커스라는 여자는! 세라톤 식이라니, 정말……!"

스웨테남 부인은 "흥" 하고 콧방귀를 뀌고 또 계속 읽어 나갔다.

"'모든 것이 오해예요. 영원히 사랑해요. 여느 때처럼 금요일에——J'. 틀림없이 애인끼리 다툰 걸 거야, 이건. 아니면 도둑놈의 암호일까, 에드먼드? 또 닥스훈트! 이렇게 닥스훈트를 기르고 싶어 하다니 좀 머리가 돈 것 아냐. 뭐 꼭 닥스훈트가 아니라도 여러 가지 개가 있지 않니? 너의 아저씨 사이몬은 맨체스터 테리어를 길렀었지. 테리어라는 개는 참으로 품위 있고 귀여운 개야. 나는 튼튼한 다리를 가진 개라면 다 좋아한단다……. '해외 도항(海外渡航)으로 감청색 투피스 급하게 팝니다'…… 크기도 없고 값도 적혀 있지 않군…… '결혼을 알림'——아니, '살인'…… 뭐라고? 놀라운 일이로군! 에드먼드, 에드먼드, 이것 좀 들어 봐라…… '살인을 알립니다, 10월 29일 금요일 오후 6시 30분에 리틀 패독스에서 친지분들이 오시기를 기다리겠습니다. 이상을 알려 드립니다.' 정말 어처구니없는 일이구나. 안 그러냐, 에드먼드!"

"그게 뭡니까?" 에드먼드는 신문에서 눈을 들었다.

"10월 29일 금요일이라니……. 오늘이야."

"어디 좀 보여 주세요." 에드먼드는 어머니가 읽고 있는 신문을 홱 빼앗았다.

"그게 무슨 뜻일까?" 부인은 몹시 호기심에 차서 물었다.

에드먼드 스웨테남은 여우에 홀린 듯이 코를 문지르고 있었다.

"파티 같은 거겠지요. 말하자면 살인놀이 같은 거요."

"뭐？" 부인은 의심스럽다는 듯이 말했다.

"꽤 색다른 짓을 하는구나. 일부러 광고까지 내다니. 레티시아 블랙록답지 않구나. 아주 분별 있는 사람인데."

"함께 살고 있는 젊은이가 준비했겠지요."

"간단한 광고로군. 오늘이라……. 우리 한 번 가볼까？"

"'친지분들이 오시기를 기다리겠습니다. 이상을 알려 드립니다'라고 되어 있지요？"

"이런 새로운 초대장은 참 기분 나쁘구나." 부인은 딱 잘라 이렇게 말했다.

"그럼 어머니, 가실 것 없어요."

"응."

그리고 한동안 침묵이 흘렀다. 잠시 뒤에 스웨테남 부인이 말했다.

"에드먼드, 너 그 나머지 토스트를 정말 먹을 거냐！"

"서둘러 그런 청소부 노파에게 테이블을 치워 달라기보다는 제대로 영양을 취하는 편이 더 중요한 일이에요."

"쉿, 들릴라……. 에드먼드, 살인놀이란 어떻게 하는 거냐？"

"글쎄요, 잘은 모릅니다만……. 종이 쪽지를 옷에 핀으로 꽂거나 해서……. 아니, 모자에서 종이 쪽지를 떼어 '제비'를 뽑겠지요. 범인과 탐정이 결정되지만 그 당사자밖에는 모릅니다. 그리고 전기를 끄고, 누군가가 어깨를 두드리면 꽥하고 소리를 지르고 쓰러져서 죽은 체하는 거지요."

"애, 소름이 끼치는 일이겠구나."

"몹시 지루합니다. 저는 안 가겠어요."

"안 돼, 에드먼드" 하고 스웨테남 부인은 딱 잘라 말했다. "'나도' 가겠으니 '너도' 함께 가자. 알겠니？ '결정했다！'"

## 3

"아치" 하고 이스터브룩 부인은 남편에게 말했다. "잠깐 이것 좀 들어 봐요."

이스터브룩 대령은 그게 문제가 아니었다. 〈타임스〉의 기사에 화가 머리끝까지 나 있었다.

"이 작자들은……" 그는 말했다. "인도에 대해서는 아무것도 모르는군! 아주 초보적인 일도!"

"정말 그렇군요, 당신 말씀이 옳아요."

"알고 있다면, 이런 어리석은 것은 쓰지 않았을 거야."

"그래요, 아치. 하지만 잠깐 들어 보세요, '살인을 알립니다. 10월 29일(오늘이에요) 금요일 오후 6시 30분에 리틀 패독스에서 친지 분들이 오시기를 기다리겠습니다. 이상을 알려 드립니다.'"

부인은 어떠냐는 듯이 읽어 내려갔다. 대령은 조용히 듣고 있었으나 그다지 흥미가 없는 것 같았다.

"살인놀이야."

"어머!"

"그것뿐이야, 여보" 하고 대령은 몸을 조금 앞으로 내밀었다. "이것은 잘만 하면 재미있지. 하지만 잘 아는 사람이 있어서 그럴듯하게 짜야 해. 제비를 뽑는 거야. 한 사람이 살인자가 되지. 그러나 그게 누구인지는 아무도 몰라. 전등을 끄고 살인자가 피해자를 골라잡아야 해. 피해자는 살인자가 만져도 스물까지 센 다음에야 소리를 지르게 되어 있어. 그리고 탐정으로 뽑힌 사람이 일을 시작하는 거지. 한 사람씩 심문을 하는 거야. 어디에 있었느냐, 무엇을 했느냐 하는 식으로. 그렇게 해서 범인을 찾아내는 거야. 참 재미있는 놀이라구. 만일 탐정이, 그러니까——경찰 방면에 얼마쯤 지식을 가지고 있으면 말이야."

"당신처럼 말이죠, 아치? 당신의 관내에선 꽤 재미있는 일이 있었지요, 왜."

대령은 침착하게 미소를 지으며 기분 좋은 듯이 수염을 비틀었다.

"물론이지, 로라. 나라면 한두 가지 재미있는 힌트를 줄 수 있지."

이렇게 말하고 그는 어깨를 으쓱해 보였다.

"미스 블랙록도 당신에게 의논하여 도움을 받았더라면 좋았을걸."

대령은 "흥" 하고 콧방귀를 뀌었다.

"그래, 그 사람은 무례한 청년과 함께 지내고 있지. 이건 그 사나이가 생각해낸 일일 거야. 조카인지 누구인지는 모르지만. 하지만 신문 광고를 내다니, 이건 보통 생각이 아니야."

"개인 광고란이에요. 그렇지 않으면 다들 알아보지 못할 거예요. 초대장 대신이겠지요. 안 그래요, 아치?"

"색다른 초대장이군. 하지만 말해 두지만 틀림없이 나는 제외되었을 거야."

"어머나, 아치." 부인은 슬픈 듯이 소리를 높여 말했다.

"간단한 내용이야. 내가 바쁘다는 것을 알고 있는 모양이지."

"하지만 당신은 바쁜 일이 없잖아요?" 이번에는 부인의 목소리가 설득하는 것처럼 낮아졌다.

"그래요, 당신이 가야 해요. 미스 블랙록을 도와 줘야 해요. 틀림없이 그녀도 당신에게 기대를 걸고 있을 거예요. 일을 잘 진행하려고요. 당신은 경찰 일이며 수속을 잘 알고 게시니까요. 당신이 가시지 않으면 모든 것이 실패할 거예요. 어쨌든 '교제'라는 것이 소중하니까요."

부인은 손질이 잘된 금발 머리를 갸웃거리며 파란 눈을 크게 떠 보였다.

"당신이 그렇게 말한다면 물론 가야지, 로라……."

대령은 다시 흰 수염을 조용히 비틀며, 응석을 부리고 있는 아내의 얼굴을 기쁜 듯이 바라보았다. 부인은 대령보다 적어도 30살은 더 젊어 보였다.

"당신이 그렇게 말한다면, 로라."

"전 당신이 참석하는 게 의무라고까지 생각해요, 아치." 부인은 엄숙하게 말했다.

## 4

〈치핑 클레그혼 가제트〉는 바울더스에 있는 미스 힌치리피와 미스 마거트로이드의 집에도 배달되었다. 세 오두막이 한 지붕 밑에 있는 집이다.

"힌치, 집에 있어?"

"아, 마거트로이드야?"

"어디에 있어?"

"닭장에."

"그래."

에이미 마거트로이드는 치맛자락을 걷어올리며 촉촉이 젖은 풀숲 오솔길을 지나 닭장이 있는 곳으로 걸어갔다. 힌치리피는 코르덴 바지와 군인들이 입는 튜닉을 걸치고, 의젓한 표정으로 바쁘게 일하고 있었다. 삶은 감자 껍질과 양배추 줄기가 잔뜩 들어 있는 데다 김까지 무럭무럭 오르고 있는 그릇에 가끔 닭의 사료를 한 줌씩 넣고는 휘젓고 있는 것이다.

그녀는 남자처럼 깎은 단발머리를 마거트로이드 쪽으로 홱 돌렸다. 괴로운 세월을 보낸 흔적이 얼굴에 역력히 나타나 보인다.

뚱뚱하고 애교가 있는 마거트로이드는 체크 무늬의 트위드 스커트와 환해 보이긴 하나 그다지 모양이 좋지 않은 감청색 재킷을 입고 있었다. 머리는 구불구불하고 희며 새둥지처럼 더부룩했다. 숨을 좀 가쁘게 쉬더니 그녀는 말했다.

"〈가제트〉에" 하고 헐떡거렸다. "내 말 좀 들어 봐. 글쎄 이게 뭐냔 말이야? '살인을 알립니다……. 10월 29일 금요일 오후 6시 30분에 리틀 패독스에서 친지분들이 오시기를 기다리겠습니다. 이상을 알려 드립니다'."

마거트로이드는 다 읽고 나자 숨을 돌리며, 힌치리피가 뭔가 확실한 판단을 내려 주기를 기다리고 있었다.

"정말 어이가 없는 일이로군" 하고 힌치리피가 말했다.

"하긴 그래. 하지만 무슨 뜻일까?"

"마시는 일이겠지, 뭐."

"초대장과 같은 것이 아닐까?"

"가 보면 알 테지, 그거야. 하지만 3급품 셰리 주 정도일 거야. 풀이나 뽑고 있는 편이 차라리 나을걸, 마거트로이드. 어머나, 침실용 슬리퍼를 신었잖아. 물에 흠뻑 젖었군."

"어머나!" 미스 마거트로이드는 야단났다는 듯이 발을 내려다보았다. "오늘은 달걀을 몇 개나 낳았니?"

"일곱 개. 그 암탉은 아직도 알을 품으려고 하지 않아. 이제 닭장에 넣어야지."

"광고를 내다니, 재미있지 않니?"

에이미 마거트로이드는 〈가제트〉의 광고 이야기로 화제를 돌렸다. 그 목소리에는 어딘지 모르게 오늘 밤 모임에 가고 싶어하는 기색이 엿보였다.

그러나 힌치리피는 좀더 마음이 무디고 단순한 여자였다. 고집이 센 닭들을 상대로 열심히 일하며 아무리 아리송한 신문광고가 나와도 거들떠보지도 않았다.

그녀는 진흙 속을 거북한 듯 걸어서 얼룩얼룩한 암탉을 붙잡았다. 화가 난 듯한 큰 비명 소리가 울려퍼졌다.

"오리가 차라리 나아." 힌치리피가 말했다. "그리 잔손이 안 가니까……."


## 5

"어머나, 멋있어라!" 하몬 부인은 아침 식탁에 마주앉아 있는 남편 줄리앙 하몬 목사에게 말했다. "미스 블랙록네 집에서 살인이 있어요."

"살인?" 남편은 조금 놀라운 듯이 말했다. "언제?"

"오늘 오후요……. 그것도 저녁 6시 반이에요. 참 애석하군요. 당신은 견신례 준비를 하셔야 되지요? 정말 유감이에요. 살인을 무척 좋아하는데!"

"대체 무슨 이야기요, 번치?"

얼굴이 둥글다고, 세례명인 '다이아나' 대신 '번치(과일 송이 또는 혹이라는 뜻이 있다)'라는 애칭으로 불리고 있는 하몬 부인은 테이블 너머로 〈가제트〉를 건네 주었다.

"거기에요, 중고 피아노니 틀니니 하고 씌어 있는 한가운데 말이에요."

"이건 정말 어처구니없는 광고로군."

"그렇지요?" 부인은 기쁜 듯이 말했다.

"미스 블랙록은 살인이니, 놀이니 하는 일에 흥미를 갖고 그러는 사람은 아니잖아요? 그러니까 제가 보기엔, 틀림없이 시몬스 남매가 시켜서 한 짓 같아요. 하기야 여동생 줄리아 시몬스에겐 살인 같은 게 재미없겠지만. 그러나 이렇게 되면 정말 유감이군요, 당신이 못 가는 것이. 전 갈 테니까, 갔다 와서 다 이야기해 드릴게요.

저 같은 거야 가도 아무 소용없겠지만. 정말은 어두운 곳에서 하는 놀이는 딱 질색이거든요. 소름이 끼쳐요. 피해자가 되지 말아야 할 텐데. 누군가가 갑자기 어깨 위에 한쪽 손을 얹고 '너는 죽은 것이다' 하고 속삭이면 심장이 두근두근 방망이질을 하여 정말 죽을 것만 같아요! 어떻게 생각하세요, 당신은?"

"문제없어, 번치. 당신은 오래 오래 살 거요, 나와 함께."

"그리고 한날 한시에 죽어서 같은 무덤에 묻히게 되지요. 그렇게 되면 얼마나 좋겠어요."

번치는 이 생각이 마음에 들어 얼굴 가득 미소를 지었다.

"꽤 기쁜 모양이군, 번치." 남편도 미소를 띠며 말했다.

"누구든지 내 입장이 되고 보면 기뻐할 거예요, 안 그래요?" 번치는 오히려 깜짝 놀라며 물었다. "당신과 수잔과 에드워드와 다 함께 살고, 모두 나를 사랑해 주잖아요. 그리고 나 같은 바보를 당신은 조금도 싫어하는 기색 없이 대해 주시는걸요……. 태양도 빛나고 있고요! 게다가 이렇게 아름다운 큰 집에 살고 있고요!"

줄리앙 하몬 목사는 가구도 제대로 놓여 있지 않은 식당을 둘러보며 정말 그런가 하고 의아스러운 표정을 지었다.

"이렇게 휑하니 넓고 바람이 술술 들어오는 집에는 여간 가난하지 않고는 살지 않을 거라고 생각하는 사람도 있을지 모르오."

"하지만 큰 방이 좋아요, 전. 밖에서 좋은 냄새가 집안으로 들어와 사라지지 않는걸요. 그리고 조금쯤은 어질러도 아무렇지도 않고, 그다지 신경이 쓰이지도 않아요. 큰 집인걸요."

"걸레질하는 데 시간이 걸리고 중앙 난방 시설이 없어도 그렇소? 당신에겐 너무 힘든 일이야, 번치."

"아니에요, 줄리앙. 그렇지 않아요. 저는 6시 반에 일어나 깡통에 불을 붙여 가지고 스팀 엔진처럼 온 집안을 뛰어 돌아다녀요. 그러면 8시에는 완전히 끝나요. 늘 깨끗하지요. 밀랍과 광내는 기름도 있고요. 뭐, 큰 집이라고 해서 작은 집보다 청소하기 힘들 건 없어요. 긴 자루가 달린 걸레로 닦으면 작은 집보다 훨씬 더 빨리 일할 수 있어요. 그리고 저는 넓고 썰렁한 방에서 자는 걸 좋아하거든요. 그리고 아무리 넓은 집에 살아도 감자 껍질을 벗기는 양이나 접시를 씻는 숫자에는 변함이 없으니까요. 수잔이나 에드워드가 놀기에도 방이 넓고 텅 비어서 아주 좋아요. 전차놀이나 소꿉놀이를 방 안에서 해도 아무에게도 방해되는 일이 없으니까요. 그렇지요, 여보? 남는 방이 있으면 다른 사람에게 빌려 줄 수도 있고, 얼마나 편리해요. 지미 사임즈와 조니핀치——그 두 사람도 우리집에서 방을 빌려 주지 않았더라면 시부모와 함께 살아야 했을 거예요. 그렇잖아요, 줄리앙? 시부모와 함께 사는 일이란 정말 싫은 일이니까요. 당신은 어머니를 끔찍이 생각하시는 분이지만, 우리 결혼생활도 처음부터 당신 부모님과 함께 살아야 했다면 물론 싫었을 거예요. 저도 그러기는 싫어요. 언제나 계집아이처럼 겁을 먹고 살아야 했을 테니까요."

줄리앙은 아내를 보고 빙그레 웃었다.

"지금도 당신은 소녀 같아, 번치."

줄리앙 하몬은 꼭 60살이었으며 참으로 그 나이에 걸맞는 모습이었다. 아직도 25년은 더 살 사람이다.

"하기야 저는 바보니까요……."

"바보는 무슨 바보야, 번치. 당신은 아주 영리해."

"아니에요. 그렇지 않아요. 조금도 지혜가 없어요. 영리해지려고는 생각하지만……. 그리고 당신이 책이며, 역사며, 그밖의 여러 가지 이야기를 해주시는 것이 무척 좋거든요. 하지만 자기 전에 기본 (1737~1794, 영국 역사가. 《로마제국 흥망사》가 유명함)의 책을 큰 소리로 읽어 주시는 것은 그다지 달갑지 않아요. 밖에서는 찬바람이 불고 있어도 집안에 불을 쬐고 있으면 기분 좋게 몸이 따뜻이 녹아, 기본을 듣고 있으면 모르는 사이에 잠이 소르르 온단 말이에요."

줄리앙은 웃음을 터뜨렸다.

"하지만 당신 이야기를 듣는 것은 좋아요. 다시 한 번 아하스엘스에게 기도한 노목사님의 이야기를 해주시지 않겠어요?"

"이젠 외고 있을 것 아니오?"

"한 번만 더 해주세요. 부탁이에요."

남편은 승낙했다.

"늙은 스크림 집안의 이야기——어느 날 어떤 사람이 그의 교회를 들여다보았다. 목사는 설교단을 내려가 단에 기대어 서서 두 날품팔이 여인에게 열심히 설교를 하고 있었지. 그는 떨리는 손가락으로 여자들을 가리키며 이렇게 말했어. '아! 나는 너희들이 생각하고 있는 것을 알고 있다. 너희들은 제1과의 대(大) 아하스엘스는 아르탁세륵세스 2세라고 생각하고 있지? 그러나 그렇지 '않아'.' 그리고 나서 자랑스러운 듯이 이렇게 말했어. '아르탁세륵세스 3세란다'라고."

줄리앙 하몬은 이 이야기를 그다지 재미있다고 생각지 않았으나 번치는 언제 들어도 재미있어했다.

그녀의 밝은 웃음소리가 한동안 계속되었다.

"재미있는 분이지요?" 번치는 외쳤다. "당신도 언젠가는 그런 사람이 될 거예요, 줄리앙."

줄리앙은 어딘가 모르게 멋쩍은 표정을 지었다.

"응" 하고 그는 조심스럽게 대답했다. "그러나 나는 도저히 그렇게 깨달은 경지에는 이르지 못할 것 같구려."

"그럴 리 없어요." 번치는 일어서서 아침 식사를 하고 난 접시를 쟁반에 포개놓으며 말했다. "배트 부인에게서 어제 들은 이야기인데 그분은 교회 같은 데는 절대로 다닌 일이 없는 무신론자였지만 지금은 일요일마다 나간다나 봐요. 그게 글쎄 당신의 설교를 듣기 위해서라는군요."

하몬 부인은 배트 부인의 뽐내는 목소리를 아주 그럴 듯하게 흉내 내며 말을 이었다.

"'부인, 우리 남편이 리틀 워스딜에서 온 팀킨스 씨에게 전날 말한 일이 있었지요. 이 치핑 클레그혼에는 진짜 문화라는 것이 있다고요. 리틀 워스딜의 고스 씨와는 다르다고요. 그 사람은 모인 사람들을 배우지 않은 아이 취급을 하고 있어요. 진짜 문화란 여기 있는 것이라고 말씀하셨어요. 그리고 우리 목사님은 고등 교육을 받은 신사예요. 옥스퍼드 출신이지, 밀체스터 출신이 아니란 말이에요. 그는 우리들의 인기를 끌 수 있는 지식을 아낌없이 털어놓아요. 라틴, 그리스는 물론이고 바빌로니아를 비롯해서 아시리아에 이르기까지 두루 빼놓지 않고 이야기의 화제로 삼아 주신단 말이에요. 목사관에 있는 고양이에게도 아시리아의 왕 이름이 붙어 있어요!'라고 배트 부인이 말했어요. 그러니까 당신은 훌륭해요."

번치는 신바람이 나서 이야기를 끝마쳤다.

"어머나, 큰일났네. 빨리 서둘러 치워야지. 이리 온, 티글래스 필레샤(고양이 이름), 청어 가시를 줄게."

하몬 부인은 문을 열고 닫히려는 문을 재빠르게 발로 누르며 무거운 쟁반을 들고 단숨에 방에서 나갔다. 그다지 듣기 좋은 목소리가 아닌 높은 목소리로 무슨 노래인지, 가사를 바꾼 운동가를 흥얼거리고 있는 것 같았다.

오늘은 즐거운 살인날(번치는 이렇게 부르고 있었다)
5월처럼 상쾌하구나
마을의 탐정은 총출동이고요

싱크대에서 접시를 덜그럭대는 소리 때문에 다음 구절은 들리지 않았다. 그러나 줄리앙 하몬 목사가 집을 나올 땐 승리에 찬 듯한 마지막 노랫소리가 크게 들려왔다.

모두 나가자, 살인을 하러!

# 리틀 패독스의 아침 식사

## 1

리틀 패독스에서도 한창 아침 식사를 하는 중이었다.

집 주인인 60살을 갓 넘은 미스 블랙록은 테이블 윗자리에 앉아 있었다. 촌스러운 트위드 옷을 입고 있었는데 높은 옷깃에 걸려 있는 모조 진주 목걸이와 어울리지 않는 느낌이 들었다. 그녀는 〈데일리 메일〉에 실린 레인 노코의 소설을 열심히 읽고 있었다. 줄리아 시몬스는 〈텔레그래프〉의 페이지를 힘겨운 듯이 넘기고 있었다. 패트릭 시몬스는 〈타임스〉의 낱말맞추기 퍼즐에 무엇을 써넣고 있다. 그리고 미스 돌라 배너는 〈가제트〉를 정신없이 읽고 있었다.

"Adherent로군. 여기는……adhesive라야지. 아하, 여기서 틀렸구나."

패트릭이 이렇게 중얼거리고, 한편 미스 블랙록은 혼자서 슬며시 소리내어 웃고 있다.

갑자기 미스 배너가 깜짝 놀란 암탉처럼 째지는 목소리로 말했다.

"레티, 레티, 이런 걸 본 일이 있어? 무슨 뜻일까?"

"뭔데, 돌라?"

"아주 이상한 광고야. 분명히 리틀 패독스라고 씌어 있어. 그런데 무슨 뜻이지?"

"어디 좀 봐, 돌라."

미스 배너는 순순히 신문을 블랙록이 내민 손 위에 올려놓았다. 그 광고를 가리키는 둘째 손가락이 떨리고 있었다.

"이것 좀 봐, 레티."

미스 블랙록은 신문을 읽기 시작하더니 금방 눈썹이 곤두섰다. 그리고 테이블 둘레를 날카롭게 둘러보고는 소리를 내어 그 광고를 읽었다.

"'살인을 알립니다. 10월 29일 금요일 오후 6시 30분에 리틀 패독스에서 친지분들이 오시기를 기다리겠습니다. 이상을 알려 드립니다'."

그리고는 꼬챙이 같은 목소리로 말했다.

"패트릭, 이거 네 짓이냐!"

그녀의 살피는 듯한 눈은 테이블 맞은쪽에 앉아 있는 태연해 보이는 젊은이의 얼굴에 못박혔다.

패트릭 시몬스는 곧 부인했다.

"아닙니다, 레티 아주머니. 왜 그렇게 생각하세요! 제가 그럴 까닭이 없지 않습니까?"

"너에게 맨 먼저 물어 봤을 뿐이야" 하고 미스 블랙록은 씁쓸하게 대답했다. "네가 장난친 줄 알고."

"장난이라고요? 천만의 말씀입니다."

"그럼, 줄리아, 넌?"

줄리아는 따분하다는 듯이 "물론, 모르는 일이에요" 하고 말했다.

미스 배너가 낮은 목소리로 "헤임스 부인은 어떨까……"라고 말하며 이미 아침 식사를 마치고 나간 빈 의자를 보았다.

"당치도 않은 소리예요, 필리퍼는 그런 짓을 하며 장난치거나 할 여자가 아니에요" 하고 패트릭이 말했다. "아주 착실한 여자예요, 그 사람은."

"그렇다면 어찌된 일일까?" 줄리아가 하품을 하며 말했다. "무슨 뜻이 있는 게 아닐까요?"

미스 블랙록이 천천히 입을 열었다.

"틀림없이 무언가 어처구니없는 장난일 거야."

"하지만 왜 장난을 하지?" 돌라 배너가 소리쳤다. "목적이 뭐지? 농담치고는 너무 어이가 없고 굉장한 악취미야."

너무 화가 나서 돌라 배너의 축 늘어진 볼이 부르르 떨리고 근시안은 불꽃을 튀었다. 미스 블랙록은 그녀를 보고 미소를 지으며 말했다.

"그렇게 신경쓰지 말아요, 돌라. 누군가의 익살스러운 착안에 지나지 않은 일일 테니까. 하지만 그 사람이 누굴까?"

"오늘이라고 씌어 있어." 미스 배너가 지적했다. "오늘 오후 6시 반. 도대체 무슨 일이 일어난다는 걸까?"

"죽음!" 패트릭은 일부러 소름이 끼치는 말투로 말했다. "감미로운 죽음!"

미스 배너가 짤막하게 놀란 소리를 외쳤으므로 블랙록이 나무랐다.

"시끄러워, 패트릭."

"미치가 만드는 특제 케이크 이름이에요" 하고 패트릭이 변명을 했다. "모두들 그렇게 부르잖습니까. 감미로운 죽음이라고요."

미스 블랙록은 멍하니 앉아서 슬그머니 웃었다.

그러나 미스 배너는 "하지만 레티, 정말 어떻게 생각해?" 하고 끈질기게 물었다.

블랙록은 환하게 웃으며 친구의 말을 가로막았다.

"6시 반에 일어날 일을 꼭 한 가지 알고 있지. 그것은 말이야……" 하고 미스 블랙록은 진지하게 말했다. "마을 사람들이 호기심에 못 이겨 반쯤은 이 집으로 모여들겠지. 그러니까 셰리 주를 좀 준비해 두는 게 좋을 거야."

## 2

"걱정하고 있는 것 아냐, 레티?"

미스 블랙록은 깜짝 놀랐다. 책상 앞에 앉아 압지에 힘없이 물고기 같은 그림을 그리고 있는 중이었다. 그녀는 친한 친구의 근심에 찬 얼굴을 쳐다보았다.

블랙록은 돌라 배너에게 뭐라고 대답해야 좋을지 몰라 당황했다. 배너를 걱정하게 하거나 놀라게 하고 싶지 않았다. 그래서 한동안 잠자코 생각에 잠겨 있었다.

그녀와 돌라 배너는 학교 때 친구였다. 그 즈음 돌라는 머릿결과 파란 눈이 아름다운 소녀였으나, 따지고 보면 그다지 영리한 편은 아니었다. 그러나 돌라가 얼마쯤 머리가 모자란다 해도 별로 문제가 될 정도는 아니었다. 그녀의 명랑한 성격, 용감한 행동, 그리고 아름다운 얼굴이 많은 친구를 매혹했기 때문이다. 저 아이는 잘생긴 육군 장교나 지방의 변호사와 결혼할 것이라고 누구나 생각하고 있었다. 돌라는 그 정도로 훌륭한 성격을 갖추고 있었다. 애정, 헌신, 성실, 그러나 인생은 그녀에게 행복을 가져다주지 않았다. 스스로 생계를 꾸려 나가야 할 처지가 계속된 것이다. 그리고 늘 고생을 하고 있었지만, 무슨 일을 해도 무엇 하나 잘 되는 일이 없었다.

두 사람은 오랜 동안 떨어져서 살아왔다. 그런데 반년쯤 전에 아주 길고 정열적인 편지 한 통이 미스 블랙록 앞으로 날아왔다. 그것은 돌라에게서 온 편지로, 완전히 건강을 해쳤다는 내용이었다. 양로 연금에 의지하여 살고 있으며, 삯바느질이라도 해볼까 하지만 관절염으로 손가락이 굳어 뜻대로 되지 않는다고 하소연을 한 다음 여학교 시절의 이야기도 했다. 졸업 뒤에 한 번도 만난 일이 없지만 어떻게 도움을 받을 수 없을까 하는 줄거리였다.

미스 블랙록은 충동적으로 애정어린 회답을 써 보냈다. 가엾은 돌라, 가엾고 귀여운 바보, 솜털이 많은 얼굴의 돌라. 블랙록은 '집안 일이 힘에 겨워, 그래서 아무라도 좋으니 일을 거들어 줄 사람이 있었으면 하던 참이야'라고 죄 없는 거짓말을 써서 곧 돌라에게 연락하여 리틀 패독스로 오게 한 다음 방까지 내주었다. '돌라의 목숨은 오래가지 않습니다.' 의사가 블랙록에게 그렇게 말했었다. 머지않아 슬픈 죽음이 돌라를 찾아올 것이라고. 돌라는 이곳에 와서도 일만 저질러 마음 속으로 아낌없이 응원을 보내고 있는 블랙록을 안타깝게 만들고 있었다. 세탁소의 계산을 틀리게 하고, 영수증이나 편지 같은 것을 잃어버리고, 그리하여 자기가 하면 실수할 리가 없는 미스 블랙록을 화나게 만드는 것이었다. 머리가 나쁜 가엾은 돌라, 성심껏 열심히 거들면서 제 딴에는 도움을 주고 있는 줄 알고 흐뭇해서 의기양양해 있는 돌라, 그러나 슬픈 일이지만 전혀 믿을 수 없는 돌라.

블랙록이 불쑥 말했다.

"걱정 같은 것 안 해, 돌라. 그런데 부탁해 둔 것 말인데……"

"아 참," 미스 배너는 미안스러운 얼굴을 했다. "깜박 잊어 버렸어. 하지만──하지만 정말로?"

"걱정 같은 것을 안 하느냐 이 말이지? 안 해. 그렇지만 말이야" 하고 금방 고쳐 말했다. "조금은 걱정이 돼. 〈가제트〉의 터무니없는 광고 말이야."

"그래, 아무리 장난이라고 해도 내가 볼 때…… 뭐랄까, 악의가 있다고 생각해."

"악의가 있다고?"

"응, 어쩐지 악의가 있을 것만 같아. 말하자면 기분 좋은 장난이 아니란 말이야."

미스 블랙록은 친구의 얼굴을 쳐다보았다. 정다운 눈, 고집스러워 보이는 입, 살짝 쳐들린 들창코, 가엾은 돌라, 섬세하고 어리석고 헌신적인 돌라는 또 이런 문제에 부딪쳐서 걱정을 하고 있는 것이다. 사랑스러운 바보, 그래도 이 친구에게는 이상하게도 사물의 가치를 본능적으로 직감하는 힘이 있다.

"돌라 말이 옳아" 하고 미스 블랙록은 말했다. "이건 기분 좋은 장난이 아니야."

"아주 기분 나빠 죽겠어." 돌라 배너는 뜻밖에도 열을 올리며 말했다. "겁이 나." 그리고는 별안간 이렇게 덧붙였다. "레티는 위협을 받고 있는 거야."

"바보 같은 소리." 미스 블랙록은 힘을 주어 말했다.

"틀림없이 위험해. 폭탄이 든 소포를 받는 것처럼 말이야."

"이것 봐, 돌라. 어떤 바보 같은 친구들이 재미로 장난을 치고 있는 걸 거야."

"재미있는 일이 아니야."

사실 재미있는 일이 못되었다. 미스 블랙록의 얼굴에도 말과는 반대되는 표정이 보였다. 돌라는 그것 보라는 듯이 말했다.

"그것 봐, 레티도 그렇게 생각하고 있겠지!"

"글쎄, 돌라! 돌라는 참……."

갑자기 말이 끊겼다. 문이 열리고 젊은 여자가 거칠게 들어왔던 것이다. 몸에 착 달라붙은 재킷 밑에 풍만한 젖가슴이 불룩 솟아 있다. 야한 색깔의 스커트를 입고 검고 윤나는 머리를 땋아서 머리에 감아

붙이고 있었다.

그녀는 내뱉듯이 말했다.

"드릴 말씀이 좀 있어요!"

블랙록은 한숨을 내쉬며 대답했다.

"그래, 말해 보렴, 미치. 무슨 이야기인데?"

이따금 블랙록은 음식이고 집안 살림이고 모두 자기 손으로 하는 편이 낫겠다고 생각하는 때가 있었다. 이 피난민 하녀는 아침부터 밤까지 그녀의 신경을 초조하게 만들고 있었다.

"그럼, 말씀드리겠어요. 순서를 쫓아서 말씀 드릴까요? 뭐, 간단하게 말씀드리지요. 저 그만두겠어요. 지금 당장 그만뒀으면 해요!"

"왜? 누가 기분 나쁜 소리라도 하던?"

"네, 기분이 나빠요" 하고 미치는 연극적으로 말했다. "차라리 죽는 게 낫겠어요! 전 온 유럽을 도망쳐 다녔어요. 가족은 다 죽고 살해되어 버렸지요. 어머니도 남동생도 귀여운 조카도 모조리 살해되었어요. 하지만 전 도망쳐서 숨어 있다가 영국으로 건너왔어요. 그리하여 힘껏 일했어요. 정말이지, 제 나라에 있었다면 도저히 할 수 없는 일까지 해 가면서 힘껏 일했어요. 전……."

"다 아는 이야기가 아니니." 미스 블랙록이 불쑥 한 마디 했다. 그야말로 귀에 못이 박히도록 미치한테서 들어오던 말이었다. "하지만 지금 당장 그만두겠다는 건 무엇 때문이지?"

"또 그들이 저를 죽이러 와요!"

"누가?"

"저의 적, 나치스예요! 어쩌면 이번에는 볼셰비키일지도 몰라요. 여기에 제가 있다는 걸 눈치채고 죽이러 오려는 거에요. 전 다 읽었어요. 신문에서 말이에요!"

"아, 〈가제트〉의 광고 말이로군."

"여기 있어요, 여기 씌어 있어요." 미치는 등 뒤에 숨기고 있던 〈가제트〉를 내밀었다.

"이것 보세요, '살인'이라고 씌어 있어요. 리틀 패독스에서. 여기를 말하는 거겠지요. 오후 6시 반. 아, 살해되도록 기다리고 있을 순 없어요. 싫어요."

"이걸 어째서 너를 두고 하는 말이라고 생각하니? 이건 틀림없이 장난일 거야."

"장난이라고요? 사람을 죽이는 게 장난인가요?"

"그런 게 아냐. 그런 게 아니래두. 만일 너를 죽일 마음이라면, 무엇 하러 신문에 일부러 광고를 내겠어?"

"광고를 내지 않을 거라고요?"

미치는 바들바들 떨고 있었다.

"그럼, 미스 블랙록은 아무도 죽지 않는단 말씀인가요? 어쩌면 미스 블랙록께서 살해될지도 몰라요."

"나를 죽일 사람이 어디 있겠니" 하고 미스 블랙록은 가볍게 받아넘겼다. "그리고 너를 죽일 까닭도 없어, 미치. 도대체 그렇게 해야 할 까닭이 없지 않니?"

"나쁜 사람들이에요⋯⋯. 굉장히 나쁜 사람들인걸요. 어머니도 동생도 귀여운 조카도⋯⋯."

"알았다, 알았어." 천연스럽게 미스 블랙록은 쏟아져 나오는 미치의 말을 가로막았다. "하지만 애야, 난 아무리 생각해 봐도 너를 죽이려는 사람이 있으리라고는 믿어지지 않는구나. 물론 이런 말을 구실로 해서 네가 그만두겠다는 걸 말리지는 않겠다만. 하지만 애야, 만일 정말로 그만둘 마음이라면 그건 아주 어리석은 짓이야."

미치가 망설이는 태도를 보이자 그녀는 지체없이 말했다.

"점심에는 푸줏간에서 가져온 고기로 비프 스튜를 만들어 다오. 고기가 질겨 보이더라."

"네, 특제 고래시 요리를 만들겠어요."

"무슨 이름인진 모르지만 좋을 대로 해 다오. 그리고 굳은 치즈는 술안주로 하도록 해. 오늘 저녁에 술손님이 오실 테니까."

"오늘 저녁에요? 오늘 저녁에 무슨 일로 오시나요?"

"6시 반이야."

"신문에 났던 시간이군요. 누가 오시나요? 무슨 일로 오시지요?"

"장례식을 치르러 오신단다." 미스 블랙록은 슬며시 윙크를 하며 대답했다. "이제 됐어, 미치. 난 바쁘니까. 문을 꼭 닫고 가거라." 블랙록은 이야기를 척척 끝냈다.

돌라가 여우에게 홀린 것 같은 미치를 내보내고 나자 미스 블랙록이 말했다.

"이렇게 해서 당분간은 저애 일도 끝났고……."

"정말 레티는 능수능란해." 미스 배너의 목소리에는 감탄의 울림이 깃들어 있었다.

# 오후 6시 30분

## 1

"자, 이러면 준비는 다 되었겠지" 하고 미스 블랙록이 말했다. 블랙록은 살피는 듯한 눈으로 두 방으로 나뉘어 있는 응접실을 휘이 둘러보았다. 장미꽃 무늬로 된 면(綿) 사라사——청동색 국화 화분이 둘, 벽 쪽의 테이블에는 제비꽃을 꽂은 조그만 꽃병, 은으로 된 담배 상자, 한복판의 테이블에는 술병을 담은 쟁반.

리틀 패독스는 초기 빅토리아 왕조식 건축으로서 여느 주택의 크기와 같았다. 좁고 긴 베란다와 녹색 덧문이 달려 있다. 응접실은 마름모꼴로 되어 있어 베란다 지붕이 방 안을 8할쯤 어둡게 만들고 있었다. 본디는 응접실 한쪽 끝에 이중문이 있어 들창이 달린 작은 방으로 통하고 있었다. 그런데 선대 때 이중문을 떼어 버리고 그 대신 비로드 커튼을 쳤다. 그 뒤 미스 블랙록은 그 커튼마저 떼어 버렸기 때문에 두 개의 방은 완전히 하나로 되어 있었다. 방 양끝에는 난로가 있지만 둘 다 불은 지펴져 있지 않았다. 그러나 포근한 훈기가 주위에 감돌고 있었다.

"스팀을 넣었군요" 하고 패트릭이 말했다.

미스 블랙록은 고개를 끄덕이며 대답했다.

"요즘은 안개가 짙어서 어찌나 집안이 눅눅한지. 그래서 외출하려는 애번스를 붙잡고 중앙 난방을 좀 때어 달랬지."

"그 비싼 코크스를 말입니까?" 하고 패트릭이 농담조로 말했다.

"정말 코크스는 비싸. 하지만 코크스 대신 석탄을 때면 더 비싸게 먹히는걸. 너도 알다시피 연료성에서 제대로 배급을 줘야 말이지. 한 주일에 한 번 마땅히 줘야 할 석탄 배급을 도무지 주지 않으니 말이다. 잠자코 있으면 생전 가야 끼니도 못 끓여 먹을 형편 아니냐."

"예전에는 집집마다 석탄이나 코크스가 수북수북 쌓여 있었지요?" 줄리아가 낯선 나라 이야기를 듣는 것 같은 호기심을 얼굴에 나타내며 물었다.

"그렇단다. 그리고 무척 싼 값이었지."

"그 시절엔 얼마든지 필요한 만큼 살 수 있었겠네요. 연료 부족 같은 건 없었을 테니까 찔끔찔끔 보충하지 않아도 상점에만 가면 언제든지 살 수 있었겠군요?"

"어떤 종류의 어떤 연료든 있었지. 요즘같이 돌이나 슬레이트가 섞인 건 찾아보려해도 없었단다."

"세월이 참 좋았군요."

줄리아가 아주 부러운 듯한 목소리로 말했다.

미스 블랙록은 미소지었다.

"지금 생각해 보면 확실히 좋은 세월이었지. 하지만 난 나이를 먹었어. 사람이란 누구나 자기의 옛 시절을 좋아하기 마련이거든. 그러니까 너희들 젊은 사람들은 옛날 일 같은 건 그렇게 생각지 않아도 돼."

"그런 세월이었다면 일 같은 건 하지 않았어도 되었겠네요? 그냥 집에 있으며 꽃꽂이나 하고 편지나 쓰고…… 옛날 사람들은 왜 편지만 쓰고 있을까. 대체 누구에게 썼어요?"

"너는 걸핏하면 전화질을 하잖니? 말하자면 예전에는 전화를 하는 대신 편지를 썼던 거란다" 하고 미스 블랙록이 눈을 깜박거리며 대답했다. "보나마나 너는 편지 쓰는 방법조차 모를걸. 그렇지, 줄리아?"

"《서간 필법 전서(書簡筆法全書)》식으로 쓰는 멋들어진 방법은 몰라요. 요전에 그 책을 발견했는데, 정말 놀랐어요! 글쎄 후처로 청혼을 받았을 때 거절하는 문장 쓰는 방법이라는 게 있지 않겠어요?"

"너도 언제까지고 집에서 태평스럽게 지내고만 있을 순 없어" 하고 블랙록이 무감동한 목소리로 말했다. "예전엔 모두 일을 했단다. 요즘 세상은 어떤지 잘 모르겠다만, 돌라도 나도 다 일찍부터 일자리를 가졌었지."

미스 블랙록은 돌라 배너에게로 애정어린 미소를 보냈다.

"암, 그렇고말고, 그랬었지" 하고 미스 배너는 고개를 끄덕여 보였다. "소녀 때부터였지. 좀처럼 잊혀지지 않는구나, 그 시절의 일들이. 레티는 머리가 썩 좋아서 어엿한 직업을 가졌었지. 큰 재벌의 비서로 말이야."

문이 열리고 필리퍼 헤임스가 들어왔다. 키가 훤칠하고 용모가 아름다운 차분한 여자이다. 그녀는 놀란 듯이 방 안을 두리번거리고 있었다.

"무슨 일이에요, 파티가 있나요? 그런 말 듣지 못했는데."

"이거 참, 재미있군" 하고 패트릭이 소리쳤다. "우리의 헤임스 부인께서 모르고 계셨군요. '치핑 클레그혼에서 모르는 이는 이분뿐이로다'로군요. "

필리퍼는 이상스럽다는 듯이 패트릭 시몬스의 얼굴을 보았다.

"이윽고 볼지어다, 이 방에서" 하고 패트릭이 연극조로 손을 흔들며 말했다. "사람이 살해되는 그 광경을!"

필리퍼 헤임스는 좀 어리둥절한 표정이 되었다.

"자," 하고 패트릭은 두 개의 큼직한 국화 화분을 가리키며 말했다. "이것은 장례식 화환이고, 저쪽의 치즈와 올리브 접시는 장례용 음식이랍니다. "

필리퍼는 미스 블랙록에게로 묻는 듯한 눈길을 돌렸다.

"농담으로 그러는 건가요?" 하고 필리퍼는 물었다. "전 머리가 둔해서 늘 농담을 잘 알아듣지 못합니다만. "

"소름끼친다, 얘. 그런 농담은" 하고 돌라 배너가 힘주어 말했다. "난 그런 농담은 딱 질색이야. "

"광고를 보여 주렴, 필리퍼에게" 하고 미스 블랙록이 말했다. "나는 오리 우리를 닫으러 가야 하니까. 어두워졌으니 오리들이 우리로 돌아왔을 거야. "

"제가 가서 닫고 올게요" 하고 필리퍼가 말했다.

"괜찮아요, 필리퍼는 제 할 일을 다 끝냈으니까. "

"제가 할게요, 레티 아주머니" 하고 패트릭이 나섰다.

"너한테는 시킬 수가 없어. " 미스 블랙록이 분명하게 말했다. "요전에 너한테 시켰더니 문에 빗장도 걸지 않았더구나. "

"내가 하겠어, 레티" 하고 미스 배너가 말했다. "정말 일이 하고 싶어서 그러는 거야. 금방 덧신을 신고 올게. 가만 있자, 내 스웨터가 어디 갔지? "

그러나 미스 블랙록은 상대도 하지 않고 웃으며 방을 나갔다.

"괜찮아요, 배너 아주머니" 하고 패트릭이 말했다. "레티 아주머니는 성격이 꼼꼼해서 남에게 시키지 못해요. 뭐든지 손수 하시려고 들지 뭡니까."

"좋아서 하시는걸요" 하고 줄리아가 말했다.

"넌 언제 제가 하겠습니다 하고 한 마디라도 해봤니?"

오빠인 패트릭 시몬스가 말했다.

줄리아는 나른한 듯이 미소지었다.

"오빠, 오빠가 방금 말하지 않았어? 레티 아주머니는 뭐든지 손수 하고 싶어하신다고"라고 누이동생이 지적했다. 그리고 줄리아는 스타킹을 신은 날씬한 다리를 뻗으며 덧붙였다. "난 가장 좋은 외출용 스타킹을 신었는걸."

"비단 스타킹을 신은 시체!" 하고 패트릭이 소리쳤다.

"비단이 아니야, 나일론이야. 바보같이."

"나일론 스타킹을 신은 시체로선 신통한 제목이 되지 않겠는걸."

"제발 누구든 좀 가르쳐 주세요!" 하고 필리퍼가 애원하듯이 말했다. "왜 죽음에 대한 말만 자꾸 하고 계세요?"

자리에 있던 사람들은 저마다 서로 그 까닭을 말하려고 했다. 그런데 〈가제트〉가 아무 데도 눈에 띄지 않았다. 미치가 부엌으로 가지고 가 버린 것이었다.

미스 블랙록이 2, 3분 뒤에 돌아왔다.

"자," 하고 그녀는 빠른 말투로 지껄였다. "이제 다 끝났네." 그러고는 시계를 흘끔 보았다. "6시 20분이구나. 곧 누군가가 올 시간이야. 그런 사람들이니 설마 안 오지는 않겠지."

"무슨 일로 손님이 오시나요?" 하고 필리퍼가 어리둥절하여 물었다.

"아니, 아직도 모르고 있나요? 사실 필리퍼라면 모르는 게 당연한 일이기도 하지. 워낙 얌전한 사람이니까."

"필리퍼는 인생에 아무런 흥미도 가지고 있지 않군요." 줄리아가 내뱉듯이 말했다.

필리퍼는 잠자코 있었다.

미스 블랙록은 방을 한 바퀴 휘둘러보았다. 한복판의 테이블에는 셰리 술병과 올리브 치즈, 그리고 과자를 담은 세 개의 쟁반이 있었다. 미치가 조금 전에 갖다 놓은 것이다.

"저 접시를──아니, 그보다도 테이블째 저쪽 들창 있는 데로 갖다 놓는 게 좋겠구나. 패트릭, 그렇게 좀 해주련? 뭐, 파티를 여는 것도 아니니까 말이야. 내가 초대한 것도 아닌데 손님이 오기를 기다리고 있었다는 인상을 받고 싶지 않아서 그런다."

"레티 아주머니는 상당히 관심을 갖고 계시면서도 좀 부끄러우신 모양이지요?"

"됐다, 그만하면 됐어. 고맙다, 패트릭."

"드디어 조용한 밤의 근사한 연극이 시작되겠군요" 하고 줄리아가 말했다. "이젠 누군가가 왔을 때, 우리가 아주 깜짝 놀란 얼굴만 하면 되는 거야."

미스 블랙록은 셰리 술병을 들고 왠지 모르게 걱정스러운 듯이 서 있었다.

패트릭이 안심시키려는 듯한 투로 이렇게 말했다.

"반 병은 넉넉히 되니까 이만하면 충분할 거예요."

"음, 글쎄…… 그럴까?" 블랙록은 망설이며 말했다. "패트릭, 수고스럽지만…… 식료품 저장실 벽장에 따지 않은 병이 있으니까 하나 가져와야겠다. 병따개도 같이 가져와. 난──우린 아무래도 새것을 마련해 두는 게 좋을 것 같구나. 이건──이건 먹던 병이니까 말이야."

패트릭은 잠자코 시키는 대로 가서 새 병을 가지고 와서 마개를 땄다. 그것을 쟁반 위에 놓자 그는 이상스럽다는 듯이 미스 블랙록을 쳐다보았다.

"무척 꼼꼼하시군요, 아주머니." 그는 조용히 말했다.

"아!" 하고 돌라 배너가 별안간 큰 소리로 말했다. "정말이지, 레티. 설마 레티는 무슨 일이 일어날 것인지를……."

"쉿" 하고 미스 블랙록이 재빠르게 말했다. "벨이 울리고 있어. 내가 말한 대로 틀림없지?"

## 2

미치가 응접실 문을 열자 이스터브룩 대령 부부가 나타났다. 미치는 그녀의 독특한 말투로 이를 알렸다.

"이스터브룩 대령님 내외분께서 오셨습니다." 마치 좌담하는 듯한 말투이다.

이스터브룩 대령은 무뚝뚝하고 태연한 표정으로 마음 속의 가벼운 곤혹을 숨기려 하고 있었다.

"지나던 길에 잠깐 들렀습니다만, 폐가 되지 않을는지요?" 하고 그는 말했다. (줄리아는 터져 나오려는 웃음을 목구멍에서 참고 있었다.) "요 부근까지 왔던 길이라서요……. 네? 네, 아주 조용한 밤이군요. 아니, 벌써 스팀을 넣었습니까? 저희 집은 아직 넣지 않았습니다만……."

"어머나, 국화꽃이 곱기도 해라!" 하고 이번에는 대령 부인이 말했다. "정말 이렇게 고운 국화꽃은 생전 처음 봐요!"

"사실은 신통찮은 꽃이에요." 줄리아가 말했다.

대령 부인은 은근하게 필리퍼 헤임스에게 인사를 했다. 필리퍼가 단순한 농장 노동자가 아님을 잘 알고 있다는 듯한 태도였다.

"루커스 부인 댁의 정원은 어때요, 요즘?" 하고 부인은 물었다.

"본디대로 온전한 정원이 될는지 모르겠어요. 전쟁중에 너무 손질을 하지 않은 채 내버려뒀거든요. 그 늙은 아시는 어쩌다가 한 번씩 풀을 뽑고 양배추나 조금씩 심어 먹지요."

"손질하기에 달렸겠지요" 하고 필리퍼가 말했다. "하지만 역시 금방은 본디대로 되지 않겠지요."

미치가 또 문을 열고 알렸다.

"바울더스에서 오셨습니다."

"안녕하세요?" 미스 힌치리피가 인사를 하며 성큼성큼 들어와서 큼직한 손으로 미스 블랙록의 손을 덥석 잡았다. "제가 마거트로이드에게 그랬답니다. 리틀 패독스에 잠깐 들러 보자구요. 어떻게 하면 오리에게 알을 잘 낳게 하는지 그걸 좀 여쭈어 보고 싶어서요."

"무척 해가 짧아졌지요?" 미스 마거트로이드는 쾌활하게 패트릭에게 말을 걸었다.

"국화꽃이 참 곱게 피었군요!"

"신통치 않은 꽃이에요" 하고 줄리아가 말했다.

"넌 왜 그렇게 자꾸 거스르는 말만 하지?" 하고 패트릭은 나무라듯이 누이동생 귓전에 대고 소곤거렸다.

"스팀이 들어와 있군요" 하고 힌치리피가 말했다. 그리고는 이내 좋지 않은 일이라는 듯이 덧붙인다. "너무 빠르지 않을까요?"

"올해는 어쩌나 습기가 심한지 말이에요" 하고 미스 블랙록이 대답했다.

패트릭은 눈으로 '셰리는 아직 안 냅니까?' 하고 신호를 했다. 레티는 '아직 가만 있어' 하고 마찬가지로 신호로 대꾸했다.

블랙록은 이스터브룩 대령에게 말을 걸었다.

"올해도 네덜란드에서 구근을 가져오셨나요?"

또다시 문이 열리고 스웨테남 부인과 아들 에드먼드가 들어왔다.

부인은 뭔가 나쁜 일이라도 저지른 것 같은 표정이고 아들은 재미없다는 듯 심드렁한 표정을 하고 있었다.

"어머나, 모두들 오셨군요!" 스웨테남 부인은 호기심을 역력히 얼굴에 나타내고 쾌활한 태도로 방을 둘러보았다. 그러다가 갑자기 거북스러운 표정을 지으며 말을 이었다. "전 혹시 새끼 고양이가 필요하시다면 드릴까 하고 잠깐 들렀던 거예요. 미스 블랙록, 마침 우리집 고양이가……."

"곧 새끼를 낳게 되어서요. 어미는 갈색입니다만" 하고 에드먼드가 뒤를 받았다. "보나마나 새끼는 신통찮을 것이라는 걸 짐작하실 줄 압니다만!"

"어미는 썩 잘생겼답니다" 하고 부인이 당황해서 말했다. 그러고는 어색한 태도로 공치사를 했다. "원, 국화꽃이 이렇게도 고울 수가 있을까!"

"벌써 스팀을 넣으셨군요?" 에드먼드가 물었다.

"마치 똑같은 레코드를 자꾸 듣는 것 같군" 하고 줄리아가 중얼거렸다.

"나는 신문 보도라는 걸 좋아하지 않습니다." 대령은 패트릭을 붙잡고 아까부터 떠벌이고 있었다. "아주 싫어해요. 내가 볼 때, 전쟁이라는 것은 불가피합니다. 절대로 피할 수 없는 것이지요."

"전 뉴스 같은 것에 도무지 관심이 없어서요" 하고 패트릭은 상대를 하지 않는다.

또다시 문이 열리고 하몬 부인이 등장했다. 낡은 펠트 모자를 젖혀 쓴 품이 유행에 뒤떨어지지 않으려고 은근히 애를 쓰고 있는 눈치였다. 언제나 입는 재킷 대신 레이스가 달린 보들보들한 블라우스를 입고 있다.

"안녕하세요, 미스 블랙록." 그녀는 환하게 미소지으며 말했다.

"아직 늦지 않았나요? 언제 시작하나요, 살인은?"

## 3

나직하고 헐떡이는 듯한 웅성거림이 일었다. 줄리아는 우스워서 어쩔 줄 몰라 소리없는 웃음을 지었고, 패트릭은 숙이고 있던 얼굴을 들었으며, 미스 블랙록은 마지막 손님에게 미소를 보냈다.

"줄리앙은 올 수가 없어서 무척 섭섭해하고 있었어요" 하고 하몬 부인이 말했다. "우리 남편은 살인을 무척 좋아한답니다. 지난 주일에 그렇게 설교를 잘할 수가 있었던 것도 다 그 때문이었지요. 아내 입장으로서 제가 이렇게 말씀드리는 것 뭣하지만, 정말 멋있는 설교였잖아요? 여느 때보다 훨씬 좋았어요. 그 까닭은 《모자살인사건》을 읽었기 때문이에요. 읽어 보셨나요? 부트 서점 여점원이 특별히 저를 위해 한 권 갖다 주어서 다 읽어보았지요. 어찌나 기상 천외한 이야기인지 정신없이 읽어 나가다 보니——갑자기 홱 뒤집혀 버리지 않겠어요. 굉장히 재미있는 살인이 네다섯 번이나 있어요. 그런데 글쎄, 그 책을 그만 깜박 잊고서 남편 서재에다 두고 나왔더니 남편이 설교 원고를 쓰려고 서재에 들어갔다가 그걸 읽었지 뭐예요. 너무나 재미있어 그걸 다 읽고 나니 원고를 쓸 시간이 촉박해졌겠지요? 그 바람에 부랴부랴 쓰느라고 하고 싶은 말을 요점만 간결하게 쓰게 되었던 거예요. 그러다 보니 자연히 학자적인 문투나 인용 같은 걸 안 쓰게 되었던 것인데 그게 아주 썩 잘된 문장이 되지 않겠어요. 그런데 언제 시작하나요, 살인은?"

그러자 미스 블랙록은 맨틀피스 위의 사발시계를 보았다.

"시작이 있다면" 미스 블랙록은 쾌활하게 말했다. "곧 하게 되겠지요. 6시 반이 되려면 1분 남았으니까요. 그러면 여러분, 셰리나 드세요."

패트릭은 알아차리고 재빨리 아치웨이에서 옆방으로 갔다.

미스 블랙록은 아치웨이 옆에 있는 테이블로 걸어갔다. 거기에는 담배 상자가 놓여 있었다.

"셰리도 좋지만……." 하몬 부인이 말했다. "'시작이 있다면'이라는 건 무슨 뜻이지요?"

"네." 미스 블랙록이 대답했다. "나도 여러분이나 마찬가지로 모른답니다. 말하자면 그……."

그때 시계가 울리기 시작했다.

블랙록은 하던 말을 멈추고 얼굴을 시계 쪽으로 돌렸다. 감미롭고 해맑은 종소리 같은 소리가 울리고 있었다. 모두 입을 다물고 꼼짝도 하지 않았다. 모든 눈들이 사발시계를 지켜보고 있었다.

시계의 울림소리가 끝나자 갑자기 방 안의 전등이 꺼졌다.


## 4

어둠 속에서 기뻐 헐떡이는 소리와 여자의 외침 소리가 일었다.

"시작되었군요." 하몬 부인의 들뜬 목소리. "아, 난 이런 건 질색이야" 하는 돌라 배너의 외침 소리. 그리고 여러 사람들의 가지가지 목소리. "소름이 끼칠 만큼 무서워!" "오싹오싹하는구나." "아치, 어디 있어요?" "무얼 하라는 걸까?" "어머나, 실례했어요. 내가 발을 밟았지요? 미안해요."

그때 요란스럽게 문이 열렸다. 손전등의 강한 빛이 방 안을 한 바퀴 휙 스쳤다. 사나이의 탁한 콧소리가 또렷한 표준어 발음으로 방 안 사람들에게 명령했다. 즐거운 영화 구경의 밤이 모두들의 머리에 떠올랐다.

"손 들어!"

그리고 그 목소리는 "손을 들라지 않나!" 하고 다시 버럭 소리를 질렸다.

모두들 부리나케 손을 머리 위로 쳐들었다.

"멋있어" 하는 여자의 목소리. "스릴 만점이야."

바로 그 순간에 놀랍게도 권총 쏘는 소리가 났다. 그것은 두 방 계속되었다. 두 방의 총알이 공기를 스치는 소리는 사람들의 기쁨을 단번에 깨뜨리고 말았다. 별안간 놀이가 아니게 된 것이다. 외침 소리……

문 앞의 사람은 갑자기 홱 돌아서서 조금 망설이는 눈치더니 이내 세 방째를 쏘고서 몸을 뒤틀며 쿵 쓰러졌다. 손전등은 마룻바닥에 떨어져 꺼졌다.

또다시 본디대로 캄캄해졌다. 응접실 문은 받쳐 두지 않으면 저절로 닫히는 빅토리아 왕조식 구조였는데, 조용히 호소하듯이 삐걱거리면서 한번 회전하더니 찰카닥 빗장이 걸려 버렸다.


## 5

응접실 안은 떠들썩하게 소란이 벌어졌다. 한꺼번에 여러 사람들이 지껄이기 시작했다. "전기, 전기를 켜요!" "스위치는 어디 있지?" "라이터를 가지신 분 안 계세요?" "아이, 끔찍해, 끔찍해라." "분명히 지금 그 총알은 진짜예요!" "그놈이 가졌던 건 진짜 권총이야." "도둑일까?" "아치, 난 돌아갈까 봐요." "글쎄, 누구 라이터를 가지신 분 안 계세요?"

그때에야 겨우 거의 동시에 두 개의 라이터가 찰칵 소리를 내며 조그만 불꽃이 한들한들 타올랐다. 사람들은 서로 눈을 깜박거리며 얼굴을 마주보았다. 어느 얼굴에나 모두 놀란 표정이 떠올라 있었다. 아치웨이 쪽 벽을 등지고 미스 블랙록이 서 있었다. 얼굴에 손을 대고 있다. 불빛이 너무 희미해서 잘 보이지 않았지만, 거무죽죽한 것이 그녀의 손가락에서 흐르고 있었다.

이스터브룩 대령은 헛기침을 하고서 재빠르게 지시했다.

"스위치를 넣게, 에드먼드."

문 쪽에 있던 에드먼드가 시키는 대로 스위치를 올렸다 내렸다 했다.

"전구가 끊어졌거나 퓨즈가 끊어진 모양이군요" 하고 대령이 말했다. "저기서 떠들어대는 사람은 누구지?"

닫힌 문 안쪽에서 여자의 외침 소리가 들렸다. 한참 계속되던 그 외침 소리는 그때 한층 더 높아지더니 동시에 주먹으로 문을 쾅쾅 치는 소리가 들려왔다.

그때까지 조용히 흐느끼고 있던 돌라 배너가 소리를 질렀다.

"아이구머니나, 미치야. 누군가가 미치를 죽이고 있어……."

"설마 그럴 리가." 패트릭이 중얼거렸다.

"초를 가져와야지. 패트릭, 너 가서……." 미스 블랙록이 말했다.

대령은 문을 열었다. 대령과 에드먼드는 라이터의 불을 한들거리며 홀에 들어섰다. 들어서는 순간 두 사람 다 앞에 가로놓인 것에 발이 걸려 넘어졌다.

"총을 맞은 모양이지?" 하고 대령이 말했다. "그러나저러나 저 꽥꽥대는 여자는 어디서 그러는 거지?"

"식당이에요" 하고 에드먼드가 말했다.

식당은 홀을 지나 있었다. 누군가가 벽을 두드리며 고함을 질러대고 있었다.

"갇혀 있는 모양이군요." 에드먼드는 몸을 구부리며 말했다. 그가 열쇠를 돌리자 미치가 사납게 돌진하는 호랑이처럼 뛰어나왔다.

식당 전등은 켜져 있었다. 불빛을 등진 미치의 그림자가 앞에 비치어 심한 공포의 그림 같았다. 그녀는 여전히 소리를 질러댔다. 은그릇을 씻고 있었던지 아직도 손에 새미 가죽과 큼직한 주걱을 들고 있는 것이 우스웠다.

"조용히 해, 미치." 미스 블랙록이 말했다.

"입 다물어요."

에드먼드가 말했다. 그러나 미치는 소리를 멈추려 들지 않았다. 에드먼드가 앞으로 나가 그녀의 따귀를 한 대 갈겨 주었다. 미치는 숨을 헐떡이며 재채기를 하더니 그제야 잠잠해졌다.

"초를 가져오너라." 미스 블랙록이 말했다. "부엌 찬장에 있으니까. 그리고 패트릭, 너는 두꺼비집이 어디 있는지 알지?"

"싱크대 뒤의 좁은 곳 아니에요? 네, 보고 오지요."

미스 블랙록은 불이 켜져 있는 식당 쪽으로 몇 발자국 걸어갔다. 돌라 배너는 또 소리 없는 울음을 터뜨렸다. 별안간 미치가 요란하게 소리쳤다.

"피, 피예요!" 하고는 숨을 헐떡거리며 말했다. "총을 맞았어요, 미스 블랙록, 피가 잔뜩 흘러 있고, 죽었어요."

"무슨 소리야" 하고 미스 블랙록은 말했다. "별것 아니야. 귀에 찰과상을 입었을 뿐이야."

"하지만 레티 아주머니, 피가 흘러요." 줄리아가 참견을 했다.

정말로 미스 블랙록의 흰 블라우스며 진주 목걸이며 손이 온통 피투성이였다.

"귀에서는 피가 잘 나는 법이란다" 하고 미스 블랙록은 말했다.

"지금도 기억하고 있지만 어렸을 때 미장원에서 기절한 적이 있었지. 미용사가 귀에 조그만 상처를 냈을 뿐인데도 말이다. 내가 생각할 땐 피를 세숫대야 가득히 흘린 것 같았거든. 아무튼 불부터 켜야지."

"초를 가져오겠어요" 하고 미치가 말했다.

줄리아와 미치는 서너 자루의 초를 접시에다 세워 가지고 들고 왔다.

"자, 이 악당을 살펴보십시다." 대령이 말했다. "촛불로 아래를 좀 비춰 주게, 에드먼드. 가능하면 촛불이 많은 편이 좋겠군."

"제가 저쪽으로 가서 들겠어요" 하고 말하며 필리퍼는 두 자루의 촛불을 침착한 태도로 들었다.

이스터브룩 대령은 무릎을 꿇고 살피기 시작했다. 쓰러져 있는 사람은 바느질이 거친 후드가 달린 검정 외투를 입고 있었다. 얼굴에는 검정 마스크, 두 손에는 검정 면장갑을 끼고 있다. 후드가 벗겨져서 헝클어진 머리칼과 흰 피부가 조금 보였다.

이스터브룩 대령은 사나이 위에 몸을 구부리고 맥을 짚으며 심장에 손을 댔다……. 그러다가 갑자기 기분 나쁜 얼굴을 하고 손을 오므렸다. 손가락이 끈적하게 시뻘게져 있었다.

"제 손으로 쏘았군." 대령은 중얼거렸다.

"중상인가요?" 하고 미스 블랙록이 물었다.

"으음, 죽은 것 같습니다……. 자살이겠지요. 아니면 이 긴 외투 자락에 발이 걸려 넘어지는 바람에 총알이 튀어나왔는지도 모르지요. 좀더 자세히 조사해 보면……."

이때 마치 마술처럼 전등이 켜졌다.

치핑 클레그혼 마을 사람들은 리틀 패독스의 홀에 서서 갑작스럽게 죽은 끔찍한 시체를 눈앞에 보고 있으면서도 어쩐지 그것이 실감이 나지 않는 묘한 기분이었다. 대령의 손은 피투성이였다. 미스 블랙록의 귀에서는 아직도 피가 흘러서 목에서부터 블라우스와 코트를 붉게 물들이고 있다. 그리고 발 밑에는 침입자의 시체가 팔다리를 쭉 벌리고 쓰러져 있는데……

식당에서 돌아온 패트릭은 "퓨즈는 하나만 끊어진 모양입니다" 하고 이내 입을 다물었다.

대령은 조그만 검정 마스크를 잡아당기고 있었다.

"누구인지, 어디 보기나 하십시다. 어차피 우리가 아는 사람은 아니겠지만……."

이렇게 말하며 그는 마스크를 뗐다. 사람들은 너나 할 것 없이 목을 쑥 뺐다. 미치 혼자만이 재채기를 하며 헐떡이고 있었고, 나머지 사람들은 모두 말이 없었다.

"젊은 사람인데" 하고 하몬 부인이 감정 어린 목소리로 말했다.

갑자기 돌라 배너가 흥분해서 소리치기 시작했다.

"레티, 레티, 메데남 웨일스의 수퍼 호텔 사람이야. 왜 언젠가 여기 와서 스위스로 돌아갈 테니까 돈을 달라고 조른 일이 있었잖아. 그때 레티가 거절했지만. 그게 모두 하나의 구실이었던가 봐. 집안 구조를 살피러 왔던 거야……. 아, 레티. 하마터면 레티가 살해될 뻔했어……."

미스 블랙록은 여주인답게 의젓한 태도로 말했다.

"필리퍼, 미스 배너를 식당으로 모시고 가서 브랜디를 한 잔 드리도록 해요. 줄리아, 너는 욕실에 가서 선반에 있는 반창고나 좀 갖다 주렴. 돼지처럼 글쎄 피가 멎지 않는구나. 패트릭, 너는 전화를 좀 걸어 다오, 경찰에다 말이야."

# 로열 수퍼 호텔

## 1

미들시아 경찰서장 조지 라이데스데일은 차분한 사람이었다. 중키에 보통 몸집인데, 짙은 눈썹 아래 날카로운 눈이 반짝거리고 있다. 자기 쪽에서 지껄이기보다는 남의 이야기를 듣는 것이 성미에 맞는 형이다. 그래서 늘 천연스러운 목소리로 간결한 명령을 내리는 것이 보통이었다. 그런데 그 간결한 명령은 잘 실행되고 있었다.

그는 수사과 경감 다모트 클래독으로부터 보고를 받고 있었다. 클래독 경감은 이 사건의 담당자였다. 그는 다른 사건으로 리버풀에 가 있었는데, 전날 밤 라이데스데일이 불러서 되돌아왔다. 서장은 클래독의 능력을 높이 평가하고 있었다. 그는 머리가 좋고 상상력도 풍부했다. 그리고 일을 꼼꼼하게 진전시켜서 어떤 사실이라도 붙잡기만 하면 치밀하게 조사했고 사건이 완전히 해결될 때까지 죽음에 대해 허심탄회한 태도를 가지고 있었다. 서장은 이 점을 무엇보다도 높이 평가하고 있었던 것이다.

"신고를 받은 것은 레그 순경입니다"라고 클래독은 보고하고 있었다. "그는 아주 재빠르고 침착하게 행동한 것 같습니다. 무척 성가셨지만 말이지요. 한 다스 가량이나 되는 사람이 한꺼번에 지껄여댔고, 그 중에는 경관을 보고 몹시 흥분하는 중부 유럽 여자도 있었답니다. 뭐, 방에 갇히는 바람에 놀라서 고함을 지르고 있었다나요."

"시체의 신원은 판명되었나?"

"네, 루디 셔트. 국적은 스위스입니다. 메데남 웨일스의 로열 수퍼 호텔에서 접객 담당으로서 일하고 있었습니다. 만일 이의가 없으시다면 먼저 그 호텔을 조사하고, 그런 다음 치핑 클레그혼에 가 보았으면 합니다. 플래처 형사부장이 지금 그리로 떠났습니다. 관계자와 만나고 나서 현장으로 갈 예정이지요."

라이데스데일은 고개를 끄덕였다.

그때 문이 열렸다. 경찰서장은 그쪽을 보며 말했다.

"어서 오게, 헨리. 좀 색다른 사건이 일어났네."

전에 런던 경시청 경시총감이었던 헨리 클리더링 경은 얼굴을 약간 쳐들고 들어왔다. 키가 크고 사람의 눈길을 끄는 용모로서 나이는 50 전후인 것 같았다.

"자넨 신물이 나도록 재미있는 사건만 맡아보아서 어지간한 사건은 그저 그렇겠지만, 그래도 이번만은 좀 재미있을 걸세" 하고 라이데스데일이 말했다.

"그저 그렇다니, 그게 무슨 소린가."

상대방은 화난 듯이 대답했다.

"살인을 미리 신문에다 광고하다니 새로운 착상일세. 헨리 경에게 신문을 보여 드리게, 클래독."

"흐음, 〈노드 베남 뉴스 앤드 치핑 클레그혼 가제트〉라" 하고 헨리 경이 말했다. "아주 작은 신문이로군."

그리고는 클래독이 가리키는 반 인치쯤 되는 광고를 읽었다.

"흐음, 하긴 좀 색다른데."

"광고를 낸 인물은 알았나?" 하고 라이데스데일이 물었다.

"신문사의 기록에 의하면 루디 셔트가 직접 원고를 건넸다고 합니다. 수요일이었습니다."

"담당자는 아무것도 물어 보지 않았단 말인가? 광고를 접수한 자가 말이야. 이상하지 않나?"

"이 광고를 받은 건 빼빼마른 금발 여자였는데, 모든 일에 기계적인 모양입니다. 그냥 글자 수만 세어서 돈을 받았답니다."

"어째서 이런 방법을 착안했을까?" 하고 헨리 경이 물었다.

"우선 그곳 주민들의 호기심을 잔뜩 끌어 놓고……"라고 라이데스데일이 자신의 생각을 털어놓았다. "그들을 모두 일정한 때 일정한 곳에다 모아 놓은 다음 손을 들게 해서 돈이나 귀중품을 빼앗으려는 거지. 수법치고는 꽤 창의성이 있네."

"치핑 클레그혼이란 어떤 곳인가?" 하고 헨리 경이 물었다.

"널찍한 그림 같은 마을이지. 푸줏간, 빵공장, 식료품점, 꽤 근사한 고물상, 거기다가 찻집까지 두 집이 있으니 확실히 좋은 곳이지. 자동차 여행을 하는 사람들은 여기서 식료품을 사는데, 주택지로서도 고급일세. 전에 농부들이 살던 집도 요즘은 훌륭하게 개조되어서 중년의 독신 여자나 노인들이 살고 있지. 빅토리아 왕조 시대 건물도 꽤 있고 말일세."

"그런가. 예쁜 늙은 고양이에 퇴역 대령들이 산단 말이로군. 하긴 그런 친구들이라면 광고를 보고 6시 반에 부지런히 모여들겠지. 대체 무슨 일이 일어날까 하고 말일세. 아, 내가 잘 아는 늙은 고양이가 여기 있었으면 좋았을 텐데. 사건이 있다고 해서 일부러 참견하고 나서는 사람은 아니지만, 어쩐지 그분에게 꼭 어울리는 사건 같아서 그러네."

"누구인가, 친한 늙은 고양이란? 자네 고모님인가?"

"아니" 하고 헨리 경은 한숨을 쉬고 나서 대답했다. "전혀 의지할 곳 없는 사람일세." 그리고는 자못 거드름을 부리며 말했다. "이분만큼 멋진 재능을 가진 탐정은 없을 걸세. 타고난 천재인데다가 좋은 환경에서 고이 자라난 분이거든."

헨리 경은 이번에는 클래독에게 말을 걸었다.

"자네도 이 마을의 늙은 고양이들을 경멸하질랑 말게. 만일 이 사건이 뭐 그렇게 되리라고는 생각 않네만 혹시 미궁에라도 빠지게 되는 날엔, 원예나 뜨개질로 세월을 보내고 있는 미혼의 늙은 여성들이 있다는 것을 상기하게. 이 사람들은 반드시 형사부장보다 앞장서서 활약할 걸세. 사건은 이렇게 해서 일어났는지도 모른다, 이렇게 해서 일어났을 게 틀림없다──아니, 사실 이렇게 해서 '일어났다'는 것을 분명하게 말할 수 있는 사람들일세! 그리고 사건이 일어난 까닭까지도 말일세!"

"네, 기억해 두지요."

클래독 경감은 딱딱한 자세로 대답하였다. 다모트 엘릭 클래독은 헨리 경으로부터 세례명까지 받았다. 부담없는 친숙한 사이일 터인데도 겉으로는 그렇게 보이지 않았다.

라이데스데일은 헨리 경에게 사건을 대강 추려서 이야기했다.

"6시 반에 모두들 모여 온다고 치더라도 말일세" 하고 헨리 경이 말했다. "루디 셔트는 다들 확실히 모일 거라는 것을 알고 있었을까? 그리고 모인 이들은 값나가는 것을 많이 가지고 있었던가?"

"유행이 지난 브로치가 두세 개, 모조품 진주 목걸이가 하나, 잔돈 조금과 지폐가 한두 장──정도였습니다."

"미스 블랙록은 집에 돈을 많이 가지고 있었던가?" 헨리 경은 사려깊게 말했다.

"별로 가지고 있지 않았다 합니다. 5파운드쯤이라고 생각합니다만" 하고 클래독이 대답했다.

"닭 사료값 정도밖에 안 되는군" 하고 라이데스데일이 말했다.

"그가 연극을 좋아했는지 어떤지 알아볼 필요가 있겠어……" 하고 헨리 경이 말했다. "즉 돈이 목적이 아니라 손을 들게 만드는 연극을 해보고 싶었는지도 모르지. 뭐라고? 영화에 나오는 이야기 같다고? 얼마든지 있을 수 있는 이야기지. 그런데 저 자신을 쏘았다고 했는데, 어떻게 쏘았단 말인가?"

라이데스데일은 한 장의 종이를 그에게 건네 주었다.

"검시 조서로군. '권총은 아주 가까운 거리에서 발사되어——옷이 눌었으며…… 호…… 과실 또는 자살을 나타내는 확증은 없다. 각오한 자살이라고 생각되는 점도 있으나, 또 발이 걸려 넘어지는 바람에 저절로 발사된 것이 아닌가 하는 관점도 아주 없지는 않다……. 십중팔구 후자이리라고 추정된다'……."

여기까지 읽자 헨리 경은 클래독을 보고 "먼저 목격자들을 신중하게 심문해서 그들이 본 대로 진술하게 하는 게 상책이겠군" 하고 말했다.

클래독 경감은 서글픈 듯이 말했다.

"보나마나 모두 다 다른 견해를 가지고 있을 겁니다."

"응, 그게 재미있는 걸세" 하고 헨리 경이 대꾸했다. "잔뜩 흥분해서 긴장해 있을 때 저마다 본 것이 말일세. 그들이 실지로 본 것도 재미있지만, 보지 않은 사람 쪽이 더 흥미롭지."

"권총은 무슨 형인가?" 서장이 말했다.

"외국제입니다. 유럽 대륙에 흔히 있는 평범한 형이지요. 셔트는 그 소지 면허증을 가지고 있지 않았습니다. 영국에 가져와서는 신고를 하지 않았어요."

"나쁜 녀석이로군." 헨리 경이 말했다.

"아무튼 어느 모로 보나 나쁜 녀석이야. 자, 클래독. 로열 수퍼 호텔에 가서 녀석의 신원을 조사해 주게."

## 2

로열 수퍼 호텔에 이르자 클래독 경감은 곧바로 지배인 사무실로 갔다.

지배인인 롤랜드슨 씨는 키가 크고 혈색이 좋은 사람으로서, 공손하게 클래독에게 인사를 했다.

"저희들로서 할 수 있는 일이라면 기꺼이 도움이 되어 드리지요, 경감님" 하고 그는 말했다. "하지만 정말 놀랐습니다. 믿어지지가 않더군요, 도저히. 셔트는 아주 평범한 사람이었으니까요. 인상이 좋은 젊은이였지요. 도저히 강도 행위 같은 걸 할 친구라고는 생각되지 않는데요."

"여기에 얼마나 있었습니까, 롤랜드슨 씨?"

"경감님이 여기 오시기 바로 전에 조사를 해 두었는데, 석 달 조금 더 됩니다. 소개장도 믿을 만한 사람으로부터 받은 것이고, 입국 허가증도 있었습니다."

"당신 마음에는 들었던가요?"

클래독은 지배인의 얼굴에 미묘한 변화가 이는 것을 은연중에 알아차렸다.

"네, 마음에 들었습니다. 무척요."

클래독은 여기서 자기가 써 오던 수법 중에서 매우 효과적이었던 것을 써 보았다.

"그러지 마시오, 롤랜드슨 씨." 그는 고개를 저으면서 조용히 말했다. "사실은 안 그러면서 뭘 그러시오?"

"네, 저……" 지배인은 조금 당황하기 시작했다.

"어서 말해 보시오. 뭔가 있었지요? 뭡니까, 그것이?"

"아무것도 없습니다. 모릅니다."

"그러나 뭔가 녀석에게 잘못이 있다고 느낀 적은 있었겠지요?"

"네——글쎄요——있었습니다……. 하지만 제 눈으로 직접 본 건 아닙니다. 그러니까 제 생각이 기록되어, 제 의사를 무시하고 엉뚱한 해석을 하시거나 하면 곤란한데요."

클래독은 기쁜 듯이 미소지었다.

"알겠습니다. 걱정하실 것 없어요. 다만 그 셔트란 사람이 어떤 사람인지 힌트를 얻고 싶을 뿐이니까요. 당신은 그를 의심하고 있었군요. 어떤 일로?"

롤랜드슨은 마지못해 이야기를 꺼냈다.

"한두 번 지불 청구서가 좀 이상했지요. 있지도 않은 항목이 적혀 있었거든요."

"말하자면 청구서에다 호텔의 계산에 없는 항목을 써넣고, 손님한테서 받아 내어 슬쩍 했다는 말이군요?"

"글쎄, 그런 겁니다만……. 하지만 이건 그가 부주의로 한 일인지도 모릅니다. 한두 번 굉장히 계산이 많았던 때가 있었거든요. 솔직히 말씀드려 한 번 셔트의 장부를 조사한 적이 있습니다. 그가 속임수를 쓰고 있지나 않나 하고 말이지요. 하지만 약간의 실수나 꼼꼼하지 못한 점은 있어도 현금은 장부와 꼭 맞더군요. 그래서 저는 제가 잘못 생각했구나 하고 단정을 내렸던 겁니다."

"그럴까요? 셔트는 역시 조금씩 속임수를 써서 돈을 가지고 있었기 때문에 그 돈으로 교묘하게 장부를 메꾸고 있었던 게 아니었을까요?"

"네, 만일 돈을 가지고 있었다면 그렇게도 할 수 있겠지요. 하지만 경감님 말씀처럼 돈을 착복하는 그런 인간이라면 늘 돈에 궁할 테니까 돈이 어디 손에 남아 있겠습니까?"

"그렇다면 장부와 계산을 맞추기 위해 어떻게 해서든지 돈은 뺏으려 하겠군요. 손을 들게 하거나 해서 말이오."

"글쎄요. 하지만 처음으로 한 짓이겠지요……."

"그런 모양입니다. 그의 수법이 매우 서투르니까요. 그가 돈을 얻어 쓸 만한 사람이 달리 없었는지요? 여성 관계는 어떻습니까?"

"그릴의 웨이트리스인 마녀 해리스라는 여자가 있습니다."

"좀 이야기를 하고 싶은데요."

### 3

마녀 해리스는 윤기 나는 빨간 머리와 오뚝한 코를 가진 아름다운 여자였다. 그녀는 겁을 먹고 경계하고 있었다. 그리고 경관에게 심문받는 것을 심한 모욕으로 여기는 것 같았다.

"전 몰라요, 아무것도 몰라요." 그녀는 항의하듯이 말했다. "그이가 나쁜 사람이라는 걸 알았더라면 전 결코 같이 외출하지 않았을 거예요. 물론 그이는 호텔 로비에서 성실히 일하고 있었어요. 전 그렇게 알고 있어요. 하지만 호텔에서 사람을──특히 외국인을 고용할 때는 여간 주의하지 않으면 안 될 거예요. 외국인이란 언제 무슨 짓을 할지 모르잖아요. 하지만 루디는 틀림없이 나쁜 갱의 일당들에게 끌려들었을 거라고 생각해요."

"우리 생각으로는 녀석 혼자서 해치웠다고 여겨지는데요." 클래독이 말했다.

"천만에요. 그이는 침착하고 훌륭한 사람이에요. 물건이 두세 가지 분실된 적은 있었어요. 지금 생각이 납니다만, 다이아몬드 브로치와 작은 금 로켓이었어요. 하지만 그것이 루디의 소행이라고 생각해 본 적은 한 번도 없어요."

"그렇다면 딴 사람이 훔쳤겠지요. 당신은 그와 아주 친했습니까?" 클래독이 물었다.

"글쎄요, 뭐라고 할까……."

"친구였겠지요?"

"네, 친구였어요. 하지만 그뿐이에요. 그냥 친구 사이였다고 할 정도예요. 깊은 사이는 아니에요. 전 언제나 외국인에게는 마음을 놓을 수가 없었어요. 그들은 가끔 가다 제멋대로 행동하니까요. 잘 모르시겠지만, 전쟁 중의 폴란드 사람 중에는 그런 사람들이 있었지요. 미국인 가운데도 있었고요! 여자 종업원을 꾀어 건드려 놓고는 자기는 결혼한 몸이라고 하는 거예요. 루디도 걸핏하면 큰소리를 치곤 했어요. 전 언제나 적당히 흘려들었습니다만."

클래독은 말꼬리를 잡았다.

"큰소리를 쳤다고요? 그래요? 그거 참 재미있군요, 해리스 양. 말씀 좀 해주시지요, 무슨 소리를 하던가요?"

"뭐, 스위스에 있는 자기 집이 부자라느니, 명문이라느니 하고 말이에요. 하지만 그이는 늘 돈에 쪼들리고 있었어요. 돈을 마음대로 영국에 가져오지 못하게 만든 법률 때문에 그렇다고 하더군요. 정말 그런지도 모르지만 아무튼 사치스러운 사람은 아니었어요. 말하자면 옷 같은 것도 고급품은 잘 입지 않았어요. 그이의 말에 허풍은 좀 많았다고 생각해요. 알프스에 올라갔다느니, 깨진 빙하 틈에서 사람을 구해냈느니 하고 말이에요. 이 부근에 있는 몰터 계곡을 건너는 데도 눈이 핑 돈다는 사람이 알프스가 어떠니 하고……."

"같이 외출을 자주 했습니까?"

"네, 그래요. 자주 외출했지요. 아주 예의바른 사람이었어요. 여성에 대한 에티켓도 잘 알고 있었구요. 영화를 구경할 때는 언제나 좋은 좌석을 사 주었으니까요, 어떤 때는 꽃다발까지 사 주었어요, 춤도 아주 썩 잘 추었지요."

"당신에게 미스 블랙록에 대한 이야기는 하지 않던가요?"

"가끔 여기 와서 점심을 드시는 분 말씀인가요? 한 번 여기 묵으신 일도 있었지요, 하지만 루디한테서 이야기를 들은 적은 없어요, 그가 그분과 아는 사이인 줄은 몰랐군요."

"치핑 클레그혼에 대한 이야기는?"

클래독은 마너 해리스의 말에 경계의 빛이 스친 것같이 생각되었으나, 그것은 기분 때문이었는지도 몰랐다.

"못 들었어요……. 한 번 버스에 대해 몇 시에 떠나느냐고 물은 적은 있었지만. 하지만 치핑 클레그혼이었는지 다른 곳이었는지 잊어버렸어요, 꽤 오래된 일이라서요."

마너 해리스로부터 이 이상 더 알아낼 수는 없었다. 루디 셔트는 매우 평범한 남자같이 생각되었다. 마너 해리스는 그 전날 밤에는 그와 만나지 않았다. 그녀는 거듭 셔트는 근본적으로 나쁜 사람은 아니며 절대로 그렇게 생각지 않는다고 강조했다.

클래독도 아마 그 말이 옳을 거라고 생각하고 있었다.

# 미스 블랙록과 미스 배너

리틀 패독스는 클래독 경감이 대충 상상했던 대로의 고장이었다. 오리며 닭들이 여기저기 떼를 지어 있고, 바로 얼마 전까지 매혹적인 초록빛으로 빛났을 화단에는 마지막 국화꽃이 두세 그루 피어 있을 뿐이었다. 잔디도 오솔길도 손질이 되지 않은 채 내버려져 있었다.

클래독 경감은 자신의 생각을 정리하고 있었다.

"정원에는 별로 돈을 들이고 있지 않는 것 같군. 꽃을 좋아해서 훌륭한 화단을 가꿀 만한 안목을 가진 자도 없는 모양이고, 집에다 칠도 새로 할 필요가 있겠는데. 하긴 요즘은 어느 집에나 칠을 새로 할 철이긴 하지만. 재산도 웬만큼은 되는 모양이로군."

클래독의 차가 현관 문 앞에 닿자 집 옆쪽에는 플레처 형사부장이 나타났다. 근위 장교 같은 얼굴 표정으로, 태도에도 어딘지 엄격한 군인 같은 데가 있었다. 언제나 '네' 하는 말에 여러 가지 뜻을 포함시킬 수 있는 타입의 사람이었다.

"여어, 플레처!"

"네."

"무슨 색다른 점이라도 있던가?"

"지금 막 가옥 검증을 끝낸 참입니다. 네, 셔트의 지문은 아무 데도 발견되지 않았습니다. 물론 장갑을 꼈겠지요. 문에도 창에도 강제로 침입한 흔적은 없습니다. 이곳에 6시에 도착하는 메데남 발버스로 온 것 같습니다. 이 집 옆문은 5시 반에 잠갔다고 하니까 녀석은 현관으로 들어왔을 가능성이 크다고 봅니다. 미스 블랙록은 현관문은 늘 잠잘 시간이 되어야 잠근다고 했는데, 하녀의 말로는 오늘 오후 내내 쇠를 걸어 두었다고 하더군요. 하녀는 그 이상은 도무지 말을 하지 않습니다. 어찌나 성격이 거센지……. 어딘지는 모르지만 중부 유럽의 피난민이라나 봅니다."

"다루기 힘이 든단 말이지?"

"네!"

플레처는 강한 감정을 섞어 대답했다.

클래독은 쓴웃음을 지었다.

플레처는 보고를 계속했다.

"집 안의 배전선에는 아무런 고장도 없습니다. 그래서 놈이 어떻게 전등을 조작했는지 짐작이 가지 않습니다. 꺼진 것은 한 회로뿐입니다. 응접실과 홀을 연결하고 있는 선이지요. 하긴 요즘은 벽에 나와 있는 응접실 전등과 천장에서 드리워져 있는 홀의 전등이 한 퓨즈를 쓰게 되어 있는 곳은 없습니다만, 아무튼 이 건물은 구식 설비와 배선이어서요. 놈이 어떻게 두꺼비집을 조작했는지 모르겠는 것은 싱크대 옆에 두꺼비집이 있기 때문입니다. 거기까지 가려면 아무래도 부엌을 지나가야 하니까, 하녀에게 들키게 되거든요."

"하녀와 짰다면?"

"그건 얼마든지 있을 수 있는 일이지요. 둘 다 외국인이니까요. 그리고 전 하녀를 전혀 믿을 수가 없습니다, 손톱만큼도요."

클래독은 현관 옆쪽 창문에서 놀란 듯한 두 개의 커다란 검은 눈이 이쪽을 응시하고 있는 것을 눈치채고 있었다. 얼굴은 유리창에 가려서 분간하기가 힘들었다.

"저 여잔가?"

"그렇습니다, 네."

그 얼굴이 사라졌다.

클래독은 현관의 벨을 눌렀다.

한참 기다리게 한 뒤에야 겨우 문이 열렸다. 문을 연 것은 호도빛 머리칼과 따분해 보이는 얼굴을 한 아름다운 젊은 여자였다.

"클래독 경감입니다만……."

그녀는 아주 매혹적인 푸른 눈으로 차갑게 쓱 훑어보고는 입을 열었다.

"들어오세요, 미스 블랙록이 기다리고 계십니다."

홀은 좁지만 길고 놀랄 만큼 많은 문들이 달려 있었다.

젊은 여자는 왼쪽 문을 거칠게 열며 말했다.

"클래독 경감님이 오셨어요, 레티 아주머니. 미치는 겁을 먹고 문도 열러 나가지 않아요. 부엌에 틀어박혀서 자꾸 울고만 있지 뭐예요. 오늘 낮에는 점심도 차려 줄 것 같지 않군요."

이렇게 말하고 나서 클래독을 보고 설명하듯이 덧붙였다.

"저희 집 하녀는 경찰을 무척 싫어한답니다."

그녀는 이내 방을 나가고 문을 닫았다.

클래독은 리틀 패독스의 주인에게로 다가갔다.

그가 볼 때 미스 블랙록은 키가 크고 튼튼해 보이는 60살 남짓한 부인이었다. 굽실굽실한 흰 머리가 지적으로 보여 강한 의지를 나타낸 얼굴을 한층 더 돋보이게 하고 있다. 잿빛 눈은 날카롭고, 턱은 뚜렷하게 각져 있으며, 왼쪽 귀는 붕대로 싸매어져 있다. 얼굴에는 화장한 티도 없고 옷은 솜씨좋게 지은 스카치 윗도리와 스커트, 거기에 재킷을 걸친 간단한 차림이었다. 목에 걸고 있는 돋을새김의 보석이 차라리 어울리지 않게 여겨질 정도였다. 그러나 이 빅토리아 왕조식의 목걸이만이, 숨겨져 보이지 않는 감상적인 성격을 나타내 주는 것 같기도 했다.

미스 블랙록 곁에는 같은 나이 또래의 부인이 앉아 있었다. 둥그스름한 얼굴에는 여간 아닌 열성이 엿보였는데, 헤어네트에서 삐져 나온 머리카락이 흐트러져 있었다. 클래독은 그녀가 레그 순경의 보고서에 있던 '돌라 배너──친구'임을 금방 알았다. 레그 순경은 그 보고서에 이 여자에 대하여 '고양이'라고 쓸데없는 설명까지 붙여 놓았던 것이다.

미스 블랙록은 성량이 풍부한 듣기 좋은 목소리로 말했다.

"어서 오세요, 클래독 경감님. 이쪽은 친구인 미스 배너예요. 저를 도와 주려고 와 있지요. 자, 앉으세요. 담배는 안 피우시나요?"

"일할 때는 피우지 않습니다, 미스 블랙록."

"그러세요!"

클래독은 노련한 눈으로 방 안을 한 바퀴 쓱 훑어보았다. 전형적인 빅토리아 식의 두 방으로 구분된 응접실이었다. 이쪽 방에는 길다란 창이 두 개 있고, 다른 방에는 들창이 하나 있다. 의자, 소파, 가운데의 테이블에는 큼직한 국화 화분이 하나, 또 한 개의 화분이 창턱에 있다. 모두 신선하고 기분 좋은 가구였으나 별로 신기한 것은 못되었다. 오직 하나 어울리지 않아서 눈길을 끈 것은 자그마한 은 꽃병에 꽂힌 시들어 가는 제비꽃이었다. 그 꽃병은 옆방으로 통하는 아치 가까운 테이블에 얹혀 있었다. 미스 블랙록은 이렇게 시든 꽃을 내버려 두고서 예사로 있을 수 있는 사람으로는 여겨지지 않았으므로, 클래독은 무언가 일상의 집안일을 방해할 만한 사건이 있었던 거라고 생각했다.

그는 말했다.

"이 방에서 그——사건이 일어났군요, 미스 블랙록?"

"네."

"어제 저녁에 경감님도 오셨더라면 보실 수 있었을 거예요." 미스 배너가 소리쳤다. "굉장한 소동이 일어났었지요. 작은 테이블이 둘 다 넘어지는 바람에 다리가 하나 망가졌고——다들 어둠 속에서 서로 부딪치느라고요. 어떤 이는 불붙은 담배를 떨어뜨려서 귀중한 가구까지 태웠답니다. 모두들——특히 젊은 사람들은 그런 데 통 주의를 하지 않아서 말이에요……. 다행히 도자기 종류는 하나도 안 깨졌지만……."

미스 블랙록은 부드러우면서도 점잖게 돌라의 말을 가로막았다.

"돌라, 떠드는 거야 아무리 떠들면 뭐해요. 그보다도 클래독 경감님의 질문에 대답해 드리는 게 가장 중요한 일이에요."

"감사합니다, 미스 블랙록. 그러면 어젯밤 사건에 대해서 이야기하십시다. 먼저 여쭤 보고 싶은 것은, 그 죽은 남자를 처음 만나신 것이 언제입니까? 루디 셔트 말입니다."

"루디 셔트라고요?" 미스 블랙록은 약간 놀라는 빛을 나타냈다.

"그런 이름이었나요? 나는 또……. 뭐, 이런 거야 아무래도 좋은 일이지만……. 처음으로 그 사람을 만난 것은 메데남 수퍼에 물건을 사러 갔을 때였어요. 그러니까 3주일쯤 전이군요. 우리는——미스 배너와 말입니다만——로열 수퍼 호텔에서 점심 식사를 했지요. 식사를 하고 돌아오려는데 누군가가 내 이름을 부르지 않겠어요. 그게 바로 그 청년이었어요. 그는 이렇게 말했지요. '미스 블랙록이시죠?' 그리고 나서는 '아마 기억 못 하시겠지만 저는 몬트루의 알프스 호텔 주인 아들입니다'하고 설명을 하는 거예요. 전쟁

때 한 1년 가량 여동생과 함께 그 호텔에서 지낸 적이 있었거든요."

"몬트루의 알프스 호텔이라고요." 클래독이 메모를 했다. "그래, 그 사람을 기억하고 계셨습니까?"

"아뇨, 전에 만났던 기억은 전혀 없었어요. 호텔 프런트에 있는 직원들은 거의 다 똑같은 얼굴을 하고 있으니까요. 우리가 몬트루에 있을 적엔 무척 유쾌하게 지냈었고, 호텔 주인도 몹시 친절하게 대해 주었고 해서 나는 그에게 될 수 있는 대로 정중한 태도로 영국에서 유쾌하게 지낼 수 있기를 바란다고 말해 주었지요. 그랬더니 그는 '네, 실은 아버지 명령으로 호텔 실무 견습차 6개월 동안 영국에 파견되었습니다'라고 하더군요. 별스러운 이야기도 아니었지요."

"그 다음에 만나신 것은요?"

"그러니까——열흘 전이었어요. 느닷없이 그가 여기까지 찾아왔더군요. 나는 깜짝 놀랐지요. 그는 '대단히 실례지만' 하며 변명을 한 다음 영국 사람 중에 아는 사람이라고는 나뿐이라서 찾아왔다는 거예요. 사실은 자기 어머니가 스위스에서 병이 나서 중태에 빠졌기 때문에 갑자기 여비가 필요하게 되었다나요."

"그래도 레티는 주지 않았답니다." 미스 배너가 부리나케 말했다.

"도저히 믿을 수가 없는 이야기였어요." 미스 블랙록은 힘을 주어 말했다. "나는 그가 거짓말을 하고 있는 거라고 생각했지요. 스위스로 돌아갈 여비가 없다니 우습잖아요. 그만한 돈을 그의 아버지가 보내 주지 않을 리가 있겠어요. 호텔 직원들은 서로 친하게 지내면서 곧잘 돈을 돌려쓰곤 한답니다. 나는 그 사람이 회계 돈을 속이거나 어쨌거나 해서 곤란하게 되어 그러는 줄로 생각했지요."

여기서 한숨 돌리고 나더니 이번에는 냉정한 투로 말했다.

"매정한 여자라고 생각되실지 모르지만 나는 오랫동안 자본가의 비서 노릇을 했기 때문에 돈을 달라는 사람이 있으면 항상 조심하는 버릇이 있어요. 세상에 온갖 불행이 있다는 건 잘 알고 있지만 말이에요."

"내가 한 가지 놀란 것은" 하고 그녀는 곰곰 생각하며 덧붙였다.

"그가 선뜻 체념한 점이에요. 군소리 없이 금방 돌아갔어요. 마치 돈 같은 건 처음부터 기대하고 있지 않았다는 태도였어요."

"지금 생각하실 때 어떻습니까? 그가 돈을 빌리러 온 것은 구실이고 사실은 집 구조를 살피러 온 것같이 생각되지는 않습니까?"

미스 블랙록은 고개를 크게 끄덕이며 말했다.

"그래요, 지금 내가 생각하고 있는 것도요. 그를 배웅할 때 뭐라고 말을 했지요. 방에 대한 것을 말이에요. '좋은 식당이군요'──실은 조금도 좋지가 않거든요. 아주 어둡고 작은 방이라서요──하며 방 안을 기웃거리더군요. 그리고는 급히 현관으로 가서 직접 문을 열었어요. '제가 열겠습니다' 하면서요. 지금 생각해 보면 그때 자물쇠가 어떤 것인지 보려고 그랬던 게 아닌가해요. 하긴 이 부근에서는 대부분 그렇듯이 어두워지기까지는 현관문을 잘 걸지 않지만요. 아무나 드나들 수 있도록 되어 있지요."

"옆문은요? 분명히 뜰 쪽으로 문이 있는 걸로 압니다만……."

"네, 손님들이 오시기 조금 전에 오리 집 문을 닫느라고 내가 옆문으로 나갔었어요."

"나가실 때 문을 잠갔습니까?"

미스 블랙록은 눈살을 모으고 생각하다가 말했다.

"기억이 없는데요……. 어떻게 했는지 모르겠네. 돌아왔을 때는 분명히 잠갔어요."

"6시 15분쯤이었지요?"

"그렇게 알고 있어요."

"현관문은요?"

"여느 때와 마찬가지로 잠그지 않았지요. 느지막이 잠그려고요."

"그렇다면 셔트는 현관으로 쉽게 들어올 수 있었겠군요. 아니면 당신이 오리 집에 가 계신 동안 슬쩍 들어왔는지도 모르죠. 녀석은 이 집 구조를 살폈으니까 숨을 만한 곳도 다 알고 있었을 겁니다. 벽장이라든가 그 밖의 장소를 말이지요. 지금까지 하신 말씀으로 모든 것이 분명해졌습니다."

"실례지만, 아직 모든 것이 분명해지진 않았어요." 미스 블랙록이 말했다. "일부러 그런 고생을 해서까지 이 집을 습격해서 손을 들게 만드는 턱없는 연극을 하다니, 도대체 그 까닭이 뭘까요?"

"집에다 돈을 많이 두고 계십니까, 미스 블랙록?"

"그 책상 속에 5파운드 가량 있어요. 지갑에는 1, 2파운드 가량 있고요."

"보석류는?"

"반지하고 브로치 한두 개, 그리고 지금 목에 걸고 있는 목걸이뿐이에요. 경감님도 아주 이상한 사건이라고 생각하시겠지요?"

"절대로 도둑은 아냐." 미스 배너가 소리쳤다. "내가 전에 말하지 않았어, 레티. 복수야! 돈을 안 줬기 때문에! 분명히 레티를 노리고 쐈어, 두 번이나!"

"자," 클래독이 말했다. "드디어 어젯밤 일을 이야기할 단계가 왔군요. 솔직히 말해서 어떤 일이 일어났습니까, 미스 블랙록? 미스 블랙록께서 직접 기억하고 계시는 걸 모두 말씀해 주실까요."

미스 블랙록은 잠시 생각하고 있었다.

"시계가 쳤어요." 그녀는 말을 하기 시작했다. "맨틀피스에 있는 저 시계예요. 무슨 일이 일어나려면 곧 일어날 게 틀림없다고 내가 한 말을 기억하고 있어요. 그때 시계가 쳤지요. 우리는 모두 말없이 그 소리를 가만히 듣고 있었어요. 종소리 같은 소리를 내는 시계예요. 두 번 쳤을 때 갑자기 전기가 나가더군요."

"켜져 있는 것은 어느 곳 전등이었습니까?"

"이 방과 저쪽 방 벽에 설치한 램프예요. 커다란 입식 램프와 두 개의 작은 스탠드는 켜 놓지 않았었지요."

"불이 꺼질 때 번쩍한다거나 무슨 소리 같은 건 나지 않았습니까?"

"나지 않았어요."

"아니에요, 분명히 번쩍 하는 걸 봤어요." 돌라 배너가 참견을 했다. "그리고 철꺽 하는 소리도 들었어요. 아이, 소름끼쳐!"

"그리고요, 미스 블랙록?"

"문이 열렸어요……."

"어느 쪽의? 이 방에는 문이 둘 있는 것 같은데요."

"그렇군요. 이 문이에요. 옆방 문은 열리지 않아요. 열리지 않는 문이지요. 이 문이 열리더니 남자가 나타났어요. 복면을 하고 권총을 들고 있었어요. 꼭 꿈 같아서 말도 할 수 없을 정도였어요. 하지만 물론 나는 터무니없는 장난인 줄로만 알았지요. 사나이는 뭐라고 말을 했어요, 잊어버렸지만……."

"손을 들지 않으면 쏠 테다!" 미스 배너가 연극조의 말투로 흉내를 냈다.

"뭐, 그런 비슷한 소리를 했어요." 미스 블랙록은 이렇게 말했으나 의심스러운 얼굴을 하고 있었다.

"그래서 모두 손을 들었겠군요?"

"그야 물론이지요." 미스 배너가 또 참견을 했다. "다들 손을 들었지요."

"나는 들지 않았어요." 미스 블랙록이 카랑카랑한 목소리로 말했다. "너무 터무니없는 데다가 신경질이 부쩍 났거든요."

"그리고?"

"손전등의 불빛이 나를 똑바로 비추더군요. 눈이 부셔서 깜박하는 순간 글쎄 놀랍게도 총알이 한 방 날아와 내 옆을 스쳐서 머리 위 기둥에 맞았지 뭡니까. 누군지 외마디 소리를 지르더군요. 그때 나는 귀에 화끈함을 느끼면서 두 방째 총소리를 들었어요."

"무서웠어요" 하고 미스 배너가 말했다.

"그리고 어떻게 되었습니까, 미스 블랙록?"

"글쎄요, 뭐라고 하면 좋을까…… 너무 아프기도 하고 놀래서 정신을 제대로 차릴 수가 없었어요. 그──그 사나이는 뒤를 돌아보고는 걸어갔는데, 발이 걸려 넘어지는 것 같았어요. 그 뒤 세 발째의 총소리가 나고 손전등이 꺼졌는데 다들 고함을 지르고 소란을 떠느라고 이리 밀리고 저리 밀리고 소동이 벌어졌지요."

"미스 블랙록이 서 계신 장소는 어디였지요?"

"레티는 테이블 저쪽에 있었어요. 저 제비꽃 꽃병을 들고서 말이에요." 미스 배너가 숨찬 사람처럼 말했다.

"여기 있었어요." 미스 블랙록은 아치 옆에 있는 테이블 너머로 가서 걸음을 멈추었다. "손에 들고 있었던 것은 꽃병이 아니라 담배 상자였어요."

클래독 경감은 그녀의 뒤쪽 벽을 조사했다. 두 개의 총알 구멍이 뚜렷하게 보였다. 총알은 이미 뽑아서 권총에 들어맞는지 조사하기 위해 경감에게 보내져 와 있었다.

그는 조용히 말했다.

"그는 레티를 겨냥하고 쏜 거예요." 미스 배너가 말했다. "분명히 레티를 노렸어요. 그를 똑똑하게 보았는걸요. 손전등으로 하나하나 비추고서 레티를 발견하자 손을 멈추고 똑바로 겨누어서 쏜걸요. 레티를 죽일 작정이었던 거예요. 틀림없어, 레티!"

"이것 봐, 돌라. 뭐든지 깊이 생각한 다음에 그런 결론을 내리도록 해요."

"레티를 노리고 쏘았단 말이야." 돌라 배너는 완강하게 주장했다.

"레티를 쏠 작정이었던 거야. 그러다가 실패를 했기 때문에 자살한 거예요. 틀림없이 내 말이 맞아요!"

"자살할 생각은 조금도 없었다고 생각해요." 미스 블랙록이 말했다. "절대로 자살 같은 것을 할 사람이 아니에요."

"권총을 쏠 때까지 장난인 줄로만 알았다고 하셨지요, 미스 블랙록?"

"그래요. 달리 생각할 수가 있겠어요?"

"살인 광고는 누가 냈다고 생각하셨습니까?"

"처음에 레티는 패트릭이 그러지 않았을까 하고 말했잖아." 미스 배너가 생각을 촉구시키는 것처럼 말했다.

"패트릭?" 경감은 날카롭게 물었다.

"육촌 동생뻘 되는 패트릭 시몬스 말이에요."

미스 블랙록은 틈을 주지 않고 말했다. 돌라 배너가 또 끼어드는 것이 싫었던 것이다.

"처음에 신문에서 그 광고를 보았을 때 그애가 장난으로 그러는 줄 알았습니다만, 패트릭은 분명하게 아니라고 했어요."

"그래서 레티는 걱정하기 시작한 거예요. 안 그래, 레티?" 또 미스 배너가 나섰다. "분명히 걱정을 했어. 말로는 걱정 같은 것 하지 않는다고 했지만. 걱정할 만한 일이었잖아. '살인을 알려 드립니다' 해 놓고서 그대로 되었으니까. 레티를 죽이려고 했던 거예요! 그가 실수만 하지 않았더라면 틀림없이 레티는 죽었을 거예요. 만약 그렇게 되었더라면 우리는 대체 어떻게 되었을까!"

돌라 배너는 말을 하면서 부들부들 떨고 있었다. 얼굴이 이지러져 금방에라도 울음을 터뜨릴 것만 같았다.

미스 블랙록은 돌라의 어깨를 가볍게 토닥거렸다.

"이제 됐어요, 돌라. 너무 흥분하지 말아요. 몸에 해로워. 이젠 아무렇지도 않아. 끔찍한 경험이긴 하지만 다 끝난 일이니까." 이렇게 말하고 나서 다시 덧붙였다. "제발 부탁이니 마음을 좀 든든하게 가져요. 나는 돌라를 의지하고 있는 형편인데, 안 그래? 집안을 좀 보살펴 줘야 하잖아. 오늘은 세탁소에서 올 날이지?"

"어머나, 내 정신 좀 봐. 레티, 고마워. 일깨워 줘서. 잃어버린 베갯잇을 찾아다 줄는지 모르겠군. 수첩에다 적어 둬야지. 곧 가서 살피고 오겠어, 레티."

"그 제비꽃도 가져가요." 미스 블랙록이 말했다. "시든 꽃처럼 볼품없는 것은 없으니까."

"딱하기도 하지, 어제 꺾어다 꽂았는데. 오래 못 가는 거로군. 아마 내가 꽃병에 물 붓는 걸 잊어버린 모양이지. 이상한데? 늘 잊어버리기만 하다니. 자, 빨랫거리나 살펴보러 가야지. 곧 올 때가 되었으니까."

그녀는 다시 기쁜 얼굴을 하고 부지런히 사라져 갔다.

"저 친구는 몸이 약해요." 미스 블랙록이 설명했다. "흥분은 금물이지요. 그밖에 또 질문이 있으세요?"

"여기 사시는 분들의 인원수와 그분들에 대한 것을 정확하게 알고 싶습니다."

"네, 알겠어요. 나하고 돌라 외에 육촌 동생뻘 되는 두 남매가 있습니다. 패트릭과 줄리아 시몬스예요."

"육촌뻘 되는 남매라고요? 조카들이 아니었던가요?"

"아니에요, 레티 아주머니라고 부르고는 있지만 사실은 육촌 동생 뻘 되는 아이들이지요. 그애들 어머니하고 내가 오촌간이니까요."

"함께 오래 계셨습니까?"

"아니오, 두 달밖에 되지 않았어요. 전쟁 전에는 그애들도 남프랑스에서 살았었지요. 패트릭은 해군에 있었고 줄리아는 관청에 근무하고 있었어요. 전쟁이 끝나자 그애들 어머니가 밥값은 낼 테니 애들을 좀 맡아 달라는 편지를 보내 왔기에 지금 데리고 있는 거예요. 줄리아는 지금 밀체스터 제너럴 병원에서 약제사로서 연구를 하고 있고, 패트릭은 밀체스터 대학 공과에 적을 두고 공부하고 있지요. 아시겠지만 밀체스터는 여기서 버스로 50분 거리에 있어요. 아이들이 우리 집에 있어 줘서 나는 아주 기뻐요. 집이 너무 커서 적적했으니까요. 하숙비조로 약간 받고 있는데, 그걸로 충분하답니다."

그녀는 미소를 지으며 덧붙였다.

"주위에 젊은 사람이 있으면 든든하니까요."

"그리고 헤임스 부인이라는 분도 있지요?"

"네, 루커스 부인 소유인 데이어스 홀에서 원예사 조수 노릇을 하고 있어요. 데이어스 홀에 있는 건물에는 나이 든 원예사 부부가 있어서 루커스 부인이 그녀를 우리 집에 좀 있게 해줬으면 좋겠다고 하지 않겠어요. 아주 좋은 사람이에요. 남편은 이탈리아 전선에서 전사했지요. 8살 된 아들이 있는데, 초등학교에 다니고 있지요. 일요일이면 이리로 오곤 한답니다."

"댁의 일을 돕는 사람은요?"

"화요일과 금요일에 정원사가 일을 보러 오고 있고, 마을에서 하긴스 부인 댁 사람이 일주일에 5번 아침에만 일을 거들러 와요. 그리고 부엌일 하는 하녀로 외국 피난민이 한 사람 있어요. 본명은 어찌나 부르기가 어려운지 그냥 미치라고만 부르고 있어요. 아마 보시면 다루기 힘든 여자라고 생각하실 거예요. 일종의 피해망상광이니까요."

클래독은 고개를 끄덕였다. 그는 레그 순경의 가치 있는 주석을 또다시 상기하고 있었다. 배너를 '고양이', 블랙록을 '갈대'라고 평한 레그 순경은 미치를 단 한 마디 '거짓말쟁이'로 처리하고 있었다.

블랙록은 마치 그의 마음을 알아차린 것같이 말했다.

"미치에게 너무 나쁜 선입관을 갖지 마시도록 부탁드리고 싶어요. 그냥 죄없는 거짓말쟁이니까요. 어떤 거짓말쟁이고 다 그렇겠지만, 나는 미치가 하는 거짓말의 이면에는 진리가 있다고 생각해요. 말하자면 이것은 한 예이지만, 미치의 박해담은 자꾸자꾸 과장되어서 나중에는 책에 씌어져 있는 박해 이야기까지도 미치나 그녀의 가족들에게 실지로 있었던 것같이 생각하는 거예요. 하지만 미치가 처음에 심한 박해를 받고, 가족 가운데 하나가 살해된 것만은 사실이에요. 이런 피난민들 대부분은——하기야 무리도 아니겠지만——박해당한 정도가 심하면 심할수록 우리들의 동정이나 관심이 커질 줄 알고 있거든요. 그래서 아마 과장도 하고 이야기를 꾸미기도 하는가 봐요."

그리고 이렇게 덧붙였다.

"분명하게 말씀드리자면 미치는 좀 실성한 여자예요. 우리는 그녀 때문에 골탕을 먹고 있답니다. 의심이 많고 잘 토라지는 데다 감정부터 앞서지요. 자기를 업신여기는 줄로만 알고 있어요. 그래도 나는 역시 가엾은 생각이 자꾸 들어요."

블랙록은 여기서 말을 끊고 미소지었다.

"그래도 마음이 내키면 아주 맛있는 음식을 곧잘 만들어 준답니다."

"될 수 있는 대로 흥분시키지 않도록 하지요." 클래독은 위로하는 얼굴로 말했다. "제가 들어올 때 문을 열어 준 것은 미스 줄리아 시몬스입니까?"

"네, 만나 보시겠어요? 패트릭은 지금 외출중이에요. 필리퍼 헤임스는 데이어스 홀에서 일하고 있고요."

"감사합니다, 미스 블랙록. 괜찮으시다면 지금 곧 미스 시몬스를 만났으면 합니다만."

# 줄리아, 미치, 패트릭

## 1

줄리아는 방으로 들어오자, 조금 전까지 레티시아 블랙록이 앉았던 의자에 앉았다. 클래독은 그녀의 태연자약한 태도가 왠지 모르게 좀 신경에 거슬렸다. 그녀는 해맑은 눈으로 말끄러미 경감을 지켜보며 질문을 기다리고 있었다.

미스 블랙록은 눈치 빠르게 슬쩍 빠져나갔기 때문에 방 안에는 단 둘밖에 없었다.

"어제 저녁 이야기를 좀 들려 주실까요, 미스 시몬스?"

"어제 저녁이요?" 줄리아는 나직한 목소리로 말했다. 멍한 눈초리였다. "네, 저희들은 아주 잘 잤어요. 아마 반동으로 그런 모양이지요."

"아니, 말하자면 어제 저녁 6시 반 이후의 일 말입니다."

"네, 그 일은……. 글쎄요, 무료한 사람들이 많이 있었어요……."

"무료한 사람들이라니요?"

그녀는 또 해맑은 눈으로 클래독을 말끄러미 바라보았다.

"이미 이야기는 다 알고 계시지 않나요?"

"질문을 하고 있는 것은 내 쪽입니다, 미스 시몬스." 클래독은 웃으면서 말했다.

"죄송해요. 전 같은 이야기를 자꾸 되풀이하는 걸 무척 싫어하거든요. 경감님은 물론 그렇지 않으시겠지만……. 그러시다면 말씀드리죠. 손님은 이스터브룩 대령 부부, 미스 힌치리피와 미스 마거트 로이드, 스웨테남 부인과 에드먼드 스웨테남, 그리고 목사님 부인인 하몬 부인이었어요. 지금 말씀드린 순서대로 오셨더랬지요. 이분들이 어떤 말을 했는지 아시고 싶으실 테지만 다들 똑같은 소리를 차례로 말하고 있었어요. '호, 벌써 스팀을 넣었습니까?'라고요. 그리고 '국화꽃이 곱기도 해라' 하고 오는 사람마다 말했어요."

클래독은 입술을 깨물었다. 줄리아는 남의 말을 흉내내는 것이 썩 능숙했다.

"하지만 하몬 부인만은 예외였어요. 그이는 참 예쁜 분이랍니다. 모자는 금방이라도 떨어질 것 같이 쓰고 구두끈도 매지 않은 채로 들어와서 대뜸 하는 말이 '살인은 언제 시작되지요?' 하고 묻지 않겠어요? 다들 난처해서 어쩔 줄 몰라하더군요. 다른 사람들은 모두 우연히 지나는 길에 들른 것처럼 꾸미고 있었거든요. 레티 아주머니는 무표정한 얼굴로 '곧 시작되겠지요'라고 대답했어요. 그때 시계가 쳤답니다. 시계가 치고 난 순간 전기불이 꺼지고 문이 쾅 열리더니 복면한 사람이 서 있었어요. '손들어'라고 한 것 같았는데, 꼭 시시한 영화 장면 같았어요. 정말 가소로운 광경이었어요. 그리고 나서 레티 아주머니를 향해 권총을 두 방 쏘았어요. 그러는 바람에 가소로운 정도가 아닌 게 되고 말았지요."

"그때 여러분은 어느 위치에 계셨습니까?"

"전기불이 꺼졌을 때 말인가요? 이 근처에 모두들 서 있었지요.

하몬 부인은 소파에 앉아 있었어요. 힌치(힌치리피 말이에요)는 난로 앞에 남자 같은 자세로 서 있었고요."

"다들 이 방에 있었습니까, 아니면 저쪽 방에 있는 사람도 있었습니까?"

"확실히 거의 모두가 이 방에 있었다고 생각해요. 패트릭은 셰리를 가지러 옆방에 가 있었어요. 이스터브룩 대령도 패트릭을 따라 갔다고 생각합니다만, 잘은 모르겠어요. 네, 그래요. 방금 말씀드렸듯이 이 근방에 서 있었어요."

"미스 시몬스는 어디쯤에?"

"저기 저 창가였다고 생각해요. 레티 아주머니는 담배를 가지러 갔었어요."

"아치 곁에 있는 저 테이블에 있었겠군요?"

"그래요. 그때 전기불이 나가고 시시한 영화가 시작된 셈이에요."

"놈은 빛이 강한 손전등을 갖고 있었다는데, 그걸로 어떻게 하던가요?"

"저희들 쪽을 비추었어요. 굉장히 눈이 부셨어요. 눈을 깜박거리지 않을 수 없을 정도였지요."

"자, 이번에는 신중하게 대답해 주십시오. 미스 시몬스. 놈은 손전등을 움직이지 않고 가만히 들고 있었습니까, 아니면 이리저리 움직이며 비추었습니까?"

줄리아는 곰곰 생각했다. 이제는 따분한 듯한 기색도 보이지 않았다.

"움직였어요." 그녀는 천천히 말했다. "댄스 홀의 조명처럼요. 제 눈을 비쳤는가 싶자 이내 움직였으니까요. 그리고 나서 총소리가 울렸는데, 두 방이었어요."

"그리고?"

"갑자기 그가 한 바퀴 휙 돌아섰는데, 미치가 어딘선지 사이렌 소리 같은 울음을 터뜨리는 순간 손전등이 마룻바닥에 떨어지고 총소리가 났어요. 그리고 이내 문이 닫히고——이상한 소리를 내며 천천히 닫히는 문이라서 굉장히 기분이 나쁘지요——주위가 캄캄해졌어요. 다들 어떻게 해야 좋을지 몰라 쩔쩔매고 있었는데 배너는 토끼처럼 동동거리며 홀 저쪽에서 금방이라도 숨이 넘어갈 듯한 소리로 소란을 떨었어요."

"셔트가 자살했는지, 아니면 발이 걸려 넘어지는 바람에 실수로 죽은 건지, 어느 쪽이라고 생각하십니까?"

"그런 건 생각해 본 적도 없어요. 모든 게 다 연극 같았어요. 사실 저는 정말로 터무니없는 장난인 줄로만 알았거든요. 레티 아주머니의 귀에서 피가 흐르는 걸 보기 전까지는 말이에요. 그렇잖겠어요? 권총을 쏘아서 연극의 실감을 내려면 머리보다 훨씬 위쪽을 겨누어 쏘았어야 할 것 아니겠어요."

"확실히 그렇군요. 그런데 놈에게는 자기가 노린 사람이 똑똑하게 보인 것 같았나요? 말하자면 미스 블랙록을 손전등 빛에 뚜렷하게 비쳤던가요?"

"모르겠어요. 전 아주머니를 보고 있지 않았어요. 그 남자를 보고 있었으니까요."

"아니, 내가 알고 싶은 것은 그가 미스 블랙록을——특별히 미스 블랙록만을 일부러 노린 것같이 생각되더냐 하는 것입니다."

줄리아는 경감의 이와 같은 생각에 약간 놀라는 듯했다.

"레티 아주머니를 노리고 있는 것 같더냐고요? 그건 좀 우습군요 ……. 기어이 레티 아주머니를 쏠 작정이었다면 얼마든지 좋은 기회가 있었을 텐데요. 친구나 이웃 사람들을 한군데 모아 놓고 쏘다니, 그건 일을 어렵게 만들 뿐이 아니겠어요. 아일랜드 식으로 울타리 뒤에서 쏘는 편이 한결 성공할 가능성이 더 클 텐데요."

클래독은 돌라 배너가 주장하는 레티시아 블랙록 살해 미수설이 줄리아의 이 답변으로 완전히 깨어졌다고 생각했다.

그는 한숨을 쉬며 말했다.

"고맙습니다, 미스 시몬스. 지금부터 미치를 만났으면 하는데요."

"미치의 손톱을 조심하도록 하세요." 줄리아는 위협하듯이 말했다. "여간 아니니까요!"

## 2

클래독은 플레처와 함께 부엌으로 미치를 찾아갔다. 그녀는 밀가루 반죽을 하고 있다가 그가 들어가자 얼굴을 들고 찬찬히 쳐다보았다.

미치의 검은 머리는 눈 위에까지 드리워져 있었다. 불쾌한 얼굴 표정이었다. 붉은 빛 점퍼와 밝은 녹색 스커트는 창백한 안색에 어울리지 않았다.

"무슨 일로 부엌까지 들어오셨지요, 미스터 폴리스? 경찰이지요, 당신? 아, 허구한 날 박해뿐이로군요! 이젠 몸에 익어 버렸을 정도야. 영국에선 그런 일이 없다더니만 다 거짓말이었어. 똑같아, 나를 고문하려는 거겠지요? 무언가 말을 시키려고 말이에요. 하지만 아무 말도 않을 테예요. 손톱을 뽑고 거기다가 성냥불로 지지려는 거지요? 그래요, 아니, 더 심한 짓을 할지도 몰라. 하지만 말은 안할 테예요. 아무 말도——아무 말도 말이에요. 그러면 수용소로 보내겠다, 이 말이겠지요? 흥, 그래도 상관없지요."

클래독은 물끄러미 그녀를 지켜보고 있었다. 어떻게 심문하는 것이 상책일까 하고 이리저리 생각하고 있었던 것이다. 한참 뒤 한숨을 쉬고 나서 그는 이렇게 말했다.

"좋소. 그럼, 모자와 외투를 가져와요."

"뭐라고요?" 미치는 깜짝 놀라며 소리쳤다.

"모자와 외투를 걸치고 같이 가잔 말이야. 지금 여긴 손톱 뽑는 도구도 없어. 본서에 있지. 수갑을 준비하게, 플레처."

"네!" 플레처 형사부장은 알아차리고 대답했다.

"하지만 가는 건 싫어요." 미치는 뒷걸음질치면서 꼬챙이 같은 소리를 질렀다.

"그렇다면 묻는 말에 고분고분 대답해요. 바란다면 변호사를 사도 좋소."

"변호사요? 싫어요, 필요 없어요. 변호사 같은 건!"

그녀는 국수 방망이를 내려놓고 손에 묻은 가루를 옷에다 문질러 털고 나서 그제야 앉았다.

"무엇을 묻겠다는 거예요?" 그녀는 통명스럽게 말했다.

"어젯밤에 있었던 일을 직접 이야기해 주시오."

"어떤 일이 있었는지 잘 알고 계실 것 아네요."

"당신 입으로 직접 듣고 싶어서 그러오."

"전 이 댁을 그만두려고 했어요. 벌써 들으셨지요? 신문에서 살인 광고를 보았을 때 이내 그만두겠다고 그랬어요. 그랬는데 허락을 해주지 않았어요. 그분은 굉장히 완고해요. 조금도 동정 같은 걸 해주지 않아요. 그냥 있으라는 거예요. 하지만 저는 알고 있었어요. 저는 무슨 일이 일어날 것인지 알고 있었어요. 제가 살해되리라는 걸 알고 있었어요."

"그렇지만 살해되지 않았잖소?"

"네." 미치는 마지못해 대답했다.

"그래서 어떤 일이 일어났는지를 말해 보시오."

"저는 걱정이 되었어요. 저녁나절 내내 정말 안절부절못했답니다. 가만히 귀를 기울이고 있었습니다. 다들 왔다갔다하고 있더군요.

한 번 누군가가 홀에서 몰래 움직인 것 같았는데, 그건 헤임스 부인이 옆문(그 사람의 말인즉 현관 바닥을 더럽히지 않으려고 그랬다고요. 조심성도 많지 뭐예요, 흥!)으로 들어왔을 뿐이었어요. 헤임스 부인은 나치와 똑같답니다. 머릿결이 곱고 파란 눈이 아름다우므로 언제나 저를 업신여기고, 저를 더러운 여자로 알고 있어요……."

"헤임스 부인에 대한 것은 아무래도 좋소."

"도대체 그 여자가 뭐냔 말예요! 저같이 돈 드는 대학 교육을 받았나요? 경제학 학위라도 가졌단 말인가요? 천만의 말씀, 단지 그녀는 날품팔이 노동자일 뿐이에요. 흙을 파고 풀을 베고서 토요일마다 약간의 급료를 받고 있을 뿐이지요. 그런 주제에 숙녀라니, 당치도 않지."

"헤임스 부인에 대한 건 아무래도 좋다고 하지 않았소. 자아, 그래서?"

"셰리 주와 술잔과, 그리고 제가 맛있게 만든 과자를 응접실로 가져갔어요. 그리고 현관의 벨이 울리기에 문을 열었습니다. 여러 번문을 열었지요. 정말 창피한 일이었지만 그래도 제가 열었어요. 그리고 나서 식기실로 돌아가 은그릇을 닦았습니다. 거기 있는 게 편리할 것 같아서요. 누가 저를 죽이러 오더라도 바로 손 닿는 곳에 잘 드는 식칼이 있으니까요."

"그거 참, 좋은 생각을 했구먼."

"그때 갑자기 총소리가 났어요. '드디어 왔다, 이제 시작되었구나'라고 생각했지요. 그래서 저는 식당을——또 하나의 문은 열리지 않아요——지나 뛰어갔어요. 가만히 귀를 기울이고 있노라니 또 총소리가 나더니 쿵 하는 소리가 들렸어요. 홀 저쪽에서 말예요. 저는 문의 손잡이를 돌렸습니다. 그런데 밖에서 잠겨 있질 않겠어

요. 꼭 덫에 걸린 쥐처럼 갇혀 버렸던 거예요. 무서워서 미칠 지경
이라 마구 소리를 지르며 문을 두들겼어요. 그러다가…… 겨우 문
을 열어 줘서 나왔지요. 촛불을 잔뜩 켜들고 나왔답니다. 그때 마
침 전기불이 들어왔는데 피가 보였어요, 피가 말이에요……. 아,
하느님, 피가 말이에요! 저는 지금까지 숱하게 피를 봐 왔어요.
남동생이 바로 제 눈앞에서 살해되었거든요. 거리에서도 피를 보았
고요. 총 맞은 시체가 있어서 말이에요, 전…….”

“알았소.” 클래독 경감이 말했다. “고맙소.”

“자아!” 미치는 연극투로 말했다. “이제 체포해서 감옥에 가두어
도 좋아요!”

“그만두겠소, 오늘은.” 클래독 경감은 얼른 대답했다.


### 3

클래독과 플레처가 홀을 지나 현관으로 나가는데 문이 열리며 키가
크고 잘생긴 청년이 불쑥 들어왔다. 세 사람은 하마터면 맞부딪칠 뻔
했다.

“어서 오십시오, 탐정인 줄 알았더니 내가 잘못 봤군요” 하고 청년
은 큰 소리로 말했다.

“패트릭 시몬스 씨군요?”

“그렇습니다. 선생님은 경감님이시고 이분은 형사부장이시지요?”

“그렇습니다, 시몬스 씨. 질문이 조금 있는데, 괜찮겠습니까?”

“저는 아무 짓도 하지 않았습니다, 경감님. 맹세코 저는 결백한 몸
입니다.”

“시몬스 씨, 농담은 그만두시지요. 아직도 만날 사람이 많아서 시
간이 없습니다. 이 방으로 들어가도 괜찮겠습니까?”

“그 방은 그러니까 서재지요. 하긴 아무도 공부하지는 않습니다

만."

"당신은 대학에서 공부를 하고 있는 중이라고 들었는데요?" 하고
클래독이 물었다.

"오늘은 아무리 정신을 집중하려 해도 수학 공부가 안 되길래 돌아
와 버렸습니다."

클래독 경감은 민첩하게 이름과 나이, 전쟁 때 군대에 복무한 일
따위를 자세하게 묻고 나서 말했다.

"그러면 시몬스 씨, 어젯밤 일을 좀 이야기해 주실까요?"

"잡았지요, 살이 오동통한 송아지를 말입니다, 경감님. 아니, 말하
자면 미치는 밀가루를 이겨서 과자를 만들고 레티 아주머니는 새
셰리 주 병을 땄는데……."

클래독이 중간에 끼어들었다.

"새 병? 먹던 것도 있었던가요?"

"네, 반 병쯤 들어 있었지요. 하지만 레티 아주머니는 그것 가지고
는 안 되겠던 모양입니다."

"아주머니는 걱정하고 계시던가요?"

"아니, 그렇지 않았어요. 굉장히 다감한 분이지만 말이에요. 미스
배너가 위협했을 겁니다, 무슨 일이 일어날 거라면서 하루 종일."

"미스 배너는 걱정을 했었군요?"

"네, 걱정하기를 좋아하는 분이니까요. 어제는 마음껏 즐겼겠지
요."

"광고를 심각하게 생각하셨겠군요?"

"그 광고 덕분에 꼭 미친 사람처럼 무서워하고 있더군요."

"미스 블랙록은 그 광고를 읽고서 맨 먼저 당신의 장난으로 생각했
다는데, 그건 어째서 일까요?"

"정말이지 이거 속상하군. 이 집에서는 나쁜 짓을 했다고 하면 뭐

든지 저한테로 돌린답니다 ! ”

“정말로 당신 장난이 아니란 말입니까, 시몬스 씨 ? ”

“장난이요 ?  절대로 아닙니다. ”

“루디 셔트와는 전에 만났거나 이야기한 적이 있습니까 ? ”

“전혀 없습니다. ”

“하지만 그런 장난을 하지 않는다고는 말할 수 없겠지요 ? ”

“누가 그런 소리를 합디까 ?  한 번 미스 배너에게 애플파이 베드 (침대의 이불을 개켜서 잠을 자지 못하도록 하는 장난)를 했을 뿐 입니다. 그리고 미치에게 게슈타포가 미행하고 있다는 엽서를 한 번 보낸 적이 있었는지도 모르겠고요……. ”

“그럼, 어젯밤 일을 대강 이야기해 주시오. ”

“칸막이가 된 작은 쪽 응접실로 셰리 주를 가지러 갔습니다. 그런 데 어찌 된 영문인지 전기불이 나갔어요. 뒤를 돌아보니 문 앞에 괴한이 서 있고, ‘손들어 ! ’ 하더군요. 다들 소리를 지르고 난리가 났었지요. 그때 저는 이런 생각을 해 보았습니다. 한번 놈에게 부 딪쳐 볼까 하고 말입니다. 바로 그때였어요. 괴한이 권총을 쏘기 시작한 것은. 그리고 나서 이내 놈이 쓰러지는 바람에 손전등이 바 닥에 떨어지자 다시 캄캄해졌지요. 이스터브룩 대령은 병영에서 명 령하는 투의 목소리로 ‘불을 켜라 ! ’ 하고 외쳤지만, 제 라이터가 말입니다, 조그만 이 문명의 이기가 고장이 나 버렸지 뭡니까. ”

“그는 분명히 미스 블랙록을 노렸다고 생각합니까 ? ”

“글쎄요, 뭐라고 해야 좋을까……. 그 괴한은 장난으로 쏜 게 아닐 까 싶은데요. 그러다가 그만 도가 지나친 것이겠지요. ”

“그렇다면 자살이란 말인가요 ! ”

“그것도 있을 수 있는 일이지요. 저는 괴한의 얼굴을 보았을 때, 이 녀석은 이내 흥분하는 좀도둑이구나 생각했습니다. ”

"전에 만난 일이 없다는 건 틀림없겠지요!"

"물론입니다."

"고맙소, 시몬스 씨. 지금부터 어제 저녁에 참석한 이웃 분들을 방문하고 싶은데, 누구네부터 가는 것이 편리할까요?"

"글쎄요, 우리 집의 필리퍼——헤임스 부인 말입니다——는 데이어스 홀에서 일하고 있지요. 바로 맞은편 집입니다. 그리고 스웨테남네로 가시면 제일 가까울 겁니다. 그 부근에 가시면 누구나 다 가르쳐 드릴 거예요."

# 그 밖의 사람들

### 1

데이어스 홀은 전쟁 동안 무척 황폐해져 있었다. 아스파라거스 묘판이었던 곳에는 강아지풀이 무성해 있었다. 아스파라거스의 부드러운 잎이 얼마쯤 일렁이고 있어서 겨우 그 자취를 남기고 있다. 들국화와 배꽃 같은 잡초만 줄기차게 자라고 있었다.

채소밭의 일부는 전쟁 때 군에서 사용했었던 듯 그곳에 성질이 꽤 까다로워 보이는 노인이 괭이를 짚고 서서 생각에 잠겨 있었다.

"헤임스 부인을 만나러 오셨소? 글쎄, 어디에 가 있는지. 무엇이든지 제멋대로 하는 사람이라서요. 남의 말은 도무지 듣지를 않는답니다. 내가 일을 가르쳐 줘도 좋지만——기꺼이 가르쳐 줘도 좋지만 말이오, 제기랄, 요즘 젊은 여인네들은 어디 말을 들어먹어야지! 반바지를 입지 않나, 트랙터를 타면 모든 걸 다 아는 척하질 않나. 여기서는 정원 가꾸기가 그녀의 일이라오. 그 일은 하루 이틀에 익힐 수 있는 게 못되지요. 그런데 그 정원 가꾸기가 그 사람의 일이랍니다."

"그래요?" 클래독이 말했다.

노인은 이 말을 나쁘게 해석한 모양이었다.

"나는 이 정도 땅에다 얼마만큼 공을 들였는지 아시오? 장골 셋에 아이 하나는 세상 없어도 썼다오. 그만큼 공을 들이는 사람은 그리 흔치 않을 거요. 그래도 때로는 밤 8시까지 일할 때도 있지요. 8시까지 말이오. 아시겠소?"

"그렇게 늦게까지 석유 등불이라도 켜 놓고 일한단 말입니까?"

"아니, 요즘 같은 계절이 아니지요. 내가 말하는 건 여름 말이오."

"아, 그래요? 그런데 헤임스 부인을 만났으면 하는데요."

노인은 적이 흥미를 느낀 것 같았다.

"무엇 때문에 그러시오? 경찰이지요, 당신들은? 그녀도 그 리틀 패독스 사건에 관계가 있나요? 복면 괴한이 침입해서 권총으로 방 안에 있는 사람들을 위협하다니, 이런 일은 전쟁 전에는 없었지요. 타락한 군인일 게요, 그놈은. 희망도 아무것도 없어졌으니까 마을로 뛰어든 거겠지요. 왜 그런 자를 군에서 체포하지 않는지……."

"글쎄요" 하고 클래독이 말했다. "이번 사건으로 온 마을이 떠들썩하지요?"

"암, 그렇고말고요. 어째서 이런 사건이 벌어졌을까요? 네드 바커의 말에 따르면 영화를 너무 많이 보기 때문이라고 하더군요. 톰 라일리는 외국인 단속을 소홀히 해서 그렇다고 하고요. 그래서 그는 미스 블랙록 밑에서 하녀 노릇을 하고 있는 고약한 외국인 여자가 수상하다는 거요. 그 여자는 공산주의자이든가, 아니면 더 질이 좋지 못한 여자일지도 모른다고 말이오. 공산주의자라면 다들 싫어하니까요. 술집의 마린은 틀림없이 미스 블랙록네 집에 값진 물건이 있었을 거라고 역시 여자다운 말을 하고 있지요. 미스 블랙록은 수수한 사람이라 가짜 진주 목걸이 정도가 겨우 눈에 띌 정도니까

값진 물건 따위는 없을 것같이 보일지도 모르지만, 사실은 그렇지가 않다고 마린은 그러더군요. 어쩌면 그 진주가 진짜일지도 모른다고 말이오. 그러니까 플로리——베라미 영감의 딸입니다만——가 '바보 같은 소리 말아요, 그럴 리가 없어요. 그건 액세서리(장식용 보석을 말함)예요'라고 했지요. 액세서리——가짜 진주 목걸이라면 액세서리로는 안성맞춤이지. 로마의 진주——상류 사회에선 이렇게 불렸었지요. 파리의 다이아몬드라고도 했소. 우리 마누라는 어느 귀부인 댁 하녀 노릇을 했기 때문에 잘 알고 있다오. 말하자면 그런 건 그냥 유리알이지요! 젊은 미스 시몬스가 달고 있는 것도 '액세서리'요. 금빛 매와 개가 새겨진 것 말이오! 요즘은 진짜 금 같은 건 좀처럼 볼 수가 없단 말씀이야. 결혼 반지도 다 도금한 거니까 별것 아니지. 가치가 있어야 말이지."

노인은 잠시 입을 다물었다가 다시 말을 이었다.

"짐 하긴스도 그러는데, 미스 블랙록네에는 많은 돈을 놔두지 않는다고 말하더군요. 그 사람 마누라가 블랙록네 집에 자주 드나드니까 그건 잘 알고 있을지도 모르지요. 참견하기 좋아하는 여자라 뭐든지 잘 알아내는 사람이니까."

"그래, 그 하긴스 부인이 뭐라고 하던가요?"

"미치가 수상쩍다는 거요. 성질이 고약해서 도도하게 구니까 말이오! 언젠가는 아침에 하긴스 부인더러 대놓고 농삿꾼 여편네라고 불렀다나요."

클래독은 노인이 하는 이야기의 요점만 선 채로 검토하고 있었다. 치핑 클레그혼의 여러 가지 소문은 알았지만, 일에 도움이 될 것 같지는 않았다. 그가 성큼 걸음을 옮겨 놓자 뒤에서 아시 노인이 볼멘소리로 말을 던졌다.

"헤임스 부인은 사과밭에 있소. 사과 따기엔 젊은 사람이 나으니까."

과연 사과밭에 가니 헤임스 부인이 있었다. 맨 처음 눈에 들어온 것은 나무 밑에서 경쾌하게 움직이고 있는 모양 좋은 두 개의 다리였다. 반바지를 입고 있었다. 이윽고 얼굴을 붉힌 필리퍼가 나뭇가지에 걸려 헝클어진 머리 모양 그대로의 모습으로 나타났다. 깜짝 놀란 듯한 얼굴을 하고 있었다.

'로잘린드 역에 안성맞춤이겠는걸.'

클래독은 이내 이렇게 생각했다. 그는 셰익스피어를 무척 좋아해서 전에 경찰에서 주최한 고아 위안회 때 〈뜻대로 하세요〉를 상연한 적이 있는데, 그때 우울한 잭 역을 맡아 크게 성공을 거둔 경험이 있었다.

그러나 조금 지나자 그는 자신의 생각을 바꾸었다. 필리퍼 헤임스가 로잘린드 역을 맡기에는 표정이 좀 부족한 것 같았다. 그녀의 고상함과 냉정함은 매우 영국적이지만, 그것은 16세기 영국인은 아니다. 헤임스의 얼굴에는 슬픔의 그림자라고는 전혀 없고, 오직 고상하고 무감동한 영국인으로만 보였다.

"안녕하십니까, 헤임스 부인. 놀라게 해 드려서 죄송합니다. 미들시아 경찰의 클래독 경감입니다. 좀 할 이야기가 있어서요."

"어젯밤 일 말인가요?"

"네."

"오래 걸릴까요? 그러시다면……."

헤임스는 주위를 두리번거렸다.

클래독은 그루터기를 가리키며 말했다.

"편안한 기분으로 좋습니다. 필요 이상 시간을 끌지는 않을 테니까요."

"그러세요."

"잠깐 기록만 하면 됩니다. 어제 저녁에는 일을 마치고 몇 시에 돌아가셨습니까?"

"5시 반쯤이에요. 온실에서 20분쯤 물을 주느라고요."

"어느 문으로 들어가셨습니까?"

"옆문이에요. 현관으로 통하는 길에서 오리 집과 닭장 쪽으로 곧장 나 있는 오솔길을 가면 옆문이 나와요. 이편이 가깝기도 하고 현관도 더럽히지 않게 되니까요. 전 굉장히 더러운 차림을 하고 있을 때가 있어서요."

"언제나 옆문으로 들어가십니까?"

"네."

"문이 잠겨 있지 않았던가요?"

"네, 여름이면 늘 열어 놓습니다만 요즘은 문을 닫아만 놓고 잠그지는 않아요. 다들 대개 그리로 드나들어요. 어제도 그리로 들어가서 제가 잠갔어요."

"늘 당신이 잠그시는지요?"

"지난 주일부터 그렇게 해 오고 있어요. 요즘은 6시면 어두워지니까요. 미스 블랙록은 손수 오리 집과 닭장을 단속하러 가시는 때가 있지요. 하지만 그런 때는 대개 부엌문으로 가시나 봐요."

"어제 저녁에 당신이 옆문을 잠근 건 틀림없지요?"

"네, 그래요."

"헤임스 부인, 집에 들어가서서 뭘 하셨습니까?"

"흙 묻은 윗옷을 벗고 2층에 올라가 목욕을 하고서 옷을 갈아입었습니다. 아래층에 내려오니까 곧 파티가 시작된다고 하더군요. 그때까지 그 괴상한 광고에 대한 것은 전혀 몰랐었어요."

"그럼, 위협이 어떤 식으로 벌어졌는지 정확하게 이야기해 주실까요? 당신이 있었던 장소는?"

"맨틀피스 쪽이에요. 그 위에 라이터를 놓아두었다고 생각했기 때문에 그걸 찾으려고 했거든요. 바로 그 직전에 전기가 나갔어요. 다들 소리를 죽여 웃고 있었어요. 그러자 문이 열리고 괴한이 손전등으로 우리를 비추더니 권총을 겨누며 손을 들라고 하잖아요."

"당신은 손을 들었습니까?"

"글쎄요, 들지 않았어요. 장난인 줄 알았고, 게다가 피곤했기 때문에 들지 않으면 어떠랴 하는 생각이 들었던 거예요."

"시시하던가요, 그런 장난이?"

"네, 무척. 그런데 권총 소리가 났어요. 귀가 멍하더군요. 정말로 놀랐어요. 손전등을 한 바퀴 비추고 나자 굴러 떨어져서 꺼져 버렸어요. 그러자 이번에는 미치가 고함을 질러댔어요. 꼭 돼지 멱따는 소리처럼 말이에요."

"손전등은 눈이 부시던가요?"

"아뇨, 별로 그렇지도 않았어요. 물론 꽤 강한 빛이긴 했습니다만. 미스 배너를 잠시 비췄을 때, 그분은 꼭 순무로 변한 도깨비 같았어요. 하얀 옷을 입고, 입을 크게 벌린 채 눈을 종발같이 부릅뜨고 있었으니까요. 금방이라도 얼굴에서 눈알이 튀어나올 것만 같았어요."

"괴한은 손전등을 내두르던가요?"

"네, 온 방 안으로 내둘렀어요."

"누군가를 찾는 것 같던가요?"

"아뇨, 특별히 그런 것 같지는 않았어요."

"그리고 나서 어떤 일이 일어났지요?"

필리퍼 헤임스는 미간을 모으며 말했다.

"그리고는 온통 난리가 벌어졌어요. 에드먼드 스웨테남과 패트릭 시몬스가 라이터를 켜들고 홀로 들어가자 저희들도 따라갔지요. 누군가가 식당문을 열었어요. 그곳만은 퓨즈가 나가지 않아서 불이 켜져 있었거든요. 에드먼드 스웨테남이 미치의 뺨을 한 대 때리자 그제서야 겨우 고함 소리가 멎었지요."

"시체를 보셨습니까?"

"네."

"아는 사람이던가요? 전에 만난 적은 없습니까?"

"없었어요."

"그의 사인이 사고인가 자살인가 어느 쪽이라고 생각하십니까?"

"글쎄요, 생각해 본 일도 없어요."

"전에 한 번 그가 집에 찾아왔을 땐 못 보셨습니까?"

"네, 오전 10시쯤 왔나 봐요. 전 그때 집에 없었어요. 하루 종일 밖에 있으니까요."

"고맙습니다, 헤임스 부인. 그런데 한 가지만 더 물어 보겠는데, 당신은 혹시 값진 보석 같은 것을 가지고 계시지 않습니까? 반지나 팔찌 같은 것 말입니다만."

필리퍼는 고개를 가로저으며 말했다.

"약혼 반지와…… 브로치 정도예요."

"당신이 알고 있는 범위 안에선 이 집에 특별히 값진 물건은 없는 모양이지요?"

"네, 근사한 은그릇은 있습니다만 특별히 값비싼 것은 없는 것 같아요."

"고맙습니다, 헤임스 부인."


## 2

클래독은 채소밭에서 돌아나오다가 얼굴이 붉고 몸집이 큰, 코르셋을 졸라 입은 부인과 정면으로 마주쳤다.

"안녕하세요?" 그녀는 적대시하는 투로 말했다. "뭘 하시는 거예요, 이런 데서?"

"루커스 부인이십니까? 나는 클래독 경감입니다."

"어머나, 그러세요? 실례했습니다. 전 낯선 사람이 이곳에 들어와서 일하고 있는 사람과 잡담하는 걸 싫어하기 때문에 그만……. 공무로 오셨군요?"

"그렇습니다."

"세상에, 어젯밤 미스 블랙록네 집에서 있었던 그런 소동이 또 있겠어요? 갱인가요?"

"걱정 마십시오, 루커스 부인. 갱은 아닙니다."

"요즘은 도둑이 하도 많아서요. 경찰도 믿을 수가 없어졌어요."

클래독은 대꾸를 하지 않았다.

"필리퍼 헤임스와 이야기를 하셨나요?"

"목격자로서 증언을 들었지요."

"1시까지 기다리셨더라면 좋았을 걸 그랬군요. 그 시간에 질문하셨더라면 차근차근 들으실 수 있었을 텐데. 지금은 제 시간이거든요."

"경찰서로 돌아가야 하니까요."

"요즘 사람들은 도무지 염치가 없답니다. 고상한 일만 하려 들고, 30분씩이나 어정대다 일을 시작하질 않나, 11시의 휴식을 10시부터 취하려 들지 않나. 그러니 일을 얼마 하기 전에 비라도 오면 그날은 끝나는 거죠. 잔디밭의 잡초나 제대로 뽑는 줄 아세요? 하루 일을 끝내는 것도 늘 정시보다 5분이나 10분 앞당겨 하는 형편이랍니다."

"헤임스 부인은 어제 정시보다 10분이나 더 늦어 5시 20분에 여기를 나갔다던데요?"

"네, 그랬어요. 공평하게 봐서 헤임스 부인은 무척 열심이에요. 물론 밭에 나가 봤을 때, 그이 모습이 안 보인 적도 있었지만 말이에요. 그녀는 타고난 숙녀예요. 하기야 전쟁 미망인들에겐 될 수 있는 한 잘해 주는 게 우리들의 의무이긴 하지요. 불편할 때도 있긴 하지만요. 학교 방학 때는 특별히 그녀에게 휴가를 주고 있어요. 언젠가 전 이렇게 말한 적이 있답니다. 요즘은 아이들이 즐겁게 생활할 수 있는 수용소가 있다고. 아이들이 부모들 슬하에서 제대로 잘 못 지내는 것보다는 백배 즐거운 곳이라고 말이지요. 그곳이라면 여름 방학 때 굳이 집에 돌아갈 필요가 없을 정도니까요."

"하지만 헤임스 부인은 그 착안에 찬성을 하지 않았겠지요?"

"그녀는 당나귀처럼 고집이 세니까요. 날마다 테니스 코트의 풀 뽑기며 줄긋기를 해줬으면 좋을 텐데 말이에요. 아시 영감을 시키면 선이 삐뚤삐뚤해지거든요. 그이는 내 형편을 손톱만큼도 생각해 주질 않는답니다!"

"그렇다면 헤임스 부인은 다른 사람들보다 급료도 적겠군요?"

"그야 당연하지요. 그 이상 더 줘야 된다는 말씀인가요?"

"아니, 천만에요. 그럼 안녕히 계십시오, 루커스 부인."


### 3

"정말 무서웠어요" 하고 스웨테남 부인은 기쁜 듯이 말했다. "굉장히—굉장히 무서웠어요. 〈가제트〉 사에서도 광고 신청을 받으려면 좀더 주의를 하는 게 옳다고 생각해요. 저는 그 광고를 읽는 순간 좀 이상하다고 생각했어요. 내가 그랬었지, 에드먼드?"

"전기가 나갔을 때 뭘 하고 계셨습니까, 스웨테남 부인?" 하고 경감이 물었다.

"전에 저희 집에 있던 늙은 찬모가 곧잘 말했었지요. 빛이 사라졌을 때 모세는 어디에 있었는가——하고요. 물론 그 답은 '어둠에 있었다'라는 것이지요. 어젯밤의 저희들도 마찬가지였어요. 다들 옹기종기 서서 무슨 일이 벌어질 것인가 생각하고 있었지요. 그런데 느닷없이 캄캄해져서 소름이 쭉 끼쳤어요. 문이 열리더니 권총을 든 시꺼먼 괴한이 서 있는 거예요. 눈을 바로 뜰 수 없게 회중전등을 비추면서 '돈을 내놓지 않으면 목숨을 앗아가겠다!' 하고 위협했어요. 정말이지 그렇게 무서운 일은 처음 당했어요. 그리고 1분도 안 되어서 아시는 바와 같은 난리가 벌어진 거예요. 진짜 총알이 귓전을 스치고 날아왔으니까요! 전쟁에 나간 사람들은 다 그런 변을 당했겠지요."

"그때 당신은 어디에 계셨습니까?"

"그러니까, 어디더라? 내가 누구와 이야기를 하고 있었지, 에드먼드?"

"전혀 모르겠는데요, 어머니."

"미스 힌치리피하고 추울 때는 닭에게 간유를 먹이는 게 좋다는 말을 하고 있었던가? 아니면 하몬 부인하고——아냐, 그렇지 않아. 그이는 그때 막 들어왔으니까. 아마 이스터브룩 대령에게 영국에 원자 연구소를 만드는 건 위험하다, 어디 멀리 떨어진 섬에다가 설치해야 한다, 그렇지 않으면 방사능이 나오기 때문에 위험하다고 말한 것 같아요."

"서서였는지 앉아서였는지 기억이 없습니까?"

"그런 게 중요한가요, 경감님? 아마 창가나 맨틀피스 부근에 있었을 거예요. 어쨌든 시계 치는 소리를 바로 가까이에서 들었으니까요. 굉장히 스릴 있었어요. 그때, 무슨 일이 일어날지 모른다고 하는 바람에 초조한 마음으로 기다리던 그 심정!"

"손전등 불빛에 눈이 부셨다고 하셨는데, 똑똑하게 부인 얼굴을 비추던가요?"

"똑바로 눈을 비추었어요. 아무것도 안 보였어요."

"손전등을 움직이지 않고 들고 있던가요, 아니면 한 사람 한 사람 비추던가요?"

"글쎄요, 기억이 없는데요. 어떻게 했지, 에드먼드?"

"마치 우리가 대항할 것인지 안 할 것인지를 살피는 것처럼 천천히 한 사람 한 사람에게 불빛을 돌렸던 것 같습니다."

"그때 어디에 있었지요, 에드먼드 씨?"

"줄리아 시몬스와 이야기를 하고 있었습니다. 둘이 다 한복판에 서 있었지요. 길쭉하더군요, 그 방은."

"다들 그 방에 있었소, 아니면 다른 방에 있는 사람도 있었소?"

"필리퍼 헤임스가 저쪽으로 간 것 같았어요. 저쪽 맨틀피스 곁에 있었는데, 거기서 뭘 찾고 있는 것 같았습니다."

"그는 세 방째의 총알을 맞고 죽었는데, 타살인지 자살인지 어느 쪽이라고 생각하시오?"

"생각해 본 일도 없는데요. 갑자기 몸을 돌리는가 싶더니 쿵 하고 쓰러졌거든요. 그리고는 온통 수라장이 벌어져서 침착하게 생각할 겨를이 없었으니까요. 미치는 고래고래 고함을 지르고 있었고요."

"식당문을 열어서 미치를 나오게 한 건 당신이었지요?"

"그렇습니다."

"틀림없이 밖에서 잠겨 있었습니까?"

에드먼드는 이상하다는 얼굴로 말했다.

"틀림없습니다. 설마 경감님은……."

"그냥 확인하고 싶었을 뿐입니다. 고맙소, 에드먼드 씨."

## 4

클래독 경감은 이스터브룩 대령네 집에서 한참 동안 붙잡혀 있었다. 사건의 심리학적 고찰이라는 대령의 장광설을 경청해야만 했던 것이다.

"심리학적 방법——이것이 가장 새롭고 유일한 방법입니다" 하고 대령은 말했다. "먼저 범죄자를 이해한다는 것이 중요하지요. 나같이 경험이 풍부한 사람은 어떤 계략이라도 금방 꿰뚫어볼 수가 있답니다. 무엇 때문에 그는 그런 광고를 냈을까요? 심리학이 이 문제를 풀어 줍니다. 그는 자기 자신을 널리 알리고 싶었던 것입니다. 즉 자기에게 주의를 집중시키고 싶었던 것이지요. 수퍼 호텔 동료들로부터는 아무 주목도 받지 못하고 외국인으로서 경멸받고 있었겠지요. 아니면 여자에게 채였는지도 모르고. 그리고 여자의 주의를 자기에게로 돌리려고 마음먹었겠지요. 그런데 현대 영화에 있어서 우상이 무엇입니까, 갱——강한 남자가 아니겠습니까? 그러니까 그는 좋다, 어디나도 한번 강한 남자가 되어 보자는 심산이었겠지요. 강도, 복면, 권총, 이것이면 될까? 아니지요, 관중이 필요합니다. 아무래도 관중이 필요해요. 그래서 그 절차를 갖추었습니다. 그리고 막상 클라이맥스에 도달하자 그것으로 부족하여 강도 이상의 것이 되어야 했겠지요. 살인입니다. 이렇게 해서 그는 쏜 거지요. 분별도 없이……"

클래독 경감은 이때다 하고 말꼬리를 잡았다.

"지금 '분별도 없이'라고 말씀하셨지요? 이스터브룩 대령님, 그렇다면 대령님께서는 녀석이 어떤 특정 인물, 즉 미스 블랙록을 노렸다고는 생각지 않으시는 모양이군요?"

"그렇게는 생각하지 않습니다, 절대로. 그냥 마구 쏘았을 뿐입니다, 분별없이. 그러다가 그는 정신이 돌아온 거지요. 누군가 총알을 맞았다. 사실은 창살이었습니다만, 놈은 그렇게 안 것입니다.

어쨌든 발사 소리에 제 정신이 돌아온 거지요. 그의 정신은 착각이었을망정 분명히 그렇게 생각했을 겁니다. 누군가를 쏘고 말았다, 죽이고 말았다……. 갑자기 그는 이 생각에 사로잡히고 만 거예요. 그래서 심한 공포로 인해 그만 자기 가슴을 쏘아 버린 겁니다."

대령은 여기서 입을 다물고는 점잔빼는 기침을 하고 나서 자못 만족한 듯이 덧붙였다.

"뻔한 일이죠. 사건은 간단한 것입니다."

"정말 멋있어요." 대령 부인이 말했다. "당신이 죄다 알고 계시다니! 안 그래요, 아치?"

그녀의 목소리는 감탄에 가득 차서 다정스러웠다.

클래독 경감도 그럴 듯하다고는 생각했지만, 그다지 가치 있는 설이라고는 생각지 않았다.

"권총이 발사되었을 때 대령께서는 어디 계셨습니까?"

"아내와 함께 서 있었습니다. 한복판의 무슨 꽃이 놓인 테이블 있는 데였어요."

"전 당신의 가슴을 붙잡았어요. 그렇지요, 아치? 너무 놀라서 죽을 지경이었는걸요. 매달리지 않고 있을 수가 있어야지요."

"가엾게시리──" 대령은 익살을 떨며 말했다.


5

경감은 돼지우리에 있는 미스 힌치리피를 찾아갔다.

"돼지란 아주 사랑스럽답니다." 그녀는 돼지의 쪼글쪼글한 분홍빛 등을 쓰다듬으면서 말했다. "잘 자라고 있지요? 크리스마스 때쯤이면 맛있는 베이컨 감이 될 거예요. 그래, 무슨 일로 오셨지요? 어젯밤에 순경한테 말한 대로 그 사람에 대해서 전혀 몰라요. 이 부근을 배회한 적도 없고 보지도 못했으니까요. 모프 부인의 말을 듣자니까,

메데남 웨일스의 큰 호텔 종업원이라고요? 어째서 그곳 사람들을 협박하지 않았을까요? 그러는 편이 훨씬 나았을 텐데."

하긴 그렇군, 클래독은 이렇게 생각하면서 질문을 시작했다.

"사건이 발생했을 때, 당신은 어디 계셨습니까?"

"사건이라고요? 그러니까 방공 감시 초소에 있던 시절이 생각나는군요. 사건이라고 하니 말씀인데요. 그때는 사건의 계속이었으니까요. 권총을 쏘았을 때 말인가요? 그게 알고 싶으신가요?"

"그렇습니다."

"빨리 술 한잔 안 주나 하고, 맨틀피스에 기대 서 있었어요" 하고 힌치리피는 즉석에서 대답했다.

"권총은 마구잡이로 쏘는 것 같던가요, 아니면 특정 인물을 노리고 쏘는 것 같던가요?"

"레티시아 블랙록을 노리는 것 같더냐는 뜻인가요? 제가 그런 것을 어떻게 알겠어요. 사건이 끝나고 나서, 어떤 인상을 받았는지 어떤 일이 일어났는지조차도 잘 생각이 나지 않는데요. 기억하고 있는 것은 전기불이 나간 것, 눈부신 손전등으로 우리를 이리저리 비추었던 것, 권총 소리가 난 것뿐이에요. 그때 전 이런 생각을 했었지요. '패트릭 시몬스도 어지간히 장난이 심하군. 권총을 저렇게 장난감 다루듯 하다가는 누군가를 다치게 할 텐데'라고."

"그렇다면 그를 패트릭인 줄 아셨군요?"

"네, 그렇게 보였어요. 에드먼드 스웨테남은 인텔리로 저술을 하고 있는 사람이니까 그런 짓을 할 리가 없고, 이스터브룩 대령도 장난을 칠 사람은 아니거든요. 그런데 패트릭은 아주 장난꾸러기니까요. 패트릭한테는 미안하게 되었어요. 제가 그런 생각을 해서요."

"당신 친구분도 그를 패트릭인 줄 알았습니까?"

"마거트로이드 말인가요? 직접 물어보시는 게 좋겠지요. 하지만 아무것도 알아내지는 못하실 거예요. 지금 과수원에 있는데, 불러 드릴까요?"

미스 힌치리피는 숨을 잔뜩 몰아쉬고는 큰 소리로 불렀다.

"마거트로이드!"

"지금 가……." 멀리서 대답이 들려왔다.

"빨리 와아…… 경찰에서 오셨어……."

미스 마거트로이드는 헐레벌떡 달려왔다. 아무렇게나 쓴 헤어네트에서 머리칼이 삐져 나와 있다. 사람이 좋아 보이는 둥근 얼굴에는 함빡 밝은 미소가 빛나고 있었다.

"런던 경시청에서 오셨나요?" 그녀는 숨차 하면서 물었다. "이렇게 찾아오실 줄은 몰랐지요. 알았더라면 집에 있었을 텐데."

"아직 런던 경시청의 도움을 받고 있지는 않습니다. 나는 밀체스터 경찰서에 있는 클래독 경감입니다."

"그러세요? 수고가 많으시네요." 하고 마거트로이드는 건성으로 대답했다. "그래, 무슨 단서를 잡으셨나요?"

"그때 어디에 있었는지 알고 싶으시대, 마거트로이드." 힌치리피가 클래독에게 눈을 깜박여 보이면서 말했다.

"어머나, 그래요." 마거트로이드는 여전히 숨찬 소리로 말했다.

"이런 걸 질문받을 줄 알았더라면 주의해서 잘 봐 둘걸. 알리바이야, 물론. 그러니까 그때 전 다른 사람들과 함께 있었어요."

"저는 함께 있지 않았어요." 하고 힌치리피가 말했다.

"그래, 맞아, 힌치. 난 그때 국화꽃을 칭찬하고 있었어. 사실은 아주 빈약한 국화였지만. 그러고 있는데 그 사건이 벌어졌어요. 사실은 사건이 벌어졌다는 것조차 몰랐을 정도였지요. 말하자면 무슨 일이 일어났는지 몰랐던 거예요. 설마하니 그게 진짜 권총인 줄은 꿈에도 생각지 않았거든요. 캄캄해서 다들 겁을 집어먹고 있는 데다가 하녀의 그 끔찍한 고함 소리가 들리지 않았겠어요. 그래서 그 하녀가 꼼짝없이 죽는 줄만 알았어요. 홀 저쪽 어딘가에서 칼로 목이라도 찔리는 줄 알았지요. 하지만 그 괴한이 그러는 줄은 몰랐어요. 말하자면 괴한이 있다는 것조차 몰랐으니까요. 목소리가 들렸을 뿐이에요. '손을 들어요!' 하고."

"'손 들어!' 했어" 하고 힌치리피가 바로잡아 주었다. "'들어요'라고 공손하게 말하지는 않았어."

"그 하녀가 고함을 지르기 전까지는 오히려 재미있었어요. 뒤에 생각할 때는 소름이 끼쳤지만 말이에요. 캄캄한 데 있으니까 어찌나 무섭던지, 아주 기분이 나빴어요. 고통이라고 해도 좋을 그런 감정이었어요. 그밖에 또 물어 보실 게 있으신가요, 경감님?"

"아니오." 클래독 경감은 곰곰 생각하듯 마거트로이드의 얼굴을 지켜보며 대답했다. "이제 없습니다."

힌치리피는 웃음을 터뜨렸다.

"물으시기도 전에 지껄여 버렸으니까 그렇지, 마거트로이드."

"하지만 힌치, 난 죄다 이야기하고 싶었는데 마음만 급했지 말을 다 못한 것 같아."

"경감님께서는 이제 됐대." 힌치리피는 경감을 보고 말했다. "여기서 가시려면 목사관으로 가시는 게 좋을 거예요. 거기 가시면 무슨 단서가 잡힐지도 모르지요. 하몬 부인은 똑똑하지 못한 사람이라고들 하지만, 그래도 아주 머리가 민첩하게 돌 때가 있거든요. 어쨌든 뭔가 실마리를 가지고 있을 거예요."

두 사람은 경감과 플레처가 걸어가는 것을 바라보고 있었다. 에이미 마거트로이드는 숨을 헐떡여 가면서 힌치리피에게 말했다.

"나 좀 봐, 힌치. 내 태도가 흉하지나 않았을까? 너무 당황해서 말이야!"

"그렇지 않아." 힌치리피는 미소지으며 대답했다. "썩 잘했어. 아주 훌륭했어."

## 6

클래독 경감은 널찍한 고풍스러운 방을 어떤 즐거운 기분으로 둘러보고 있었다. 고향인 캠벌런드의 집을 연상케 하는 데가 있었던 것이다. 퇴색된 면 사라사, 고색 창연한 큼직한 의자, 주위에 어질러져 있는 꽃이며 책, 광주리 속에 있는 스패니엘 종 강아지. 하몬 부인은 정신없는 듯 당황하여 놀란 표정을 짓고 있었다. 클래독은 동정적인 기분을 느끼고 있었다.

그러나 부인은 곧 솔직하게 이야기를 시작했다.

"아마 전 별 도움이 되지 못할 거예요. 전 눈을 감고 있었거든요. 눈이 부신 건 질색이어서요. 갑자기 총소리가 나서 전 좀더 눈을 꼭 감았지요. 그리고 기왕 살인이 벌어질 바에는 조용히 하는 게 좋겠다고 생각했어요. 총소리는 싫으니까요."

"그러면 부인께서는 아무것도 안 보셨겠군요?" 경감은 미소지으면서 말했다. "그래도 뭔가 듣기는 하셨겠지요?"

"그럼요, 듣고 말고요. 온갖 소리가 다 들렸어요. 문이 열렸다 닫혔고, 다들 무슨 말인지 알 수 없는 소리를 지껄이거나 헐떡이고들 있었어요. 미치는 꼭 스팀 엔진처럼 고함을 질러대더군요. 가엾게도 배너는 겁에 질린 토끼처럼 울어댔고요. 다들 서로 밀고 떼밀리고 뒹굴고 야단법석이었어요. 하지만 그땐 벌써 총소리는 들리지 않았지요. 그래서 전 눈을 떴는데 다들 촛불을 들고 홀로 나가는 참이었어요. 바로 그때 전깃불이 들어와서 갑자기 아무 일도 없었던 것처럼 환해졌어요. 말하자면 본디 상태로 돌아간 거지요. 캄캄한 때하고는 전혀 다르게 된 거죠. 캄캄한 데 있으면 사람들이 완전히 달라지는 모양이에요, 그렇지요?"

"네, 말씀하시는 뜻은 잘 알겠습니다, 하몬 부인."

하몬 부인은 방싯 웃었다.

"그런데 그 괴한이 그 자리에 쓰러져 있었어요. 꼭 족제비같이 생긴 외국인이더군요. 불그스름한 얼굴인데, 놀란 것 같은 표정이었어요. 죽었더군요. 곁에 권총이 떨어져 있고요. 정말이지, 뭐가 뭔지 전 도무지 알 수가 없었어요."

클래독 경감 역시 뭐가 뭔지 모르는 것이다⋯⋯. 어쨌든 클래독에게는 모든 점이 골칫거리였다.

# 마플의 등장

### 1

클래독은 서장 앞에 타이프로 친 인터뷰 보고서를 놓았다. 서장은 지금 막 스위스 경찰로부터 받은 전문을 읽고 난 참이었다.

"역시 전과가 있군 그래. 흐음, 생각했던 대로야."

"아, 네."

"보석 종류……. 흐음, 그리고 위조한 수표라……. 허, 굉장한 사기꾼이로군."

"그렇습니다. 말하자면 송사리지요."

"맞아, 그렇지만 여보게. 송사리가 거물이 되는 법이라네."

"그럴까요……. 아무래도 제 생각에는……."

서장은 눈을 들고 말했다.

"뭘 그렇게 난처해하는가, 클래독?"

"네."

"왜 그러나? 뻔한 이야기가 아닌가. 안 그런가? 자네가 만난 사람들이 한 이야기를 잘 생각해 보면 알 것 아닌가."

서장은 경감의 보고서를 끌어당겨 단숨에 훑어보았다.

"아무것도 아닐세. 수많은 모순과 당착. 아무래도 부합하지 않는 저마다 각기 다른 사람들의 이야기……. 여보게, 사건의 윤곽은 너무나 뻔한 것일세."

"그렇긴 합니다. 하지만 그것도 역시 의심쩍은 데가 있거든요. 서장님, 제가 말씀드리고 싶은 것은, 즉 전혀 틀리지 않나 하는 점입니다."

"좋아, 그렇다면 사실을 살펴보세. 알겠나, 루디 셔트는 메데남에서 5시 20분 버스를 타고 6시에 치핑 클레그혼에 닿았어. 증인은 차장과 두 명의 승객이지. 버스에서 내려 셔트는 리틀 패독스 쪽으로 걸어갔네. 그리고 어렵지 않게 그 집에 들어갔어. 아마도 현관문으로 말일세. 그리하여 권총으로 모인 사람들을 위협하기 위해 두 방 쏘았네. 한 방은 블랙록에게 가벼운 부상을 입혔어. 그리고 세 방째로 자기를 쏘았지. 오발이냐 아니면 일부러 한 것이냐. 이것을 나타낼 명확한 증거는 없네. 그렇지, 왜 그가 그런 짓을 했는지 그 까닭이 도무지 납득이 안 되는 점에선 나도 역시 동감이야. 하지만 말일세. '그 까닭'이라는 것은 우리가 머리를 짜서 답을 찾아내야 할 만한 질문에는 들어가지 않네. 검시배심원은 아마 자살이니, 아니면 과실이니 하는 식으로 평결을 하겠지만, 그거야 어느 쪽으로 낙찰이 되든 우리에겐 마찬가지일세. 결말은 우리 손으로 지어야 할 판이니 말이야."

"우리는 이스터브룩 대령의 심리학에 의지하는 수밖에 없단 말씀이신가요?" 클래독은 내뱉듯이 말했다.

라이데스데일은 미소를 머금고 말했다.

"뭐니뭐니해도 대령은 경험이 풍부하네. 그 심리학을 덮어놓고 거절할 건 없지."

"제 생각에는 사건의 윤곽을 전혀 틀리게 잡고 있는 것 같은 기분이 드는데요."

"치핑 클레그혼 마을 사람들 가운데 누군가가 자네한테 거짓말이라도 하고 있으며, 그렇게 느껴지는 대목이라도 있단 말인가?"

클래독은 머뭇거렸다.

"그 외국 여자는 자기가 한 말 말고도 뭔가 알고 있을 거라고 저는 보고 있습니다. 물론 제가 잘못 본 것인지도 모르지요."

"그래, 그 여자가 셔트와 친밀한 사이였는지도 모른다, 이 말인가? 그녀가 그를 집안에 들여놓아 주었을까? 그래서 놈을 선동이라도 한 것일까?"

"아마 그랬을 거라고 생각합니다. 그 여자를 도외시할 수는 없습니다. 그리고 흔히 있는 강도 사건이라면 그 집에 금이나 보석 종류의 값비싼 것이 있다고 생각하는 게 보통입니다만, 이번 경우는 그렇게 생각되지를 않습니다. 블랙록도 부정했고 다른 사람들도 그렇게 말했습니다. 이렇게 되면 아무도 모르는 귀중품이 있었다는 것이 되겠는데……."

"이건 아주 베스트셀러 감인데."

"아무래도 묘한 이야기라고 저도 생각합니다만, 유일한 포인트는 셔트가 블랙록을 살해하려고 기도했다는 배너의 확신에 있는 겁니다."

"으음, 즉 자네가 말하고 싶은 것은 그 배너의 진술에 대한 것으로군……."

"그렇습니다." 클래독은 빠른 말투로 대답했다. "그녀만큼 신용할 수 없는 증인은 없으니까요. 조그마한 암시에도 금방 걸려듭니다. 누구든지 그녀를 선동하는 것쯤은 문제가 없습니다. 그러나 블랙록 살해를 셔트가 기도했다는 것이 아무에게도 암시를 받지 않은 그녀 자신의 생각이라는 점이 꽤 흥미롭습니다. 그런 말을 그녀에게 비친 사람도 없고, 더구나 다들 이구동성으로 부정했으니까요. 그러니까 이것만은 누구의 의견에도 배너가 따르지 않았던 것입니다. 명백하게 그녀가 그렇게 느꼈던 거지요.”

“하지만 무엇 때문에 루디 셔트는 블랙록을 죽이려고 했을까?”

“그것이 문제입니다. 아무래도 저는 짐작할 수가 없습니다. 블랙록도 짐작을 못하고 있습니다. 하기야 블랙록이 거짓말을 한다면 모르겠습니다만, 어쨌든 모릅니다. 사실은 어떤지 모르겠습니다만.”

클래독은 크게 숨을 내쉬었다.

“자, 기운을 내게, 클래독” 서장은 말을 이었다. “헨리 경과의 점심 식사에 자네도 같이 갔으면 하는데. 메데남 웨일스의 로열 수퍼 호텔이면 음식은 그만이지.”

클래독은 좀 얼떨떨해서 서장의 얼굴을 바라보았다.

“감사합니다. 이거 원…….”

“그런데 말이야, 우리가 받은 편지…….”

서장이 막 말을 시작하려는데 헨리 클리더링 경이 들어오는 바람에 중단되고 말았다.

헨리 경은 다정한 목소리로 말했다.

“여어, 잘 있었나, 다모트!”

“자네한테 할 이야기가 있어, 헨리” 하고 서장이 말했다.

“뭔가, 할 이야기란?”

“늙은 고양이한테서 편지가 왔네. 로열 수퍼 호텔에 묵고 있지. 치핑 클레그혼 사건에 관해 꼭 좀 그녀의 의견을 듣고 싶은데.”

헨리 경은 승리자처럼 우쭐한 태도로 말했다.

“그것 보게, 내 말이 맞지. 늙은 고양이는 말일세, 하나만 들으면 둘을 안다네. 물론 말은 좀 많지만 말이야. 그래, 뭐라고 해 왔던가?"

라이데스데일은 편지를 보면서 "이게 말일세, 꼭 우리 집 할머니 같은 투란 말이야"라고 이렇게 불평을 했다.

"정말 굉장해. 잉크병에 빠진 거미가 편지지 위를 기어다니는 것 같은 느낌이야. 어쨌든 상세하게 씌어 있어. 게다가 밑줄까지 그어 놓았다니까. 드리고 싶은 말씀은 많습니다. 결코 귀중한 시간을 뺏지는 않겠습니다. 그냥 도와 드리는 흉내 정도는 낼 수 있을 줄 압니다. 으음, 제인…… 뭐더라, 마플. 그래 맞았어. 제인 마플이야."

"아니, 정말인가?" 헨리 경은 소리치며 말했다. "그녀야, 바로 그녀, 내가 전에 말한 일이 있는 기막힌 늙은 고양이란. 그녀는 늙은 고양이 중의 늙은 고양이지. 글쎄 그녀는 세인트 메리 미드의 집에서 조용하게 지내고 있으면 좋을 텐데, 무슨 까닭인지 메데남 웨일스 같은 데 머무르고 있으니 말일세. 그것도 마치 살인사건의 소용돌이에 휩쓸리려고 온 것같이 말이야. 한 번쯤 더 '살인을 알려 드립니다'가 있어도 좋겠는걸. 늙은 고양이 마플을 위해서 말일세."

"그만 됐네, 헨리." 라이데스데일은 코끝으로 웃는 것처럼 말했다.
"아무튼 자네가 말하는 거물을 만나 보기로 하세. 자, 가세! 로열 수퍼 호텔에서 점심이나 먹고 나서 그녀를 만나도록 하지. 이 클래독은 매우 의심스러운 얼굴 표정을 하고 있네만."

클래독은 공손하게 대답했다.

"아닙니다. 그렇지 않습니다."

그는 속으로 자신의 대부인 헨리 경이 가끔 가다 손대지 않아도 좋을 일을 하고 있다는 생각을 하고 있었던 것이다.

미스 제인 마플은 클래독이 상상했던 것과 그다지 다르지 않았다. 다른 점이라고 하면 생각보다 훨씬 얌전해 보이는 부인이라는 점과 생각보다 늙었다는 점이었다. 사실 할머니라고 해도 좋을 정도였다. 눈처럼 흰머리와 주름진 분홍색 얼굴에 부드럽고 맑은 눈동자를 가지고 있었다.

그녀는 털실로 어린이용 숄을 만들기 위해 뜨개질을 하고 있었다. 그녀는 헨리 경을 만나자 얼굴 가득히 반가운 빛을 띠었다. 그리고 서장과 클래독 경감이 들어가자 그 얼굴을 활짝 붉혔다.

"어서 오세요, 헨리 경. 정말 반가워요. 무척 오랜만이군요. 네, 그래요. 내 류머티즘 말인가요? 요즘 부쩍 나빠졌어요……. 그리고 이런 호텔에 묵을 형편이 못되는데, 요즘 호텔 비용이 어찌나 비싼지 말이에요. 하지만 레이몬드가——내 조카 레이몬드 말이에요——기억하시지요?"

"그 사람 이름이라면 누구나 다 알고 있지요."

"그래요. 그 애가 쓴 책이 아주 크게 성공했답니다. 대중물은 절대로 쓰지 않는다는 것이 그 애의 자랑이지요. 그 레이몬드가 글쎄 내 비용을 모두 부담해 주겠다지 뭡니까. 그 애 안사람이 또 화가인데, 이름이 차츰 알려지기 시작하고 있지요. 시들어 가는 꽃이 축 늘어진 꽃병과 창턱에 놓인 망가진 빗——뭐, 그런 그림을 그리지요. 물론 난 그녀한테는 아무 말도 하지 않아요. 하지만 난 브레이어 레이튼과 알마 터데마에게는 지금도 감복하고 있답니다. 어머나, 나 혼자만 지껄이고 있군요. 서장님께서 직접 이렇게 와 주실 줄은 난 예상도 안 했지 뭐예요. 내가 서장님의 시간을 뺏게 되면 어쩌나 그것만 걱정하고 있었지요……."

'대단한 늙은 고양이로군' 하고 클래독 경감은 은근히 마음에 거슬리어 속으로 중얼거렸다.

"지배인실로 들어가십니다. 그 편이 이야기하기에 좋을 겁니다."

서장인 라이데스데일이 입을 열었다.

마플은 털실과 여분의 뜨개바늘을 한군데 모아 놓고 몸을 툭툭 털면서 마지못해 그들의 뒤를 따랐다. 지배인의 쾌적한 개인 방 쪽으로 ……

"그럼 미스 마플, 당신 이야기를 좀 들려 주실까요?" 라이데스데일 서장이 입을 열었다.

예상했던 것과는 반대로 마플은 매우 단도직입적으로 요점에 들어갔다.

"실은 수표에 대한 것인데요, 그 사람이 위조한 것이에요."

"그 사람이라니요?"

"여기 있던 젊은 사람, 협박을 하고 나서 자기를 쏜 걸로 다들 알고 있는 그 사람 말이에요."

"그 사람이 수표를 위조했다는 말씀이신가요?"

마플은 고개를 끄덕였다.

"그래요, 여기 내가 가지고 있어요."

마플은 백에서 수표를 꺼내어 테이블 위에 놓았다.

"오늘 아침 은행에서 다른 수표와 함께 배달되었어요. 이것 보세요, 아시겠지요? 수표는 7파운드짜리인데, 그가 17파운드로 고쳤어요. 7을 향해 1을 긋고, 글자를 쓰다가 더럽힌 것처럼 아주 희한하게 작은 잉크 오점을 만들어 Seven 다음에 teen이라고 가필을 했어요. 아주 교묘하지요. 내가 봐도 틀림없는 금액이라고 생각되는 걸요. 잉크도 같아요. 왜냐하면 바로 이 책상에서 이 수표를 썼으니까요. 나는 그 사람이 그전부터 이런 짓을 자주 했을 거라고 생각해요……"

"그 친구로선 이번 상대가 나빴군요" 하고 헨리 경이 한 마디 했다.

마플은 그 소리에 고개를 끄덕였다.

"그래요, 이런 일이 없었더라면 그 젊은 사람이 끔찍한 범죄에 발을 들여놓지 않았을 거라고 나도 생각해요. 정말이지 그 사람에게는 내가 나쁜 상대였어요. 그래요. 분주한 젊은이가 결혼을 했다든가, 한창 연애중인 아가씨라든가——그런 사람들은 여러 가지 금액을 수표에다 쓸 것이고, 또 자기네 은행 통장을 그렇게 세밀하게 살펴보지도 않을 테니까요. 그런데 몇 페니 안 되는 돈에도 꼬박꼬박 신경을 쓰는 늙은 여자나 그러한 버릇이 있는 사람——그런 사람들을 노린다는 건 상대가 좋지 않지요. 17파운드라니, 그런 금액은 내가 수표에 쓰지 않는 금액이에요. 20파운드라는 우수리가 없는 금액이라면 월급과 책값으로 씁니다만, 내 개인적인 경비는 항상 현금으로 7파운드예요. 5파운드일 때도 있지만, 요즘은 물가가 하도 올라서 말이에요."

"그래, 그 사람을 보시고 또 누군가의 일을 생각해 내셨겠지요?"

헨리 경은 장난꾸러기 같은 눈으로 말을 재촉했다.

마플은 웃으면서 그를 보고 고개를 흔들어 보였다.

"헨리 경도 참 장난을 좋아하시는군요. 하지만 그건 당신 말이 맞아요. 생선 가게의 프레드 타일러도 언제나 실링의 금액란에다가 1을 써넣지 뭡니까. 요즘은 내가 먹을 정도의 생선을 사도 무척 금액이 올라간답니다. 게다가 웬만큼 사람들은 제대로 계산도 해보지 않으니까요. 그래서 생선 장수 프레드 타일러는 호주머니에 늘 10실링은 가지고 있지요. 네, 물론 많다고는 할 수 없어요. 하지만 넥타이를 사거나 제시 스프랙(포목집 딸이지요)을 데리고 영화 구경할 정도는 충분해요. '깜짝 놀라게 한다'는 것이 지금 말한 사람들의 이상이에요. 그래요, 여기 오고 나서 처음 일주일 만에 내 계산서에 틀린 데가 있었어요. 그래서 난 그 젊은 사람에게 그것을 지적했지요. 그는 진심으로 사과를 했습니다만, 매우 난처한 표정을 하고 있더군요. 나는 그때 혼자 속으로 중얼거렸지요. 너는 빈틈없는 눈초리를 하고 있구나 하고요. 내가 빈틈없는 눈초리라고 생각한 뜻은 사람을 똑바로 보는 눈초리를 가리키는 것이지, 눈알을 이리저리 굴리고 있다는 뜻은 아니에요."

클래독은 이 말을 듣자 짚이는 데가 있었다. 무기 징역형을 받은 짐 케리가 생각났던 것이다. 바로 최근에 그가 다루었던 악명 높은 사기꾼 생각이.

"루디 셔트의 성질은 머리끝에서 발끝까지 좋지가 않아요." 서장은 다시 말을 이었다. "그에 대한 것은 스위스 경찰에 모두 기록되어 있지만, 우리도 조사했습니다."

마플이 말했다.

"아마 스위스에 있을 수가 없게 되어서 신분 증명서를 위조해 가지고 이리로 도망해 온 모양이지요?"

"그렇습니다" 하고 서장이 말했다.

"그 젊은 사람은 식당에 있는 빨간 머리의 웨이트리스하고 놀러다녔지요. 하지만 웨이트리스가 그에게 물이 든 것 같지는 않았어요. 그녀는 그냥 좀 '색다른 사람'과 사귀는 것이 기뻤던 모양이지요. 영국 청년들은 꽃이나 초콜릿 같은 걸 잘 선사하지 않는데, 그는 늘 그런 것을 그녀에게 선사했거든요. 그 웨이트리스가 그런 말을 모조리 다 하던가요?" 갑자기 클래독 쪽으로 돌아보며 마플은 물었다. "아니면 아직 아무 말도······?"

"글쎄요, 아직도 뭔가 숨기고 있는 것이 있는 듯싶습니다만······."

클래독은 신중하게 대답했다.

"아직도 뭔가 조금은 있을 것 같아요" 라고 마플은 말을 이었다.

"그 아가씨 무척 고민하고 있는 모양이에요, 오늘 아침만 해도 그래요, 청어라고 가져온 것이 연어인가 하면 우유 병까지 잊어버리고 오지 않았겠어요, 여느 때에는 아주 눈치 빠른 웨이트리스였는데…… 그래요, 정말로 걱정스러운 것 같아요, 증언, 그것과 비슷한 것들로 머리가 가득차 있는 거예요, 하지만 나는…… "

이렇게 말하면서 마플의 맑고 푸른 눈은 남성적인 클래독 경감의 잘생긴 얼굴을 빅토리아 왕조 부인 같은 우아한 태도로 바라보고 있었다.

마플은 말을 이었다.

"당신이라면 틀림없이 그 처녀가 알고 있는 걸 뭐든지 알아 낼 수 있을 거라고 생각해요. "

클래독 경감은 얼굴이 붉어졌다.

헨리 경이 소리내어 웃었다.

"틀림없이 중요해요, 그 젊은이는 그것이 누군지 그녀에게 말했을지도 몰라요" 하고 마플이 말했다.

라이데스데일은 무심결에 마플을 지켜보며 말했다.

"누구라뇨, 대체 누구를 말씀하시는 겁니까? "

"말을 똑똑하게 하지 못해서 미안해요, 그 사람에게 그런 일을 시킨 것이 누구인가 하는 뜻이에요. "

"그럼, 미스 마플께서는 누군가가 그를 선동했다고 생각하고 계시는군요? "

마플은 깜짝 놀란 것처럼 눈을 크게 뜨고 말했다.

"그래요——말하자면 그래요——즉 여기 풍채 좋은 젊은이가 있다고 해봐요, 그 사람은 여기저기서 좀도둑 같은 짓을 하고 있습니다, 소액의 수표를 위조하거나 보석 같은 것을 훔치거나——물론 그냥 내버려두면 말입니다. 그리고 돈 상자에서 잔돈 나부랭이를 속이거나 하는 그러한 좀도둑. 항상 깔끔하게 차릴 수 있을 정도의 돈을 가지고 있어서 여자와 함께 놀러 다니는 그러한 남자. 그런 짓만 하던 남자가 갑자기 권총을 들고 위협해서 누군가에게 총을 쏜다──그 사람으로서는 도저히 그런 짓을 하지 못해요. 단 한순간이라 할지라도 말이에요. 그런 성질의 사람이 아니거든요. 정말이지 넌센스예요."

클래독은 자신도 모르게 숨결을 멈추었다. 레티시아 블랙록도 그와 똑같은 말을 하고 있었고, 목사 부인도 그렇게 말했었다. 그리고 그 자신도 그러한 확신 쪽으로 기울어져 가고 있었던 것이다. 그리고 '정말이지 넌센스예요'라고, 지금 헨리 경이 말하는 늙은 고양이 또한 플루트 같은 늙은 여자의 목소리 속에 깊은 자신을 가지고 말한 것이다.

"그럼, 미스 마플" 하고 클래독 경감은 입을 열었다. 그의 목소리는 갑자기 도전적이 되었다. "그럼, 어떤 일이 일어났습니까?"

마플은 놀라서 그의 쪽으로 돌아보았다.

"아니, 무슨 일이 일어나다니요! 그걸 내가 어떻게 압니까? 알고 있는 것이라고는 신문에 난 기사뿐이에요. 그것도 조금밖에 씌어 있지 않더군요. 물론 사람에겐 미루어 살피는 능력이 있습니다. 하지만 정확한 정보를 얻을 수는 없는 법이지요."

"조지" 하고 헨리 경은 서장에게 말을 걸었다. "이건 공식적으로 할 수 없는 일이겠지만──어떨까, 클래독이 치핑 클레그혼 마을 사람들과 인터뷰한 노트를 미스 마플에게 보여 드릴 수 없겠나?"

라이데스데일이 말했다.

"글쎄, 공식적으로는 안 되지. 하지만 그런 것에 구애받고 있다가는 아무것도 못할 걸세. 보셔도 좋습니다. 미스 마플. 보시고 나서 반드시 당신의 의견을 꼭 좀 들려 주십시오. ”

마플은 난처하다는 표정을 짓고 있다가 말했다.

“서장님, 헨리 경은 이렇게 무조건이랍니다. 항상 이렇게 지나치게 신경을 쓰시지요. 과거에 해 온 나의 하찮은 추리를 헨리 경은 과대평가하고 계시는 거예요. 정말이지 나한테 그런 재능은 조금도 없어요. 정말이지 재능 같은 건——그래요, 사람이라는 것에 대한 어떤 종류의 지식을 빼놓는다면 말입니다. 사람이란——물론 내가 아는 사람들 말입니다만——너무 지나치게 사물을 믿는 경향이 있는 것 같아요. 그와 반대로 나는 항상 나쁜 쪽으로만 생각하는 버릇이 있답니다. 좋은 버릇이라고는 할 수가 없지요. 하지만 곧잘 도움이 되는 수가 있긴 해요. ”

“이걸 보십시오” 하고 라이데스데일은 타이프로 쳐 놓은 노트를 마플에게 건네 주며 말을 이었다. “금방 읽을 수 있습니다. 이 증인들이 바로 당신이 하실 일의 영역이지요. 이런 사람들에 대한 것은 당신이 더 잘 아실 겁니다. 경찰에서는 몰랐던 것을 미스 마플이 알아낼 수 있을지도 모르지요. 이 사건도 일단 중단될 상태에 놓여 있습니다. 제발 중단되기 전에 아마추어의 의견을 들려주십시오. 감히 말씀드리자면 클래독도 이 사건에 대해서는 납득을 못하고 있답니다. 이 사람도 당신과 똑같은 소리를 하고 있지요, 의미가 없다고. ”

마플이 읽고 있는 동안 다들 잠자코 있었다.

이윽고 그녀는 노트에서 눈을 뗐다.

“잘 읽었어요. ” 그녀는 이렇게 말하고 한숨을 쉬면서 다음 말을 이었다. “이 사람들이 한 말——생각하고 있는 것들은 모두 다 다르군요. 이 사람들이 본 것——혹은 보았다고 생각하고 있는 것들은 모두 착잡하고 하찮은 것들뿐이군요. 하지만 가령 그 중에서 어떤 한 가지가 중요한 의미를 갖고 있다면 그걸 찾아내기란 여간 어려운 일이 아니지요, 북데기밭에서 바늘찾기나 같으니까요."

클래독은 깊은 실망감에 빠졌다. 잠시 동안이었지만 그는 헨리 경이 이 기묘한 노부인을 바르게 평가하고 있는지 어떤지를 의심했던 것이다. 그녀는 무엇인가를 지적할 수 있을지도 모른다. 나이 먹은 사람에게는 꽤 예리한 데가 있는 법이다. 예를 들면 클래독의 고모할머니인 에마 부인한테는 아무것도 숨길 수가 없었다. 그가 거짓말을 하려 할 때는 그의 코가 벌름거린다고 에마 부인은 뒷날 털어놓았다. 그런데 헨리 경이 자랑하는 마플 여사는 평범한 것밖에 이야기하지 않는다. 그는 마플에게 실망을 느끼고 퉁명스럽게 말했다.

"사실은 지나칠 정도로 명백합니다. 단지 그것뿐이지요, 이 증인들이 아무리 어긋나는 말을 진술했다 하더라도 이 사람들은 한 가지 사실을 본 것입니다. 문을 열고 협박을 한 권총과 손전등을 손에 든 복면의 사나이를 눈으로 본 것입니다. '손들어!'라든가 '돈이 아까우냐, 목숨이 아까우냐'라든가 하는 소리를 그가 말했다고 이 사람들은 알고 있지요. 어쩌면 협박당하는 바람에 자연히 그런 문구를 연상했었는지 모르지만요. 어쨌든 이 사람들은 그를 분명하게 보았습니다."

"그렇지만 경감님, 아시겠어요, 이 사람들은 사실은 아무것도 볼 수가 없었던 거예요."

클래독은 정신이 번쩍 들어 숨을 삼켰다.

마플도 그것을 알고 있는 것이다. 정말 그녀는 예리하다. 클래독은 마플을 시험했던 것인데, 그녀는 거기에 걸려들지 않았다. 이 시험은 사실에 대해서나 또 사건에 대해서나 실제로는 아무런 영향도 주지 않는 것이지만, 마플은 클래독과 똑같이 보고 있었던 것이다. 즉 협박한 복면의 사나이를 보았다고 믿고 있는 증인들이 실상은 그를 볼 수가 없었던 점을.

"내 판단이 옳다면" 하고 마플은 볼을 상기시키고 눈을 어린아이처럼 초롱초롱 빛내면서 말했다. "홀 바깥쪽에도——그리고 2층의 층계참에도 전기불은 켜 있지 않았겠지요?"

"그렇습니다" 하고 클래독이 말했다.

"그리고 그가 문 앞에 버티고 서서 강한 손전등으로 방 안을 비추었다면, 누구든지 손전등 외에는 아무것도 볼 수가 없어요. 그렇잖겠어요?"

"맞습니다, 볼 수 없지요. 실은 저도 철저하게 시험을 해보았습니다."

"그리고 증인들 가운데는 복면한 이를 보았다는 사람들이 있지만, 사실은 보지도 않고 나중에 즉 전기불이 켜진 뒤에 본 것에서 짐작한 것이에요. 이 점은 모든 일에 아주 잘 부합되지요. 나는 생각합니다만, 루디 셔트가 내가 말하는 의미의 '폴 가이'였다는 가정에도——안 그런가요?"

라이데스데일은 마플의 볼이 점점 더 상기되어 가는 것을 멍하니 바라보고 있었다.

"내가 잘못 표현했는지는 모르겠습니다만——" 하고 마플은 중얼거리듯 말하고 나서 "미국어는 잘 몰라요. 그리고 미국어는 뜻이 이리저리 바뀌니까요. 나는 대실 해미트의 소설에서 배웠습니다만——조카인 레이몬드한테서 해미트가 하드보일드의 시조라는 말을 들었지요. 그래서 방금 내가 '폴 가이'라고 말씀드린 것은, 내 기억에 잘못이 없다면 계획적으로 누명을 입은 사람을 뜻하는 거예요. 루디 셔트가 바로 그 전형같이 생각되는군요. 정말 어리석은 노릇이에요, 안 그래요? 하지만 몹시 돈이 탐나던 참이었으니까 걸려든 거겠어요."

라이데스데일은 너그러운 미소를 머금고 말했다.

"그 녀석은 어떤 자한테서 거기 모인 사람들을 쏘라는 선동을 받은 모양이지요, 이거 꽤 어려워지는걸."

"보나마나 장난이니까 어떠냐는 식으로 말했겠지요." 마플은 이렇게 대답하고 나서 말을 이었다. "그래서 셔트는 그렇게만 알고 한 것입니다. 신문에 광고도 내고 찾아가서 집안 구조도 살폈습니다. 그리고 사건이 나던 날 밤, 복면에 검은 옷을 입고 문을 열고 손전등을 휘두르면서 '손들어!' 하고 외쳤지요……."

"그리고 권총을 쏘았군요."

"아니에요." 마플은 이렇게 말하고 다시 말을 이었다. "그는 권총 같은 건 가지고 있지 않았어요."

"하지만 다들 입을 모아……"

라이데스데일이 끼어들자 마플이 그 말의 뒤를 이어받았다.

"아시겠습니까, 만일 그가 권총을 가지고 있었다 하더라도 그걸 본 사람은 아무도 없습니다. 그리고 나는 그가 권총을 가지고 있었다고는 생각지 않아요. 그가 '손들어!' 하고 소리친 다음 캄캄한 데서 누군가가 그의 등 뒤로 다가가 어깨 너머로 두 방 쏘았다고 생각해요. 그는 깜짝 놀랐습니다. 기겁을 하고 한 바퀴 돈 바로 그때 누군가가 그를 쏜 거지요. 그래 놓고 권총을 그의 옆에 떨어뜨린 거예요……."

세 사람은 마플을 쳐다보았다.

헨리 경은 부드러운 말투로 말했다.

"그런 추리도 있을 수는 있겠지요."

"그러나저러나 캄캄한 데서 다가간 그라는 자는 대체 누구일까요!" 하고 서장이 물었다.

"블랙록을 죽이려고 마음먹고 있는 자가 누군가, 그건 본인인 미스 블랙록한테서 알아내는 수밖에 없지요" 하고 마플은 말했다.

그러기 위해서는 돌라 배너가 적역이라고 클래독은 생각했다. 그 노파는 항상 정보를 제공하고 싶어서 좀이 쑤시는 사람이니까.

"미스 블랙록의 목숨을 빼앗기 위해서 기도된 것이라고 당신은 생각하십니까?" 라이데스데일이 물었다.

"겉으로 보기에는 그렇지요." 마플은 이렇게 대답해 놓고 다시 말을 이었다. "한두 가지 난점은 있습니다. 하지만 내가 이상하게 생각하는 것은, 좀더 간단하게 할 수 없었을까 하는 점이에요. 누군가가 어떻게 해서든지 루디 셔트에게 비밀을 지키게 하려 한 것만은 분명해요. 그는 죽었으니까 비밀은 지켜지게 되었습니다만. 만일 그가 누군가에게 비밀을 누설했다고 한다면, 그건 저 웨이트리스인 마너 해리스일 거예요. 그리고 누가 그에게 이번 일을 사주했느냐 하는 힌트 정도는 주었을지도 몰라요."

"곧 해리스를 만나 보고 오지요" 하고 일어서면서 클래독이 말했다.

마플은 고개를 끄덕였다.

"다녀 오세요, 경감님. 당신이 만나 보시는 게 제일 나아요. 그 처녀도 당신한테 다 털어놓고 나면 가슴이 후련해질 거예요."

"후련해진다고요? 글쎄요."

클래독은 방을 나갔다.

서장은 반신반의하는 얼굴로, 그러나 붙임성 있게 말했다.

"미스 마플, 상당히 얻는 바가 많았습니다."

### 3

"정말 안됐습니다만" 하고 해리스는 말을 이어 나갔다. "제발 꼬치꼬치 캐묻지 말아 주세요. 경감님이 무척 친절하신 분이라는 것은 잘 압니다만, 글쎄 우리 마담은 하도 별나서 조그마한 일을 가지고도 야단법석을 떠니까요. 거기다가 제가 전부터 그 사건에 공모──정말 이것보다 더 기분 나쁜 말은 없을 거예요——하고 있는 것같이 의심받고 있는 걸요.” 말이 끝없이 줄줄 그녀의 혀에서 튀어나왔다. “그래요, 경감님. 경감님께서도 제 말을 곧이듣지 않으시겠지요. 즉 루디의 사건은 장난에 지나지 않는 것이라고 제가 한 말 말이에요.”

클래독은 해리스의 저항을 없애는 데 가장 효과적인 말을 여러 번 되풀이했다.

“이야기하겠어요, 뭐든지 죄다 말씀드리겠어요. 하지만 마담이 별 나니까 될 수 있으면 덮어 주세요. 그 시초는 이렇답니다. 먼저 루디가 저와의 약속을 어겼어요. 우리는 그 사건이 나던 날 저녁때 영화 구경을 가기로 되어 있었거든요. 그런데 글쎄 그이가 못 가게 되었다고 하지 않겠어요. 그래서 제가 화를 냈지요. 그건 다 루디의 제안이었거든요. 가만히 생각하니까 외국인하고 사귀는 게 싫은 생각이 들더군요. 그이는 자기가 나쁜 게 아니라는 거예요. 그래서 신경질이 나서 그러냐고 해주었지요. 그랬더니 루디가, 오늘 밤에는 간단한 파티에 가게 되어서 돈을 쓸 수가 없다고 그러지 않겠어요. 전 사실 손목시계를 하나 사 주기 원했거든요. 그래서 제가 물어 보았지요. 파티란 어떤 것이냐고요. 어디서 파티가 있는데 장난으로 협박을 할 거라는 말 외에는 아무 말도 하지 않았어요. 루디는 자기가 낸 신문 광고를 저한테 보여 주었습니다. 전 저도 모르게 웃어 버렸지요. 그이는 그냥 코끝으로 웃었을 뿐이었지만요. 단순한 속임수에 지나지 않는다고 하면서요. 그리고는 ‘꼭 아이들 같은 친구들이야. 영국인들이란 모두 이런가. 영국인들은 정말이지 철이 없다니까’ 하길래 제가 ‘당신은 어째서 미국인 같은 투로 말하지요’라고 해주었지요. 그 바람에 몇 마디 주거니 받거니 말다툼을 했지만 이내 화해를 했어요. 경감님만은, 정말 경감님만은 알아주실 거예요, 그렇지요? 제가 신문을 보니까 파티가 아니라 루디는 누군가를 쏘고서 자기도 쏘아 버렸더군요. 왜 그런 짓을 했을까요? 전 도무지 까닭을 모르겠어요. 그래서 만일 제가 그전부터 파티에 대한 것을 알고 있었다거나 지껄이고 있었다는 게 알려지는 날에는 저까지 사건에 무슨 관계가 있는 걸로 인정될 줄 알았어요. 하지만 경감님, 그이가 저한테 말했을 때는 정말이에요. 정말로 농담인 줄만 알았어요. 루디도 그렇게 알고 있었다고 전 믿고 있어요. 사실 그이는 그런 말투였거든요. 권총을 갖고 있었다니, 전 전혀 몰랐어요. 권총을 가지고 간다는 말은 한 마디도 비치지 않았어요……."

클래독은 해리스를 위로해 주며 제일 중요한 질문을 했다.

"누가 그 파티를 준비했는지 루디는 말하지 않던가요?"

그러나 아무것도 얻을 수가 없었다.

"누가 그이에게 그것을 부탁했는지, 그런 말은 한 마디도 하지 않았어요. 제가 생각할 때 부탁한 사람은 없는 것 같아요. 틀림없이 그이 자신이 모두 한 걸 거예요."

"루디는 아무 이름도 대지 않던가요? '그'라든가 '그녀'라든가, 그런 말도 하지 않던가요?"

"놀라게 해서 외마디 소리를 지르게 하러 간다는 말 외에는 아무 말도 하지 않았어요. '난 그들의 놀라는 얼굴을 보고 웃어 주는 거야'라고 말했을 뿐이에요."

'그 녀석은 웃는 대목까지도 가지 못했지'라고 클래독은 생각했다.


### 4

"추리에 지나지 않아."

라이데스데일은 차를 타고 메데남으로 돌아오면서 이렇게 말했다.

"그 추리를 입증하는 것이라곤 아무것도 없지 않은가. 아무것도 없어. 노부인의 망상에 불과하다고 생각하든가, 아니면 그냥 이대로 내버려 둘 것인가. 어떤가?"

"글쎄올시다, 그냥 내버려 두는 것도 뭣하지 않겠습니까?"

"모든 게 믿어지지 않아. 안 그런가, 어둠 속에서 수수께끼의 X가 갑자기 스위스 인 루디 셔트의 등 뒤에 나타났——대체 X라는 자는 어디로 해서 왔단 말인가? 그는 누구지? 그는 지금까지 어디에 있었겠나?"

"옆문으로 해서 들어올 수는 있지요, 셔트가 들어온 것처럼 말입니다. 아니면 '그'는 주방에서 들어올 수도 있습니다."

"'그녀'는 주방에서 들어올 수 있다, 그런 뜻인가?"

"그렇습니다. 그렇다면 못할 것 없습니다. 전 그 여자에게 의문을 가지고 있습니다. 아무래도 그 여자는 불결한 물건 같은 인상을 제게 주더군요. 그리고 외마디 소리와 히스테릭, 이것도 다 덤입니다. 그 여자는 루디와 짜고 편리한 때를 봐서 그를 안에 들여놓고는 모든 것을 속임수에다 걸고 그를 쏘고서 식당으로 달아난 겁니다. 그리고는 급히 은그릇과 새미 가죽을 집어들고 그 쇳소리나는 외마디를 질렀던 것입니다."

"하지만 거기에 대해서는 반증이 있지 않는가. 에에——그렇지, 에드먼드 스웨테남. 그가 증언을 하고 있어. 문이 밖에서 잠겨 있었다고. 그래서 그 여자를 내주기 위해 에드먼드가 쇠를 열어 주었다고 했네. 그 방에 들어가는 다른 문은 없는가?"

"네, 뒷계단으로 통하는 문이 있습니다. 주방은 그 계단 밑에 있는데 핸들이 약 3주일 전에 망가진 것 같습니다만, 아직 그걸 수리하러 온 사람이 아무도 없습니다. 그래서 그 문은 열 수가 없습니다. 이건 믿을 수 있다고 해야 되겠지요. 굴대하고 두 개의 핸들은 홀 바깥쪽 선반에 얹혀 있는데, 먼지가 잔뜩 앉아 있더군요. 하지만 능숙한 사람이라면 그런 문쯤은 얼마든지 열 수 있다고 생각하는데요."

"좀더 자세히 그 여자의 신분을 조사해 보는 게 좋겠군. 신분 증명서를 제대로 가지고 있는지 어떤지 조사해 보게. 하지만 아무래도 이야기가 너무 이론적으로 흐르는 경향이 있는 것 같은데……."

클래독은 그 말에 대해 조용히 대답했다.

"서장님께서 이 사건을 이걸로 중단해야겠다고 생각하신다면 물론 이의는 없습니다만, 앞으로 조금만 더 시간 여유를 주신다면 반드시 진상을 밝혀내 보여 드리겠습니다."

클래독의 말에 서장은 자기도 모르게 승인하는 투로 말했다.

"아무튼 기운을 내서 해보게."

"권총에도 문제가 있습니다. 아까 그 추리가 옳다고 한다면 루디 셔트의 권총이 아니었다는 말이 될 뿐만 아니라 또 현재로서는 누가 봐도 셔트가 권총을 가지고 있었다고는 할 수가 없습니다."

"독일제겠지?"

"그렇습니다. 하지만 우리나라에는 대륙제 총기가 상당수 들어와 있습니다. 미국인들은 대개 대륙제 것을 가지고 돌아가고, 우리나라 사람도 역시 마찬가집니다. 안 그렇습니까?"

"사실이야. 그런데 수사의 새 방침은?"

"동기를 알아내는 일입니다. 그래서 아까의 추리에 뭔가가 있다고 한다면 말입니다. 지난 주 금요일의 사건은 단순한 장난이 아니며 또 흔해 빠진 강도 사건도 아닙니다. 그렇습니다. 이건 냉혹하기 짝이 없는 살인 계획이라는 것이 됩니다. 누군가가 블랙록을 죽이려고 했다――어째서일까요? 이 말에 대답할 수 있는 사람은 미스 블랙록밖에 없다고 생각합니다."

"하지만 블랙록은 그런 터무니없는 일은 없다고 살인 계획을 부정한 적이 있었다고 기억하는데…….”

“그녀는 루디 셔트가 그녀의 목숨을 노리고 있었다는 생각을 부정했지요. 그것은 그녀가 말한 대로입니다. 하지만 여기에 다른 문제가 있는 것입니다, 서장님.”

“뭔가, 그것은?”

“누군가가 또다시 블랙록을 노릴지도 모른다는 점입니다.”

“그렇다면 확실히 아까의 추리도 버리기 어렵게 되었는데.” 서장은 천연스럽게 말하고 나서 덧붙였다. “자네 미스 마플을 만나지 않겠나?”

“미스 마플을요? 왜요?”

“듣자니까 요즈음 그녀는 치핑 클레그혼의 목사관에 있으면서 일주일에 두 번 치료를 받으러 메데남 웨일스로 다니는 모양이야. 목사관 부인이 미스 마플의 어릴 적 친구의 딸이라는군. 아무튼 미스 마플은 스포츠 본능으로 똘똘 뭉친 것 같은 노파라서 말일세. 그녀의 생활에는 자극이 될 만한 것이 없으니까 자극을 줄 만한 살인의 꽁무니만 찾아다니고 있는 것 같아.”

“치핑 클레그혼에는 오지 않았으면 좋겠는데요.”

클래독은 진지한 얼굴로 말했다.

“그럼, 자네 혼자서 해 볼 작정인가?”

“그런 뜻은 아닙니다만, 아무튼 미스 마플은 아주 좋은 분이니까요. 그분 신상에 무슨 일이 일어날까 그게 두렵습니다……. 그렇습니다, 우리들의 추리에 무언가가 있다고 한다면…….”

# 문에 대하여

### 1

"또 이렇게 찾아와서 죄송합니다, 미스 블랙록."

"별말씀을요——검시정(檢屍廷)이 일주일 연기되는 바람에, 그래서 좀더 증거를 파악하려고 뛰어다니시군요?"

클래독 경감은 솔직하게 고개를 끄덕이며 말했다.

"그런데 루디 셔트는 몬트루의 알프스 호텔 주인 아들이 아니었어요. 여태까지의 그의 경력은 베른 병원의 간호사로부터 시작되는데, 꽤 많은 환자가 보석류를 분실했었답니다. 그리고 가명으로 겨울 스포츠 장에서 급사 노릇을 한 적도 있습니다. 그의 수법은 레스토랑의 이중 계산서를 만드는 일이었지요. 말하자면 손님에게 주는 계산서에다가 여분을 적어 내고 있었던 거지요. 물론 그 차액은 자기가 착복했습니다. 그리고 취리히의 백화점에도 있었습니다. 셔트가 그 백화점에 근무하고 있는 동안에 절취된 물건의 손실은 평균액을 훨씬 웃돌고 있었습니다. 이것은 손님이 한 짓이 아니라고 하는 게 맞을 겁니다."

"정말이지, 그 사람은 아무거나 닥치는 대로 훔치는 모양이지요?" 블랙록은 냉담하게 말했다. "그 사람을 전에 만난 기억이 없다고 내가 생각한 게 틀리지 않았겠지요?"

"맞습니다. 로열 수퍼 호텔에서 셔트가 당신에게 말을 걸면서 마치 그전부터 알고 있었던 것처럼 했던 겁니다. 스위스 경찰이 그를 심하게 쫓기 시작하는 바람에 그는 교묘하게 위조한 신분 증명서를 가지고 로열 수퍼 호텔에 취직을 했습니다."

"정말이지 안성맞춤의 돈벌이 장소였어요" 하고 블랙록은 냉담한 투로 말을 이었다.

"돈을 물쓰듯 쓰는 부자들만 묵으니까요, 그런 사람들은 계산서 따위는 거들떠보지도 않거든요."

"그렇습니다. 셔트의 눈에는 손님들이 봉으로만 보였겠지요" 하고 클래독이 말했다.

블랙록은 미간을 모으면서 "하지만 무엇 때문에 치핑 클레그혼 같은 데로 왔을까요? 돈이 소용돌이를 치고 있는 로열 수퍼 호텔보다도 여기 있는 우리들 쪽이 더 돈을 많이 가지고 있는 줄 알았을까요?" 하고 물었다.

"이 집을 아무리 뒤져 봐도 특별히 값진 물건은 없다는 말을 하시고 싶은 모양이군요!"

"아무럼요, 당연하지 않습니까, 경감님? 알려지지 않은 렘브란트의 걸작, 그런 건 약에 쓰려고 해도 없으니까요."

"그러시다면 당신 친구분인 미스 배너의 의견이 옳았다는 게 되는데요. 즉 그는 당신을 죽이러 왔었다는……"

"어머나, 레티! 내가 무슨 그런 끔찍한 말을 했지!"

"정말이지 넌센스야, 돌라!"

"하지만 그게 넌센스일까요? 이건 진실이라고 저는 생각하는데요"라고 클래독이 말하자 블랙록은 뚫어지게 그를 지켜보았다.

"자, 분명한 걸 들려주세요. 그렇다면 경감님, 그 젊은이는 신문에 광고를 내고, 어느 특정한 시간에 동네 사람들이 소란을 피우게끔 미리 준비를 했다——이런 말씀인가요?"

"하지만 그 젊은이는 일이 이렇게 되리라고는 조금도 예측하고 있지 않았을는지도 모릅니다——"

배너는 열심히 말에 끼어 들었다.

"정말로 끔찍한 예고였는지도 몰라요. 그건 레티에 대한 예고였어. 신문에 그 광고가 났을 때 어떤 기분으로 내가 그걸 읽었는지 알아요? '살인을 알려 드립니다'——정말 불길한 일이라고 나는 마음속으로 느꼈지요. 만일 말이에요, 그가 레티를 쏘고서 종적을 감춘다는 계획대로 만사가 진행되었다면 누가 범인인지 어떻게 그걸 알 수 있겠어. 안 그래?"

"정말 그렇군" 하고 블랙록은 말했다. "하지만——"

"나는 말이야, 레티. 그 광고가 절대로 장난질이 아니라고 보고 있었어. 내가 분명히 그렇게 말했을 거야. 그리고 미치의 태도를 보고 알았어. 미치도 겁을 잔뜩 먹고 있었거든."

"그렇지!" 클래독은 소리쳤다. "미치, 그 젊은 여자에 대한 것을 좀더 알고 싶었습니다."

"그 아이의 입국허가증과 신분증명서는 이상이 없는데요."

"그야 그럴 테지요. 셔트의 신분증명서도 이상이 없었으니까요." 클래독은 무뚝뚝하게 말했다.

"하지만 무엇 때문에 루디 셔트는 나를 죽이려고 마음먹었을까요? 그 문제에 대해서 당신은 언급을 안 하고 계시는군요, 클래독 경감님."

"틀림없이 셔트를 조종한 사람이 있었을 겁니다" 하고 클래독은 천천히 대답하였다.

"뭐, 짐작하시는 점이라도——"

클래독은 말을 빙 돌려서 하긴 했지만 만일 마플의 추리가 옳다면 지금 한 클래독의 말도 또한 진실이어야 한다는 생각이 그의 마음 속을 불꽃처럼 스쳐 갔다. 하지만 어느 쪽이든지 클래독의 말은 여전히 의심쩍게 지켜보고 있는 블랙록에게 아무런 반응도 불러일으키지 못했다.

"그 문제는" 하고 그녀는 대답했다. "대체 무슨 이유로 나를 죽이려는 사람이 있느냐 하는 것과 마찬가지 아니겠어요?"

"미스 블랙록, 제가 바로 그걸 당신한테서 듣고 싶은 것입니다."

"원 세상에, 내가 어떻게 그런 대답을 할 수가 있겠어요! 나한테 적 같은 건 없어요. 난——내 입으로 이런 말을 하는 건 뭣하지만——이웃 간에도 항상 다정하게 지내고 있답니다. 남의 비밀 같은 건 손톱만큼도 몰라요. 정말이지 턱없는 이야기예요. 그리고 미치가 이 일에 무슨 관계라도 있는 것같이 생각하신다면, 그것 역시 웃음거리예요. 돌라가 아까 말했듯이 미치는 〈가제트〉의 신문 광고를 보았을 때 정말 죽을 정도로 놀랐어요. 정말로 그 애는 짐을 꾸리고 나갈 작정까지 했으니까요."

"아마 그녀는 자기의 역할을 교묘하게 해냈는지도 모르지요. 미치는 당신이 어떻게 해서든지 자기를 붙들 것이라는 걸 잘 알고 있었을 테니까요."

"그야 경감님이 억지로 그렇게 생각하시려면 이유는 얼마든지 있을 수 있지요. 하지만 경감님, 이것만은 단언할 수가 있어요. 만일 말이에요. 미치가 나한테 엉뚱한 증오를 품고 있었다고 한다면, 아시겠어요, 그 애는 음식에다가 독을 넣을 수도 있었을 거예요. 그런데 뭣 때문에 이런 번거로운 짓을 했겠어요? 나는 그렇게 생각해요, 사실은 넌센스예요. 경찰은 좀 배타적 경향이 있는 게 아닐까요? 나는 그렇게 생각해요. 확실히 미치가 거짓말쟁이일는지도 모르지요. 하지만 냉혹한 살인범은 아니에요, 경감님. 미심쩍은 데가 있으시다면 한 번 가서서 을러 보세요. 오늘 오후에 하몬 부인이 어떤 노부인을 모시고 오기로 되어 있어요. 그래서 미치더러 케이크를 만들라고 일러두었는데——분명 당신은 미치를 흥분시키고 말 거예요. 그러니까 경감님, 될 수만 있다면 그 애한테는 가지 마시고 의심은 다른 사람에게로 돌려 주세요."

## 2

클래독은 부엌 쪽으로 갔다. 그는 전에 물었던 것과 같은 질문을 미치에게 되풀이 묻고서 역시 또 전번과 똑같은 대답을 들었다.

그렇다, 미치는 4시가 되자 곧 현관문을 잠갔던 것이다. 여느 때에는 결코 그렇게 하지 않았었는데, 그날 오후에 한해서 그 끔찍한 광고 때문에 미치는 겁을 먹었던 것이다. 옆문을 잠그는 것은 소용없는 일이었다. 블랙록과 배너가 오리를 우리로 몰아넣고 병아리에게 모이를 주기 위해 그리로 나갔고, 헤임스 부인도 항상 일터에서 돌아오면 그리로 해서 들어오기 때문이다.

"5시 반에 헤임스 부인이 돌아왔을 때, 옆문을 잠갔다고 그녀가 말하던데?"

"정말이지, 경감님은 그 여자 말을 믿고 계시는군요. 그래요, 경감님은 믿고 계시는 거예요."

"왜 헤임스 부인을 믿어서는 안된다는 거지? 왜 그렇게 생각하지?"

"제가요? 그게 무슨 뜻이지요?"

"어때, 기회를 주지 않겠소? 헤임스 부인이 그 문을 안 잠갔다고 생각하는 거로군?"

"제 생각은 이래요, 그 여자가 잠그는 척은 했겠지만 실제로는 안 잠갔다고요——그래요."

"그게 무슨 뜻이지?" 하고 클래독이 물었다.

"그 젊은 남자, 그 사람 혼자서 한 일이 아니에요. 그래요, 그 남자는 들어올 장소도, 자기를 위해 문이 열려 있는 시간도 다 알고 있었던 거예요. 아주 편리하게 문이 열렸으니까요!"

"당신은 무슨 말을 하고 싶은 거요?"

"제가 무슨 말을 하건 다 쓸데없는 이야기지요. 그렇잖아요? 경감님은 도무지 곧이듣지를 않으시니까요. '너는 불쌍한 거짓말쟁이 망명자다'라고 경감님 얼굴에 씌어 있는걸요. 금발의 영국 숙녀, 그래요, 그녀는 거짓말을 하지 않는다——영국인이니까——무척 정직하다고 경감님은 생각하고 계시지요. 그렇기 때문에 경감님은 그녀만 믿고 저를 믿지 않으시는 거예요. 하지만 좋아요, 전 경감님한테 이야기하고 싶어요. 그래요, 이야기하고 싶어요."

미치는 난로 위에다 스튜 냄비를 철거덕 소리를 내며 갖다 얹었다.

클래독의 마음은, 이 악의덩어리한테 주의를 줄까말까 망설이고 있었다.

"우리가 이야기한 건 죄다 적기로 되어 있지."

"전 이야기 같은 건 요만큼도 경감님한테 한 적 없어요. 어째서 제가 이야기를 해야 하나요? 경감님만 해도 그래요. 경감님은 이 불쌍한 망명자를 학대하고 경멸하고 계시는걸요. 아시겠어요? 만일 말이에요, 제가 그때——일주일 전에 말이에요——그 젊은 남자가 돈 때문에 미스 블랙록을 찾아왔을 때 따끔한 소리를 해서 미스 블랙록이 그 사람을 내쫓았다고 경감님한테 이야기한다면, 그리고 나서 그 젊은 남자가 헤임스 부인과 말하고 있는 것을 제가 분명히 들었다고——그래요, 서머 하우스 안에서 들려왔어요—— 경감님한테 이야기한다면 제가 꾸며서 하는 말이라고 말씀하실 게 틀림없어요.”

‘물론이지, 네가 조작한 거지’라고 클래독은 속으로 중얼거리고는, 곧 큰 소리로 말했다.

“서머 하우스에서 무슨 이야기를 하고 있었는지, 당신한테 들릴 리가 없지 않소?”

“그것 보세요!”

미치는 의기 양양해서 쇳소리를 질렀다.

“전 쐐기풀을 뜯으러 나갔더랬어요. 쐐기풀은 아주 좋은 야채가 되거든요. 하지만 다들 그걸 모르고 있어요. 전 쐐기풀로 요리를 만들지만 아무한테도 가르쳐 주진 않아요. 그래요, 거기서 둘이 이야기하는 걸 들었어요. 젊은 남자가 그녀에게 말하더군요——‘난 어디 숨지?’ 그러자 그녀가——‘내가 알려 줄게요.’ 그러고 나서 또 그녀가 말하는 거예요——‘6시 15분에.’ 그래서 전 생각했지요——‘흥, 역시 그렇구나! 얌전도 하지, 고상한 숙녀 양반. 일이 끝나기가 무섭게 사내를 만나러 가서 집안으로 끌어들였구나.’ 전 생각했어요. 미스 블랙록은——그녀는 그런 짓을 제일 싫어하니까——당신 같은 여자는 당장에 쫓아낼 거라고요. 그래서 전 망을 보려고 마음먹었지요. 그래서 무슨 말을 하는지 들어 두었다가 미스 블랙록한테 일러 주려고요. 하지만 지금 와서 전 제가 착각하고 있었다는 걸 깨달았어요. 그녀가 젊은 남자와 꾸미고 있는 것은 사랑이 아니었던 거예요. 강도와 살인, 바로 그 계획이었어요. 하지만 경감님, 경감님은 이렇게 생각하시겠지요——‘다 네가 조작한 말이다’라고——‘거짓말쟁이 미치! 나는 너를 감옥에다 가두어 주겠다’라고요!”

클래독은 어이가 없었다. 그러나 조작한 말인지도 모르나, 또 어쩌면 그렇지 않을지도 모른다.

그는 신중하게 물었다.

"헤임스 부인과 이야기하던 남자가 루디 셔트였다고 단언할 수 있단 말이지?"

"물론이에요. 그 남자는 돌아가는 길이었어요. 찻길을 건너서 서머하우스로 들어가는 걸 제가 이 눈으로 본 걸요. 그리고 바로예요" 하고 미치는 도전적인 투로 말했다.

"신선한 새파란 쐐기풀이 있을까 하고 밖으로 나갔던 것은요."

'이 10월에' 하고 경감은 의심하는 것이었다. '신선한 새파란 쐐기풀이 있을까?'

물론 클래독은 미치가 아무런 목적도 없이 주변을 배회한 핑계를 대기 위해 아무렇게나 닥치는 대로 이유를 만들어내야 했던 사정을 훤히 알고 있는 것이었다.

"그래, 두 사람의 이야기를 더 듣지는 않았단 말이지?"

미치는 불평스러운 표정을 지으면서 말했다.

"미스 배너 아시지요, 늘 사람을 업신여기는 사람이지요. 그녀가 불렀어요. 저를 불렀던 거예요. '미치! 미치!' 하고요. 그래서 전 돌아가지 않으면 안되었지요. 그런데 글쎄 미스 배너는 화가 잔뜩 나 있지 않겠어요. 항상 신경질이랍니다. 돌아갔더니 요리 만드는 법을 가르쳐 주겠다는 거예요. 미스 배너의 요리법이란 정말이지 하나에서 열까지 싱거워서 밍밍한 물 같은 맛이랍니다."

"요 먼저는 왜 나한테 이 말을 하지 않았지?" 클래독은 사정없이 물었다.

"왜냐하면——전 생각이 나지 않았는걸요. 미처 생각을 못했던 거예요. 나중에야 생각이 났어요. 그때 계획된 것이라고요."

"확실히 헤임스 부인이 틀림없겠지?"

"그래요, 틀림없어요. 절대로 그래요. 그 여자는 도둑이에요. 도둑들끼리……. 정원에서 일한 수입 가지고는 도저히 점잖은 숙녀 행세를 못해요. 그래서 그 여자는 고맙게 해주는 미스 블랙록한테서 물건을 훔쳐야만 했던 거예요. 정말 나쁜 여자야. 아주 나쁜 여자예요!"

"알겠소, 만일……" 클래독 경감은 그녀를 빤히 들여다보며 말했다. "당신이 루디 셔트와 이야기하고 있는 것을 누가 보았다고 한다면 어떻게 하겠소?"

이 암시는 경감이 생각했던 것보다 효과가 없었다. 미치는 깔깔거리고 웃다가 머리를 번쩍 쳐들고 방자하게 말했다.

"글쎄요, 셔트와 제가 말하고 있는 것을 보았다는 사람이 있다면, 그건 경감님. 거짓말도 보통 거짓말이 아닐 거예요. '남의 말을 이러쿵저러쿵 퍼뜨리긴 쉬운 일이다, 하지만 영국에서는 자기가 퍼뜨린 말을 증명해 보이지 않으면 안 된다'고 미스 블랙록은 저한테 가르쳐 주었어요. 그게 정말인가요? 정말 그런가요? 전 말이에요, 이래뵈도 살인자나 도둑놈하고는 말을 하지 않는답니다. 그리고 영국인이 아닌 순경은 제가 말했다고 하겠지요. 경감님, 여기 계실 거예요? 그러시다면 런치 만드는 법 좀 가르쳐 주시겠어요? 좀 가르쳐 주세요, 네? 자, 경감님. 어서 부엌에서 나가 주세요. 전 지금 정성들여 소스를 만들어야 하니까요, 어서요."

클래독은 순순히 나갔다. 미치에 대해 품고 있던 그의 의혹이 어느 정도 흔들린 셈이다. 미치는 헤임스에 대한 이야기를 자신만만한 투로 그에게 알려 주었다. 아마도 미치는 거짓말쟁이일 것임에 틀림없다——클래독은 그렇다고 생각한다. 그러나 이 헤임스에 대한 이야기에만은 뭔가 진실에 가까운 것이 아주 없지도 않으리라고 클래독은 생각했다. 그래서 그는 이 문제에 대해 헤임스와 이야기해 보려고 결심했다. 지난번에 경감이 헤임스를 심문했을 때 그는 그녀가 조용하고 고상한 젊은 여자라는 인상을 받았다. 그에게는 헤임스가 조금도 의심스럽게 여겨지지 않았던 것이다.

홀을 가로지르면서 클래독은 마음 속으로 여러 가지 일을 생각하고 있었기 때문에 그는 다른 문을 열려고 했다. 마침 계단을 내려오던 배너가 급히 그에게 말을 걸었다.

"아니, 그 문이 아니에요. 그건 열리지 않아요. 왼쪽 문이에요. 혼동이 되기 쉽지요, 문이 너무 많아서——"

"굉장히 많군요."

클래독은 좁다란 홀을 두리번거렸다. 배너는 친절하게도 문의 수를 세었다.

"첫 번째는 클로크 룸으로 가는 문이 있어요. 그리고 식기실 문이 있고요. 다음은 식당문——지금 말한 문은 저쪽에 있어요. 그리고 이쪽에는 지금 경감님께서 모르고 열려고 하신 '열리지 않는 문', 다음은 응접실의 정면 문, 그리고 도기실(陶器室) 문이에요. 다음이 꽃꽂이 방, 그리고 맨 끝에 옆문, 이런 순서예요. 정말 무척 복잡하지요. 특히 이 두 개의 문은 바로 가깝기 때문에 곧잘 혼동을 한답니다. 나까지도 가끔 잘못 알고 열려고 하니까요. 사실은 이 문 앞에 홀 테이블을 두었는데 요즘 저쪽 벽 쪽으로 옮겨 버렸답니다."

클래독은 방금 자기가 열려고 한 문의 판자에 가느다란 선이 옆으로 그어져 있는 것이 문득 눈에 띄었다.

"테이블을 옮겼어요? 언제 옮겼습니까?"

이렇게 물었을 때 경감은 마음 속에서 뭔지 분명치 않은 것이 치달리고 있는 것 같은 기분이 들었다. 다행스럽게도 돌라 배너에게 질문을 할 때만은 어떤 질문이건 그 이유를 댈 필요가 없었다. 어떤 종류의 의문을 막론하고 어떠한 질문이든지 이 수다쟁이 배너에게는 지극히 당연한 일로 여겨지는 것이다. 그녀는 아무리 하찮은 질문에도 기꺼이 정보를 제공해 주었다.

"그러니까…… 열흘 전인지, 아니면 2주일쯤 전인지 모르겠어요."

"왜 옮겼지요?"

"글쎄요, 잘 생각이 나지 않습니다만 무슨 꽃 때문이던가……? 필리퍼 헤임스가 커다란 꽃병에다가──그이는 꽃꽂이를 잘한답니다──그래요, 가을꽃들을 잔뜩 꽂아서…… 자그마한 가지들도 많이 꽂았다고 생각하는데, 아, 맞아요, 경감님, 꽃병이 너무 커서 거기를 지나다닐 때 머리가 곧잘 걸리곤 했거든요. 그래서 헤임스가 말하기를 '왜 테이블을 옮기지 않을까, 뭐니뭐니 해도 꽃은 문을 배경으로 하기보다는 벽을 배경으로 하는 게 돋보일 텐데' 하는 바람에, 그래서 옮긴 거예요."

"진짜로 '안 열리는 문'은 아니겠지요?"

클래독은 그 문을 바라보면서 물었다.

"네, 그래요. 문은 문인걸요. 작은 객실의 문이었는데, 응접실을 하나로 합쳤기 때문에 한 방에 문 두 개가 필요없잖아요? 그래서 이 문은 잠가 버린 거예요."

"잠가 버렸습니까?"

클래독은 다시 한 번 조용히 그 문을 열려고 했다.

"못을 쳤습니까, 아니면 쇠를 잠갔습니까?"

"네, 쇠로 잠갔고 또 빗장도──"

클래독은 문 위쪽의 빗장을 살펴보고 그것을 빼려고 했다. 빗장은 쉽게 빠졌다, 아주 손쉽게.

"마지막으로 열었던 게 언제쯤입니까?"

"나의 상상입니다만 여러 해 전 일이에요, 왜냐하면 내가 여기 온 뒤로는 아직 한 번도 연 적이 없으니까요, 난 분명하게 기억하고 있어요."

"이 열쇠는 어디 있습니까?"

"홀의 서랍 속에 열쇠 꾸러미가 있어요, 아마 그 속에 있을지도 모르겠군요."

클래독은 배너의 뒤를 따라갔다. 그리고 서랍 속에 여러 해 전에 넣어 둔 채로 있는 녹슨 헌 열쇠 꾸러미를 보았다. 하나하나 손으로 쥐고 살핀 다음 다른 열쇠와 모양이 조금 다른 것을 골라 내자 그 문으로 되돌아갔다. 열쇠는 꼭 들어맞았다. 쇠는 쉽게 열리어 그는 문을 밀었다. 문은 소리도 없이 조용히 열렸다.

"경감님, 조심하셔야 해요, 방 안에 뭘 세워 놓았는지도 모르니까요, 우리는 이 문을 한 번도 열지 않았거든요."

배너가 소리를 질렀다.

"그래요" 하고 경감이 말했다. 지금의 그의 표정에는 냉혹함이 있었다. 그는 억양을 돋구어 말했다. "이 문은 바로 최근에 사용했군요, 미스 배너. 열쇠 구멍에 기름이 쳐져 있고 돌쩌귀에도 기름이 쳐져 있는데요——"

배너는 눈을 동그랗게 뜨고 입을 크게 벌린 채 바보 같은 얼굴로 클래독을 쳐다보았다.

"아니, 누가 그랬을까요?"

"제가 알고 싶은 게 그것입니다." 클래독은 냉담하게 말했다.

그는 생각했다——X는 밖에서 들어왔는가? 아니다, X는 여기 있었던 것이다. 이 집 안에. 그날 밤 X는 응접실에 있었던 것이다.

# 피프와 에마

## 1

미스 블랙록은 이때 세심한 주의를 기울여서 경감의 말을 듣고 있었다. 전부터 경감이 알고 있었던 것처럼 블랙록은 총명한 부인이었다. 그리하여 클래독의 말 속에 있는 은밀한 뜻을 블랙록은 잘 납득하는 것이었다.

블랙록은 조용하게 말했다.

"알겠어요. 이렇게 되면 사태가 달라지게 되는군요. 그 문을 열 권리는 아무에게도 없어요. 그러므로 내가 알고 있는 한 문을 연 사람은 없다고 생각합니다만──"

경감은 재촉하듯이 말했다.

"그래서 어떻게 되는지 아십니까? 그날 밤 이 방에 있던 사람 가운데서 전기불이 나갔을 때 누군가가 몰래 빠져나가 루디 셔트의 뒤로 다가가서 당신을 쏘았다──그렇게 되는 거지요."

"모습도 보이지 않고 발소리도 들리지 않고 아무에게도 눈치채이지 않게 말인가요?"

"그렇습니다. 모습도 보이지 않고 발소리도 들리지 않고 아무에게도 눈치채이지 않게 말입니다. 그날 밤 전기불이 나갔을 때 모여 있던 사람들이 서로 소리를 질러 대며 이리 부딪치고 저리 부딪치고 하던 걸 한번 생각해 보십시오. 다만 볼 수 있었던 것은 눈부신 손전등 불빛뿐이었습니다."

미스 블랙록은 천천히 말했다.

"그럼, 경감님께서는 여기 모이신 분들——평소 다정하게 사귀고 있고 속마음을 잘 아는 이웃분들 가운데 누군가가 몰래 저 문으로 빠져나가서 나를 죽이려 했다고 말씀하시는 건가요? 나를 말이에요? 하지만 무엇 때문에 그랬을까요? 제발 가르쳐 주세요, 경감님. 무엇 때문이지요?"

"미스 블랙록, 그 대답은 당신 자신이 잘 알고 계실 텐데요?"

"몰라요, 경감님. 나는 맹세해도 좋지만 정말로 몰라요."

"좋습니다. 그럼 일을 시작하기로 하지요. 당신이 돌아가셨을 경우에 말입니다, 당신의 재산을 이어받을 사람은 누구지요?"

블랙록은 얼마쯤 망설이며 말했다.

"패트릭과 줄리아예요. 그리고 이 집의 가구와 약간의 연금은 배너 앞으로 남겨 놓았어요. 사실 내가 남기는 것이라고 해야 별것 아니에요. 가지고 있는 것이라고는 독일의 주권하고 값이 떨어져 버린 이탈리아 채권 같은 것이에요. 그리고 세금 따윈 문제도 안될 만큼 낮은 배당금 정도지요. 그러니 나는 살해될 만큼의 가치도 없는 거예요. 단언해도 좋습니다. 한 1년 전에 내게 있는 돈을 거의 모두 다 연금에다 넣어 버렸지요."

"그밖에도 달리 수입이 있는 걸로 아는데요, 미스 블랙록, 육촌뻘 되는 사람들은 그것도 상속받게 됩니다."

"아니, 그렇다면 패트릭과 줄리아가 나를 죽이려 했다는 것입니까? 난 믿을 수가 없어요. 그 애들은 덮어놓고 돈 같은 것을 탐내지 않아요――"

"확실히 믿을 만합니까?"

"아니오, 그저 그 애들의 태도로 미루어 보아 하는 말이지만……그러나 정말 그 애들을 의심하지는 말아 주세요. 글쎄요, 언젠가는 나도 살해될 만한 가치가 있을는지 모르겠지만, 지금은 아직 그만한 가치 같은 것은 없으니까요."

"언젠가라니요? 그게 무슨 말이십니까, 미스 블랙록?"

클래독은 블랙록의 말꼬리를 잡고 물었다.

"그냥 어느 날이라는 뜻이에요. 하지만 아마 머잖아 나도 큰 부자가 되는지 몰라요."

"이거 놀라운데요. 어디 설명해 주시지 않겠습니까?"

"네, 이야기해 드리지요. 경감님께서 아실는지 모르지만――그럭저럭 20년 동안 나는 랜들 게들러라는 분의 비서로 지내면서 무척 친밀한 사이가 되었지요."

클래독은 저도 모르게 무릎을 앞으로 내밀었다. 랜들 게들러라면 재계에서 이름을 떨친 사람이다. 그는 대담한 투기와 신화적인 전설에 둘러싸여 있어서, 그의 이름은 오랫동안 사람들의 기억에 남아 있었다. 클래독의 기억이 맞다면, 분명히 게들러는 1937년인가 1938년에 세상을 떠났던 것이다.

"그는 당신보다 한 시대 전 사람이지요. 하지만 아마 그에 대한 이야기는 들으셨을 거예요."

"네, 잘 압니다. 그분은 억만장자였지요."

"그래요, 그의 재산은 여러 번 변동이 있었지만 언제나 큰 투기로 얻은 재산을 금방 또 다음 투기에다 걸곤 했었지요."

그녀는 활기있게 계속 이야기했다. 그리고 두 눈을 추억으로 빛내며 말했다.

"아무튼 그는 큰 부자로 세상을 떠났어요. 그에게는 자식이 없었지요. 게들러는 그의 큰 재산을 아내가 살아 있을 동안에는 아내에게, 아내가 죽은 뒤에는 나에게 남기고 갔어요."

경감의 가슴 속에는 종잡을 수 없는 말과 문자가 달리고 있었다……

'충실한 비서에게 거액의 유산'

——이와 비슷한 말이.

"요 12년 동안——"

블랙록은 잠시 눈을 깜박이고 나서 말을 이었다.

"벨(게들러 부인)을 죽일 수만 있다면 하고 나는 죽 생각해 왔었어요. 하지만 이런 건 경감님에게 아무런 도움도 되지 않겠지요?"

"이런 걸 여쭈어 봐서 대단히 실례입니다만 게들러 부인은 남편의 재산 양도에 관해 뭔가 불만을 품지 않았습니까?"

블랙록은 오히려 재미있다는 듯이 말했다.

"그렇게 말씀하실 것까지는 없어요. 경감님은 내가 랜들 게들러의 애인이 아니었었느냐고 묻고 싶으신 거지요? 하지만 그렇지 않아요. 랜들이 나를 사랑했다고는 결코 생각할 수 없을 뿐더러 나 역시 그런 마음으로 그를 대한 적은 한 번도 없었으니까요. 그는 벨을 사랑하고 있었어요. 죽을 때까지 벨을 사랑했어요. 그가 그런 유서를 쓰신 것은 아마도 나에 대한 감사의 표시라고 생각해요. 랜들이 아직 젊어서 그의 재정적인 기틀이 잡히지 않았을 때였어요. 그가 곤경에 빠진 적이 있었지요. 그것은 현금으로 불과 몇천 파운드의 문제였지만 아주 큰 거래, 손에 땀을 쥐게 하는 거래였어요.

정말 대단한 거래였는데, 그걸 밀고 나갈 약간의 돈이 그에게 없었던 거예요. 그래서 내가 도와 주었지요. 그때 나는 얼마간 돈을 가지고 있었거든요. 나는 랜들을 믿고 있었기 때문에 내가 가지고 있는 돈을 모두 그에게 주었지요. 아주 대성공이었어요. 그리고 일주일도 채 못되어서 그는 큰 부자가 되었답니다. 그 뒤 얼마 안 되어 그는 나를 손아래의 파트너로 대우해 주었지요. 아, 정말 즐거운 시절이었어요!"

블랙록은 한숨을 내쉬었다.

"정말 아주 즐거웠었어요. 그러다가 나의 아버지가 돌아가셨지요. 그런데 내 여동생이 다 죽어 가는 병자여서 나는 모든 걸 체념하고 여동생을 간병해야 하게 되었는데, 그로부터 3, 4년이 지난 뒤 랜들도 세상을 떠났어요. 그와 함께 일을 하는 동안 난 목돈을 좀 만들었지요. 그리고 그가 나에게 재산을 남겨 주리라고는 꿈에도 생각지 못했기 때문에 난 정말 무척 감동했어요. 그래요, 가령 벨이 나보다 먼저 죽는다면(그녀는 흔히 말하는, 오래 살지 못할 허약한 사람이었어요) 나는 랜들의 전재산을 상속받게 된다는 것을 알고 굉장히 기뻐했었어요. 가엾은 랜들은 자기의 재산을 남겨 줄 사람이 아내밖에는 없었다고 난 생각했어요. 벨은 아주 좋은 사람이에요. 유산에 대한 일을 함께 매우 기뻐해 주었으니까요. 그녀는 스코틀랜드에 있어요. 벌써 여러 해 동안 못 만났군요. 크리스마스 때 서로 편지를 주고받았을 뿐이에요. 그런데 경감님, 난 전쟁이 시작되기 바로 전에 여동생을 데리고 스위스의 요양원으로 갔어요. 폐결핵을 앓던 동생은 거기서 죽고 말았습니다——"

블랙록은 여기서 잠시 말을 끊었다가 다시 이었다.

"바로 1년 전에 나 혼자서 영국으로 돌아왔지요."

"당신은 머잖아 큰 부자가 될 것이라고 말씀하셨는데, 그게 언제이지요?"

"요즘 벨의 용태가 부쩍 나빠졌다고 그녀를 시중드는 간호사가 말하는 것을 들었어요. 아마——한 달도 못 되어……."

그녀는 슬픈 듯이 다시 말을 덧붙였다.

"하지만 그 돈도 이제는 나한테 별로 필요가 없게 되었지요. 지금같이 검소한 생활로는 현재의 수입만으로도 충분하니까요. 언젠가 한 번 더 증권에 손을 대 볼까 하는 생각도 있지만 이젠 늦었어요. 이해해 주시리라 믿습니다만, 만일 패트릭과 줄리아가 돈이 탐나서 나를 죽이려고 했다면 그처럼 어리석은 짓을 하지는 않았을 거예요. 몇 주일만 더 기다리면 될 텐데. 그렇게 생각하지 않으세요?"

"압니다, 미스 블랙록. 그렇지만 가령 당신이 게들러 부인보다 먼저 돌아가셨을 경우는 어떻게 되는 겁니까? 그땐 유산이 누구한테로 가게 되는 겁니까?"

"글쎄, 모르겠군요. 정말이지 난 그런 건 한 번도 생각해 보지 않았어요. 아마——피프와 에마에게……."

클래독은 눈을 동그랗게 떴다. 블랙록은 미소를 띠며 말했다.

"정말 우스운 이름이지요? 그래요, 가령 내가 벨보다 먼저 죽을 경우 유산은 법률상의 자손——어떤 말로 부르든 상관없지만——랜들의 하나밖에 없는 누이동생 소니아한테로 갈 것이라고 생각해요. 랜들은 누이동생과 사이가 좋지 않았지요. 소니아는 랜들이 사기꾼이고 인생의 패배자라고 여기고 있는 남자와 결혼했었거든요."

"그래, 그 남자는 정말로 사기꾼이었습니까?"

"네, 확실히 그랬어요. 하지만 여자들에게는 아주 매력적인 사람이었다고 생각해요. 그 사람은 그리스 인인가 루마니아 인이었는데, 이름은——에에, 스탠…… 스탠포디스——그래요, 드미트리 스탠포디스라고 했어요."

"랜들 게들러는 누이동생이 그 사람과 결혼했으므로 유언장에서 그녀의 이름을 지워 버린 거로군요?"

"소니아에게는 부모의 유산이 있어서 아주 잘살아요. 랜들은 오래 전에 매부가 그 돈에 손대지 못하도록 방법을 써서 누이동생한테 넘겨 주었어요. 하지만 내가 벨보다 먼저 죽는 경우를 고려해서 변호사가 누군가에게 유산 양도를 하게끔 그에게 권고했다면 그는 달리 생각할 만한 사람도 없고, 그렇다고 자선할 성질의 사람도 아니므로 별수 없이 소니아의 자식들에게 물려주게끔 해놓았을 거라고 생각해요."

"그래, 누이동생에겐 아이가 있군요?"

그러자 블랙록은 웃으며 대답했다.

"네, 피프와 에마예요. 무척 우스운 이름이지요? 소니아는 결혼한 뒤에 한 번 벨에게 편지를 보냈는데, 아주 행복하게 살고 있다, 쌍둥이를 낳아서 피프와 에마라고 이름을 지었으니까 랜들에게 그렇게 전해 달라는 내용이었어요. 내가 알고 있는 것은 이 정도예요. 아마 그 뒤로는 벨에게 편지를 하지 않았던 것 같아요. 그러니 나보다는 벨에게서 듣는 편이 더 나을 거예요."

블랙록은 마치 자기의 장광설을 즐기고 있는 것같이 보였으나, 클래독은 그럴 겨를이 없었다. 그는 입을 열었다.

"즉 이렇게 되겠군요. 그날 밤 당신이 살해되었다고 한다면, 거액의 재산을 손에 넣을 수 있는 사람이 적어도 둘입니다. 아시겠습니까, 미스 블랙록? 당신은 잘못 생각하신 겁니다. 당신은 당신의 죽음을 바라는 분명한 동기를 가진 사람은 하나도 없다고 말씀하셨습니다만──적어도 두 사람이 있습니다. 참다운 이해 관계를 갖고 있는 사람이. 지금 말씀하신 형제, 혹은 자매는 몇 살입니까?"

블랙록은 눈살을 모았다.

"글쎄요, 아마 1922년…… 아마, 생각이 잘 안 나는군요. 아마 대개 25, 6살쯤 되었을 거라고 생각해요."

블랙록의 표정이 어두워졌다.

"설마하니 경감님은——"

"누군가가 당신을 죽이려고 권총을 쏘았을 거라고 생각합니다. 동일 인물, 또는 동일 인물들이 다시 당신의 생명을 노린다는 것도 생각할 수 있는 일입니다. 아무쪼록 신변을 엄중하게 경계하십시오. 살인이 계획되었습니다. 그런데 그것은 실패했습니다. 아시겠습니까? 또 다음의 살인 계획이 바로 눈앞에 다가와 있을는지도 모릅니다."


## 2

필리퍼 헤임스는 등을 쭉 폈다. 그리고 땀이 밴 이마에 흘러내린 머리칼을 쓸어 올렸다.

그녀는 화단을 청소하고 있었던 것이다.

"무슨 일이시지요, 경감님?"

헤임스는 의아한 듯이 그를 바라보았다. 클래독은 대답 대신 더욱 유심히 그녀를 지켜보았다——꽤 아름다운 여자다. 엷은 빛의 금발에 갸름한 얼굴, 전형적인 영국인 타입이다. 고집이 세어 보이는 턱과 입. 그녀에게는 억제라고 할 수 있는——그렇다, 엄격성 같은 것이 있었다. 눈은 푸르고 그 눈의 움직임에도 뭔가 확고한 것이 있어서 '당신에게 아무런 할 말도 없다'는 식이었다.

'이런 여자는' 하고 클래독은 생각했다. '완전히 비밀을 지켜 낼 수 있을 것이다.' 그는 입을 열었다.

"헤임스 부인, 번번이 일하시는 데 방해를 해서 미안합니다. 하지만 점심 시간까지 기다릴 수가 없었습니다. 그리고 리틀 패독스를 떠나 여기서 이야기하는 편이 더욱 마음 편할 것 같아서요."

"무슨 일인데요, 경감님?"

그 목소리에는 아무런 감정도 아무런 흥미도 없었다. 하지만 뭔가 경계하는 기색이 있었으나——어쩌면 그의 상상일 뿐인지도 모른다.

"오늘 아침에 어떤 증언을 들었는데, 그게 당신하고 관계가 있습니다."

헤임스는 살짝 고개를 쳐들었다.

"헤임스 부인, 당신은 루디 셔트를 전혀 모르는 사람이라고 나한테 말했었지요?"

"네."

"당신이 그를 본 것은 그가 죽었을 때, 즉 그때 처음으로 그를 보았다고 하셨지요?"

"그래요, 그때까지 한 번도 그 사람을 본 적이 없었어요."

"이를테면 헤임스 부인, 당신은 리틀 패독스의 서머 하우스에서 그를 만난 적이 없습니까?"

"서머 하우스요?"

헤임스의 목소리 속에서 클래독은 그녀의 불안을 역력히 본 것 같은 느낌이 들었다.

"그렇습니다, 헤임스 부인."

"누가 그런 말을 하던가요?"

"내가 들은 바로는 이렇습니다. 당신은 루디 셔트와 말을 주고 받았습니다. 셔트가 당신한테 숨을 곳을 묻고 당신이 그 장소를 가르쳐 주었습니다. 그리고 6시 15분이라는 약속 시간을 분명히 당신이 정했습니다. 협박하던 날 저녁 그가 버스에서 내려 거기로 간 것은 대략 6시 15분이었지요."

잠시 동안 두 사람은 침묵을 지켰다. 그러다가 헤임스가 비웃는 듯이 웃었다. 아주 재미있어하는 것 같았다.

"누가 그런 말을 경감님에게 했는지는 모르지만, 짐작은 가요. 정말이지 어리석고 바보 같은 이야기예요. 물론 악의가 담겨 있지만 말이에요. 공연한 일로 미치는 유난히 저를 미워하고 있답니다."

"그럼, 부정하시는 겁니까?"

"물론이지요. 거짓말이에요. 저는 셔트라는 사람을 전혀 만난 일도 없고 본 일도 없으니까요. 그리고 저는 그날 아침 집에 있지도 않았어요. 여기서 일을 하고 있었는걸요."

클래독 경감은 조용하고 침착하게 말했다.

"그날 아침이라면 며칠이지요?"

잠시 그녀는 말을 못했다. 눈꺼풀이 파르르 떨었다.

"나는 매일 아침 여기에 와 있어요. 1시까지 여기를 떠날 수가 없거든요. 미치가 하는 말, 아무리 들어 봐야 아무 소용없어요. 그녀는 언제나 거짓말만 하고 있는걸요."


"이것으로 끝장이야."

클래독은 형사부장인 플레처와 함께 돌아가면서 중얼거렸다.

"그 두 여자의 말이 서로 다르니 대체 어느 쪽을 믿어야 할까?"

"그 외국 여자인 미치가 또 거짓말을 한 거라고 누구든지 생각할 겁니다. 이건 제 경험입니다만, 외국인들은 거짓말쯤 예사로 하는 편이거든요. 미치가 헤임스에게 악의를 품고 있는 것은 분명합니다."

"그럼, 자네가 내 입장이라면 헤임스 쪽을 믿겠단 말인가?"

"지금까지의 경감님의 생각을 바꿀 만한 재료가 나오지 않는다면요."

그렇다. 사실 클래독이 생각해봐도 자신의 생각을 바꿀 만한 이렇다 할 재료는 없었다. 다만 확신에 차 있는 헤임스의 푸른 눈과 그녀가 거침없이 이야기한 '그날 아침'이라는 말을 빼고는.

클래독의 기억으로는 서머 하우스의 밀회가 몇 시에 있었느냐고 물어 보지는 않았었다. 하긴 블랙록이나 배너가 스위스로 돌아갈 여비를 얻으러 온 젊은 외국인의 내방을 필리퍼 헤임스에게 말했는지도 모르며, 그래서 헤임스는 '그날 아침'이라고 생각했는지도 모른다. 그렇기는 하지만 '서머 하우스요?' 하고 반문하던 그녀의 목소리에 불안한 그림자가 깃들어 있었던 것을 클래독은 아직도 생각하고 있었다.

아무튼 이 문제에 허심탄회하게 임해 보리라고 클래독은 생각했다.

### 3

목사관의 정원은 매우 아늑했다. 아주 따뜻한 봄날 같은 날씨였다. 그래서 클래독 경감은 오늘이 성 마틴 축제일(11월 11일)인지, 아니면 여름의 성 누가 축제일인지 착각할 정도였다. 아무튼 기분이 좋은 것은 분명했다. 그리고 그 바람에 태평하게 시간을 끈 것도 사실이다.

어머니 모임에 막 나가려던 정력적인 번치가 클래독을 위해 걸상을 갖다 주어서, 그는 거기에 앉아 있었다. 그리고 그 옆에 숄을 두르고 큼직한 담요로 무릎을 감싼 마플이 뜨개질을 하면서 앉아 있었다.

반짝이는 햇살, 고요한 정적, 마플의 뜨개바늘이 규칙적으로 맞닿는 소리——이러한 것들이 경감을 졸음으로 이끄는 분위기를 자아내고 있었다. 그와 동시에 그의 마음 밑바닥에는 악몽 같은 느낌이 도사리고 있었던 것이다. 뭔지 사람을 위협하는 듯한 저음이 차츰 높아져서 결국엔 안락에서 공포로 뒤바뀌는, 저 흔히 꾸는 기분 나쁜 꿈과 비슷했다.

그는 갑자기 말했다.

"미스 마플, 당신은 여기 계셔서는 안 됩니다."

잠시 동안 마플의 뜨개바늘 소리가 딱 멎었다.

마플의 조용한 도자기 같은 푸른 눈이 클래독의 얼굴을 지그시 바라보았다.

"당신의 마음을 잘 알아요. 당신은 꽤 양심적인 분이로군요. 그건 아주 좋은 일이지요. 번치의 아버지——우리 교구의 목사님으로서 훌륭한 학자였지요——와 어머니——정신적인 힘을 가진 비범한 여성이에요——는 오랜 내 친구예요. 그러니까 내가 메데남에 있는 이상 번치네 집에서 묵는 것이 당연하지 않겠어요?"

"그건 그렇습니다만, 너무 돌아다니시지 않는 것이 좋을 겁니다. 정말 그렇게 하시는 게 안전할 것 같은 기분입니다."

마플은 미소지으며 말했다.

"하지만 난 두려워하지 않아요. 우리 같은 이는 늘 돌아다니는 법이라오. 나 같은 사람이 그렇게 하지 않는다면 이상할 뿐더러, 유난히 더 눈에 띄게 마련이지요. 노인들이란, 세상 여기저기에 살고 있는 친구들의 신상 이야기를 하거나, 이러이러한 일을 알고 있느냐, 아무개의 딸이 시집간 상대를 알고 있느냐 하는 이야기를 하며 지내는 게 보통이랍니다. 이런 일도 도움이 되는 법이거든요. 안 그래요?"

"도움이 되다니요, 그게 무슨 뜻입니까?"

경감은 좀 맥빠진 기색으로 물었다.

"소문난 사람이 정말로 소문대로의 사람인지 어떤지를 아는 데 도움이 되지요. 왜냐하면 이 점에서 당신은 곤란을 겪고 있거든요. 게다가 전쟁이 일어난 뒤로는 세상이 몹시 변했으니까요. 이를테면

이 치핑 클레그혼을 예로 들어 볼까요? 여기는 내가 살고 있는 세인트 메리 미드와 닮은 데가 많은데, 15년 전만 해도 우리 마을 주민들은 모두들 훤히 알고 있었지요. 큰 저택에서 살고 있던 밴트리 집안, 그리고 헤트넬 집안, 플래이스 리드레이 집안, 웨저비 집안——이 집안 사람들의 부모 조부모, 혹은 백부 백모는 이들보다 오래 전부터 여기서 살고 있는 거예요. 가령 누군가가 이곳에서 살기 위해 새로 옮겨올 때는 소개장을 가져오든가, 이 고장 사람과 같은 연대(聯隊)나 배에 있었던 사람들뿐이었지요. 만일 누군가가 새로이——정말 생면부지의 사람이 아무런 연줄도 없이 옮겨 왔다간 그대로 쫓겨나고 말았어요. 마을 사람들이 못마땅하게 여겼을 뿐더러 한결같이 사귀려 들지 않기 때문에 서로의 마음을 알게 될 때까지 견뎌 내지를 못했던 거지요. 하지만 지금은 그렇지 않아요. 마을마다 도시마다 갓 옮겨온 사람, 아무 연고도 없이 이사와 사는 주민들로 가득차 있으니까요.

큰 저택은 팔리고 시골집은 개조되어 모습이 바뀌어 버렸어요. 살고 있는 주민들이란 모두 새로 옮겨온 사람들뿐이고요. 그 사람들에 대해서 우리가 알고 있는 일이라야 전부 그 사람들 자신이 말하고 있는 사실뿐이지요. 그 사람들은 세계 여러 나라에서 옮겨왔어요. 인도, 홍콩, 그리고 중국에서 건너온 사람들, 프랑스와 이탈리아의 작은 마을이나 기묘한 섬에서 살던 사람들, 웬만큼 돈을 모아서 은거할 만한 여유를 가진 사람들. 그러기 때문에 이젠 누가 누군지 도무지 모르는 거예요. 아시겠어요, 경감님? 이젠 경감님 댁에서도 비날리즈의 놋그릇을 가질 수 있는 세상이 되었어요. 그리고 인도 요리에 대한 이야기도 할 수가 있고요. 타올미나의 그림을 가지거나 영국의 사원이나 도서관에 대해서도 이야기를 나눌 수가 있는 거예요. 꼭 저 미스 힌치리피나 미스 마거트로이드처럼 말이에요. 당신은 남프랑스에서도 옮겨올 수가 있고, 동양에서 평생을 지낼 수도 있는 거예요. 그래서 지금은 모두 당신의 자기 평가를 그냥 그대로 건성으로 들어넘기는 거예요. 그러니까 누구든 무척 유쾌한 사람이라든가, 어떤 사람에 대한 것을 모두들 잘 알게 될 때까지 찾아가지 않고는 가만 있을 수가 없는 거지요."

확실히 이 사실은 클래독을 답답하게 눌러왔다. 정말로 깨닫지 못했던 것이다. 요즘 사람들은 확실히 겉보기와 소문과 이주증명서와 그리고 사진도 지문도 찍혀 있지 않은, 다만 번호만 붙어 있는 요령 있게 기입된 신분증명서로서 몸을 치장하고 있는 것이다. 조금만 힘을 쓰면 누구나 적당히 신분증명서쯤 손에 넣을 수 있는 것이다. 그리고 그런 까닭으로 말미암아 이제까지 영국의 전원 생활을 연결하고 있던 미묘한 끈이 산산이 흩어져 버린 것이다. 이제 도시에 사는 사람들은 아무도 이웃 사람을 알려고 하지 않는다. 시골에서조차 이웃 사람을 알려고 하지 않게 되어 있는 것이다. 알려고 하면 못할 것도 없을 텐데······.

기름친 문을 발견한 덕분에, 레티시아 블랙록의 응접실 내부를 잘 아는 이웃 사람으로 가장한 누군가가 들어왔다는 것을 클래독은 알아챘다. 그 때문에 그는 마플의 신상을 염려했던 것이다. 그녀는 몸도 약한 데다 나이도 많으며 또 사람들의 눈에 잘 띄었기 때문이다.

"그 사람들의 신원을 조회하는 일쯤은 할 수 있습니다."

클래독은 이렇게 말할까 했지만, 그것이 쉬운 일이 아니라는 것을 이미 잘 알고 있었다. 아무튼 인도, 중국, 홍콩, 남프랑스──비록 이것이 15년 전이었다 해도 어려운 일임에는 변함이 없다. 경감도 잘 알고 있듯이 도회지에서 갑자기 사고나 병으로 죽은 이에게서 훔쳐낸 가짜 신분증명서를 가지고 지방으로 들어오는 사람이 있다. 그런 자들은 신분증명서를 사 모으거나 식량 카드를 위조하는 무리들인 것이다. 아무튼 소소한 악당들이 끊이지 않고 있다. 그렇다. 신원 조회를 못할 것도 없지만 시간이 걸리는 작업이다. 시간을 들이고 있을 수는 없다. 왜냐하면 랜들 게들러의 미망인이 머지않아 죽고 말 것이기 때문이다…….

그때 클래독 경감은 고민에 빠져서 지쳐 있었지만 햇볕에 마음이 누그러져서 랜들 게들러에 대한 일이며 피프와 에마에 대한 이야기를 마플에게 들려주었다.

"쌍둥이의 이름입니다. 꼭 별명 같지요. 하지만 이 세상에 살아 있을 것이고, 유럽 어딘가에서 어엿한 시민으로서 살고 있겠지요. 하지만 생각하기에 따라서는 그들 중 하나가, 아니면 둘 다 이 치핑 클레그혼에 와 있는지도 모릅니다."

25살쯤 되었을 나이——대체 누가 그들의 인상을 알고 있는 것일까?

"그녀의 조카와 조카딸——아니면 육촌인지 뭔지——언제쯤일까, 그녀가 마지막으로 그들을 만난 것은…….

클래독은 혼잣말처럼 중얼거렸다.

마플은 침착하게 말했다.

"내가 당신을 위해서 알아봐 드리지요. 어때요?"

"아닙니다, 미스 마플. 그런 말씀 마십시오."

"간단한 일이니까 염려 마세요. 나라면 그리 두드러지지 않을 테니까요. 난 당신 같은 직업이 아니거든요. 만일 당신이 실수라도 하는 날에는 그야말로 둘 다 경계하게 될 테니 큰일이지요."

——피프와 에마, 피프와 에마……. 클래독은 피프와 에마에게 완전히 정신이 빠져 버렸다. 매력적이고 대담한 젊은 남자……. 쌀쌀한 눈초리의 아름다운 처녀…….

"48시간 안으로 두 사람에 대한 걸 잘 조사해 보지요. 지금부터 스코틀랜드에 다녀오겠습니다. 게들러 부인——이 여자와 통한다면 두 사람에 대해서 상당히 얻는 바가 있으리라고 생각합니다. ”

“아주 좋은 생각이에요. ” 마플은 이렇게 말하고 나서 주저하듯이 중얼거렸다. “미스 블랙록에겐 경고해 두었겠지요, 조심하라고 ? ”

“네, 경고해 두었습니다. 그리고 몰래 경계도 해야 하므로 부하 하나를 배치해 두겠습니다. ”

클래독은 마플의 시선에서 눈길을 돌렸다. 그녀의 눈은 ‘만일 위험이 가족 속에 숨어 있다면 경관에게 감시를 시켜 봐야 소용없어요’라고 말하고 있는 것 같았다.

“하지만 이것만은 잘 알아 두십시오, 나는 당신에게도 경고를 했습니다. ” 클래독이 말했다.

“염려없어요, 경감님. 내 일은 내가 알아서 할 테니까요. ” 미스 마플은 말했다.

# 마플의 방문

하몬 부인이 자기 집에 묵고 있는 손님과 함께 차를 마시러 왔을 때, 주인인 레티시아 블랙록은 조금 굳어져 있는 듯한 느낌이었으나, 한편 문제의 손님인 미스 마플에게서는 처음 만나는 것 같은 태도가 조금도 느껴지지 않았다.

이 노부인은 어딘지 친밀감이 느껴지는 고상한 타입으로서 꽤 매력적이었다.

도둑에 대한 말만 나오면 정신없이 열중해 버리는 노부인 중의 한 사람이라는 것을 얼른 보아도 금방 알 수 있다.

"그 족속들은 아무 데나 들어간단 말이에요." 마플은 주인인 블랙록에게 말했다. "정말이지 요즘은 장소도 가리지를 않아요. 도둑도 아메리컨 스타일인가 보지요. 역시 나는 구식 방법을 좋아해요. 그들은 열쇠를 비틀어 열고 빗장까지 뽑을 수 있으니 말이에요. 시험해 보신 적이 있으세요?"

"우리는 빗장에는 그다지 신경을 쓰지 않았던 것 같아요. 도둑맞을 만한 게 뭐 있어야지요" 하고 블랙록은 조용히 말했다.

그러자 마플이 말했다.

"하지만 현관문에 달린 체인 말이에요. 그걸 하녀가 살짝 벗기고 밖에 누가 있는지 확인하면 그들도 억지로 밀고 들어오지는 못해요."

"미치가 그한테 반했는지도 모른다고 나는 생각해요."

"위협당했을 때 몹시 놀라셨지요? 번치가 자세히 이야기해 주더군요."

"난 정말 기절할 뻔했어요." 번치가 말했다.

"그렇게 끔찍한 일은 나도 생전 처음이에요." 블랙록도 고개를 끄덕이며 말했다. "잘못하여 자기 스스로를 쏘아 버리다니, 이것이야말로 하느님의 섭리라고 할 수 있겠지요."

"요즘 도둑들은 하도 난폭해서요. 그래, 그는 어떻게 해서 들어왔을까요?"

"글쎄요. 워낙 문이 많아서……. 아마 잊어버리고 문을 잠그지 않은 것 같아요."

"어머나, 레티!" 배너가 괴상한 목소리로 말했다. "깜박 잊고 말하지 않았는데, 그 경감은 오늘 아침에 아주 이상했어. 그가 글쎄 두번째 문을——쓰지 않는 문 말이야. 그 문을 기어이 열어 보겠다고 하지 않겠어. 그래서 내가 열쇠를 찾아 주자 열어 보더니, 글쎄 그 문에 기름이 쳐져 있다고 하는 거야. 대체 어떻게 된 일인지 난 도무지 영문을 모르겠어——"

배너는 블랙록이 가만 있으라고 자꾸 신호를 하고 있는데도 전혀 눈치채지 못하고 있다가 겨우 알아차리고는 입을 딱 벌린 채 말을 멈추었다.

"어머나, 레티, 미안해. 정말 미안해. 레티, 난 왜 이렇게 바보짓만 하고 있는지."

"괜찮아."

블랙록은 이렇게 말하긴 했지만 완전히 김이 샌 듯한 표정이었다.

"난 그냥 그런 말이 새어나가면 클래독 경감이 난처해질 것 같아서 그랬어. 돌라, 난 돌라가 그 자리에 있는 줄은 전혀 몰랐어. 이해하시겠지요, 하몬 부인?"

"물론이지요. 저희들도 입 밖에 내지 않겠어요. 그렇지요, 제인 아주머니? 하지만 왜 그가……"

하몬 부인은 이렇게 말하다가 생각에 잠기고 말았다. 배너는 어쩔 줄 몰라 울상을 짓고 있더니 마침내 소리내어 울음을 터뜨리고 말았다.

"난——난 늘 폐되는 소리만 하고……. 안 그래, 레티? 난 왜 이렇게 귀찮은 짐덩어리일까……."

블랙록이 빠른 소리로 말했다.

"그렇지 않아. 돌라는 나한테는 없어선 안 될 사람이야. 하긴 돌라가 말하지 않아도 손바닥만한 치핑 클레그혼이니까 금방 다 알려질 텐데, 뭘……."

그러자 마플이 말했다.

"암, 그렇고말고요. 다만 소문이 엉뚱하게 퍼질까봐 걱정스러워서 그렇지요. 하녀들이 있으니까요. 하긴 요즘 세상에는 하녀도 많이 쓰진 못하지만 말이에요. 하지만 날품으로 일하는 여자들이 있으니까. 그 사람들은 하녀들보다 질이 더 좋지 못해요. 그녀들은 이집저집 드나들면서 소문을 퍼뜨리기 마련이니까요."

"아, 그래요!" 갑자기 번치 하몬이 소리치고는 말을 이었다. "그 문이 열린다면 이 방에 있던 누군가가 어둠을 틈타 몰래 나가서 협박을 할 수가 있지. 하지만 이 방에 있던 사람은 아닐 거야. 그래요, 왜냐하면 범인은 로열 수퍼 호텔에서 온 남자니까요. 아니면——그렇지 않다고 한다면? 아, 뭐가 뭔지 난 도무지 영문을 모르겠어……."

번치는 눈살을 모으고 생각에 잠겼다.

"그때의 광경을 이야기해 주시지 않겠어요?"

마플은 이렇게 말해 놓고는 무슨 변명이라도 하듯이 다시 말을 이었다.

"아마 나를 호기심덩어리처럼 생각하실지 모르겠군요, 하지만 미스 블랙록, 정말 걱정이 되어서 그런답니다. 신문에 난 큰 사건이나 아는 사람들의 신상에 무슨 일이 일어났을 때처럼——정말로 손에 땀을 쥐게 하는 것 같아요, 사건의 광경을 세밀하게 들어 봤으면 좋겠군요, 그래 가지고 한 번 더 내 머리로 짜냈으면 해요, 이해해 주시겠어요, 미스 블랙록?"

지체 없이 마플은 번치 하몬과 배너로부터 굉장한 열변을 듣게 되었다. 그리고 가끔 블랙록이 바로잡아 주었다.

그러는 도중에 패트릭이 방으로 들어와 자진해서 루디 셔트의 역할을 맡고 나서 그 자리의 분위기를 맞추었다.

"레티 아주머니는 저기 계셨어요, 아치 있는데요, 아주머니, 서 주세요."

블랙록은 패트릭이 하라는 대로 했다. 마플은 탄환 자국을 손가락으로 지적받았다.

"정말 운이 좋았는데요! 그야말로 구사 일생이었군요" 하고 마플은 놀랄 만큼 감탄했다.

"나는 손님에게 담배를 권해 드리려고 막 담배를 가지러 갔었지요——"

이렇게 말하며 블랙록은 테이블에 있는 은제 담배 상자를 가리켰다.

"정말이지 담배 피우는 사람들은 너무나 신경이 무뎌요. 도무지 가구를 소중히 여기지 않거든요. 이것 보세요, 이 탄 자국을. 누군가가 담배를 여기다 놓았기 때문에 이 좋은 테이블을 태워 버린 거예요!" 배너가 말했다.

"그러면 어때, 내 물건인데." 블랙록은 한숨을 내쉬며 말했다.

"하지만 이렇게 좋은 테이블을 어떻게 그럴 수가 있어, 레티."

배너는 블랙록의 가구와 물건들을 자기 물건처럼 소중히 아끼고 있었던 것이다. 번치 하몬은 늘 배너를 매사에 애정을 나타내는 성질의 여자라고 생각해 왔다. 배너에게는 부러워하거나 질투하는 구석이 없었다.

"좋은 테이블이군요. 그리고 테이블 위에 있는 사기 램프도 아주 좋군요."

마플이 점잖게 말하자 마치 자기 물건을 칭찬하기라도 한 것처럼 배너는 말했다.

"깜찍하게 만들어졌지요? 드레스덴 제예요. 한 쌍으로 되어 있는데, 하나는 예비 방에 있어요."

"이 집안에 뭐가 어디 있는지 훤하군, 돌라. 오히려 나보다 더 물건을 아끼는 것 같아."

블랙록이 기분 좋게 말하자 돌라 배너는 얼굴을 붉혔다.

"좋은 물건은 나도 좋아하니까 그렇지."

돌라 배너의 목소리엔 얼마쯤 거역하는 구석이 있었으며, 좀 불만스러운 데가 있었다.

마플이 사이에 끼어 들었다.

"사실은 나도——아주 사소한 물건이라도 내 물건이라면 애착을 갖고 있답니다. 온갖 추억과 기념, 말하자면 사진과 같아요. 요즘은 추억이 될 만한 사진을 가지고 있는 사람이 좀처럼 없더군요.

그래서 나는 조카들의 사진을 하나도 남김 없이 보존해 두려 해요. 아기 때 사진, 그리고 소년 시절——그 뒤의 여러 가지 사진들을 말예요."

번치가 말을 받았다.

"아주머닌 제가 3살 때의 괴상한 사진을 갖고 계시지요? 사팔눈을 한 제가 폭스테리어를 안고 있는——"

마플이 패트릭 쪽으로 얼굴을 돌리고 말했다.

"아주머니께서는 젊은이의 사진을 무척 많이 가지고 계시겠군요?"

"하지만 저희들은 워낙 먼 친척이라서요" 하고 패트릭이 말했다.

"아마 너의 어머니가 네 아기 때 사진을 부쳐 준 것으로 아는데, 잃어버렸나 봐. 너의 어머니가 너희들 둘을 하숙시키겠다는 편지를 보내 올 때까지 사실 난 네 어머니가 아이를 몇 낳았는지, 이름을 뭐라고 지었는지도 전혀 몰랐지 뭐냐."

마플이 끼어들었다.

"현대의 특징이에요. 요즘 세상에는 자기보다 젊은 연배의 친족 관계를 모르는 것이 당연한 일로 되어 있으니까요. 예전에는 어떤 사람이라도 대가족의 단란함을 맛볼 수 있었는데 말이에요."

블랙록이 말했다.

"난 30년 전에 패트릭과 줄리아의 어머니를 결혼식장에서 본 게 마지막이랍니다. 아주 예쁜 아이였지요."

"그래서 귀여운 아이를 낳았군요?" 하고 싱긋 웃으며 패트릭이 말했다.

이어 줄리아가 끼어 들었다.

"아주머닌 아주 오래 된 앨범을 갖고 계시더군요. 우리는 요전에 그 앨범을 보았답니다. 그 모자는 참!"

블랙록은 한숨을 쉬었다.

"그래도 젊었을 적엔 참 좋았단다."

"그런 것 너무 생각하지 마세요, 아주머니. 앞으로 30년만 지나면, 이번엔 또 줄리아가 자기 젊었을 적 사진을 꺼낼걸요, 뭐──지금은 꿈에도 생각지 못하고 있지만 말입니다." 패트릭이 말했다.

"무슨 목적이 있어서 사진 이야기를 꺼내셨나요?"

집으로 돌아가는 길에 번치는 마플에게 물었다.

"그런데 번치, 미스 블랙록이 그 젊은이들을 전혀 모르고 있었다는 사실──이것은 아주 흥미로운 일이야⋯⋯. 그래. 클래독 경감이 이 말을 들으면 틀림없이 눈을 빛낼 거야⋯⋯."

# 치핑 클레그혼의 아침

1

에드먼드 스웨테남은 정원의 롤러 위에 위태로워 보이는 모습으로
걸터앉았다.

"굿모닝, 필리퍼."

"안녕히 주무셨어요?"

"바빠요?"

"그저 그래요."

"지금 뭘 하지요?"

"모르시겠어요?"

"모르겠는데, 난 정원사가 아니거든요. 흙장난이라도 하는 것 같다
고 할까요?"

"겨울 상추를 심고 있어요."

"브리킹(심는다)? 퍽 괴상한 말이로군. 마치 핑킹(찌른다) 같잖
소? 필리퍼, 핑킹이 무슨 말인지 알고 있소? 나는 바로 얼마 전
에 배웠는데, 그때까지는 결투할 때 쓰는 용어인 줄로만 알았지."

"내게 무슨 볼일이라도 있어요?" 필리퍼는 냉담하게 물었다.

"있고말고. 당신을 만나고 싶은 거지요."

필리퍼는 흘끔 그를 보았다.

"그런 일로 오시면 귀찮아요. 루커스 씨는 그런 걸 아주 싫어하시니까요."

"루커스 씨는 당신에게 종자(從者)를 허락하지 않을까요?"

"어리석은 말 그만해요."

"종자──아주 썩 좋은 말이야. 나를 형편없이 상징하고 있어. 공손하게──접근하려고 하지 않고──더욱이 어디까지나 쫓아다니거든."

"제발 부탁이에요. 저리 가 주세요, 에드먼드. 볼일이 있는 것도 아니잖아요?"

"천만에, 그렇지 않소. 나는 어엿한 볼일이 있어 왔소."

그리고 에드먼드는 의기양양하게 덧붙였다.

"오늘 아침 루커스 부인이 우리 어머니에게 전화를 걸었더군. 그녀는 말씀하시기를 호리병박을 많이 땄답니다."

"그래요, 아주 많이 땄어요."

"그러니 벌꿀하고 바꾸시지 않으시겠습니까 하고 말하더군."

"어머나, 퍽 불공평하군요. 이미 호리병박 따위는 팔 수 없어요. 누구라도 그것을 남아돌 만큼 가지고 있으니까요."

"그렇지. 그래서 루커스 부인이 전화를 걸어 온 거요. 지난번에 약속했을 때는 상추하고 탈지분유를 바꿀 예정이었지만, 상추가 나기에는 아직 좀 이르고, 1실링이나 하니까."

필리퍼는 아무 말도 하지 않았다. 에드먼드는 주머니를 벌려 벌꿀병을 꺼냈다.

"내 알리바이요. 넓은 뜻에서 말이오. 루커스 부인이 광 입구에서

화를 내건 말건 나는 호리병박을 가지러 왔으니까 장난치러 왔다는 혐의를 받게 된다면 당치도 않은 일이오."

"잘 알겠어요."

"저, 테니슨을 읽은 적이 있소?" 에드먼드는 싹싹하게 물었다.

"없어요."

"읽어 봐요. 머지않아 테니슨을 읽을 수 있게 될 거요. 저녁때 라디오를 틀면 테니슨의 전원시가 들려오게 될 테고, 저 지루한 토로롭은 듣지 않아도 될 수 있을 거요. 저 토로롭의 포즈는 정말 역겨워요. 그야 뭐 토로롭도 그다지 나쁠 것은 없지만, 열중할 것은 못 돼. 당신은 테니슨의 〈모드〉를 읽어 봤소?"

"아주 오래 전에 한 번."

그는 조용히 그 한 구절을 읊었다.

　티가 없는 것이 옥의 티.
　얼음처럼 차갑게 새침하고
　아름다우리만큼 표정이 없다.

"바로 당신을 말하는 거요, 필리퍼."

"어머나, 너무해요!"

"그런 뜻이 아니오, 필리퍼. 당신의 그 기막히게 아름다운 용모 속에 대체 무엇이 감추어져 있는 거지? 도대체 어떤 생각을 하고 있는 거요? 무엇을 느끼고 있는 거요? 당신은 행복하오, 아니면 비참한 심정이오? 필리퍼, 뭔가 두려운 일이라도 있소? 당신은 틀림없이 뭔가가 있을 거요."

필리퍼는 조용히 대답했다.

"난 일에 관한 것밖에는 생각하지 않아요."

"그건 나도 그렇소. 나는 당신이 말을 하도록 하고 싶은 거요. 당신의 냉정한 머릿속에서 어떤 일이 일어나고 있는지 난 그걸 알고 싶은 거요. 내게는 알 권리가 있소. 그렇고말고. 난 당신을 사랑하려는 생각 따위는 하지 않아. 그냥 조용히 앉아서 글을 쓰고 싶은 거요. 세계가 얼마나 비참한 것인지, 그런 양심적인 글을 쓰고 싶단 말이오. 모두들 얼마나 비참한가, 그런 문제를 교묘하게 살짝 피해 간다는 것은 문제없는 일이오. 왜냐하면 그런 것은 습관에 불과하니까. 그렇지, 번 존스의 생애를 읽고 나서 난 그런 확신에 도달했어요."

필리퍼는 상추를 심던 손을 멈추고 어찌해야 할지 알 수 없다는 표정으로 그윽이 에드먼드를 지켜보고 있었다.

"번 존스에게서 어떤 것을 배웠지요?"

"모든 걸 배웠소. 당신도 라파엘 전파(前派) 사람들의 것을 모두 읽어 봐요. 그러면 생활 양식이란 어떤 것인가를 잘 알 수 있게 될 거요. 그 사람들의 것은 풍요로워서 마음껏 속어를 쓰므로 생동감이 넘쳐 있어. 그리고 높은 소리로 호기있게 웃기도 하고, 거침없이 농담도 하고 모든 것이 아름답고 멋있어. 생활 양식도 또한 그랬었소. 하지만 그 사람들이 우리들보다 행복하고 건강했던 것도 아니고 우리가 그 사람들보다 더 비참한 것도 아니오. 아까 내가 당신에게 말한 것처럼 모든 것은 생활 양식의 문제지요. 대전 후 우리는 섹스만을 쫓았지만, 그 결과는 비참한 것이었소. 하지만 어째서 우린 이런 말을 지껄이고 있는 거지? 나는 당신과 나의 문제에 대해 이야기하고 싶었는데 아무래도 마음이 자꾸만 주저앉아 버리는군. 당신은 나를 조금도 도와 줄 것 같지 않기 때문이오."

"당신은 나더러 어떻게 하라는 거지요?"

"이야기해 줘! 알겠소? 이야기해 줘요. 당신의 남편에 대한 이야기 말이오. 당신은 그를 사랑했었소? 그는 전쟁터에서 전사했소? 그래서 당신은 조개처럼 입을 다물어 버린 것이오? 좋소, 당신은 그를 깊이 사랑했었소. 그리고 그는 전사한 거요. 하지만 남편을 잃은 여자는 당신뿐이 아니야. 셀 수도 없을 만큼 많이 죽었으니까. 물론 그 중에는 남편을 진심으로 사랑한 여자들도 있지. 그래서 그녀들은 술집에서 당신에게 그런 이야기를 털어놓았고, 술을 퍼마시고 울며 견딜 수 없어져서 함께 자자고 당신을 설득하려 드는 거요. 그렇게라도 하지 않고서는 그 여자들은 위로받을 수 없는 거요. 틀림없이 당신도 그랬으리라고 생각하오, 필리퍼. 게다가 당신은 젊고──아주 아름답고……. 난 당신이 말할 수 없이 좋아. 자, 그럼 당신의 남편 이야기를 해주시오."

"이야기할 만한 일이라곤 아무것도 없어요. 우린 그냥 만나서 결혼했을 뿐이었는걸요."

"당신은 그때 아주 어렸었나 보지요?"

"너무 어렸다고 해야지요."

"그래, 결혼은 행복했소? 이야기를 계속해요, 필리퍼."

"계속할 만한 이야기가 없다니까요. 우린 결혼해서 대개의 사람들이 그렇듯이 행복하게 살았다고 생각해요. 그러다가 해리가 태어났어요. 로널드는 싸움터에 갔고──그인, 그인 이탈리아에서 전사했어요."

"하지만 해리가 있잖소."

"그래요, 해리가 있어요."

"난 해리를 좋아하오. 정말 좋은 아이요. 나하고 그 아인 아주 마음이 잘 맞아. 어떻게 생각하오, 필리퍼. 우리 결혼하지 않겠소? 당신은 원예를 계속하고, 난 글을 계속 쓰고, 휴가 때는 일을 그만두고 즐겁게 지내도록 해요. 우린 마마와 함께 살지 않더라도 어떻게 해 나갈 수 있을 거요. 아마도 귀여운 아들을 못 본 체 내버려두지는 않을걸. 난 아직 독립하지 못하고 부모 덕에 먹고 사는 형편일 뿐 아니라 하찮은 글을 쓰며, 게다가 지독한 근시인 데다 또 말도 많아. 말하자면 조건치곤 최악이지요. 어때, 결혼해 볼 생각 없소?"

필리퍼는 그를 뚫어지게 바라보았다. 키가 후리후리하게 크고 골똘히 생각에 잠긴 듯한 얼굴에 큼직한 안경을 쓰고 있는 심각해 보이는 젊은 사나이를 그녀는 눈도 깜박이지 않고 지켜보았다.

"안 돼요" 하고 필리퍼는 말했다.

"절대로?"

"절대로."

"어째서?"

"나에 대해서 당신은 아무것도 모르는걸요."

"이유란 그뿐이오?"

"정말 모르고 있어요, 당신은."

에드먼드는 생각에 잠겼다.

"그렇군, 난 모르고 있소. 하지만 필리퍼, 그럼 누가 당신에 대해서 잘 알고 있다는 거요? 나의——"

여기까지 말하다가 에드먼드는 말을 끊었다. 재잘거리는 듯한 쇳소리가 이쪽으로 가까워졌기 때문이다.


　넓은 정원의 종달새(에드먼드가 노래하기 시작했다)
　해님이 가라앉았다. 어서 돌아가자(아직도 오전 11시인데도)
　필, 필, 필
　모두가 우짖는다. 부르고 있다.

"아무래도 당신의 이름은 운율에 맞지 않는군. 마치 만년필에게 바치는 시 같잖소. 다른 이름은 없소?"

"존, 어서 빨리 저리로 가요. 저봐요, 루커스 부인이에요."

"존, 존, 존, 존, 이게 그래도 낫군. 하지만 대단할 것도 없어. 괘씸한 존, 냄비를 엎어 버렸도다——이래서야 보기 좋은 결혼식은 될 수 없겠는걸."

"루커스 부인이에요……."

"제기랄, 내게 시든 호리병박을 주구려."


### 2

플레처 형사부장은 리틀 패독스에 있었다.

그 날은 미치의 휴가일이어서 언제나 11시 버스로 메데남 웨일스에 가는 것이었다. 블랙록의 양해를 얻어 플레처 형사부장은 그녀의 집에 자유로이 드나들고 있었다. 그녀와 배너는 거리에 나가 있었다. 플레처는 재빠르게 일을 했다. 이 집에 사는 사람이 저 문에 기름을 치고 전기가 나가면 살그머니 응접실에서 빠져나갈 수 있도록 준비해 두었던 것이다. 그렇기 때문에 저 문을 사용할 필요가 없는 미치는 일단 혐의의 대상이 되지 않는다. 그럼, 누가 남는가? 이웃 사람도 혐의에서 빼 버리는 게 좋지 않을까 하고 플레처는 생각했다. 어떻게 하면 문에 기름을 치고 살인을 준비할 기회가 있었던 사람을 찾아낼 수 있을까. 그것은 플레처로서도 알 수가 없었다. 패트릭과 줄리아 시몬스, 필리퍼 헤임스, 게다가 만약의 경우를 생각해서 돌라 배너가 혐의의 대상으로 남았다. 패트릭과 줄리아는 밀체스터에 가 있었다. 필리퍼 헤임스는 작업중이다. 플레처 형사부장은 얼마든지 비밀을 탐지할 수 있는 자유로운 입장에 있었으나 이 집에는 맥이 풀릴 정도로 아무런 단서도 없었다. 전기 전문가인 플레처도 공중에 건너지른 전

선이나 전기 장치 속에서 어떻게 불이 나가게 했는가를 나타내는 참고가 될 만한 걸 하나도 발견할 수 없었다. 가족의 침실을 철저하게 조사해 보기도 했으나 정말 괘씸할 정도로 아무것도 없었다. 필리퍼 헤임스의 방에는 착해 보이는 눈매의 어린아이 사진과, 그 아이가 갓난아기였을 때의 사진, 게다가 그 아이의 많은 편지와 한두 장의 극장 프로그램이 있었다. 줄리아의 방에는 남프랑스에서 찍은 사진이 가득 들어 있는 서랍이 있었다. 해수욕하는 사진, 미모사 꽃에 둘러싸여 있는 별장의 사진 등등. 패트릭의 방에는 해군 시절의 기념품이 있었다. 돌라 배너는 자기의 물건을 가지고 있었으나 별로 수상한 점은 아무것도 없었다.

그럼에도 불구하고 플레처는 역시 이 집에 살고 있는 사람 가운데 하나가 저 문에 기름을 친 것이 틀림없다고 생각하고 있었다.

그의 사색은 아래층에서 나는 소리로 깨졌다. 그는 서둘러 계단으로 나가 아래를 내려다보았다.

스웨테남 부인이 바구니를 들고 홀을 가로지르는 참이었다. 그녀는 응접실을 들여다보고 나서 홀을 지나 식당으로 들어갔는데, 조금 뒤 이번에는 바구니를 들지 않고 나왔다. 플레처의 발 밑에서 뜻하지 않게 널빤지가 삐걱거리는 소리에 그녀는 뒤돌아보았다.

그녀는 말을 걸었다.

"미스 블랙록이세요?"

플레처는 말했다.

"아닙니다, 스웨테남 부인. 접니다."

스웨테남 부인은 가벼운 비명 소리를 질렀다.

"어머나! 깜짝 놀랐어요, 도둑인가 하고 생각했지요."

플레처는 계단을 내려왔다.

"이 집은 도둑에게 방심하고 있군요, 도둑이 들어오는 것처럼 누구나 드나들 수 있는 겁니까?"

스웨테남 부인은 설명했다.

"저는 마르멜로를 가지고 오는 길이랍니다. 미스 블랙록이 마르멜로로 젤리를 만들고 싶어하셔서요. 하지만 이 집에는 마르멜로 나무가 없기 때문에——전 식당에다 두고 왔어요."

그녀는 미소를 띠었다.

"아, 알았어요. 제가 어떻게 이 집에 들어왔는지 그것을 듣고 싶으신 거지요? 저는 옆문으로 들어왔어요. 우린 모두 자유로이 드나든답니다, 부장님. 누구라도 어두워질 때까지는 문을 잠근다고 생각하지 않지요. 게다가 모처럼 당신이 무언가 물건을 가져오더라도 들어갈 수 없으면 아주 불편하실 것 아니겠어요? 당신이 초인종을 울리면 곧 하인이 달려나가는 그런 시대가 아닌걸요."

스웨테남 부인은 한숨을 쉬었다.

"……인도에서의 일을 잘 기억하고 있어요. 우리는 18명이나 되는 하인을 두고 있었어요. 18명이나요. 그것도 유모를 넣지 않고 말예요. 그리고 고향에서는——제가 아직 소녀 시절이었어요. 언제나 세 명은 두고 있었지요——언제나 어머니는 요리사를 둘 여유가 없을 만큼 가난하다고 생각했었는지도 모르지만요. 아무튼 갱부 나부랭이가 탄광에서 나왔는가 했더니 까닭을 알 수 없는 짓만 하고——남의 흉내를 내는 것이겠지요——잡초와 시금치를 분간하지도 못하면서 정원사가 되려고 하니 참으로 무서운 세상이에요."

그녀는 문을 향해 종종걸음으로 걸어갔다.

"이처럼 당신의 시간을 빼앗고 말았군요. 바쁘시지요? 그런데 그 뒤로 아무것도 달라진 일이 없군요."

"어째서지요, 스웨테남 부인?"

"여기서 당신을 만나서 이상하게 생각했으니까요. 또 갱 사건이라도 있었나 했어요. 참, 마르멜로를 갖다 놓았다고 미스 블랙록에게 말씀해 주세요."

스웨테남 부인은 가 버렸다. 플레처는 뜻밖의 충격을 받은 것처럼 느껴졌다. 지금까지 그는 문에 기름을 친 사람은 이 집 안에 사는 이라야만 한다고 가정하고 있었던 것이다. 그러나 그것은 얼마나 잘못된 생각인가. 그 잘못을 이제야 알 수 있었다. 외부 사람이었다면 미치가 버스를 타고 나가고, 레티시아 블랙록과 돌라 배너가 둘 다 외출할 때를 기다리고 있기만 하면 되는 것이다. 이런 기회라면 흔히 있는 일이다. 그렇게 되면 플레처로서는 그날 밤 응접실에 모여 있던 사람들 가운데서 누구 한 사람도 혐의의 대상에서 제외할 수가 없다는 말이 된다.


## 3

"이봐, 마거트로이드."

"왜 그래, 힌치?"

"좀 생각한 게 있어."

"생각이라니?"

"나의 위대한 뇌세포가 대활약 중이야. 알겠어, 마거트로이드? 그날 밤의 사건은 아무래도 수상해."

"수상하다니?"

"그래. 자, 네 머리카락을 걷어올려 봐, 마거트로이드. 그리고 인두를 들어. 그건 권총 대용이야."

"권총!" 마거트로이드는 겁먹은 듯이 말했다.

"괜찮아. 널 위협하는 짓은 안할 테니까. 자, 부엌문께로 걸어가 봐. 네가 도둑이 되는 거야. 거기에 서서──그래, 이번에는 손을 들게 하기 위해 부엌으로 들어가는 거야. 손전등을 들고, 자,

켜!"

"하지만 환한 대낮이야!"

"조금은 상상력을 발휘해 봐, 마거트로이드, 자, 켜."

거북한 동작으로 마거트로이드는 하라는 대로 했다. 한쪽 팔 밑에다 인두를 끼워 넣고.

힌치는 계속 말했다.

"자, 시작해. 이봐, 네가 여성회관에서 〈한여름밤의 꿈〉의 헤르미어 역을 맡아했을 때를 생각해 봐. 자아, 시작해! 아무튼 네가 기억하고 있는 대로 해봐. '손들어.' 이게 네 대사야, 알겠어? '손을 들어 주세요'라는 둥 해서 엉망진창을 만들지는 말아."

마거트로이드는 고분고분하게 손전등과 인두를 들고 부엌문으로 나갔다.

오른손에 손전등을 바꾸어 들고 그녀는 문손잡이를 돌리고 이번에는 또 왼손에 손전등을 바꾸어 들고 걸어나갔다.

"손들어!" 그녀는 피리 소리 같은 목소리로 말했다. 그리고 난처한 듯이 덧붙였다.

"너무 어려워, 힌치."

"어째서?"

"문 말이야. 자동문이기 때문에 손을 놓으면 잠겨 버리고 말아. 내 두 손은 비어 있지 않잖아."

"정말 그렇군." 힌치는 부르짖듯이 말했다. "리틀 패독스의 응접실 문도 언제나 그렇게 돼. 열어 놓은 채로는 있지 않아. 그렇기 때문에 레티 블랙록이 하이스트리트의 엘리어트 가게에서 두꺼운 유리로 만든 매우 훌륭한 도어 스톱을 사 갔는걸. 그 가게에서 내가 사려고 했을 때 그녀가 옆에서 사가고 말았어. 절대로 용서할 수가 없어. 내가 저 늙다리에게 보기 좋게 값을 깎아 내리고 있을 때였지. 엘리어트가 8기니에서 6파운드 10실링까지 깎아 주었어. 그러자 거기에 블랙록이 와서 저 도어 스톱을 가로채어 사 버렸어. 도어 스톱이 그렇게 탐나 보인 적은 없었지. 그렇게 큰 유리의 도어 스톱은 좀처럼 구할 수가 없을 거야."

"틀림없이 그 도둑은 문을 열어 놓기 위해 그 도어 스톱을 썼을 거야." 마거트로이드가 말했다.

"이봐, 이것이 '살아 있는 상식'을 써야 할 점이야. 그 도둑이 어떻게 했다고? 우선 문을 연 다음 허리를 구부린 채 '잠깐 실례' 하고 말하고는 도어 스톱을 놓는다, 그리고 난 뒤에 천천히 '손들어!' 하고 일을 시작했다는 거야? 자, 어깨로 문을 받쳐 봐, 어때?"

마거트로이드는 호소하듯이 말했다.

"아주 불편해."

"그렇군" 하고 힌치는 덧붙였다. "권총, 손전등, 게다가 열어 놓은 문——무척 많군그래. 그렇잖아? 그래, 그 해답은?"

마거트로이드는 답을 찾아 내려고는 하지 않았다. 다만 그녀는 빨리 그 답을 듣고 싶어 못 견디겠다는 표정으로 머리 좋은 친구를 지켜보고 있었다.

"우린 그 사나이가 권총을 들고 있었던 것을 알고 있어. 왜냐하면 그가 권총을 쏘았으니까" 하고 힌치는 말을 시작했다. "게다가 손전등을 가지고 있었던 것도 알고 있어. 왜냐하면 거기에 있던 모든 사람들이 그것을 보았으니까. 이스터브룩 노인이 곧잘 사람을 지루하게 만드는 저 '인도 이야기' 속의 로프 요술처럼 우리가 집단 최면술에 걸리기라도 한 게 아니라면 말이야. 그렇다면 이 문제는 누군가가 그 도둑을 위해서 열린 문을 받치고 있었다는 말이 되는군."

"하지만 누가 그렇게 할 수 있겠어?"

"너라면 할 수 있어, 마거트로이드. 내 기억으로는 전기가 나갔을 때, 그래요, 네가 문 뒤에 서 있었으니까."

힌치리피는 배를 안고 웃어 댔다.

"정말 수상한 사람이야. 그렇지 않아, 마거트로이드? 하지만 누가 널 그렇게 생각하겠어? 자, 그 인두를 이리 줘──고맙게도 진짜 권총이 아니야. 그럼, 이번에는 네가 널 쏠 차례야."


## 4

"이거 참, 놀랐는걸." 이스터브룩 대령은 투덜거렸다. "이거 정말 놀랐어. 여보, 로라."

"왜 그러세요, 여보?"

"잠깐만 내 탈의실로 와 주구려."

"무슨 일이세요?"

이스터브룩 부인이 열린 문으로 나타났다.

"나는 분명히 당신에게 내 권총을 보여 준 일이 있었는데, 기억하오?"

"네, 기억하고 있어요, 아치. 어쩐지 무시무시하고 시커먼 것 말이지요?"

"응, 독일 군인의 기념품이오. 이 서랍 속에다 분명히 넣어 두었을 텐데, 그렇지 않소?"

"네, 그래요. 이 속에 있었어요."

"그런데 그게 없소."

"어머나, 아치, 참으로 이상하군요!"

"당신이 혹시 만지지 않았소?"

"아뇨, 그런 끔찍스러운 것을 만지다니. 전 꿈에도 생각하지 못했어요."

"그 뭐라던가 하는 할머니가 만진 게 아닐까?"

"그럴 리 없다고 생각해요. 배트 부인은 그런 것을 만지거나 하지 않아요. 어쨌든 물어 볼까요?"

"아니, 그만두는 게 좋겠어. 오히려 좋지 않을 듯하오. 당신에게 그것을 보여 준 것이 언제였지?"

"글쎄요, 일주일쯤 전이었어요. 분명히 당신은 그때 칼라와 세탁소에 대한 일로 투덜거리고 있었어요. 이 서랍을 잔뜩 열어 놓고——밑바닥에 있었어요. 그래서 전 '저게 뭐죠?' 하고 물었었지요."

"알았어, 됐어. 일주일 전이었다고? 그 날을 기억하오?"

이스터브룩 부인은 눈을 감고 생각해 내려고 애썼다.

"그래요, 토요일이었어요. 그 날 우린 영화를 보러 가려던 참이었는데 가지 않았어요."

"그런가, 그 전날이 아니었소? 수요일? 목요일? 아니, 전전주일이었는지도 모르겠는걸."

"그렇지 않아요" 하고 이스터브룩 부인은 말을 이었다. "전 분명히 기억하고 있어요. 30일인 토요일이었어요. 사건이 일어났던 덕분으로 아주 오래 전 일로 생각되는 거예요. 게다가 어째서 기억하고 있는지 당신에게 이야기할 수 있어요. 그 날은 블랙록 부인 댁에서 그 사건이 일어난 이튿날이었거든요. 전 당신의 권총을 보았을 때 전날 밤의 일이 생각났었어요."

"그래, 그렇다면 마음놓았소."

"어머나! 아치, 왜 그러시지요?"

"응, 만일 권총이 그 사건이 일어나기 전에 없어진 거라면 그 스위스 사람에게 도둑맞았을지도 모른다고 생각했기 때문이오."

"하지만 어떻게 당신이 권총을 갖고 있다는 것을 그 사나이가 알겠어요?"

"그런 갱들은 생각할 수도 없을 만한 정보 기관을 갖고 있는 법이오, 장소와 사는 사람에 대한 것쯤은 뭐든지 알아내고 말아. ”

“당신은 뭐든지 아시는 박사니까요, 아치. ”

“뭘, 하나나 둘쯤은 다른 사람이 모르는 일이라도 알고 있지. 당신이 그 사건이 있은 다음에 권총을 보았다고 분명히 기억하고 있다면——뭐, 그것으로 됐소. 그 스위스 인이 쓴 권총은 내 것이 아니었어. 그렇지 ? ”

“그렇고말고요. ”

“아, 이젠 마음놓았소. 그 일로 나는 하마터면 경찰에 가야 할 뻔했구려. 경찰에서 꼬치꼬치 귀찮은 질문 공세를 받고…… 눈에 선해. 사실 나는 권총 인가증을 아직 받지 못했거든. 어찌 된 일인지 전쟁 뒤에는 평화시의 규칙 따위는 잊어버리고 마는 법이지. 나는 전쟁의 기념품쯤으로밖에 생각하지 않았기 때문에 총기라는 생각을 하지 않았을 정도요. ”

“잘 알겠어요. ”

“하지만 어찌 되었거나 권총은 어디로 갔을까 ? ”

“틀림없이 배트 부인이 감추었을 거예요. 그녀는 정직한 성질이지만 그 사건이 있은 뒤였으니까 틀림없이 신경이 예민해졌나 보지요. 그녀는 다만 권총을 가지고 있고 싶어한 거라고 생각해요. 물어 봐야 솔직히 대답하지는 않겠지만요. 그러므로 전 물어보려고도 하지 않아. 그녀를 성나게 할 뿐인걸요. 그런데 어떻게 하면 좋을까요 ? 이런 큰 집에서 제가 할 수 있는 일이란 그저……. ”

“정말 그렇구려” 하고 이스터브룩 대령은 말을 이었다. “아무 말도 하지 않는 편이 좋겠소. ”

# 치핑 클레그혼의 아침(이어서)

마플은 목사관 문으로 나와 메인 스트리트로 이어진 작은 길을 내려갔다. 그녀는 줄리앙 하몬 목사의 아슈프랜트 스틱 덕분에 편하게 걷고 있었다.

그녀는 레드 카우와 정육점 앞을 지나 엘리어트라는 고물상 진열장을 들여다보느라고 잠깐 걸음을 멈추었다. 이 진열장은 블루버드라는 찻집과 사이 좋게 이웃이 되어 있었다. 예를 들어 자가용 자동차를 갖고 있는 부자가 맛좋은 커피와 '홈메이드 과자'라는 멋진 이름이 붙은 밝은 사프란 빛 케이크라도 먹을까 하고 걸음을 멈추었을 때, 엘리어트가 머리를 짜내어 설계한 진열장에 이끌리도록 꾸며져 있었기 때문이다.

이 예스러운 활 모양으로 굽은 진열장 속에 엘리어트는 온갖 취미와 기호를 채우기 위해 여러 가지 물건을 장식해 놓았다——나무랄 데 없는 와인 쿨러 위에 있는 두 개의 워터포드 글라스, 게다가 여러 가지 재료로 만들어져 있어 자못 구하기 힘든 진귀한 물건이라고 뽐내는 듯한 거울이 달린 장롱이며, 또 싸구려 물건인 도어 노커, 기묘한 난쟁이 인형, 언저리가 조금 깨어져 나간 드레스덴 제의 도자기, 그을린 빛깔의 작은 구슬목걸이, '탬블리지 웨일스가 보냄'이라는 서명이 들어 있는 컵, 빅토리아 왕조 시대의 은그릇 몇 가지 따위가 테이블 위에 아무렇게나 놓여 있었다.

마플은 황홀한 눈으로 진열장을 들여다보고 있었다. 거미 같은 느낌을 주는 노인이 다 된 뚱뚱한 엘리어트가 그의 거미줄에 걸릴 것 같은 먹이를 마치 평가라도 하는 것처럼 가게 안에서부터 나타났다.

그러나 '탬블리지 웨일스가 보냄'의 매력이 목사관에 머물고 있는 이 부인(물론 엘리어트는 그녀가 누구인지 알고 있다)을 붙잡고 놓지 않으리라고 엘리어트가 확신한 그 순간, 블루버드로 들어가는 돌라 배너의 모습이 마플의 시야 속에 들어왔다.

그렇다. 싸늘한 바람에는 아침 커피가 무엇보다도 좋다고 마플은 생각했다. 벌써 너덧 명의 부인들이 아침 장보기를 도중에 팽개치고 즐거운 듯이 커피를 마시고 있었다.

밝은 곳에서부터 블루버드의 어두컴컴한 실내로 들어왔기 때문에 마플이 눈을 깜박거리며 조심스럽게 서 있노라니까 바로 곁에서 돌라 배너가 말을 걸어 왔다.

"어머나, 미스 마플. 여기 앉으세요. 전 혼자예요."

"아, 고마워요."

마플은 고맙다고 인사한 다음 블루버드가 즐겨 마련한 모가 나 보이는 파란 팔걸이 의자에 앉았다.

"정말 바람이 차군요" 하고 마플은 한탄하듯 말했다. "다리에 신경통이 있어서 난 빨리 걷지 못한답니다."

"어머, 그러세요? 전 1년 동안이나 좌골신경통을 앓아서 그 동안 내내 괴로웠답니다."

핑크빛 윗옷을 입고 있는 우울해 보이는 소녀가 선하품을 삼키며 나른한 모습으로 커피와 케이크를 주문받으러 두 사람에게로 다가왔다.

"이 집 케이크는 정말 맛있어요" 하고 배너가 소곤거렸다.

"일전에 미스 블랙록 댁에 갔다 오는 길에 아름다운 아가씨를 만났는데 어쩐지 굉장히 흥미를 가지게 되었어요" 하고 마플은 말을 이었다. "분명히 그 여자는 원예를 한다고 말한 것으로 생각되는데, 농사를 짓는 여자라던가――하인스――아마 그런 이름이었던가요?"

"아, 에. 필리퍼 헤임스예요, 우린 '하숙인'이라고 부른답니다."

그리고 배너는 자기의 유머에 소리를 내어 웃었다.

"좋은 아가씨예요, 정말. 하지만 그 여자는 레이디랍니다. 그 뜻을 아시겠지요?"

"어머나, 그래요? 난 헤임스 대령을 안답니다, 인도에 있던 기병대의. 그 아가씨의 아버지가 아닐까요?"

"하지만 그 여자는 헤임스 부인이지요, 미망인이에요. 남편은 이탈리아 사람인데, 시칠리아에서 전사했어요, 그러니까 시아버지인지도 모르겠군요."

"뭔가 로맨스가 있음직한 여자더군요" 하고 사람이 나쁜 것처럼 마플은 은근히 비쳤다. "그 키 큰 젊은 남자하고 말이에요."

"패트릭 말인가요? 어머나――"

"아니오, 그렇지 않아요. 저 안경을 쓴 사나이 말이에요. 난 언뜻 그를 본 일이 있어요."

"아, 네. 에드먼드 스웨테남 말이로군요. 쉿! 저기 저쪽 구석에 어머니인 스웨테남 부인이 계시는군요, 글쎄요, 뭐라고 말해야 할지…… 그가 그 부인에게 반하기라도 했다고 생각하세요? 정말 그 남자는 괴짜랍니다. 이따금 아주 위험한 말을 입에 담곤 하지요, 글쎄, 세상에서는 많이 배운 사람이라고 하지만 말예요."

분명히 미스 배너는 좋게 생각하고 있지 않는 모양이다.

"학문만이 전부는 아니지요" 하고 마플은 머리를 저으면서 말했다.

"자, 커피를 가져왔어요."

조금 전의 우울한 점원 아가씨가 덜그럭거리면서 커피를 갖다 놓았다.

"당신이 미스 블랙록과 같은 학교에 다녔다는 말을 듣고 난 아주 흥미롭게 생각했어요. 당신네들은 정말 소꿉친구였나요?"

"네, 그렇답니다."

미스 배너는 한숨을 쉬었다.

"옛날 친구들 가운데서 레티만큼 친절한 사람은 없어요. 저, 미스 마플, 그 시절은 이미 아득한 옛날 일처럼 생각됩니다. 정말로 아름다웠던 소녀 시절, 게다가 즐거웠던 생활…… 모든 것이 슬펐답니다."

무엇이 그토록 슬펐는지 마플로서는 짐작할 수 없었지만, 한숨을 섞어 가며 머리를 설레설레 젓고 나서 "인생은 가혹한 것이에요" 하고 마플은 중얼거리듯이 말했다.

"——심한 고통을 마음 든든하게 견디는도다" 하고 배너는 눈에 눈물을 글썽이며 읊고 나서 "전 언제나 이 시를 생각하곤 해요. 참다운 인내, 참다운 인종(忍從), 이런 것은 보답받아야 한다고 생각하지요. 레티 같은 사람은 아무리 훌륭한 것으로 보답받는다 해도 그다지 크다고는 생각되지 않아요. 어떤 행복이 그녀에게 찾아온다 해도 그녀에게는 그것을 받을 만한 가치가 있으니까요" 하고 덧붙였다.

배너의 말은 머지않아 블랙록에게 어마어마한 유산이 들어온다는 것을 은연중에 비치고 있다고 마플은 생각되었다.

"뭐니뭐니해도 돈이란 가혹한 인생을 조금이나마 부드럽게 해주지요.”

마플의 이 말은 배너의 생각을 뜻밖의 방향으로 끌어가게 되고 말았다.

“돈이라고요!” 배너는 괴로운 듯이 이렇게 외치더니 “전 정말로 돈 때문에 고생한 적이 없는 사람이라면 돈이 어떤 것인지, 돈이 없다는 것이 어떤 것인지 알 수 없다고 생각해요” 하고 말했다.

마플은 진심으로 그렇다고 생각되어 백발이 성성한 머리를 끄덕여 보였다.

배너는 흥분하여 눈이 벌겋게 달아올라서 재빠른 말로 계속했다.

“사람들은 곧잘 이런 말을 하지요, ‘꽃도 없는 데서 식사를 할 정도라면 테이블에 꽃만 있는 편이 그래도 낫다’고요. 하지만 그런 말을 하는 사람은 식사 때문에 얼마나 괴로움을 당해 왔던 것일까요. 정말로 굶어 본 일이 없는 사람은 굶는다는 것을 알 수 없어요. 빵, 고기, 과자, 한 조각의 마가린. 날마다 고기 한 접시와 야채 두 접시를 얼마나 기다리는지! 그리고 비참한 마음! 해진 옷을 실로 꿰매어 다른 사람이 알지 못하도록 마음을 씁니다. 그리고 일거리를 찾을 때 ‘당신은 나이가 너무 많아요──’ 판에 박은 말투예요. 가까스로 일거리를 얻게 되어도 이번에는 몸이 당해 낼 수 없어요. 정말 정신이 아득해질 것 같아요. 그리고 다시 전에 살던 곳으로 되돌아오지요. 방 값──언제나 방 값──이것만은 무슨 일이 있어도 지불해야 해요. 왜냐하면 지불하지 않으면 쫓겨나 길거리를 헤매야만 하기 때문이지요. 더구나 요즘 같은 시대에는 저금이란 생각조차도 못해요. 양로 연금 따위는 아무런 도움도 되지 않아요. 네, 정말 그렇고말고요.”

“잘 알아요.”

마플은 조용하게 말하고 배너의 꿈틀꿈틀 움직이는 얼굴을 연민의

정을 담아 지켜보고 있었다.

"——전 레티에게 편지를 냈습니다. 우연히 그녀의 이름을 신문에서 보았었지요. 마침 밀체스터 병원에서 식사를 제공해 주고 있을 때였답니다. 신문에 레티시아 블랙록의 이름이 있었어요. 그것을 본 순간 갑자기 과거의 일이 생각나더군요. 벌써 여러 해 동안 전 그녀의 일을 듣지 못했습니다. 당신도 아시다시피 레티는 큰 부자인 게들러의 비서였어요. 그녀는 언제나 영리했어요. 출세할 타입이지요. 네, 겉으로는 그렇게 보이지 않습니다만 성격은 그렇답니다. 그래서 틀림없이 그녀는 저를 기억하고 있어서 어떻게든지 도와 주지 않을까 하고 저는 생각했어요. 왜냐하면 소녀 시절에도 함께 지냈고 여학교도 함께 다녔으니까요. 소꿉친구란 절대로 잊지 않는 법이거든요. 그러나 그냥 도움을 청하는 편지를 쓸 만한 그런 사이는 아니었답니다."

돌라 배너의 눈에서 눈물이 나왔다.

"——그런 다음 레티가 저 있는 곳으로 와서 저를 데려가 주었답니다. 일손이 필요하다면서요. 전 놀랐어요. 정말 놀랐어요. 정말 놀랐어요. 신문 기사도 때로는 잘못되는 일이 있더군요. 그녀는 정말 친절했어요. 게다가 인정도 아주 많아요. 그래서 저는 옛날로 되돌아간 마음으로 그녀를 위해서라면 뭐든지 하려고 생각했습니다. 정말 그랬어요. 그래서 열심히 일했지요. 하지만 늘 실수만 하는 게 아닌가 하고 전 생각해요. 제 머리는 옛날처럼 잘 돌지 않는 걸요. 그러니까 언제나 실수만 저지르고, 늘 잊어버리고, 바보 같은 말을 지껄이거나 한답니다. 그런데도 그녀는 정말 참을성이 있더군요. 그녀의 아주 좋은 점은 저를 매우 쓸모 있고 도움이 되는 사람이라고 말해 주는 것이에요. 친절해요, 정말. 그렇게 생각되지 않으세요?"

마플은 조용히 고개를 끄덕였다.

"정말 그렇군요. 친절한 분이에요."

"전 곧잘 부질없는 걱정을 했어요. 리틀 패독스에 온 뒤로는 레티에게 만약 무슨 일이 일어나면 대체 어떻게 될 것인가 하고요. 여러 가지 착오가 생겨——너무 바빠서 말이에요——아무도 알아주지 않을 테니까요. 하지만 나는 아무 말 하지 않았어요. 그래도 그녀만은 알아 주리라 생각했지요. 어느 날 뜻밖에도 그녀는 저에게 얼마 되지 않는 돈이지만 연금을 남겨 주도록 해 두었다는 말을 하는 것이었어요. 게다가 제가 매우 소중하게 여기고 있는 그녀의 아름다운 가구도 모두 나에게 남겨 주겠다는 거예요. 정말로 전 정신이 멍해졌을 정도였어요. 하지만 '돌라가 생각하는 것만큼 다른 사람도 그렇게 고맙게 생각하지는 않아' 하고 그녀는 말하더군요. 정말 그 말이 맞아요. 산산이 깨진 도자기의 아름다운 파편을 보는 것만큼 제게 괴로운 일은 없으니까요. 그리고 뜨거운 유리잔을 테이블 위에 놓아 자국을 내거나 하는 것도 참을 수가 없어요. 전 진심으로 그녀의 물건을 소중히 한답니다. 정말 어떤 사람들은 부주의라기보다도 성질이 나쁘거든요! 저도 그다지 바보는 아니에요."

순진하게 배너는 계속해서 말했다.

"레티는 사람이 좋으니까 곧 이용당한답니다. 어떤 사람들은——그래요, 이름은 밝히지 않겠지만——단물만 빨아먹지요. 그녀는 사람을 좀 지나치게 믿어요."

마플은 머리를 저었다.

"그건 못쓰겠는데요."

"정말 그래요. 당신과 저는 세상이라는 것을 잘 알고 있어요. 그러나 레티는——"

이번에는 배너가 머리를 저었다.

대자본가의 비서였던 블랙록도 세상을 알고 있다고 생각하지 않을까 하고 마플은 생각하였으나, 아마도 돌라 배너가 말하고 싶은 것은 레티 블랙록이 아무런 부자유스러움도 없이 살아왔다는 것, 다시 말해서 부자유스러움 없는 생활이란 인간성의 심연에 대해 아는 것이 없다는 의미일 것이다.

"그 패트릭은!"

배너는 갑자기 마플이 깜짝 놀랄 만큼 격렬하게 말을 시작했다.

"제가 아는 것만도 두 번이나 돈을 가져갔답니다. 그는 돈이 궁한 것처럼 꾸미고는 돈을 꾼답니다. 모두가 그런 식이에요. 레티는 너무 너그러워요. 그래서 제가 충고라도 하려고 하면 '그 아이는 어려워, 돌라. 청춘은 뭐든지 하고 싶은 대로 하는 때에요'——글쎄, 이런답니다."

"그렇군요. 정말 그래요. 게다가 잘생긴 청년이라면 더욱 그렇겠지요."

"——마음이 아름다우면 생김새 또한 아름답다" 하고 돌라 배너는 중얼거리듯 말하고 나서 덧붙였다. "하지만 패트릭은 너무 사람을 우습게 알아요. 그리고 여자들과 놀러만 다니니까 틀림없이 나 같은 할멈은 그가 보기에는 우습기 짝이 없겠지요. 뭐, 그뿐이에요. 사람에게는 감정이라는 게 있다는 것을 그는 모르나 봐요."

마플이 말했다.

"젊은 사람이란 그런 점에는 무신경하지요."

갑자기 배너는 알 수 없다는 태도로 몸을 앞으로 내밀고 "저, 당신은 험담하는 것을 싫어하시지요?" 하고 묻는 것처럼 말했다. "하지만 전 패트릭이 그 끔찍한 사건에 무슨 관계가 있는 것처럼 생각되어서 견딜 수가 없어요. 그는 전부터 그 젊은 사나이와 알고 있었다고 생각돼요. 줄리아도 틀림없이 그럴 거예요. 전 이런 일을 레티에게 넌지시 알려 주려는 생각은 하지 않았어요. 하지만 저도 모르게 입 밖에 내고 말았답니다. 레티는 그런 바보 같은 일은 없다고 말했을 뿐이지만 이것은 곤란한 문제예요. 왜냐하면 패트릭은 레티의 육촌 동생이며 어찌되었거나 친척이니까요. 게다가 만약 그 스위스 사나이가 스스로 제 몸을 쏘았다면 패트릭도 도의상의 책임을 져야 하지 않을까요? 패트릭이 선동했다면 말예요. 정말로 전 뭐가 뭔지 모르겠어요. 왜냐하면 누구나 다 응접실의 그 문 때문에 떠들고 있으니까요. 게다가 또 하나 제가 괴로워하고 있는 문제는 기름을 쳤다고 경감님이 말한 일이에요. 왜냐하면 전 이 눈으로 보았는걸요——"

여기까지 말하다가 그녀는 갑자기 입을 다물었다. 마플은 뭐라고 해야 좋을지 몰라 난처해졌다.

"당신의 입장은 정말 난처하겠군요" 하고 동정한 다음 "물론 당신의 일이니까 경찰의 눈을 속이려는 생각은 안 하시겠지요?" 하고 덧붙였다.

"정말 그렇고말고요!" 돌라 배너는 소리쳤다. "밤에도 걱정스러워 제대로 잠을 잘 수가 없어요……. 저번날 관목림에서 패트릭과 딱 마주쳤어요. 전 달걀을 찾고 있었어요——암탉 한 마리가 낳은 거예요. 그는 깃털과 컵——기름이 담겨 있는 컵을 갖고 있었어요. 그는 나를 보더니 무언가 숨기려는 것처럼 후닥닥 놀라는 거였어요. '어째서 이런 것이 여기에 떨어졌을까 하고 생각하던 참입니다' 하고 그는 말하더군요. 그래요, 그는 나쁜 꾀를 잘 쓴답니다. 깜짝 놀란 순간에 그는 틀림없이 그렇게 생각했을 거예요. 전 그렇게 생각하고 있어요. 그렇잖아요? 만약 그가 깃털과 컵을 찾는 것이 아니있다면 어째서 관목림 속을 걸었겠어요? 그러니까 깃털과 컵이 있는 것을 미리 알고 있었던 거예요. 네, 저는 아무 말도 하지 않았어요. 할 말이 없었는걸요. 하지만 흘끔 노려봐 주었어요."

그렇게 말하고 배너는 칙칙할 만큼 빨간 고기빛 케이크에 손을 뻗더니 멍한 얼굴로 그것을 썹었다.

"──그리고 이것은 다른 날이었지만 전 그가 줄리아와 묘한 이야기를 하는 것을 우연히 엿듣게 되었어요. 그들은 무언가 말다툼을 하는 모양이었어요. 그는 이렇게 말하더군요──'네가 그런 짓을 하다니!' 그러자 줄리아가──아시다시피 그 아가씨는 아주 침착하니까요──'그럼, 당신이었다면 어떻게 하겠어요?' 라고 대답했어요. 운나쁘게도 언제나 삐걱거리는 마룻장을 제가 밟고 말았기 때문에 들키고 말았어요. 그래서 전 명랑하게 말을 걸었지요──'둘이 싸우는 거야?' 그랬더니 줄리아는 이렇게 대답하더군요. '패트릭은 암시장에 가면 안 된다고 충고하는 거예요.' 어쩌면 그렇게도 서슴지 않고 술술 나오는지 모르겠더군요.

하지만 그런 말을 주고받았다고는 믿지 않아요! 게다가 틀림없이 패트릭이 응접실 램프를 가지고 장난했을 거예요. 불이 꺼지도록 말이에요. 왜냐하면 응접실에 있던 것은 양치기 여자의 램프이지 목자(牧者)가 아니었으니까요. 전 똑똑히 기억하고 있어요. 그 이튿날──"

그녀는 거기서 말을 끊고는 얼굴을 붉혔다. 마플이 뒤를 돌아보니 블랙록이 서 있었다. 막 들어온 참이었다.

"커피와 가십이니, 돌라?" 블랙록이 가시돋친 목소리로 말했다.

"굿모닝, 미스 마플. 퍽 춥군요."

배너가 허둥지둥 말했다.

"우린 요즘 세상은 규칙과 조례 천지여서 도무지 견딜 수가 없다고 이야기하던 참이야."

문이 왝 열리며 번치 하몬이 블루버드 안으로 뛰어들어왔다.

"굿모닝!" 하고 말하고 나서 그녀는 덧붙였다. "저는 커피에 늦었군요!"

"괜찮아" 하고 마플이 말했다. "자, 앉아서 마셔."

"우린 이제 돌아가야만 해요" 하고 블랙록은 말했다. "물건은 다 샀니, 돌라?"

이번에는 블랙록의 목소리가 부드러워져 있었지만, 눈에는 아직도 얼마쯤 모가 나 있었다.

"그래, 고마워, '로티'. 하지만 돌아갈 때 약방에 들러서 아스피린하고 물집에 바를 고약을 사야 해."

남은 두 사람의 뒤에서 블루버드의 문이 닫히자 번치가 물었다.

"어떤 이야기를 하셨어요?"

마플은 얼른 대답하지 않고 번치가 커피를 주문하는 동안 기다리고 있다가 입을 열었다.

"번치, 가족의 결속이라는 것은 상상 이상으로 강한 거야. 정말 단단해. 번치는 그 유명한 사건을 기억해? 실은 나도 자세히 기억하지는 못하지만——남편이 아내를 독살했다는 이야기 말이야. 술잔에 독을 넣은 거지. 그런데 법정에서 그 딸은 어머니 술잔의 술을 자기가 절반 마셨다고 증언했지. 그래서 사건은 아버지에게 유리해졌어. 이것은 소문에 지나지 않는 것인지도 모르지만——그 뒤 딸은 아버지와 말도 하지 않았고 함께 살려고도 하지 않았대. 아버지의 경우와 조카나 먼 친척의 경우와는 이야기가 달라지겠지만, 그래도 아직 거기에는 혈연의 결속이 있어. 그렇지? 자기네 친척 중의 한 사람이 교수형에 처해진다면 누구라도 싫어하겠지?"

"정말 그렇고말고요" 하고 번치는 생각하면서 말했다.

마플은 의자에 등을 기대며 작은 소리로 중얼거렸다. "사람은 모두 비슷비슷하군, 어딜 가나."

"저는 어떤 사람과 비슷하지요?"

"글쎄, 번치는 번치를 가장 닮았어. 특히 누군가를 나에게 생각나게 하는 것은 없지만…… 그렇군, 그녀를 빼놓는다면──"

"그녀라니, 누구 말이지요?"

"우리 집에 있던 객실 하녀를 생각했어, 번치."

"──어머나, 객실 하녀라구요? 저 같으면 어떻게도 할 도리가 없는 하녀가 되었을 거예요."

"그래. 우리 집 그 하녀가 바로 그랬지. 그녀가 하는 일은 그야말로 굉장했어. 테이블 위에다 뭐든지 아무렇게나 막 놓고, 부엌의 칼도 식당의 칼도 함께 섞어 두는 거야. 이 이야기는 퍽 오래 전 일이지만──그녀는 언제나 모자를 제대로 쓰고 있지 않았어."

번치는 자기도 모르게 모자를 고쳐 썼다.

"그리고 또 다른 것은요?" 번치는 걱정스레 물었다.

"그래도 난 그녀를 썼어. 아무튼 그녀는 우리 집에서 일하는 걸 기뻐했으니까. 게다가 곧잘 나를 웃겨 주었고, 그녀가 뭐든 숨김없이 말하는 것이 나는 좋았지. 이런 일이 있었어. 어느 날 내게 오더니 '전 아무것도 모르지만 저, 미스 마플' 하고는 '하지만 저 플로리의 앉음새는 마치 결혼한 여자 같아요'라는 거야. 사실 플로리는 임신했었거든. 상대는 아주 싹싹한 이발사의 조수였지. 그래서 다행하게도 늦지 않게 일을 수습할 수 있었어. 나는 상대되는 사람과 이야기를 나눌 수가 있었지. 둘은 정말 기쁘게 결혼하여 행복한 가정을 이루었어. 플로리는 아주 좋은 아가씨였거든. 하지만 '싹싹하게 생긴' 남자의 생김새에 속은 점이 없지도 않았지."

"그래, 그 여자는 설마 사람을 죽이지는 않았겠지요?" 하고 번치가 물었다. "제가 묻는 것은 그 하녀의 일인데요──"

"아니, 괜찮아. 그녀는 침례교 목사와 결혼하여 세 아이를 낳았어. ”

“어머나, 나하고 똑같군요” 하고 번치는 말했다. “하지만 저는 아직 에드워드와 수잔밖에 낳지 않았어요. ” 번치는 잠시 말을 끊더니 이윽고 입을 열었다. “제인 아주머니, 지금 누구의 일을 생각하고 계시지요? ”

그러자 마플은 모호하게 말했다.

“여러 사람의 일. 그렇군, 숱한 사람을 생각하고 있어. ”

“세인트 메리 미드도요? ”

“응, 그래. 지금 간호사 엘러튼을 생각했어. 정말 친절한 사람이었지. 어느 노부인을 아주 정성껏 보살펴 주었고, 게다가 그녀도 그 부인을 좋아했던 모양이야. 이윽고 그 노부인은 세상을 떠났지. 그래서 다른 노부인을 간호했는데, 그 부인도 세상을 떠났어. 모르핀으로 죽은 거야. 곧 모든 일이 밝혀졌지. 이른바 친절한 방법으로 죽게 한 거지. 가장 무서운 것은 그 간호사가 자기가 잘못된 일을 하면서도 그것을 깨닫지 못했다는 점이었어. 어디까지나 그렇게 하는 것이 친절한 거라고 생각한 거지. 죽은 두 노부인은 어차피 오래 살 수는 없었다고 간호사 엘러튼은 말하더군. 한 부인은 암으로 몹시 고생했다는 거야. ”

“안락사라는 것이로군요. ”

“그렇지 않아. 그것과는 달라요. 두 노부인은 엘러튼에게 돈을 남기도록 서명했던 거야. 그녀는 돈이 탐이 났던 거예요. 알겠어？ 게다가 그녀에게는 정기선에 타고 있는 젊은 남자가 있었어. 신문판매소 뷰지 부인의 조카였지. 그 남자는 훔쳐 온 물건을 집으로 가지고 돌아와서는 그녀에게 그것을 팔게 했어. 해외에서 가져온 물건이라면서. 그녀는 정말 그런 줄로 알았던 거야. 그 사나이는 성질이 좋은 사람은 아니었지만 아주 미남이었어. 두 여자가 그에게 반해서 열중했었지. 그는 그 가운데 한 여자에게 돈을 썼어."

"참으로 비열한 사나이로군요" 하고 번치는 토하는 듯한 어조로 말했다.

"그리고 번치, 옷감집 클레이 부인 말이야, 그녀는 아들의 응석을 지나치게 받아주었기 때문에 그 아들이 몹시 비뚤어져 버렸어. 번치는 존 크로프트를 기억해?"

"글쎄요, 기억나지 않아요."

"언젠가 우리 집에 와서 머물렀을 때 번치는 그녀를 만났다고 생각하는데. 여자인데도 곧잘 잎담배나 파이프를 입에 물고 거드름을 피우며 돌아다녔지. 언제였던가 은행강도가 있었지? 존 크로프트가 마침 그때 그 은행에 있었지. 그녀는 그 사나이를 쓰러뜨리고 권총을 빼앗았어. 경찰은 그녀의 용기를 칭찬했었지."

번치는 세심한 주의를 하며 마플의 이야기를 듣고 있었다. 마치 그대로 외려고나 하는 것처럼.

"그리고요?" 하고 번치는 독촉했다.

"생 장 데 꼬린느에서 여름에 만난 어떤 아가씨, 아주 조용한 아가씨였어. 말이 전혀 없다기보다도 얌전하다고 하는 편이 맞아. 누구나 다 그녀에게 호감을 가졌으면서도 거기에서 한 걸음 더 나아가 친해지는 사람은 아무도 없었어. 우린 나중에야 그녀의 남편이 위조범이었다는 말을 들었단다. 즉 그 일이 자연히 그녀에게 친밀감을 느끼게 하지 않았던 거지. 꺼림칙하고 떳떳하지 못한 마음이 그렇게 만드나봐."

"아주머니의 회고담에 나오는 그 영국령 인도의 군인 일은요?"

"아, 그래. 라체즈에 보온 소령, 시믈라 롯지에 라이트 대령이 있었는데 모두 나무랄 데 없는 사람들이었어. 그보다도 은행 지배인인 호지슨 씨가 두루 여행하다가 딸이라고 해도 될 만한 젊은 여자와 결혼한 것이 생각나는군. 그 젊은 여자는 어디서 태어났는지 몰라. 그녀가 직접 말한 것 이외는 몰라. ”

“자기가 직접 말한 것이란 거짓말이었겠지요 ! ”

“맞아, 순전히 거짓말이었어. ”

“재미있군요. ”

번치는 고개를 끄덕이고 손가락으로 사람의 이름을 헤어 보았다.

“우린 지금까지 돌라를 사랑해 왔어요. 그리고 잘생긴 패트릭, 스웨테남 부인과 에드먼드, 게다가 필리퍼 헤임스, 그리고 이스터브룩 대령과 이스터브룩 부인. 저, 아주머니. 이스터브룩 부인에 대해서 아주머니께서 말씀하신 건 정말 놀라워요. 하지만 부인이 레티 블랙록의 목숨을 노릴 이유는 전혀 없는걸요. ”

“부인이 남에게 알리고 싶지 않을 만한 비밀을 블랙록이 알고 있는지도 모르지. ”

“어머나, 아주머니. 그 오래 전부터 들어왔던 탱클레이의 소문 말인가요 ? 그런 건 이미 비밀이랄 것도 없어요. ”

“그렇게 일률적으로 몰아붙여 말할 수는 없어, 번치. 번치도 자기의 소문을 아랑곳하지 않는 사람이니까. ”

“말씀하시는 뜻을 잘 알겠어요” 하고 번치는 불쑥 말했다. “가령 어떤 비밀을 가지고 있는 사람이, 게다가 추워서 바들바들 떨고 있는 버려진 고양이 같은 입장에 있는 사람이, 그렇군, 우선 살 집과 먹을 크림을, 그리고 애무해 줄 따뜻한 손을 구할 수가 있었다면, 그리고 귀여운 고양이라고 하며 더없이 사랑받았다고 한다면…… 그것을 어떻게든지 하여 계속 지켜 나가기 위해서는 생각지도 않았던 일을 해야만 한다──그런 뜻이지요 ? 어쩜, 아주머니는 하나도 남김 없이 그 사람들의 이야기를 들려 주신 거로군요. ”

“하지만 전부는 아니야” 하고 마플은 다정하게 말했다.

"전부가 아니라고요? 어디서 놓쳤을까요? 줄리아? 아, 줄리아군요? 저 귀여운 줄리아는 피큘리어(별도)예요."

"3실링 6펜스 주세요."

그 우울한 여점원이 찡그린 얼굴로 그렇게 말한 뒤, "그리고――" 하고 숨을 들이마셔 가슴을 부풀린 다음 덧붙여 말했다. "좀 여쭈어 보고 싶은데요, 하몬 부인. 어째서 당신은 저더러 피큘리어(유대인)라고 하시죠? PP(피큘리어 피플의 약자. 교회 제도를 부정하는 종교)의 회원이 된 백모님이 계시지만, 전 내내 영국 교회를 믿어 왔답니다."

"어머나, 미안해요" 하고 번치는 말했다. "난 노래를 인용했을 뿐이에요. 당신에 관한 일은 아니에요. 난 당신의 이름이 줄리아였다는 것도 몰랐어요."

"우연의 일치로군요."

우울한 여점원은 기분을 풀었다.

"제 이름을 아셨던 것이 아니니까 하는 수 없군요. 하지만 자신에 대해서 누군가가 말한다면 그것을 듣고 싶어하는 것도 무리는 아니겠지요. 정말 고맙습니다."

여점원은 돈을 받고 테이블에서 떠났다.

"제인 아주머니" 하고 번치는 입을 열었다. "그렇게 놀라지 마세요. 왜 그러세요?"

"――하지만 불가능해. 그럴 수는 없어."

"아주머니!"

마플은 휴우 한숨을 쉬고, 이윽고 즐거운 듯이 미소지었다.

"아무것도 아니야, 번치."

"아주머니는 아셨나요? 누가 살인을 계획했는지." 번치는 덧붙였다. "네? 누구지요?"

"전혀 짐작할 수가 없어. 언뜻 생각이 떠오르기는 했지만 곧 사라져 버렸어. 될 수만 있다면 정말로 알고 싶지만 시간이 너무 없어. 정말 무서울 만큼 시간이 없어."

"시간이 없다니, 어떤 일인데요."

"스코틀랜드에 있는 노부인이 언제 죽어 버릴는지 몰라."

번치는 뚫어지게 마플을 응시했다.

"그럼, 아주머니는 정말로 피프와 에마를 범인으로 믿고 계시는군요. 그 두 사람이 한 짓이라고 생각하시나요? 그리고 다시 또 한번 할 거라고요?"

"그렇지, 틀림없이 할 거야." 마플은 방심한 듯한 태도로 말했다.

"만약 그 두 사람이 했다면 다시 한번 하겠지. 가령 번치가 누군가를 죽이려고 결심했다면 그것이 처음에 실패했다고 해서 체념하지는 않을 것 아니겠어? 게다가 만약 깊은 확신이 있다면 의심도 받지 않거든."

"하지만 피프와 에마라면——거기에 해당되는 것은 둘밖에 없는걸요. 패트릭과 줄리아라는 말이 돼요. 오빠와 누이동생이고, 나이도 꼭 들어맞아요."

"번치, 그렇게 간단히는 안 돼. 이야기는 복잡하게 얽혀 있어. 가령 둘 다 결혼했다면 피프에게는 아내가 있고 에마에게는 남편이 있겠지. 게다가 그들에게는 어머니도 있어. 비록 직접 유산을 받지 못한다 하더라도 이 어머니는 이해 관계가 있는 사람이야. 레티 블랙록이 30년 동안이나 그녀를 만나지 않았다면 아마 그녀는 첫눈에 알아보지는 못하겠지. 나이 든 부인은 곧잘 닮으니까. 번치는 와더스푼 부인이 자기의 것과, 패트레트 부인이 수년 전에 죽었는데도 그 부인의 몫인 양로 연금을 인출한 일이 있었던 것을 기억하지? 아무튼 블랙록은 근시야. 그 사람이 어떻게 사람을 바라보는지 번치는 알아차리지 못했어? 게다가 그 두 사람에게는 아버지가 있어. 그는 분명히 나쁜 사람이야."

"하지만 외국인이잖아요?"

"그래, 태어날 때부터 외국인이지. 하지만 그가 서투른 영어로 지껄인다거나 손짓 몸짓으로 이야기한다고 전적으로 그렇게 믿을 이유는 없어. 그가 인도의 대령쯤 되어서 안 될 건 없다고 나는 생각해."

"그런 걸 생각하고 계셨군요."

"아니, 그렇지 않아. 난 이해 관계에 결부된 막대한 돈에 대해서 생각할 뿐이야. 돈을 위해서라면 아무리 끔찍한 일이라도 한다는 것을 나는 넌더리가 나도록 알고 있어."

"정말 그럴지도 모르겠군요" 하고 번치는 말했다. "하지만 그런 짓을 해봤자 결국은 헛일이라고 생각해요, 그렇잖아요?"

"그래, 그러나 그런 짓을 하는 사람은 그 사실을 알지 못해."

"전 잘 알았어요" 하고 번치는 쓸쓸한 미소를 띠었다. "사람이란 누구나 자기만은 다른 사람과 다르다고 생각하거든요, 저도 그렇게 생각하는걸요."

그리고 그녀의 생각에 잠겼다. 그 돈으로 마음껏 좋은 일을 하는 거라고 사람들은 자신에게 타이른다…… 여러 가지 계획——고아를 위해 돈을 마련한다——인생에 지친 어머니들, 일하고 일해서 나이가 들어 버린 부인들을 위해 어디든 먼 곳에다 아름다운 안식처를……

번치의 표정은 어두워지고 눈은 슬픈 듯한 그림자를 띠어 갔다.

"지금 아주머니가 무엇을 생각하시는지 저는 알아요" 하고 그녀는 마플에게 말했다. "아주머니는 제가 보잘 것 없는 인간 쓰레기라고 생각하시는 거지요, 왜냐하면 전 자신을 속이고 있기 때문이에요, 만약 한 번이라도 자신을 위해 돈이 필요하다고 생각한다면 그렇게 말해 봐야 쓰레기 속에 들어가고 만다는 것을 아실 거예요. 그러나 그 돈으로 무언가 사람을 위해 유익한 일을 한다는 식으로 자신을 속인다면 다른 사람을 죽이는 것쯤 대수롭지 않다고 생각하게 되지요……."

이윽고 번치의 눈에서 어두운 그림자가 사라졌다.

"하지만 전 그렇지 않아요. 전 사람을 죽이는 짓 따위는 하지 않아요. 비록 늙은이거나 앓는 사람일지라도, 또한 나쁜 짓을 하는 놈일지라도 전 죽이지 않아요. 그래요, 그것이 공갈단이나 지독한 사기꾼일지라도──"

번치는 마시다 남은 커피에 뛰어든 파리를 건져 날개를 말리기 위해 테이블에 놓았다.

"왜냐하면 사람은 살기를 바라기 때문이에요. 파리도 그래요. 비록 나이가 들어 병으로 고생하더라도 어떻게든 살아 나갈 수 있는걸요. 젊고 굳센 사람들보다도 늙고 병든 사람이 더 간절히 살기를 바라고 죽음을 두려워하며, 어떻게든지 더 살려고 싸우고 있다고 줄리앙도 말하고 있어요. 저도 살고 싶어요. 행복해지지 못하더라도, 즐거운 일이 없더라도 살아 있다는 것은──제가 여기에 있다는 것을 시시각각 의식하고 느끼는 일이에요."

그녀는 조금 전의 파리를 조용히 불었다. 파리는 발을 꼼지락거리다 비틀비틀 날았다.

"네, 아주머니, 염려없어요. 전 어떤 일이 있어도 사람을 죽이지는 않아요."

# 과거를 찾아서

 차 안에서 하룻밤을 지낸 클래독 경감은 하일랜드의 작은 역에서 내렸다.

 런던의 상류 계급 한 모퉁이에 집이 있고, 햄프셔에도 땅을 갖고 있으며, 게다가 남프랑스에다 별장까지 가지고 있는 재산가——지금은 병들어 있는 게들러 부인이 이 외따로 떨어진 스코틀랜드의 집에 살고 있다는 사실에 클래독은 이상한 느낌을 품었다. 분명히 부인은 친구나 오락에서 멀어진 것이다. 매우 외로운 생활일 것이다. 아니면 부인은 자기의 주위에 마음을 쓰기에는 너무나도 몸이 약한 것일까?

 마중나온 차가 기다리고 있었다. 유행에 뒤떨어진 대형 다이믈러로서, 늙은 운전 기사가 운전을 하고 있었다. 상쾌하게 맑은 아침이었으므로 20마일의 드라이브를 경감은 즐겁게 생각했으나, 또 한편으로는 부인이 무척이나 먼 곳을 골라서 살고 있는 데 새삼 놀랐다. 그가 시험삼아 운전 기사에게 물어 본 이야기에서 부인에 대해 얻는 바가 있었다.

 "네, 그건 부인께서 아가씨였을 적부터 사시던 집이랍니다. 그분은 가족 중에서 살아계신 단 한분이시니까요. 부인과 남편이신 게들러 씨는 여기를 어디보다도 마음에 들어하셨지요. 물론 주인 어른은 런던에서 자주 오실 수는 없었지만 말입니다. 그렇기 때문에 주인 어른께서 오시는 날이면 두 분은 마치 쌍둥이가 서로 만난 것처럼 반가워하셨답니다."

오래 묵은 성채의 잿빛 벽이 보이기 시작했을 때, 클래독은 마치 과거 속에 있는 듯한 기분이었다.

늙은 바틀러의 마중을 받은 그는 목욕을 하고 면도를 한 다음, 난로에 불이 활활 타오르고 있는 방으로 안내되어 아침 식사 대접을 받았다.

아침 식사가 끝나자, 간호사 제복을 입은 키가 큰 중년 부인이 쾌활하고도 자신만만한 태도로 들어와 맥클랜드라고 자기를 소개하고서 말했다.

"환자가 기다리십니다, 클래독 씨. 부인께서는 당신을 무척 만나 뵙고 싶으신 모양이십니다."

"네, 될 수 있는 대로 흥분하시지 않도록 하겠습니다" 하고 클래독은 약속했다.

"미리 주의를 드리는 편이 좋겠군요. 만나 보시면 깨닫게 되시리라고 생각합니다만, 게들러 부인께서는 여느 사람과 별다른 점은 없으십니다. 말씀도 하시고 또 그것을 기뻐하시지만, 별안간, 정말로 별안간——기력이 없어지시지요. 그러니까 그때는 곧 저를 불러 주세요. 부인은 모르핀으로 그럭저럭 유지하고 계십니다. 거의 하루 종일 주무시지요. 그래서 당신이 오신다는 것을 알았기 때문에 강력한 자극제를 주사해 두었습니다. 그 효력이 없어지면 곧 다시 의식을 잃으실 겁니다."

"잘 알았습니다, 맥클랜드 씨. 그런데 부인의 건강 상태는 어떻습니까? 자세히 들려 주셨으면 합니다. "

"클래독 씨, 부인께서는 위독하세요. 앞으로 몇 주일도 견디시지 못할 거예요. 훨씬 오래 전에 부인은 세상을 떠나셨다고 말씀드리면 놀라실 겁니다만, 정말 그렇답니다. 게들러 부인의 목숨이 지금까지 이어져 온 것은 생명에 대한 부인의 격렬한 기쁨과 애정 때문이에요. 오랜 동안의 투병 생활로 50년이나 되는 동안 집에서 한 걸음도 나가지 않았다고 말씀드리면 매우 이상하게 여기시겠지만, 그게 사실이랍니다. 게들러 부인은 튼튼한 체질은 아니지만——생명에 대한 집착은 남 못지않게 강렬하시지요. "

그녀는 빙그레 웃고 나서 말을 조금 덧붙였다.

"게다가 부인은 아주 매력적이에요. 만나 보시면 아시게 될 거예요. "

클래독은 불이 활활 타오르고 있는 큼직한 침실로 안내되었다. 노부인은 커다란 덮개가 달린 침대에 누워 있었다. 그녀는 레티시아 블랙록보다 7, 8살쯤밖에 더 나이가 들지 않았지만, 쇠약하기 때문에 나이보다 더 늙어 보였다.

"무척 흥미롭군요. 경찰에 계시는 분의 방문을 받다니, 좀처럼 없는 일이에요. 내가 들은 바로는 미스 레티시아 블랙록이 하마터면 큰일날 뻔했다면서요? 상처는 어떤가요, 미스 블랙록은? "

"염려하지 마십시오. 건강하시니까요. 부인께 안부 전해 달라고 하셨습니다. "

"헤어진 뒤로 벌써 퍽 오랫동안 만나지 못했답니다. 그 동안에 겨우 크리스마스 카드를 받았을 뿐이에요. 샬롯이 세상을 떠나서 영국으로 돌아왔을 때 이리로 오라고 그녀에게 말했지만, 시간이 흘러도 슬픔은 사라지지 않는 법이라고 대답해 왔더군요. 그 말이 맞겠지만…… 언제나 블랙키(블랙록을 가리킴)는 생각이 깊은 여자였어요."

그러더니 부인은 불쑥 이렇게 말했다.

"당신은 유산에 관한 것을 물어 보고 싶으신 게 아닌가요? 남편 랜들은 내가 죽은 뒤 재산을 블락키에게 남겨 주라고 했어요. 물론 랜들은 내가 자기보다 오래 살리라고는 꿈에도 생각하지 않았답니다. 남편은 몸이 크고 튼튼해서 단 하루도 앓지 않았어요. 그에 비해 나는 약골이어서 날이면 날마다 의사 선생님의 신세만 지고 있지요."

"어째서 남편께서는 유산을 그렇게 처리하셨을까요?"

"다시 말해서, 어째서 블락키에게 물려 주라는 유언을 했느냐고 당신은 말씀하고 싶으시겠지요? 하지만 당신이 상상하시는 것 같은 이유는 아무것도 없답니다. 어째서 경찰에서는 그런 식으로 생각하실까요? 랜들은 거짓말로도 블락키를 사랑한 일은 없었고, 그녀도 그런 일은 없었어요. 여보세요, 경감님. 레티시아는 결단성 있는 남자 같은 마음을 가지고 있답니다. 여자다운 감정이나 결점 따위는 전혀 가지고 있지 않아요. 다른 남자를 사랑할 만한 성질의 여자가 아니라고 나는 믿어요. 특별히 뛰어나게 아름답지도 않고, 입는 옷만 해도 그다지 마음을 쓰지 않아요. 유행 따위는 아랑곳하지 않는 듯이 화장을 하고 예쁘게 보이려고 생각하는 것 같지도 않았어요."

이렇게 말하고 나서 그녀는 깊이 생각하는 태도로 말했다.

"랜들은 블락키에 대해 마치 동생처럼 생각했다고 봐요. 남편은 그녀의 뛰어난 판단력을 믿고 있었어요. 덕분에 남편은 한 번도 트러블에 휘말려드는 일이 없었답니다."

"분명히 언젠가, 미스 블랙록이 돈 문제로 주인 어른을 구해 드린 일이 있다고 제게 말씀하셨습니다만?"

"그래요, 블락키는 정말 좋은 사람이에요, 난 언제나 그녀를 칭찬해 왔어요, 게다가 블락키 자매가 어렸을 적에는 정말 가엾었답니다, 그녀들의 아버지는 시골의 늙은 의사로 욕심덩어리라고나 할까요, 편협하고 가정에서는 정말로 폭군이었답니다, 레티시아는 집을 뛰쳐나와 런던으로 와서 회계사 공부를 했어요, 그녀의 동생은 병을 앓아서 일종의 장애자였으므로 사람도 만나지 않고 밖에도 나가지 않았지요, 그런 형편이었으므로 아버지가 세상을 떠나자 언니인 레티시아는 집으로 돌아가 동생을 돌보기 위해 모든 것을 체념했어요, 랜들은 열심히 그녀를 말렸지만 어쩔 수 없었어요, 레티시아라는 여자는 일단 자신이 결정한 일은 누가 뭐래도 움직이지 않는답니다."

"그것은 주인 어른께서 돌아가시기 얼마 전의 일인가요?"

"글쎄요…… 3, 4년 전의 일이라고 나는 생각해요, 남편은 그녀가 회사를 그만두기 전에 유언장을 꾸몄는데, 그것을 고치지 않았어요, 남편이 나더러 이렇게 말하더군요――'우리 집엔 육친이 아무도 없군.'――우리 아이는 두 살에 죽었어요――그리고 '우리 두 사람이 죽으면 블락키에게 유산을 물려주는 게 좋겠소, 그녀라면 투자를 해서 잘 이용할 거요.' 그래요, 랜들은 있는 대로 돈을 모두 털어 내기에 걸기를 무척 좋아했어요, 물론 그다지 많은 돈은 아니었지만요, 모험과 스릴과 흥분의 연속이었지요, 게다가 블락키 역시 그걸 아주 좋아했답니다, 그녀도 남편과 마찬가지로 모험심과 육감을 가지고 있었어요, 가엾은 여자, 그런 여자에게는 여자다운 즐거움이라는 것이 없었어요, 틀림없이 사랑을 한다 해도 남자의 역할을 하는 것이 고작이었겠지요, 게다가 가정이나 아기를 갖는다는 인생의 참다운 즐거움도 맛볼 수 없는 거예요."

"부인, 주인 어른께서 미스 블랙록에게 재산을 물려 준 까닭은 육친이 없기 때문이라고 말씀하시지만 그래도 엄밀히 말하면 좀 다르지요. 그렇지 않습니까? 주인 어른에게는 누이동생이 한 분 계시니까요."

"아, 소니아 말인가요? 하지만 두 사람은 여러 해 전에 사이가 나빠 헤어져 버렸답니다."

"주인 어른께서는 누이동생의 결혼을 인정하지 않으신 모양이군요?"

"그렇답니다. 소니아는 결혼했어요. 어떤 남자와——에에, 이름은 ……."

"스탠포디스."

"그렇습니다. 드미트리 스탠포디스. 랜들은 언제나 그 사나이를 사기꾼이라고 말하곤 했어요. 처음부터 마음이 맞지 않았어요, 남편과 드미트리는. 그런데도 소니아는 그 사나이에게 홀딱 반해서 결혼하려고 결심하고 말았답니다. 나에게는 그 동안의 사정이 잘 이해되지 않았습니다만. 게다가 사나이란 이런 일에 묘한 생각을 갖고 있더군요. 소니아는 이미 소녀가 아닙니다. 25살이었으니까요. 자기가 할 일쯤은 잘 알고 있었을 거예요. 분명히 그 남자는 사기꾼이었어요, 글자 그대로. 난 전과쯤은 있다고 보아요. 그리고 랜들은 드미트리라는 이름까지 가짜라고 의심하고 있었어요. 소니아는 모든 것을 알고 있었어요. 하지만 이 점——드미트리는 여성에게는 매우 매력있는 사나이라는 것을 랜들은 깨닫지 못했던 거지요. 그리고 드미트리와 소니아는 서로 깊이 사랑하는 사이였던 것입니다."

"그래, 한 번도 화해하지 않았습니까?"

"그렇답니다. 랜들과 소니아의 사이는 잘 되어 가지 않았어요. 소니아는 랜들이 결혼을 반대한 것에 성을 내어 '잘 알았어요! 오빠는 정말 미워요! 이제는 절대로 만나지 않겠어요'라고 했어요."

"그렇지만 그것이 마지막은 아니었을 테지요?"

부인은 빙그레 웃었다.

"그래요. 그로부터 1년 반쯤 지나서 나는 편지를 받았어요. 아마 부다페스트에서 온 것이었다고 여겨지는데 주소는 씌어 있지 않았어요. 매우 행복하며 쌍둥이를 낳았다고 랜들에게 전해 달라는 사연이었어요."

"그래, 그 아이들의 이름을 알려 왔던가요?"

이번에도 부인은 미소를 지었다.

"마침 정오에 태어났기 때문에 피프와 에마라고 부를 생각이라고 했어요. 하지만 그것은 농담이었는지도 모르지요."

"그런 뒤로는 편지가 없었습니까?"

"그렇답니다. 그녀는 남편과 아이들과 함께 미국에 잠깐 들르겠다고 했지만, 그 다음에는 한 번도……."

"그 편지는 이제 갖고 계시지 않으시겠지요?"

"글쎄요, 아마 없을 거예요……. 난 그 편지를 랜들에게 읽어 주었지요. 그랬더니 그는 투덜거리는 것이었어요——'소니아는 그 사나이와 결혼한 것을 언젠가는 후회할 거요'라고요. 그렇게 말했을 뿐이에요. 그런 뒤로 우리는 소니아의 일을 까맣게 잊어버리고, 그녀는 우리의 생활에서 떨어져 나가고 말았답니다."

"그렇지만 그런데도 주인 어른께서는 미스 블랙록이 부인보다 먼저 돌아가신 경우에 누이동생의 아이들에게 재산을 물려 주도록 하셨습니까?"

"아, 네. 그것은 내가 그랬어요. 남편이 유언장에 관해 나에게 이야기해 주었을 때 나는 이렇게 말했어요——'그런데 만약 블랙키가 나보다 먼저 죽으면 어떻게 하지요?'라고요. 남편은 몹시 놀라는 듯한 표정이었어요. 그래서 또 내가 '그야 뭐, 나도 있으니까요.' 그러자 남편은 '아무도 없지 않소, ——정말 아무도 없어.' 그래서 나는 '그럼, 소니아의 아이들에게 주면 어때요?' 라고 했지요. '피프와 에마, 게다가 더 많이 낳았는지도 모르니까요.'——남편은 뭐라고 투덜투덜했지만 그렇게 덧붙여 썼답니다."

"그뒤로 오늘날까지 부인께서는 소니아의 아이들에 대해 아무것도 못 들으셨습니까?"

"네, 아무것도요. 그 사람들은 이미 죽어 버렸는지도 몰라요. 아니면 아직 살아 있을지도 모르고요, 어디엔가."

치핑 클레그혼에 있을지도 모른다고 클래독은 마음 속으로 중얼거렸다.

그러나 부인은 마치 클래독의 마음 속을 알아차린 것처럼 눈에 놀라움을 띠었다.

"그 사람들이 블락키를 해치지 않도록 해주세요. 블락키는 좋은 여자예요. 정말 착한 사람이에요. 경감님, 제발 해치지 않게 해주세요. 블락키를 지켜 주세요……."

갑자기 부인의 목소리는 길게 꼬리를 끌며 그녀의 입이며 눈께에 잿빛 그림자가 덮이는 것을 클래독은 느꼈다.

"지치셨군요, 전 그만 가겠습니다."

부인은 고개를 끄덕였다.

"맥을 보내 주시겠어요……? 어쩐지 피로해서……." 부인은 힘없이 손을 움직였다. "블락키를 지켜 주세요, 블락키의 몸에 어떤 일도 일어나서는 안 돼요. 제발 블락키를……."

"있는 힘을 다하겠으니 마음 놓으십시오, 게들러 부인."

그는 일어나 문 쪽으로 걸어갔다.

"내 목숨도…… 오래 견디지 못해요……. 그녀에게 위험이…… 주의해 주세요⋯⋯. ”

부인의 가느다란 실 같은 목소리가 경감의 뒤를 쫓아왔다.

그로부터 잠시 뒤 클래독은 간호사에게 물었다.

"부인께 옛날 사진을 갖고 계신지 여쭈어 볼 겨를이 없었는데요——
—혹시⋯⋯ ? ”

"글쎄요, 그런 것은 없으리라고 생각해요. 부인은 사무서며 사진
같은 것은 전쟁이 시작되자 곧 런던의 집에서 가구 따위와 함께 창
고에 맡기셨으니까요. 그 무렵은 병환이 아주 심할 때였답니다. 그
뒤 그 창고가 폭파되고 말았어요. 부인은 숱한 기념품이며 편지류
가 없어져 버려서 아주 슬퍼하고 계셨지요. 그러니까 그런 것은 없
으리라고 생각합니다. ”

그러나 클래독은 이 여행이 결코 헛된 것은 아니었다고 생각했다.
피프와 에마, 이 쌍둥이는 엄연히 실제로 있는 것이다.

# 감미로운 죽음

## 1

리틀 패독스의 부엌에서 블랙록은 미치에게 여러 가지를 이르고 있었다.

"됐어, 정어리 샌드위치는 토마토와 똑같이 해. 그리고 이 작은 스콘은 맛있게 만들어야 해. 그럼, 다음은 미치가 만들 스페셜 케이크로군. 맛있게 솜씨를 발휘해 봐."

"파티가 있군요? 그래서 여러 가지로──"

"그래, 돌라의 생일이야. 그래서 손님을 초대했어."

"하지만 미스 배너 정도의 나이가 되면 누구나 생일은 차리지 않게 되는데요. 잊는 편이 좋을 거예요."

"그렇군. 하지만 그녀는 잊고 싶지 않을 거야. 모두들 선물을 가져다 줄 것이고──게다가 조촐한 파티를 연다는 것은 멋지잖아?"

"그렇지만 요전에 말씀하셨잖아요, 반드시 무슨 일인가가 일어난다고요!"

블랙록은 노여움을 누르고 말했다.

"걱정하지 마. 아무 일도 일어나지 않을 테니까."

"그렇지만 이 집에서 아무 일도 일어나지 않는다고 어떻게 아실 수 있어요? 아침부터 밤까지 전 겁이 나서 어쩔 줄 모르고, 밤이 되면 제 방을 잠그고 누가 숨어 있지나 않을까 하여 옷장 안을 살펴본답니다."

"글쎄, 조심은 해야겠지" 하고 블랙록은 대수롭지 않게 말했다.

"저, 스페셜 케이크라고 하셨지만——"

"특별히 맛있게 만들어야 해."

"특별히 맛있게라니요, 무리예요! 그런 과자는 도저히 만들지 못해요, 첫째, 초콜릿이며 버터를 듬뿍, 그리고 설탕과 건포도가 드는걸요."

"좋아. 미국에서 보내온 버터를 쓰도록 해. 그리고 건포도는 크리스마스 용이 조금 있고 초콜릿과 설탕도 1파운드쯤은 있으니까."

미치는 기분이 매우 좋아져서 외쳤다.

"어머나, 그래요? 그렇다면 전 단연코 기가 막히게 맛있는 것을 만들겠어요, 단연코 기막힌 것을 말이에요." 그녀는 기뻐 어쩔 줄 몰라했다. "맛있게, 맛있게. 특별히 맛이 있을 거예요! 그리고 케이크의 꼭대기에다 초콜릿의 옷을 입혀 예쁘게 꾸미겠어요, 그리고 '행복이 있으라'라고 쓰겠어요. 영국 사람은 마치 모래 같은 과자만 먹었을 뿐 틀림없이 이런 기막힌 과자를 먹어 본 적은 없을 거예요, '야, 맛있어!' 하고 모두 말할 거예요, 멋지다고요!" 미치의 얼굴은 다시 어두워지며 덧붙여 말했다.

"패트릭 씨는 제 과자를 '감미로운 죽음'이라고 부르는걸요, 제가 만든 과자를 말이에요! 전 그렇게 불리고 싶지 않아요!"

"미치, 그건 칭찬하는 말이야" 하고 블랙록은 말했다. "패트릭은 말야, 미치가 만든 케이크를 먹으면 죽어도 좋다는 뜻으로 그렇게 말하는 거야."

2

"허허허!"

파티에 초대된 사람들이 응접실 테이블을 둘러싸고 자리에 앉았을 때, 패트릭은 장난기어린 목소리로 연극처럼 외쳤다.

"내 눈 앞에 있는 것이 무엇이뇨? 오, '감미로운 죽음'!"

"쉿!" 블랙록이 어쩔 줄 모르며 말했다. "미치에게 들리겠어. 저 아이는 네가 그런 이름을 붙인 걸 아주 싫어해."

"그렇지만 말입니다, 아무래도 이것은 '감미로운 죽음'이에요! 이건 배너 아주머니의 생일 축하 케이크입니까?"

"그래. 난 아주 훌륭한 생일을 맞을 수 있지 뭐냐?" 하고 배너가 말했다.

그녀의 뺨은 흥분되어 붉은 빛을 띠고 있었다.

이스터브룩 대령은 조그마한 과자 상자를 그녀에게 건네 주고는 고개를 조금 숙여 인사하며 낭독했다.

"아름다운 물건을 아름다운 부인에게!"

줄리아는 머리를 홱 돌려 블랙록을 향하여 이맛살을 찌푸려 보였다.

테이블 위의 음식이 구석구석까지 고루 차려지고 크래커가 한 바퀴 돌자, 모두 자리에서 일어났다.

"난 기분이 좀 나빠졌어. 저 케이크 때문에. 분명히 지난 번에도 그랬어" 하고 줄리아는 말했다.

"하지만 그 가치는 충분해" 하고 패트릭이 대꾸했다.

"설탕 과자에 대해서는 정말 외국인이 잘 알아요, 하지만 산뜻하게 거품이 이는 푸딩은 만들 수 없나 보지요" 하고 힌치리피가 말했다.

모두들 조심스럽게 잠자코 있지만 '누구 산뜻하게 거품이 이는 푸딩이 필요하신 분은 안 계십니까' 하고 패트릭이 말을 꺼내지나 않을까 하고 그의 입술에 신경을 모으고 있는 것 같았다.

"새로운 정원사를 두셨나요?"

모두가 응접실로 돌아왔을 때 힌치리피가 블랙록에게 물었다.

"아니오, 그런데 왜요?"

"닭장 부근에 남자가 서성거리는 것을 보았기 때문이에요. 점잖은 표정을 한, 얼른 보기에 군인 타입이었어요."

"아, 네. 그 사람——그 사람이라면 우리의 탐정이에요" 하고 줄리아가 대답했다.

이스터브룩 부인이 저도 모르게 핸드백을 떨어뜨렸다.

"탐정이라니요! 탐정은 또 어떤 일이지요?" 하고 그녀는 외쳤다.

"그런 건 전 몰라요. 그 사람은 여기저기 서성거리면서 이 집을 감시하고 있는 거예요. 틀림없이 레티 아주머니를 지키고 있는 거라고 생각해요."

"정말 의미없는 일이에요. 나는 고맙게도 내 몸쯤은 지킬 수 있으니까요" 하고 블랙록은 말했다.

"하지만 사건은 이미 완전히 끝났잖아요? 그런데도 어째서 그 사람들은 검시를 연기했을까요?" 하고 이스터브룩 부인이 다시 말했다.

"경찰에서 아직도 의문을 갖고 있는 거지. 그게 그 이유요."

"하지만 뭐가 의문이라는 거지요?"

이스터브룩 대령은 그 질문에 대답할 말이 너무 많아서 그 가운데 어떤 것을 골라야 할 것인지 모르겠다는 태도로 머리를 저어 보였다. 대령을 싫어하는 에드먼드가 옆에서 말참견을 했다.

"결국 그 진상은 말입니다, 우리 모두에게 혐의가 걸려 있기 때문입니다."

"하지만 무슨 혐의를?" 이스터브룩 부인이 되물었다.

"걱정하지 않아도 돼, 여보" 하고 그녀의 남편이 말했다.

"살의를 품고 대기하고 있다는 거지요. 그 살의는 기회가 있기만 하면 살인할 생각이랍니다." 에드먼드가 말했다.

"아, 그런 말 하지 말아요, 제발 하지 마세요, 스웨테남 씨." 돌라 배너가 소리지르기 시작했다. "내가 좋아하는 레티를 죽이려고 생각하는 사람은 여기에 아무도 없기 때문이에요!"

뭐라고 해야 좋을지 알 수 없을 것 같은 무시무시한 순간이었다.

"그냥 해본 농담입니다." 에드먼드는 얼굴이 벌게져서 들릴 듯 말 듯하게 중얼거렸다. 필리퍼가 "6시 뉴스를 듣지 않으시겠어요?" 하고 높고 맑은 목소리로 제안했다.

모두들 살았다는 듯이 그 말에 찬성했다.

패트릭은 줄리아에게 속삭였다.

"하몬 부인이 계셨더라면 좋았을걸. 그녀였다면 높고 쨍쨍한 목소리로 반드시 이랬을 거야——'하지만 여러분 중 누군가가 당신을 죽이려고 기회가 오기를 기다리고 있는 게 아닐까요? 그렇지요, 미스 블랙록?' 하고 말이야."

"난 말예요, 그 미스 마플이 오시지 않은 것을 레티 아주머니를 위해서 기쁘게 생각하고 있어요. 그 노부인은 아주 깊이 파고들기를 좋아하거든요. 게다가 그 분의 마음은 동굴처럼 뭐가 들어 있는지 도무지 알 수가 있어야지요. 마치 빅토리아 왕조 시대의 사람 같아요."

모두들 뉴스를 들으면서 이야기는 저절로 핵 전쟁의 전율을 둘러싸고 활발한 의논을 주고받게 되었다. 이스터브룩 대령은 문명국에 대하여 진정 위협적인 것은 러시아라고 잘라 말했다. 그에 대해 에드먼드는 진심으로 친밀하게 생각하는 두서너 명의 러시아 인 친구가 있다고 응수했다. 그러나 그 말은 쌀쌀하게 받아들여졌다.

미스 블랙록에게 감사하다는 인사말이 되풀이되고 파티는 끝났다.

"즐거웠어, 돌라?" 하고 블랙록은 마지막 손님을 배웅하고 나자 말했다.

"응, 그래. 정말 즐거웠어. 하지만 난 골치가 아파. 아마 흥분한 탓인가 봐."

"과자 때문이야. 난 좀 과식한 것 같구먼. 게다가 돌라는 오늘 아침에 초콜릿을 먹었으니까."

"난 눕고 싶어. 아스피린을 두 알 먹고 푹 자야겠어" 하고 미스 배너는 말했다.

"그게 좋겠어" 하고 블랙록이 말했다.

미스 배너는 2층으로 올라갔다.

"오리 우리의 문을 닫아 드릴까요, 레티 아주머니?"

블랙록은 패트릭을 흘겨보았다.

"네가 문을 단단히 걸어 주면 좋겠구나."

"염려 마세요, 걸어 드릴 테니" 하고 패트릭은 말했다.

"세리 주를 한 잔 하시지 않겠어요, 레티 아주머니?" 하고 줄리아가 말했다. "나이 든 간호사는 곧잘 말하지요──'이것은 당신의 위를 진정시킨답니다.' 지긋지긋한 말투예요. 하지만 이런 때에는 딱 들어맞아요."

"그렇구나. 이것은 틀림없이 좋은 일이야. 하지만 너무 과분해. 어머나! 왜 그래, 돌라? 놀라게 하지 마. 왜 그래?"

"내 아스피린이 보이지 않아." 미스 배너는 걱정스럽게 말했다.

"괜찮아, 내 것을 먹어. 내 침대 옆에 있으니까."

"내 화장대에 병이 있어요" 하고 필리퍼도 말했다.

"미안해──고마워. 내 것을 찾지 못한다면…… 하지만 틀림없이 어딘가에 있을 거라고 생각해. 새 병인데 어디에 놓았을까?"

"욕실에 많이 있어요" 하고 줄리아가 답답한 듯이 말했다. "이 집은 온통 아스피린으로 만들어졌는걸요."

"정말로 난 조심성이 없어. 그런 걸 어디에 두었는지 잊다니 슬픈 일이야."

배너는 2층으로 올라가면서 그렇게 대답했다.


### 3

"필리퍼, 나 당신한테 할 이야기가 좀 있는데."

"뭐지요, 미스 블랙록?" 필리퍼 헤임스는 조금 놀란 듯이 눈을 들며 말했다.

"당신은 무언가 걱정거리가 있는 거 아니에요? 어때요?"

"걱정거리요?"

"요즘 당신은 걱정스러운 표정이에요. 무슨 난처한 일이라도 있는 것 아니에요, 응?"

"어머나! 그렇지 않아요, 미스 블랙록. 하지만 걱정스러워 보이나요?"

"그래요? 난 그냥 걱정이 되어서. 난 말이지, 틀림없이 당신과 패트릭이──"

"패트릭이라니요?"

필리퍼는 진정으로 몹시 놀랐다는 표정이었다.

"그럼, 그렇지 않았군. 당신에게 실례되는 말을 해서 미안해요. 그렇지만 당신은 우리와 고생을 함께 해 왔고 게다가 패트릭은 내 친척이니까요. 난 솔직히 말해서 그 아이는 어엿한 남편이 될 만한 타입이라고는 생각하지 않아요, 그런 것은 금방 알게 되겠지만."

필리퍼의 표정은 굳어지며 차가워졌다.

"난 재혼 같은 건 생각해 보지도 않았어요."

"하지만 언젠가는 할 거예요, 당신은 젊으니까요, 하지만 그런 이야기는 아무래도 좋아요, 그다지 귀찮은 일은 아니에요, 그리고——당신, 어렵지 않아요? 이를테면 돈에 대해서라든가."

"어머나! 그런 걱정은 하실 것 없어요."

"하지만 언제나 당신이 아이의 교육을 걱정하는 것을 나는 잘 알아요, 당신에게 할 이야기가 있다고 한 것은 바로 그 일에 대한 거예요, 오늘 오후 베딩펠드 변호사를 만나러 밀체스터까지 자동차로 갔었어요, 어쩐지 요즘 마음이 차분하지 못해요, 그래서 새로운 유언장을 꾸며두는 편이 좋다고 생각했지요, 뜻하지 않았던 사건을 생각해서 말이에요, 돌라의 몫은 별도로 하고 나머지는 모두 당신에게 물려 주도록 했어요, 필리퍼."

"어머나, 뭐라구요!"

필리퍼는 까무러칠 정도로 놀랐다. 눈을 커다랗게 뜨고 그녀는 마치 위협이라도 당한 것처럼 굳어져 버렸다.

"그렇지만 전 그런……. 정말 괜찮아요, 아아, 전 오히려——하지만 어째서요? 어째서 저에게 주시지요?"

"저, 말이에요……" 블랙록은 정색을 한 목소리로 말했다. "아무도 없기 때문이에요."

"하지만 패트릭과 줄리아가 있잖아요?"

"그야 있긴 있어요." 블랙록의 목소리에는 아직도 딱딱한 말투가 남아 있었다.

"그 사람들은 당신의 친척이잖아요?"

"하지만 아주 먼 사이예요, 그러니까 저 애들은 나에게 유산을 청구할 권리가 없어요."

"그렇지만 전…… 저에게도 없어요. 당신이 무얼 생각하고 계시는지 전 도무지 모르겠어요. 아, 전 필요없어요……."

필리퍼는 고맙다기보다도 오히려 적의를 담아 블랙록을 뚫어지게 보고 있었다. 그녀의 태도에는 무언가 두려워하고 있는 듯한 데가 있었다.

"난 말이에요, 내가 어떤 일을 하고 있는지 잘 알고 있어요. 필리퍼, 난 당신이 좋아졌어요. 게다가 당신에게는 아이가 있고……. 만약 내가 죽으면 유산은 뻔한 것이지만 앞으로 몇 주일 지나면 아주 달라지리라고 생각해요."

눈과 눈이 세차게 부딪쳤다.

"하지만 당신은 죽을 리 없어요!" 하고 필리퍼는 분명하게 잘라 말했다.

"조심하고 있으면……"

"조심이라고요?"

"아, 이젠 됐어요……. 더 이상 끙끙 앓아 본다 해도 소용이 없어요."

블랙록은 그렇게 말하자 방에서 나갔다.

필리퍼의 귀에 블랙록이 홀에서 줄리아와 무언가 이야기하고 있는 것이 들렸다.

그리고 조금 뒤에 줄리아가 응접실로 들어왔다.

줄리아의 눈에는 희미하게 면도칼 같은 빛이 있었다.

"꽤나 잘했더군요, 필리퍼. 당신은 아무런 관계도 없는 줄로 생각했는데…… 다크 호스군그래."

"그럼 들었군요, 당신은?"

"네, 들었어요. 하지만 그게 사실이라면 내가 받을 차례예요."

"그것은 어떤 뜻이지요?"

"우리 아주머니는 바보가 아니에요. 그래요. 당신은 괜찮아요, 필리퍼. 마음 푹 놓았지요? 그렇지 않아요?"

"어머나, 줄리아. 난 그런 생각은…… 결코 그런 생각이 아니었어요."

"그렇지 않았다고요? 물론 그럴 생각이었어요. 당신은 아주 어려우니까 말예요. 무엇보다도 돈이 필요하잖아요? 하지만 이것만은 알아 두는 게 좋아요, 지금 레티 아주머니가 살해되면 용의자 제1호는 당신이라는 걸 말예요."

"그런 일은 없을 거예요. 지금 그녀를 죽인다는 것은 어리석은 짓이에요. 그렇게 하려면 조금 더 기다려서――"

"그럼, 당신은 알고 있었군요? 스코틀랜드에서 죽어 가고 있는 뭐라던가 하는 부인에 관한 것, 그렇지요? 그렇다면 필리퍼, 당신은 진짜 다크 호스였군."

"난 당신이나 패트릭을 배신하는 짓은 하고 싶지 않아요."

"그럴까요? 하지만 난 당신을 믿지 않아요."

# 돌아온 클래독 경감

돌아오는 길에 클래독 경감은 편히 잠들 수 없는 하룻밤을 지냈다. 그가 꾼 꿈은 꿈이라기보다는 악몽에 가까운 것이었다. 꿈 속의 그는 어떻게 하든지 빠져나가서 무언가를 막으려고 절망적으로 몸부림치면서 고성 속의 복도를 몇 번이나 되풀이 뛰어가는 것이었다. 그러다가는 결국 눈을 뜨곤 하는 것이었는데, 그것도 역시 꿈이었다. 그는 꿈 속에서 휴우 가슴을 내리쓸었다. 그러자 콤파트먼트의 문이 소리도 없이 열리고 얼굴에서 피를 흘리며 레티시아 블랙록이 들여다보았다.

"사람 살려요! 사람 좀 살려요!"

이번에는 정말로 눈을 번쩍 떴다.

아무튼 클래독 경감은 밀체스터에 닿을 수가 있었으므로 그것이 무엇보다도 기뻤다. 그 길로 곧장 그는 서장에게 보고하러 갔다. 라이데스데일은 그의 보고에 귀를 기울였다.

"뭐, 대단한 일은 없었군." 라이데스데일 서장은 말했다. "그렇지만 블랙록의 말을 뒷받침하고 있군. 피프와 에마라…… 과연 그래."

"패트릭과 줄리아 시몬스가 꼭 그 나이 또래입니다. 그래서 블랙록이 피프와 에마가 어렸을 적부터 만나지 않은 것을 확인할 수만 있다면——"

라이데스데일은 소리 죽여 웃었다.

"우리들의 친구 미스 마플이 그것을 확인해 주었네. 실제로 블랙록은 두 달 전까지 둘 다 만난 일이 없었어."

"그럼, 확실히——"

"아무래도 간단하게 안 되는군, 클래독. 우리는 신원을 조회하고 있는데 얻은 것에 의하면 패트릭과 줄리아는 분명히 혐의 권외가 될 것 같아. 패트릭이 해군에 있던 시절의 기록도 틀림없네. 이런 기록은 반발할 여지가 없으니까 말일세. 칸느에도 조회해 보았지만, 시몬스 부인은 무섭게 성이 나서 자기의 아들과 딸은 치핑 클레그혼에 있는 오촌 레티시아 블랙록에게 맡겨 두었다는 회답이었네. 이게 전부라네."

"그래, 정말로 시몬스 부인일까요?"

"오랫동안 시몬스 부인으로 통해 왔다고 할 수 있는 정도가 고작이야" 하고 라이데스데일은 차갑게 말했다. "플레처 형사부장은 어떻습니까?"

"아, 플레처는 상당히 활발하게 하고 있네. 블랙록의 양해를 얻어서 집 안을 두루 조사하고 있네. 그러나 아직 이렇다 할 만한 것은 포착하지 못했다네. 그리고 그 문에 기름을 칠할 만한 기회가 있는 사람을 조사하고 있지. 그 외국 처녀가 외출한 날, 집에 남아 있던 사람도 조사하고 있네. 생각했던 것보다 좀 귀찮아. 그 미치라는 처녀는 오후엔 거의 나가 돌아다니니까 말이야. 거리에 곧잘 나가서는 블루버드에서 커피를 마신다네. 게다가 미스 블랙록과 미스 배너는 검은 딸기를 따러 오후에 대개 나가 있곤 하니까 정말 더없이 좋은 기회지."

"그래, 문은 언제나 잠겨 있지 않나요?"

"그렇다네. 지금은 그렇지 않을 거라고 생각하네만."

"플레처의 수확은 어떻습니까? 집이 텅 비었을 때 들어온 사람은 누구인가요?"

"사실인즉 그들 모두였다네."

라이데스데일은 서류를 뒤적이면서 말을 이었다.

"마거트로이드는 알을 품게 하기 위해 암탉을 가지고 왔네. 그녀가 하는 말은 전혀 엉망진창이었어. 그녀의 이야기는 앞뒤가 맞지 않아 종잡을 수가 없고 모순투성이였지만, 그것은 오직 겁쟁이이기 때문이지 범죄 탓이 아니라고 플레처는 생각한 모양이야. 그리고 스웨테남 부인이 말에게 먹일 먹이를 가지러 왔네. 그날 블랙록은 자동차를 타고 밀체스터에 갔기 때문에 부엌 식탁 위에 말먹이를 두고 나갔지. 그녀는 언제나 스웨테남 부인의 말먹이를 받아 두곤 한다네. 뭔가 느껴지는 일이라도 있나?"

클래독은 골똘히 생각에 잠겼다가 말했다.

"어째서 블랙록은 밀체스터로 가는 길에 스웨테남 부인의 집 앞을 지나면서 말먹이를 가져다 주지 않았을까요?"

"글쎄, 모르겠군. 스웨테남 부인의 말에 의하면 미스 블랙록은 언제나 말먹이를 부엌 식탁 위에 놓고 나가고, 스웨테남 부인은 미치가 버릇없이 굴기 때문에 그녀가 나가고 없을 때를 짐작해서 가지러 온다고 하더군."

"이야기가 아주 이론이 정연하군요. 그래, 다음은?"

"힌치리피, 그녀는 최근 전혀 그 집에는 가지 않았다더군. 그런데 갔더란 말이야. 어느 날 힌치리피가 옆문으로 들어오는 것을 미치가 보았고, 배트 부인도 보았다네. 힌치리피도 나중에는 갔을는지도 모르지만 잊어버렸노라고 억지로 인정했지만 말일세. 무슨 일로 갔는지 기억하고 있지 않아. 틀림없이 문득 생각이 나서 찾아갔으리라는 것이었지."

"수상하군요."

"응, 분명히 그녀의 태도는 수상해. 그리고 이스터브룩 부인이 있네. 애견을 길들이는 도중인데 블랙록에게 편물 스타일 책을 빌리려고 들어갔더니 블랙록이 집에 없어서 잠시 기다렸다고 말하더군."

"그렇군요. 몰래 집 안을 돌아다니는 짓 정도는 했을지도 모르겠군요. 어쩌면 문에 기름을 쳤는지도 모릅니다. 그리고 대령은 어떻습니까?"

"블랙록이 인도에 대한 책을 읽고 싶다기에 어느 날 그 책을 가져다 주었다는 걸세. 그리고 에드먼드 스웨테남이 갔는지 어떤지는 알 수 없어. 아무튼 멍하니까 말야. 어머니의 심부름으로 이따금 안에 들어갔노라고 했지만, 최근에는 가지 않은 모양일세."

"정말 요령을 얻을 수가 없군요."

"응. 그리고 미스 마플도 제법 활약하고 있네. 아침 커피도 블루버드에서 마셨고, 바울더스에서는 셰리 주, 게다가 리틀 패독스에 차를 마시러 갔다고 플레처는 보고하고 있네. 그리고 스웨테남 부인의 정원을 둘러봤는가 하면 이스터브룩 대령의 인도 기담을 들으러 들르기도 하고 말일세."

"이스터브룩 대령이 진짜인지 가짜인지쯤은 그녀에게 이야기 들을 수가 있겠군요."

"그녀라면 알 수 있으리라고 나도 생각하지만 아마 진짜일 걸세. 대령이 동일한 인물인가 어떤가를 조사하기 위해 극동의 관리에게 조회했는데 말야."

그때 순경이 하나 들어왔다.

"치핑 클래그혼의 레그 순경으로부터 전화입니다."

"여기로 연결해 주게."

라이데스데일 서장을 뚫어지게 보고 있던 클래독은 서장의 표정이 딱딱하게 굳어 가는 것을 역력히 알 수 있었다.

"알았네." 라이데스데일은 큰 소리로 말했다. "곧 클래독 경감이 그리로 갈 걸세."

그는 수화기를 내려놓았다.

"미스 블랙록이──"

클래독 경감은 말을 하려다가 끊었다.

라이데스데일 서장은 고개를 저으며 말했다.

"아닐세. 돌라 배너가 아스피린을 먹었다네. 레티시아 블랙록의 침대 옆에 있던 병에서 꺼냈다는군. 병에는 겨우 몇 알밖에 남아 있지 않았었다네. 미스 배너는 두 알을 꺼내고 한 알을 남겨 두었다는군. 의사가 남은 아스피린을 분석했는데, 틀림없이 아스피린이 아니었다고 한다네."

"미스 배너는 죽었습니까?"

"그렇다네. 오늘 아침 침대에서 죽어 있는 것이 발견된걸세. 자다가 죽은 거지. 건강 상태는 좋지 않았지만 자연사라고는 생각할 수 없다고 의사는 말하고 있네. 진단은 마취성 독약이라네. 오늘 저녁에 검사를 해야지."

"레티시아 블랙록의 침대 옆에 있던 아스피린…… 무섭도록 교활하고 고약한 놈이로군. 블랙록이 절반쯤 남아 있는 셰리 주 병을 버리고 새로운 병을 땄다고 패트릭이 나에게 이야기했었습니다. 하지만 약이 남아 있는 아스피린 병을 버린다는 건 나로서는 생각할 수 없군요. 어제나 그저께 사이에 그 집에 있던 사람은 누구누구입니까? 아스피린 정제가 오래 전부터 있었다고는 생각되지 않으니까요."

라이데스데일은 그를 바라보며 말했다.

"어제는 모두들 그 집에 있었지. 돌라 배너의 생일 파티가 있었거든. 그 사람들 가운데 누군가가 2층으로 올라가 재빨리 아스피린을 바꾸어 놓을 수도 있었을 것이고, 물론 그 집 사람들이었다면 그런 일쯤은 언제라도 할 수 있으니까."

# 앨범

목사관 문가에서 외투를 단단히 입은 마플은 번치의 손에서 편지를 받아들었다.

"미스 블랙록에게 전해 주세요." 번치는 이렇게 말했다.

"줄리앙이 자기가 직접 갈 수 없는 것을 매우 유감스럽게 생각하고 있다고 해주세요. 로크 햄릿의 교구민이 죽었답니다. 그러니 미스 블랙록이 그를 만나고 싶다고 하시면, 점심 식사를 끝낸 뒤 줄리앙이 들르도록 말하겠어요. 이 편지에는 장례에 대한 의논이 씌어 있어요. 만약 검시가 화요일에 있게 되면, 수요일이 좋을 거라고 주인께서 말씀하시더군요. 아, 가엾은 미스 배너. 다녀오세요, 아주머니. 너무 많이 걷지 마세요. 전 곧 아이를 데리고 병원에 가야만 한답니다."

마플이 많이 걷지 않겠다고 대답하자 번치는 급한 걸음으로 사라져 갔다.

블랙록을 기다리는 동안 마플은 응접실을 둘러보았다. 블루버드에서 배너를 만난 날 아침, 패트릭이 전기를 끄기 위해 램프에 무언가 장난을 했다는 것은 어떤 의미일까 하고 그녀는 생각해 보았다. 어떤 램프일까? 그리고 패트릭이 어떤 장난을 했을까?

그것은 아마도 아치 곁에 있는 테이블 위에 놓인 작은 램프일 것이라고 마플은 생각했다. 분명히 배너는 목자니, 양치기 여자니 하고 말했다. 그 램프는 틀림없이 드레스덴 제의 화사한 도기로 만들어져 있는 파란 윗옷과 핑크빛 바지를 입은 목자였다. 이것은 본디 촛대였던 것을, 전기를 켤 수 있게 개조한 것이었다. 전등갓은 송아지 가죽으로 만들어졌으며, 조금 컸기 때문에 인형이 거의 덮여 보이지 않았다. 그밖에 돌라 배너가 무슨 말을 했더라? ——"그것은 양치기 여자의 램프이지 목자가 아니었으니까요. 전 똑똑히 기억하고 있어요, 그 이튿날——" 분명히 지금 보면 이것은 목자이다.

마플은 번치와 함께 차를 마시러 블랙록을 찾아왔을 때, 돌라 배너가 한 쌍으로 된 램프에 대해서 무언가 말하던 것이 생각났다——목자와 양치기 여자가 한 쌍이 되어 있는 램프를 말하는 것이다. 그리고 그 사건이 일어난 날은 양치기 여자였는데——그 이튿날 아침은 램프가 하나밖에 없었다——지금 여기에 있는 것은 목자의 램프였다. 램프는 그날 밤 안에 바꿔쳐진 것이다. 그리고 돌라 배너는 그것이 패트릭의 짓이라고 믿을 만한 이유를 가지고 있었던 것이다(아니면 이유 따위는 없이 그냥 믿고 있었던 것일까?) 어째서? 바뀐 램프를 조사할 수 있다면 어떻게 해서 패트릭이 '전기가 꺼지도록' 장난을 했는지, 그 까닭을 확실히 알 수 있을 것이다. 그는 어떻게 장난을 했을까? 마플은 자기의 눈 앞에 있는 램프를 열심히 바라보았다. 프렉스가 테이블 끝을 따라 달리다가 벽 속으로 들어가 있었다. 그 프렉스 중간에 작은 배〔梨〕 모양의 스위치가 있었다. 그럼 양치기 여자의 램프는 어디로 갔는가? 손님용으로 마련되어 있는 예비방에 있을까, 아니면 내다 버렸을까? 또는 배너가 깃털과 기름이 담긴 컵을 들고 있던 패트릭과 딱 마주쳤다는 곳에라도? 그 관목 숲 속에? 마플은 이러한 점을 남김없이 클래독 경감에게 이야기해야겠다고 생각했다.

처음부터 블랙록은 패트릭이 그 살인 예고가 실린 이면에 있다고 생각하고 있었던 것이다. 이렇게 말한 직감은 곧잘 맞는 법이다. 마플은 그렇게 믿고 있었다. 인품만 잘 알고 있다면, 그 사람이 어떤 생각을 갖는 법인지 잘 알 수 있기 때문이다.

패트릭 시몬스······.

잘생긴 젊은 사나이, 약혼 중인 젊은 사나이, 젊은 여자든 노부인이든 떠들어 댈 만한 젊은 사나이. 아마 랜들 게들러의 누이동생이 결혼한 것도 이러한 남자일 것이다. 패트릭 시몬스는 피프일 수 있을까? 그러나 패트릭은 전쟁 중 해군에 있었던 것이다. 경찰이라면 곧 그것을 조사할 수 있을 것이다······.

──그러나 때로는 생각할 수 없을 만한 변장도 있게 마련이다. 배짱만 있으면 멋지게 해치울 수 있을 것이다.

문이 열리고 블랙록이 들어왔다. 갑자기 나이를 먹어 버린 듯하다고 마플은 문득 생각했다. 생명과 에너지가 소모되어 버린 것이다.

"이렇게 실례해서 정말 죄송해요" 하고 마플이 입을 열었다. "교구 목사이신 줄리앙 하몬 씨는 교구 사람이 세상을 떠났기 때문에, 그리고 번치는 아이가 아파서 급히 병원에 가야 하기 때문에 찾아뵙지 못했어요. 그래서 목사님은 당신께 편지를 써 보내셨습니다."

그렇게 말하고 편지를 내밀었다. 블랙록은 그것을 받아들고 봉투를 뜯었다.

"부디 앉으세요, 미스 마플. 일부러 이렇게 가져다 주시다니 정말 친절하시군요."

블랙록은 편지를 읽었다.

"목사님은 정말 가려운 데까지 손이 닿는 것 같은 분이에요. 게다가 알아들을 수도 없을 것 같은 위로의 말 같은 건 한 마디도 하지 않으시고…… 장례 준비는 모두 갖추어졌다고 전해 주세요. 그녀가──돌라가 가장 좋아하는 찬송가는 '끊이지 않는 길잡이인 빛이여'였습니다……."

블랙록의 목소리는 갑자기 끊기고 말았다.

마플은 조용히 입을 열었다.

"나는 아무 사이도 아닌 남에 지나지 않지만, 그래도 이렇게 슬플 수가 없어요."

그러자 블랙록은 더 이상 참을 수 없어져서 느닷없이 울음을 터뜨리고 말았다. 그것은 도저히 누를 수 없는 비통에 찬 슬픔이었다. 마플은 그냥 가만히 앉아 있었다.

한참 뒤 블랙록은 앉은 자세를 바로했다. 울어서 퉁퉁 부은 그녀의 얼굴은 눈물로 더러워져 있었다.

"죄송합니다. 갑자기 죽은 돌라가 생각났어요. 돌라는 과거를 이어 주는 단 한 사람이었답니다. 알아 주시겠지요? 옛날의 나를 잘 알아 주던 오직 한 사람──하지만 그녀가 죽어서 나는 이제 정말 외톨이가 되고 말았어요."

"당신 말씀을 잘 알 수 있어요. 과거의 일을 기억해 주는 마지막 사람이 이 세상을 떠나 버리면 사람은 정말 혼자만 남게 되는 법이지요. 내게도 조카딸이며 그리고 다정한 친구들이 있지만──그래도 소녀 시절의 나를 알아 주는 사람은 아무도 없어요. 옛날의 일을 기억해 주는 사람 말이에요. 벌써 오랫동안 나는 외톨이랍니다."

두 부인은 한동안 말없이 앉아 있었다.

"잘 이해해 주시는군요" 하고 블랙록은 말하고 나서 덧붙였다.

"몇 자 써서 목사님께 드려야겠어요."

블랙록은 의자에서 일어나 책상 있는 곳으로 가서 서투르게 손을 놀려 펜을 잡자 천천히 써 나갔다.

"통풍(痛風)으로 이따금 한 글자도 쓸 수 없을 때가 있답니다" 하고 설명했다.

그녀는 편지를 봉투에 넣고 봉하자 겉봉을 썼다.

"만약 전해 주실 수 있으시면 매우 감사하겠습니다만."

홀에서 남자의 목소리가 들려왔으므로 그녀는 서둘러 말했다.

"클래독 경감이에요."

블랙록은 벽난로 위에 있는 거울 앞으로 가서 흰 분을 얼굴에 가볍게 두드렸다.

클래독이 마플을 보자 '참 곤란한데요' 하는 표정으로 바라보며 말했다.

"여기에 계셨군요."

블랙록은 난로에서 이쪽으로 얼굴을 돌리고 말했다.

"미스 마플이 친절하시게도 목사님의 편지를 가져다 주셨답니다."

"이제 곧 돌아가겠어요, 곧요. 그러니까 저를 신경쓰지 말아 주세요."

"당신은 어제 오후 여기의 파티에 오셨었습니까?" 경감이 물었다.

마플은 겁먹은 태도로 대답했다.

"아니에요, 난 오지 않았어요. 몇몇 친구들을 찾아갔는데, 번치가 나를 차에 태워다 주었어요."

"그럼, 그다지 할 이야기는 없겠습니다."

그렇게 말하자 클래독은 '자, 빨리 돌아가시오' 하는 것처럼 문을 열었다. 마플은 얼굴이 빨개져서 종종걸음으로 달려나갔다.

"도무지 저런 노부인은 꼬치꼬치 캐기를 좋아해서 곤란하지요" 하고 클래독은 말했다.

"당신은 미스 마플에게 너무하시는군요. 정말 목사님의 편지를 갖고 오셨어요" 라고 블랙록은 말했다.

"그야 그렇겠지요."

"쓸데없는 호기심 따위가 아니라고 나는 생각해요."

"글쎄, 당신 말씀대로입니다, 미스 블랙록. 그러나 내가 진단한 바에 의하면, 꽤나 심한 천착병(穿鑿病)에 걸려 있을 것으로 생각되는데요."

"그분은 정말 악의없는 노인이에요" 하고 블랙록은 말했다.

'원, 천만의 말씀. 저 할멈은 방울뱀처럼 무섭답니다' 하고 클래독은 마음 속으로 쓸쓸하게 중얼거렸다. 그러나 그는 필요도 없는데 자신의 마음을 다른 사람에게 털어 놓을 생각은 없었다. 살인자가 잡히지 않고 있는 지금 상태로서는 되도록 말수를 적게 하는 편이 좋다고 그는 생각하고 있었기 때문이다. 그렇더라도 다음 희생자가 마플이 아니기를 바랐다.

어디엔가 살인자가 있는 것이다……. 어디에 있는가?

"위로의 말씀을 드리고 있을 시간이 없습니다, 미스 블랙록. 사실 미스 배너의 죽음에 대해서는 부끄럽고 후회스럽습니다. 어떻게 해서든지 우리는 그것을 미리 막았어야 했을 겁니다."

"하지만 그것은 매우 어려운 일이에요."

"그렇지요. 쉽지 않은 것만은 확실합니다. 그렇다고 해도 지금은 서둘러 일을 해야만 합니다. 대체 누구의 짓일까요, 미스 블랙록? 그리고 당신의 목숨을 두 번이나 노리고, 우리가 우물쭈물하다가는 틀림없이 또 당신을 노릴 것이 틀림없는 사람, 이게 대체 누구입니까?"

블랙록은 몸을 부르르 떨었다.

"저로서는 도무지 짐작할 수 없어요!"

"나는 게들러 부인을 만나 뵈었습니다. 부인은 가능한 한 나를 도와 주셨습니다. 하지만 많은 걸 얻었다고 말씀드릴 수는 없습니다. 당신의 죽음으로 이익을 얻을 사람이 아주 조금 있습니다. 첫째 피프와 에마, 패트릭과 줄리아 시몬스가 꼭 그 나이 또래입니다. 그러나 이 두 사람의 신원은 매우 명확합니다. 우리는 도저히 이 두 형제를 거기에 결부시킬 수가 없습니다. 미스 블랙록, 가령 당신이 소니아 게들러를 만나신다면 곧 그녀임을 아시겠습니까?"

"소니아를요? 어째서요? 물론——" 하고 그녀는 말을 하려다 "아니오" 하고 천천히 대답하였다. "글쎄요, 어떨는지요. 아무튼 무척 오랜 세월이 흘렀으니까요. 30년…… 소니아도 이제는 퍽 나이가 들었을 테니까."

"당신이 기억하고 계시는 무렵의 그녀는 어떤 사람이었습니까?"

"소니아? ……글쎄요."

블랙록은 골똘히 생각에 잠겼다가 말했다.

"그녀는 몸집이 작은 편이고, 가무잡잡하며……."

"무언가 특징은? 버릇 같은 것은 없습니까?"

"글쎄요…… 생각나지 않아요. 그래요, 명랑했어요. 아주 명랑한 여자였어요."

"지금은 그렇게 명랑하지 않을 겁니다. 그녀의 사진, 가지신 것 없습니까?"

"소니아의 사진? 변변한 것은 없지만…… 그냥 옛날의 스냅 사진이라면 몇 장, 어딘가 앨범에라도 한 장쯤은 있을 것으로 생각해요."

"그럼, 그것을 보여 주십시오."

"──그 앨범이 어디에 있더라?"

"미스 블랙록, 스웨테남 부인이 소니아 게들러일지도 모른다고는 전혀 생각되지 않습니까?"

"스웨테남 부인이?" 블랙록은 다만 어이없는 얼굴로 클래독을 바라보았다. "하지만 그분의 남편은 군인인 것으로 알고 있어요, 처음에는 인도에 있다가 그 뒤에는 아마 홍콩──"

"그러나 그것은 그녀가 당신께 이야기한 일 아닙니까. 법정에서 심문하는 것처럼 여쭙는다면 말입니다. 당신이 직접 그것을 확인해 본 것은 아니지요?"

"그야 뭐, 그렇게 물으신다면 분명히 그렇지요……. 하지만 그 스웨테남 부인이…… 그런 어이없는!"

"소니아 게들러는 뭔가 한 일이 없습니까? 취미삼아 연극을 했다거나?"

"아, 네, 그래요, 그녀는 아주 잘했어요."

"바로 그겁니다! 게다가 스웨테남 부인은 가발을 쓰고 있습니다"라고 말하고 나서 클래독은 곧 다시 말했다. "하몬 부인이 그렇게 말하더군요."

"아, 네, 그랬어요, 저도 가발일지 모른다고 언제나 생각했었지요, 회색 작은 컬만 하니까요, 하지만 설마 그렇지는 않을 거라고 생각해요, 그녀는 참으로 좋은 사람이지만 어떤 때는 아주 이상한 데도 있어요."

"그럼, 힌치리피와 마거트로이드──이 둘 가운데 어느 쪽인가가 소니아 게들러라고 생각할 수 있습니까?"

"힌치리피는 키가 너무 커요, 그녀는 남자처럼 키가 큰걸요."

"그럼, 마거트로이드는?"

"아, 네. 하지만 틀려요, 소니아는 마거트로이드가 될 수 없어요."

"당신은 자세히 보신 것은 아니군요, 미스 블랙록?"

"내가 슬쩍 본 일밖에 없다는 뜻인가요?"

"그렇습니다. 제가 보고 싶은 것은 소니아 게들러의 사진입니다. 비록 아주 옛날의 사진으로서 지금의 소니아와 꼭 닮지 않았더라도 우리는 비전문가로서는 할 수 없는 방법으로 유사점을 찾아 낼 수 있도록 교육받고 있습니다."

"그렇다면 당신을 위해 찾아보겠어요."

"지금 곧 말입니까?"

"지금 곧이라고요?"

"그러면 아주 도움이 되겠습니다만."

"좋아요. 어디 있더라? ——아, 벽장에서 책을 모조리 꺼내놓고 정리했을 때 앨범을 보았어요. 그래요, 줄리아가 도와 주었었지요. 그때 우리의 옛날 옷이 이상하다면서 그 아이가 배를 잡고 웃었던 기억이 납니다. ……그리고 정리한 책은 응접실 선반 위에 얹었어요. 앨범과 아트 저널의 두툼한 책은 어디에 두었더라? 전 정말 이렇게 잊기를 잘 한답니다. 아마 줄리아가 기억하고 있을 거예요. 그 아이가 오늘은 집에 있어요."

"그녀를 찾아 오지요."

경감이 찾으러 나갔다. 아래층 어느 방에도 줄리아는 없었다.

"줄리아 양은 어디에 있지?" 하고 미치에게 물으니, 그런 건 내가 알 바 아니라는 듯이 미치는 심술사납게 말했다.

"뭐예요? 전 부엌에서 제 점심 식사를 만드는 중이에요. 다른 사람이 만든 것은 먹을 수 없어요. 그럼요, 먹을 수 없구말구요. 아시겠어요?"

경감은 2층에다 대고 "줄리아 양!" 하고 불러 보았으나 대답이 없어서 그는 올라갔다.

그는 층계참 모퉁이를 돌려다가 줄리아와 딱 마주쳤다. 그녀는 좁고 꾸불꾸불한 계단의 뒷켠이 보이는 문에서 막 나오는 참이었다.

"전 지붕 밑 고미다락에 올라갔었어요, 왜 그러시지요? 무슨 일이라도 있나요?"

클래독 경감이 설명하자 줄리아는 말했다.

"옛날 앨범? 네, 전 잘 기억하고 있어요. 그때 우린 서재의 큰 벽장에 넣었던 것 같아요. 찾아 드릴게요."

그녀는 앞장서서 계단을 내려가 서재의 문을 열었다. 창문 옆에 큼직한 벽장이 있었다. 줄리아가 그것을 열자 첫눈에 다른 것과는 달라 보이는 꾸러미가 눈에 띄었다.

"잡동사니들이에요, 모두 잡동사니 천지예요. 하지만 늙은 사람들은 쉽게 물건을 버리려고 하지 않으니까요."

경감은 무릎을 꿇고 아랫선반에서 유행에 뒤떨어진 앨범 한 권을 집어 냈다.

"이게 그건가요?"

"맞아요."

블랙록이 들어와 함께 되었다.

"어머나, 여기에 넣었었구나. 기억이 통 나지 않았어."

클래독은 테이블에 앨범을 놓고 페이지를 넘겼다.

사진에 찍혀 있는 여자들은 큼직한 수레바퀴 모양의 모자를 쓰고, 발 쪽이 좁게 되어 있는 옷을 입고 있어서 걸음을 걷기가 힘들어 보였다.

이 사진들에는 밑에 간단한 설명이 붙어 있었는데, 옛날에 쓴 것으로 잉크의 빛이 바래 있었다.

"이 속에 있을 거예요, 2페이지나 3페이지에. 다른 앨범에는 소니아가 결혼해서 가버린 뒤의 것들이라 그녀가 나오지 않은 사진들뿐이에요. ”

미스 블랙록은 이렇게 말하고 페이지를 넘겼다.

“여기 있었을 텐데?” 하고 그녀는 손을 멈추었다.

그 페이지에는 아무것도 붙여져 있지 않은 곳이 군데군데 있었다.

클래독은 몸을 굽혀 퇴색한 필적을 어렵게 읽었다.

‘소니아…… 나…… RG’, 그리고 조금 사이를 두고 ‘소니아와 벨, 바닷가에서’ 그리고 그 반대쪽 페이지에는 ‘스케인에서의 피크닉’ 이라고 씌어 있었다.

경감이 다른 페이지를 넘기자 거기에는 ‘샬롯, 나, 소니아, RG’라는 것이 있었다.

클래독 경감은 일어났다. 그의 입술은 차디차게 일그러져 있었다.

“누군가가 사진을 떼어 버렸군. 바로 최근에, 틀림없어. ”

“언젠가 우리가 보았을 때에는 비어 있는 곳이 없었어요, 그렇지, 줄리아?”

“전 그렇게 찬찬히 보지 않았어요. 옷이 신기해서 잠깐 보았을 뿐이에요. 하지만 그래요, 레티 아주머니의 말씀이 맞아요. 비어 있는 곳은 없었어요. ”

클래독은 한층 더 얼굴을 찡그렸다.

“누군가가 이 앨범에서 소니아 게들러의 사진을 모두 떼어 버리고 말았어. ”

# 편지

1

"헤임스 부인, 또 실례합니다."

"좋으실 대로." 필리퍼가 싸늘하게 응대했다.

"이 방에서라도 괜찮을까요?"

"서재에서? 괜찮으시다면 좋으실 대로 하세요. 불을 때지 않아서 추워요, 경감님."

"그다지 시간이 걸리지 않을 테니까 괜찮습니다. 여기라면 이야기가 새어나갈 염려도 없고요."

"새면 안 되나요?"

"난 괜찮습니다, 헤임스 부인. 남이 들으면 곤란한 것은 당신이겠지요."

"대체 무슨 일이지요?"

"당신은 남편께서 이탈리아에서 전사했다고 하셨지요?"

"네?"

"사실대로 말씀하시는 편이 좋으실 겁니다. 남편께서 탈주병이었다는 사실을 말입니다.”

헤임스 부인의 얼굴에서 핏기가 사라지고 저도 모르게 두 손을 쥐었다 폈다 하는 것을 경감은 알 수 있었다.

부인은 성난 듯한 어조로 말했다.

“그런 것까지 깊이 캐어낼 생각이신가요?”

“진실을 기대할 뿐이지요” 하고 클래독은 무뚝뚝하게 대꾸했다.

그녀는 잠자코 있었으나 조금 뒤 입을 열었다.

“그래서요?”

“속이시면 안됩니다, 헤임스 부인.”

“어쩔 생각이신지 묻고 있는 거예요. 모두들에게 퍼뜨리고 다니실 생각이신가요? 수고가 많으시군요.”

“아무도 모르는 일입니까?” 하고 경감이 말했다.

“아무도——아들인 해리조차도 모릅니다.” 그녀의 목소리에 흥분이 섞여져 왔다. “그 아이에게는 언제까지나 절대로 알려 주고 싶지 않아요.”

“헤임스 부인, 당신은 굉장한 잘못을 저지르고 있습니다. 아드님이 어른이 되어 알 만하게 된다면 사실을 털어놓으십시오. 자기 혼자 그 비밀을 찾기 시작하게라도 되는 날에는 좋은 결과를 기대하기 어렵습니다. 남편께서 명예로운 전사를 했다는 거짓말을 당신이 계속 주장하시려 든다면——”

“싫어요. 난 정직하지 못하다 해도 괜찮아요. 이야기하고 싶지 않아요. 그 애 아버지는 전쟁터에서 죽었어요. 결국 무엇이 다른가요?”

“그렇지만 당신 남편께서 아직 살아 있다면?”

“그럴지도 모르지요. 하지만 제가 어떻게 그것을 알겠어요?”

“헤임스 부인, 그와는 최근에 언제 만나셨습니까?”

필리퍼는 즉석에서 대답했다.

"벌써 여러 해 못 만났어요."

"정말인가요? 한 2주일쯤 전, 그와 만나지 않았습니까?"

"대체 무슨 말씀이지요?"

"당신이 서머 하우스에서 루디 셔트를 만났으리라고는 생각할 수 없습니다. 그러나 미치의 이야기를 염두에 두고 생각하면, 당신이 그날 아침 일을 쉬면서까지 만나러 간 사나이란 남편이었을 것이라고 말하고 싶은데요."

"서머 하우스에서는 아무도 만나지 않았어요."

"남편께서 돈이 옹색하셔서 당신이 드린 것 아닙니까?"

"그와는 만나지 않았다고 했잖아요? 서머 하우스에서는 아무도 만나지 않았어요."

"탈주병 가운데에는 자포자기한 사람이 많지요. 그들은 이따금 강도질도 합니다. 이른바 홀드업이라는 자들이지요. 더욱이 그들은 대개 나라 밖에서 가지고 들어온 외국제 연발 권총을 가지고 있지요──"

"남편이 어디에 있는지도 모릅니다. 벌써 여러 해나 그를 만나지 못했으니까요."

"헤임스 부인, 끝까지 그것을 고집하시려는군요."

"그밖에는 달리 아무런 방법이 없잖아요."


2


클래독 경감은 필리퍼 헤임스와의 이야기를 단념했으나, 마음 속으로는 노여움과 곤혹을 금할 수 없었다.

"고집쟁이 여자로군." 그는 성난 듯이 혼잣말을 중얼거렸다. 필리퍼가 거짓말을 하고 있는 것은 확실한데, 그로서는 고집스러운 그녀의 입을 열게 할 수가 없는 것이다. 경감은 죽은 헤임스 대위에 대해 좀더 알고 싶었다. 대위에 대한 자료는 아주 모호한 것이었다. 불충분한 군대의 기록으로서는 그가 죄를 범할 인간인지 어떤지조차도 판단할 수가 없다.

어찌 되었든 문의 경첩에 기름을 친 것은 헤임스 대위가 아니다. 집 내부의 사람, 혹은 거기에 접근하기 쉬운 사람의 짓이다. 그는 계단을 올려다보며 서 있었는데, 갑자기 줄리아가 생각났다. 그녀는 지붕 밑 다락방에서 무엇을 하고 있었을까? 다락방은 깨끗한 것을 좋아하는 그녀가 찾기에는 어울리지 않는 장소가 아닌가.

거기서 그녀는 무엇을 하고 있었을까? 그는 가벼운 발걸음으로 2층에 올라갔다. 거기에는 아무도 없었다. 그는 고미다락으로 통하는 계단을 올라갔다.

거기에는 트렁크, 슈트케이스, 망가진 가구류, 다리가 떨어진 의자, 깨진 도기제 램프, 그리고 낡아 빠진 그릇 같은 것들이 흩어져 있었다. 그는 트렁크 하나를 열어 보았다. 옷가지였다. 유행에 뒤떨어진, 그러나 옷감만은 고급인 부인복이 안에 가득 담겨 있었다. 아마도 미스 블랙록이나 그녀의 죽은 동생 것이리라고 경감은 생각했다.

그는 또 다른 트렁크를 열어 보았다. 거기에는 커튼이 들어 있었다. 다음에 작은 서류 가방이 있는 데로 갔다. 거기에는 서류와 편지가 들어 있었다. 그것은 누렇게 빛이 바랜 오래 된 편지였다. 케이스 바깥 쪽에는 CLB라는 머릿글자가 보였다. 그것은 레티시아의 누이동생 샬롯의 것이 틀림없다. 그는 편지 한 장을 펴보았다. 그것은 다음과 같은 내용으로 시작되어 있었다.

그리운 샬롯. 어제 벨은 피크닉에 갈 수 있을 정도로 건강해졌단다. RG도 하루 쉬었지. 아스보겔 사(社)의 주식 모집은 아주 순조로워서, RG가 매우 기뻐하고 있어.

그는 그 다음을 단숨에 훑어보고 서명한 곳을 보았다. ——'너의 언니 레티시아'라고 씌어 있었다.

　사랑하는 샬롯에게. 때로는 다른 사람과 만나도록 마음을 쓰도록 하렴. 너는 너무 지나치게 생각하는 것 같아. 너는 자신이 생각하는 것처럼 심하지 않아. 게다가 다른 사람은 그런 것은 전혀 깨닫지 못해. 네가 생각하는 것처럼 심하지 않다니까.

　경감은 고개를 크게 끄덕였다. 그는 벨 게들러가 샬롯 블랙록의 어떤 종류의 심한 장애에 대해 이야기하던 생각이 났다. 레티시아는 동생의 시중을 들어 주기 위해 일자리를 그만둔 것이다. 편지는 어느 것이나 환자에 대한 위로와 사랑의 말로 넘쳐 있었다. 앓는 동생이 기뻐할 만한 일만을 자잘하게 적어 계속 위로하고 있는 것이다. 더욱 이 샬롯은 이러한 편지를 간직하고 있었다. 그리고 군데군데에는 스냅 사진까지 함께 들어 있었다.
　갑자기 클래독의 가슴이 두근거리기 시작했다. 이것으로 실마리가 발견될지도 모른다. 이 여러 편지 속에 레티시아 블랙록 자신조차도 잊어버렸던 일이 씌어 있을 것이다. 과거를 이야기하는 충실한 사진조차도 있다. 수수께끼를 푸는 귀중한 단서가 될 것이다. 앨범에서 사진까지도 떼어 남의 눈을 피하고 있는 문제의 사람은 물론, 소니아 게들러의 사진도 어쩌면 발견될는지 모른다.
　클래독 경감은 조심스럽게 편지를 가방에 넣고 계단을 내려왔다.
　레티시아 블랙록이 밑에서 놀란 듯이 그를 올려다보고 있었다.

"고미다락에 올라간 것은 당신이었나요, 클래독 경감님? 발소리가 들렸지만 누군지 몰랐어요."

"미스 블랙록, 옛날에 당신이 동생에게 써 보내신 편지를 찾았습니다. 가져가서 읽어 보게 해주십시오."

그녀의 얼굴이 노여움으로 시뻘개졌다.

"그런 일까지 해야 하나요? 어째서? 무슨 소용이 되지요?"

"소니아 게들러의 사람됨을 알 수 있을지도 모르니까요. 즉 그녀의 성격이라든가, 어떤 단서를 얻을 수 있을까 하고……."

"그건 어디까지나 개인적인 편지예요."

"알고 있습니다."

"그럼, 역시 가지고 가시는 거군요. 당신에게는 그렇게 할 힘이 있으니까요. 간단히. 자, 가지고 가세요. 하지만 소니아의 일은 모릅니다. 그녀는 내가 랜들 게들러 씨 밑에서 일하기 시작한 뒤 겨우 1, 2년 만에 시집을 가 버렸으니까요."

"무엇이든지 쓸모가 있을 겁니다" 하고 클래독은 끈질기게 주장했다. "우리는 온갖 수단을 써 보는 겁니다. 이 사건은 그렇게 쉬운 일이 아니니까요" 하고 그는 덧붙였다.

입술을 깨물고 그녀가 대답했다.

"잘 알고 있습니다. 나에게 먹이려던 아스피린을 먹었기 때문에 돌라는 죽었어요. 다음은 누구일까요? 패트릭, 줄리아, 필리퍼, 또는 미치일지도 모르지요. 젊은 사람의 목숨이 위험 앞에 놓여 있어요. 나를 위해 따라 놓은 와인을 마신 사람이나, 내게 보내져 온 초콜릿을 먹은 사람이 죽고 말 거예요. 편지를 가지고 가세요. 그리고 태워 버리세요. 나와 샬롯 이외의 사람에게는 전혀 의미없는 편지예요. 모두 지나가 버린 과거예요. 지금은 기억하고 있는 사람도 없어요."

그녀는 목에 건 모조 진주를 만졌다. 이것은 그녀의 스카치 윗옷과 스커트에는 몹시 어울리지 않는 것이라고 클래독은 생각했다.

그녀는 다시 한 번 말했다.

"편지를 가져가세요."

## 3

클래독 경감이 목사관을 찾은 것은 이튿날 오후였다. 그날은 매우 차가운 바람이 불고 있었다. 미스 마플은 난로 옆에 의자를 당겨 놓고 뜨개질을 하고 있었다. 번치는 마루에 엎드려 본뜬 종이에 맞추어 옷감을 재단하고 있다.

클래독의 모습을 보자 그녀는 기다렸다는 듯이 위로 늘어졌던 머리카락을 걷어올리고 앉은 자세를 고쳤다.

경감은 마플에게 인사하자 곧 용건을 꺼냈다.

"믿을 만한 물건인지 어떤지 모르겠지만 이 편지를 보아 주셨으면 합니다."

그는 지붕 밑 다락방에서 편지를 발견한 경위를 설명했다.

"정말 정이 담긴 편지입니다. 미스 블랙록이 동생의 일을 여러 가지로 걱정해서 쓴 것입니다. 의사였던 아버지 블랙록 씨가 뒤에 똑똑히 찍혀 있는 사진까지 있더군요. 구식인 돌대가리 고집쟁이 영감으로 자기가 하는 일은 모두 옳다고 믿고 있는 남자이지요. 틀림없이 환자를 수천 명 죽였을 겁니다. 그에게는 그다지 새로운 생각도 방법도 없었을 테니까요."

"글쎄요, 거기까지는 모르겠지만" 하고 미스 마플은 말했다. "젊은 의사 선생이란 무턱대고 실험해 보고 싶어하지요. 새로운 방법이니 뭐니 하면서 마구 남의 이를 쑤셔댄 뒤에 고칠 수 없다고 내던지고 말거든요. 난 역시 옛날처럼 큼직한 검은 약병을 받는 것이 좋아요, 먹기 싫으면 버릴 수도 있으니까요."

그녀는 클래독에게서 편지를 받아들었다.

"그 편지를 읽어 보십시오, 그 무렵의 일은 나보다도 당신이 잘 아실 테니까요, 솔직하게 말해서, 나는 그 사람들의 심정을 알 수 없습니다" 하고 클래독은 말했다.

미스 마플은 꾸깃꾸깃해진 편지를 폈다.


그리운 샬롯에게

집안에 좀 복잡한 일들이 있어서 하루 동안 편지를 쓸 수 없었어. 랜들은 동생 소니아(그녀를 기억해? 언젠가 샬롯에게 드라이브하자고 권하러 왔었지? 그리고 내가 얼마나 그것을 소망했었는지!)가 결혼할 생각이라고 발표했어. 드미트리 스탠포디스와. 나는 그와 한 번밖에 만난 일이 없어. 아주 매력적이지만 틀림없이 마음을 줄 수 없는 사람일 거야. RG는 그에게 몹시 성을 내며 협잡꾼, 사기꾼이라고 한단다. 그런데 벨은 소니아에게 축하의 말을 보내며 그녀에게 바싹 붙어 있어. 소니아는 태연한 체하지만 마음속은 RG와 같단다. 어제는 소니아가 그를 죽이는 게 아닐까 하고 생각했을 정도였어.

나도 힘이 들어. 소니아를 타이르고 RG를 설득하여 가까스로 납득이 가게 되었나 생각했더니, 그들이 만나 다시 전처럼 되어 버렸어. 정말 지긋지긋해. RG가 신상 조사를 했는데, 그에 의하면 스탠포디스라는 사나이는 전혀 못쓰겠나봐.

그동안 하던 일은 그대로 내버려 두었기 때문에 내가 사무실 일을 모두 맡아서 하고 있어. RG가 자유로이 해도 좋다고 했기 때문에 오히려 재미있었어. 그가 어제 나에게 이렇게 말했어──"고맙군, 세상에는 정직한 사람도 있구면. 당신은 사기꾼 따위와 연애할 것 같지 않아. 그렇지, 블랙키?"라고, 내가 "아무하고도 연애 같은 것은 하지 않습니다"라고 대답하자 "그럼, 거리의 젊은이에게 시험해 보게 해야지"라는 말이었어. 그도 이따금 아슬아슬하게 나쁜 장난을 한단다.

일전에는 이런 말도 했어——"당신은 내 키를 잡아 위험한 다리를 건너게 해주려고 하고 있어"라고. 나도 그렇게 할 생각이야. 나는 세상 사람이 어째서 사물을 그렇게 정직하지 못하게 생각하는지 모르겠어. 하지만 RG는 결코 그렇지 않아. 그는 무엇이 법률 위반이 되는지 알고 있을 뿐이야.

벨은 이 사건을 비웃으며 소니아에 대해 마음을 쓰는 것은 바보 같은 일이라고 생각하고 있어. "소니아는 자기의 돈을 갖고 있잖아? 어째서 좋은 사람하고 결혼하지 못하지?" 하기에 내가, 그렇게 하면 그녀의 신세를 그르친다고 하자 "결혼하고 싶은 사람과 결혼하는 것은 비록 후회한다 하더라도 결코 잘못이 아니지. 내가 생각하기에는 랜들이 소니아가 결혼하기를 바라지 않는 것이 틀림없어. 그는 돈밖에 모르는 사람이니까"라고 하는 거야.

오늘은 이만 쓰겠어. 아버지는 요즈음 어떠셔? 새삼스럽게 말할 것도 없지만, 네가 그렇게 하는 편이 좋다고 생각한다면 잘 말씀드려 줘. 그 뒤 누구라도 만났니? 우울하게 앉아 있어선 안 돼.

소니아가 너에게 안부 전해 달라고 지금 막 방으로 들어왔어. 성난 고양이가 발톱을 갈듯이 손을 쥐었다 폈다 하고 있어. 틀림없이 RG와 한바탕 하고 온 모양이야. 물론 소니아는 사람을 성나게 하는 성질이지. 그녀의 냉담한 눈길을 한 번 받아봐.

내가 사랑하는 동생, 기운을 내. 이 요오드 요법은 색다른 효과가 있을지도 몰라. 나도 여러 가지로 알아보고 있는데, 잘 들을 것 같아.

너의 언니 레티시아로부터

미스 마플은 편지를 접어 그것을 클래독에게 돌려 주었다. 그녀는 편지에 흥미를 느낀 것 같았다.

"그녀를 어떻게 생각하십니까?" 클래독이 대답하기를 재촉했다.

"어떻게 상상하십니까?"

"소니아 말인가요? 다른 사람의 마음을 통해서 사람을 안다는 것은 어려운 일이에요. 자신의 직감을 믿으세요."

"성난 고양이처럼 손을 쥐었다 폈다라……" 클래독은 혼잣말을 중얼거렸다. "그렇군, 이것으로 어떤 사람이 생각났습니다."

그는 얼굴을 찡그렸다.

이번에는 미스 마플이 중얼거렸다.

"신상 조사를 해야지요……"

"만약 그 신상 조사의 결과를 알게 되면——" 하고 클래독이 말했다.

"그 편지를 보고 세인트 메리 미드에서의 일이 생각나지 않으세요?" 번치가 입에 핀을 문 채 똑똑하지 못한 목소리로 물었다.

"똑똑히 말할 수는 없지만, 블랙록 의사는 메디시트 교회의 목사 커티스 씨를 닮은 점이 있는 것 같아요. 그는 딸에게 금니를 못하게 했어요. 이가 빠진 것은 신의 뜻이라는 둥 하면서 말이에요. 난 그에게 말해 주었어요. '당신은 수염을 깎기도 하고 머리털을 깎기도 하지요? 자라는 것이 신의 뜻이 아니겠어요?'라고요. 그랬더니 그는 이것만은 다르다고 하더군요. 아주 인간적이지요. 하지만 그런 일은 지금 맞닥뜨리고 있는 문제와는 관계없어요."

"우리는 그 권총을 아직 자세히 조사하지 못했습니다. 그것은 루디 셔트의 것이 아니었지요. 치핑 클레그혼에서 그 권총을 갖고 있던 사람을 알 수 있으면 좋겠는데."

"이스터브룩 대령도 권총을 갖고 있었어요. 칼라를 넣은 서랍 속에" 하고 번치가 말참견을 했다.

"어떻게 아시지요, 하몬 부인?"

"배트 부인에게서 들었어요. 그녀는 날마다 적어도 일주일에 두 번은 나를 찾아와요. 군인이니까 권총을 갖고 있는 것은 당연하다고 하더군요. 게다가 도둑이라도 들어오면 아주 큰 도움이 된다고요."

"언제 그런 말을 했지요?"

"아주 오래 전에. 벌써 반년쯤 되었나 봐요."

클래독이 혼잣말처럼 중얼거렸다.

"이스터브룩 대령?"

"마치 포인터 같아요. 언제나 무언가 냄새를 맡고 다니거든요." 번치가 여전히 핀을 입에 문 채 말했다.

"그렇지!" 클래독은 신음하는 것처럼 말했다. "이스터브룩 대령은 리틀 패독스로 인도에 대한 책을 가지고 간 일이 있습니다. 그때 그는 문의 경첩에 기름을 칠 수가 있었을 것이오. 그는 매우 싹싹한 남자니까요. 미스 힌치리피 같은 사람과는 달라서……."

미스 마플이 가볍게 기침을 하며 말했다.

"경감님, 우리와 발걸음을 맞추어 주세요."

클래독은 의아스러운 표정으로 그녀를 보았다.

"즉 당신은 경찰관이에요. 그렇지요? 일반인은 경찰에게는 그다지 탁 털어놓고 이야기할 수 없답니다. 그렇지 않은가요?"

"어째서 감추는지 나는 알 수가 없습니다. 그들에게 떳떳치 못한 데가 없는 한……" 하고 클래독이 말했다.

"경감님께 미스 블랙록이 내게 보낸 쪽지를 보여 드려, 번치" 하고 미스 마플이 말했다. "조금 전에 받은 거예요. 아주 훌륭한 미스터리스토리예요."

"어디에 두었더라? 아주머니, 이거였나요?"

"그래, 이거였어."

미스 마플은 번치에게서 그것을 받아들자 확인하고 나서 만족스러운 듯이 이렇게 말했다. 그리고 이번에는 클래독에게 내주었다.

그것은 미스 블랙록이 쓴 것이었다.

조사해 보았더니 목요일은 바로 그 날입니다.

3시 이후이면 언제라도, 나에게 오는 것이 있으면 늘 놓는 그 자리에 놓아 주세요.

번치는 핀을 입에서 뺍고 웃었다. 미스 마플은 경감의 얼굴을 뚫어지게 보았다.

하몬 부인이 설명하는 역할을 맡고 나섰다.

"목요일은 이 부근의 농부들이 버터를 만드는 날이에요. 사이 좋은 사람에게는 조금씩 나누어 준답니다. 대개 미스 힌치리피가 그것을 모으지요. 그녀는 농부들과 매우 사이가 좋거든요. 틀림없이 그녀가 돼지를 먹여 기르고 있는 탓일 거예요. 하지만 이건 비밀이에요. 일종의 물물교환이니까요. 버터를 받은 사람은 모이를 사례로 준다든지, 돼지를 잡았을 때에는 고기를 준다든지 하는 식으로 말이에요. 그리고 소나 말이 병들었을 때에는 곧잘 죽이는 일이 있잖아요? 아시는 바와 같이. 하지만 이건 큰 소리로 말할 수 없는 일이에요. 이런 종류의 물물교환은 법에 위반되는 일이니까요. 다만일일이 귀찮으니까 눈감아 주는 거랍니다. 전 힌치가 버터나 아니면 다른 무엇을 가지고 리틀 패독스로 가서 그것을 언제나 두는 곳에 놓는 게 아닌가 해요. 언제나 두는 곳이란 조리대 밑의 밀가루

그릇을 말하는 것이에요. 가루는 들어 있지 않아요."

클래독은 한숨을 쉬며 말했다.

"허 참, 덕분에 살았습니다."

"옷감표가 돈 대신이 되거든요" 하고 번치가 참견을 했다. "돈은 쓰이지 않아요. 배트나 힌치나 하긴스 씨들은 돈 대신 옷감표를 쓴답니다."

"이제 됐습니다." 클래독이 말했다. "모두 법률 위반이니까요."

"그럼, 그런 인색하고 쩨쩨한 법률 따위는 집어치우는 게 어때요?" 하고 번치가 또 입에 핀을 물면서 말했다, "물론 전 줄리앙이 좋아하지 않으니까 그런 짓은 하지 않아요. 하지만 모두 무엇을 하고 있는지는 다 알아요."

일종의 절망적인 표정이 경감의 얼굴에 떠올랐다.

"얼른 보기에는 아주 간단한데, 남자와 여자가 한 사람씩 살해되고, 까닭도 알 수 없이 또 한 부인이 살해되려 하고 있습니다. 피프와 에마에 대해서는 잠시 생각하지 않기로 하고 소니아에게로 눈을 돌립시다. 그녀가 어떤 사람인지 알 수 있으면 좋겠습니다. 편지 속에는 사진이 한두 장 들어 있었지만, 모두 그녀의 것이 아니었습니다."

"어떻게 그게 그녀의 사진이 아니라는 걸 아시지요? 어떤 사람인지 알고 계신가요?"

"미스 블랙록이 말하더군요. 몸집이 작고 가무잡잡하다고."

"정말이요? 그거 재미있군요. 나는 뚜렷하지는 못하지만 어떤 사람의 스냅을 기억하고 있어요. 머리를 위로 빗어올리고 키가 후리후리하게 큰 사람. 누구인지는 확실히 모르지만, 소니아는 아니에요. 스웨테남 부인은 소녀 시절에 살결이 희었을까요?"

"검지는 않았어요" 하고 번치가 대답했다.

"드미트리 스탠포디스의 사진을 발견했더라면 좋았겠지만, 좀 가망이 적어요. 그러면——" 경감은 편지를 넣으면서 마플에게 말했다. "아무런 도움이 되지 못해서 유감이었습니다."

"잠깐만, 그 편지는 훌륭하게 도움이 됩니다. 다시 한번 읽어 보세요, 경감님. 특히 랜들 게들러가 드미트리 스탠포디스의 신상 조사를 했다는 대목 말이에요."

클래독은 마플의 얼굴을 바라보았다.

그때 전화 벨이 울렸으므로 번치가 마루에서 일어나 빅토리아 왕조식 홀로 나갔다. 전화는 이 방에 어울리는 자리에 놓여 있었다.

번치는 방으로 돌아오자 클래독에게 말했다.

"경감님, 전화예요."

조금 놀란 듯한 표정으로 그는 수화기가 있는 곳으로 갔는데, 등 뒤의 문을 닫는 것을 잊지 않았다.

"클래독인가? 나 라이데스데일일세."

"네."

"자네의 보고를 잘 검토했네. 필리퍼 헤임스가 탈주한 남편과는 내내 만나지 않았노라고 하는 모양인데, 그게 확실한가?"

"그렇습니다. 그녀는 분명하게 잘라 말했습니다. 그러나 제 생각으로는 아무래도 그녀는 진실을 말하지 않는 것 같습니다."

"나도 동감일세. 자네는 열흘쯤 전에 한 남자가 트럭에 치인 사건을 기억하고 있나? 뇌진탕과 골절로 그 사나이는 밀체스터 병원에 실려 갔는데."

"어린아이를 살리려다가 자기가 치어 죽은 사람 말이지요?"

"그렇지, 전혀 신원을 알 수 없는 사나이야. 아무래도 도망다니는 범인 같네. 의식을 회복하지 못하고 어젯밤에 죽었는데 말일세. 간신히 신원을 알아냈네. 탈주병인 로널드 헤임스, 남부 롬셔스에서 전에 대위로 있던 사나이지."

"필리퍼 헤임스의 남편인가요?"

"응. 치핑 클레그혼 행 버스표를 가지고 있었다네."

"틀림없이 필리퍼에게서 받은 돈일 겁니다. 미치가 서머 하우스에서 들었다고 하던, 필리퍼에게 말을 걸었다는 사나이는 그 녀석임에 틀림없다고 벌써부터 생각했었습니다. 물론 그녀는 딱 잘라 부정했습니다만, 그 교통 사고는 그 전에——"

라이데스데일은 다시 말을 계속했다.

"그렇군. 남자가 밀체스터 병원에 실려간 것은 28일. 리틀 패독스에서 강도 사건이 일어난 것은 29일. 결국 그는 사건과는 전혀 관계가 없네. 물론 그의 아내는 교통 사고에 대해서는 아무것도 모르네. 그러니까 그가 강도 사건에 관계되었다고 생각하고 있었는지도 모르지. 그래서 입을 다물고 있는 거라네. 뭐라고 하든 남편이었으니까 말일세."

"그의 행위는 훌륭하지 않습니까?" 하고 클래독은 천천히 말했다.

"트럭에서 어린아이를 구한 일 말인가? 그렇지, 정말 용감해. 군대에서 달아난 것은 겁쟁이여서가 아닌 모양이야. 게다가 이미 지나가 버린 일일세. 오점을 남긴 사나이치고는 훌륭하게 죽었어."

"그녀를 위해서도 잘 되었군요. 그리고 자식을 위해서도요."

"응, 아버지를 부끄럽게 생각하지 않아도 되니까. 게다가 그녀는 아직 젊으니까 재혼도 할 수 있네."

"저도 지금 그것을 생각하고 있었습니다, 그 가능성이 생긴 것을" 하고 클래독은 천천히 말했다.

"자네가 맡은 일이니까 그녀에게 빨리 알려 주는 게 좋겠네."

"잘 알겠습니다. 이제부터 곧 가겠습니다. 하지만 그녀가 리틀 패독스로 돌아올 때까지 기다리는 편이 좋을 것 같습니다. 충격을 주면 안 되니까요. 게다가 저는 그전에 한 마디 이야기하고 싶은 사람이 있으니까요."

# 범죄의 재구성

## 1

"떠나기 전에 아주머니 곁에 스탠드를 놓아 드리겠어요. 하늘이 어두워지는 걸 보니 폭풍우가 될지도 모르겠어요" 하고 번치가 말했다.

그녀는 작은 독서용 스탠드를 테이블 구석에 놓았다. 키가 큰 의자에 푹 파묻히게 앉아서 뜨개질을 하고 있는 미스 마플의 손 부분이 밝아지도록.

코드가 테이블 위를 가로지르고 있기 때문에 고양이 티글러스 필레샤가 부지런히 장난치기 시작했다.

"안 돼, 필레샤, 장난치면. 정말 하는 수 없구나, 아무거나 마구 물어뜯어 대니 말이야. 필레샤, 코드가 벗겨지면 감전되고 말아요."

"미안하군" 하고 마플은 스위치를 틀려고 했다.

"거기가 아니에요. 코드 중간에 있는 작은 스위치예요. 잠깐만요, 꽃이 거치적거리니까 좀 치워 놓겠어요."

그녀는 크리스마스용 장미가 꽂혀 있는 수반을 집어들었다. 필레샤가 꼬리를 흔들며 장난스럽게 번치의 팔에 뛰어올랐다. 수반에서 물이 몇 방울, 코드와 고양이 위로 쏟아져 필레샤는 깜짝 놀라 마루 위로 뛰어올랐다.

미스 마플은 작은 배 모양의 스위치를 눌렀으나, 물 때문에 코드의 벗겨진 선이 서로 맞닿아 탁탁 소리가 났다.

"어머나, 퓨즈가 끊어졌어요. 집 안은 불이 죄다 나갔을 거예요" 하고 번치가 말했다.

그녀는 곁의 전등을 켜 보고는 다시 말했다.

"역시 그래요. 참 바보로구나. 더욱이 테이블 위에서 불꽃이 튀게 하다니. 나쁜 티글러스 필레샤, 모두 네 탓이야. 어머나, 제인 아주머니. 왜 그러세요? 놀라셨나요?"

"아무것도 아니야, 그냥. 벌써 오래 전에 알아차렸어야 할 것을 지금에야 갑자기 깨달았어."

"제가 퓨즈를 고치겠어요. 줄리앙의 서재에서 스탠드를 가져와야지."

"괜찮아, 그러다 버스를 놓치겠어. 불은 켜지 않아도 돼. 가만히 앉아서 조금 생각하고 싶은 일이 있어. 자, 급히 서두르지 않으면 버스를 못 타겠군."

번치가 나간 뒤 미스 마플은 2분쯤 가만히 앉은 채로 있었다. 실내의 공기는 답답했고 문 밖에는 폭풍우가 위협하는 것처럼 미친 듯이 날뛰기 시작했다.

미스 마플은 종이를 끌어당기더니 무언가 쓰기 시작했다. 처음에 '스탠드'라고 쓰고는 얌전하게 밑줄을 그은 다음 잠깐 사이를 두었다가 다른 말을 쓰기 시작했다.

그녀의 연필은 종이 위를 미끄러져 비밀 메모를 써 나갔다……

## 2

낮은 천장과 창살문이 있는 바울더스의 좀 어두운 거실에서 미스 힌치리피와 미스 마거트로이드가 서로 이야기를 주고받고 있었다.

"마거트로이드, 너의 단점은 뭐든지 해보려고 하지 않는 일이야" 하고 미스 힌치리피가 말했다.

"하지만 힌치, 생각나지 않는다고 했잖아."

"저, 마거트로이드, 우린 건설적인 생각을 하고 있는 참이야. 탐정의 눈으로 보도록 해야 해. 문에 대해서는 어이없는 착각을 했어. 범인을 위해 문을 열어 둔 것은 네가 아니었어. 넌 결백해."

미스 마거트로이드는 맥빠진 미소를 지었다.

"치핑 클레그혼에 결백한 여성이 있다니, 따분해!" 하고 미스 힌치리피가 말을 이었다. "여느 일이라면 고맙게 생각하겠지만, 이번만은 오히려 실망했어. 그곳 사람은 누구나 응접실의 첫째 문이 사용되었다는 것을 알고 있어. 우린 어제서야 들었지만 말이야."

"난 아직 잘 모르겠어."

"간단해. 우리가 처음 생각한 전제는 옳았어. 문을 열고 손전등을 비치며 권총을 발사한다——이 세 동작을 동시에 해치울 수는 없어. 우린 권총과 손전등만을 결부시켜 문에 대한 일을 떼어 놓고 생각했어. 결국 우리가 잘못되었던 거야. 따로 떼어 생각해야 하는 것은 권총이었어."

"하지만 권총을 들고 있었던 것은 그였어. 난 보았는걸. 그의 곁에 떨어져 있었어."

"그가 죽었을 때는 그랬지. 그건 확실해. 하지만 그는 그 권총을 쏘지 않았어."

"그럼, 누가 쏘았지?"

"그걸 지금 조사하는 거야. 누가 했든 레티 블랙록의 침대 옆 테이블에 독이 들어 있는 아스피린을 놓은 사람과 같은 인물이야. 그 때문에 돌라 배너까지 가엾게 휘말려 들었지만 말야. 아무튼 루디 셔트는 아니야. 그는 죽어 버린걸, 뭐. 범인은 사건이 있었던 날 밤, 방에 있던 누군가일 거야. 아마도 생일 파티에도 참석했던 사람이야. 하몬 부인만은 결코 아니겠지만."

"생일 파티가 있었던 날, 누군가가 독이 들어 있는 아스피린을 거기에 놓았다고 생각해?"

"물론. 왜?"

"하지만 어떻게 했을지 모르겠어."

"그러게 말이야. 우리는 모두 자리를 떠났잖아. 그리고 나는 케이크 때문에 손이 끈적끈적해서 욕실로 씻으러 갔고, 이스터브룩 부인은 미스 블랙록의 침실에서 화장을 고치고 있었어! 분명히 그녀는──"

"어머나, 힌치! 넌 그녀가 한 짓이라고──"

"아직 몰라. 만약 그녀가 한 짓이라면 일은 확실해지겠지. 너도 독이 든 아스피린을 갖다 놓을 생각이라면 그 방에 있는 것을 다른 사람이 보지 못하도록 피할 거야. 그런데 그녀는 모두 보았거든."

"남자들은 2층에 가지 않았어."

"뒷계단이 있잖아? 게다가 자리를 뜬 사람의 뒤를 따라간 일도 없었지. 2층에 가지 않았다고 어떻게 보증할 수 있겠어? 그렇게 간단하지 않아. 아무튼 토론은 그만두고 맨처음에 노린 대로 레티 블랙록에게 부딪쳐 보아야 한다고 생각해. 그러니까 우선 네가 정신을 바짝 차려 줘야겠어. 모든 것이 너 하기에 달렸으니까."

미스 마거트로이드는 놀라서 눈이 동그래졌다.

"어머나, 힌치. 어떻게 하면 되지?"

"걱정하지 않아도 돼. 문제는 네 눈이니까. 즉 네가 무엇을 보았는지 그것이 문제야."

"하지만 난 아무것도 보지 못했어."

"마거트로이드, 네 단점은 지금 내가 말했잖아? 뭐든지 해보려고 하지 않는 거야. 자, 주의를 집중해요. 이것이 그날 일어난 일이야. 누군지는 모르지만 레티 블랙록을 노린 사람이 그날 밤 그 방에 있었어. 그는(편의상 그라고 하지만 물론 그녀라고 해도 상관없어. 요컨대 상대는 비열한 짐승이니까) 미리 응접실로 통하는, 못질을 했든가 또는 어떻게 되어 있는 제2의 문에 기름을 쳐 두었어. 언제 기름을 쳤는가는 부디 묻지 말아. 혼란되니까. 사실상 알맞은 때를 고른다면, 나도 치핑 클레그혼에서 30분 정도는 아무에게도 눈치채이지 않고 필요한 방에서 하고 싶은 일을 할 수 있었을 거야. 낮에 일하러 오는 여자와 집안 식구가 없는 시간을 노리면 간단하게 할 수 있어, 알겠지? 그 사람이 그 제2문(문B)에 기름을 치고, 소리가 나지 않게 그 문이 열리도록 준비한다, 막상 전등이 꺼지고 제1문(문A)이 활짝 열린다. 그리고 손전등 불빛이 안으로! 우리들이 모두 기겁을 해서 넋이 빠져 있는 동안에 X(가장 잘 어울리는 호칭이야)가 문B에서 살그머니 어두운 홀로 기어들어가 저 얼빠진 스위스 인 뒤에서 레티 블랙록에게 두 발을 쏘고 그런 다음 스위스 인을 죽인다, 그런 다음 너처럼 머리가 둔한 사람이 스위스 인이 쏘았다고 생각할 만한 곳에 권총을 떨어뜨려 두고 불이 켜지기 전에 재빠르게 방으로 돌아와 태연한 표정을 짓고 시치미를 뗀다——어때, 알겠어?"

"응. 하지만 누가——"

"글쎄…… 모른다면 가르쳐 주지. 마거트로이드, 어느 누구도 아닌 바로 너일는지도 몰라."

"뭐라고?" 마거트로이드는 놀라서 울음을 터뜨릴 것 같은 목소리를 냈다. "난 아무것도 몰라. 정말 아무것도."

"머리를 잘 써서 생각해 내는 거야. 우선 첫째로 불이 꺼졌을 때 모두 어디에 있었지?"

"모르겠어."

"거짓말! 알고 있어. 넌 지금 흥분해 있는 거야. 넌 네가 어디에 있었는지 기억하지? 문 뒤에 있었어."

"그, 그랬어. 문이 열렸을 때 내 발꿈치에 부딪쳤어."

"넌 스스로 자신을 휘청거리게 할 정도라면 어딘가 안마 치료라도 받으러 가는 게 어때? 죽은 피가 빠질 거야. 자, 다시 본디 줄거리로 돌아와서——넌 문 뒤, 나는 맨틀피스 앞에서 유리잔을 입으로 가져간 참이었지. 레티 블랙록은 아치에서 가까운 테이블에 담배를 가지러 갔고, 패트릭 시몬스는 블랙록이 마실 것을 준비하게 한 옆의 작은 방으로 아치를 지나가고 있었지?"

"그래, 그렇게 말하니까 생각이 났어."

"좋아. 그때, 누군가가 패트릭을 따라 그 방으로 들어갔거나 또는 그의 뒤를 따르려고 했어. 누군지 남자들 중의 하나야. 안타깝지만 이스터브룩 대령이었는지, 에드먼드 스웨테남이었는지 기억이 나지 않아. 넌 기억하고 있니?"

"아니."

"넌 생각해 내려고도 하지 않는군. 그리고 또 한 사람 작은 방으로 들어간 사람이 있었잖아? 그건 필리퍼 헤임스였지? 나는 똑똑히 기억하고 있어. '어쩌면 등이 저렇듯 보기 좋을까, 말에 올라타면 틀림없이 멋질 거야' 하고 그때 생각했었으니까. 난 그녀를 보면서 그런 걸 생각하고 있었어. 그리고 그녀는 맨틀피스 앞을 지나 별실로 갔어. 그때 불이 꺼져 버렸기 때문에 그녀가 거기에 무엇하러 갔는지는 알 수 없지만——자, 바로 여기가 중요한 점이야. 옆의 작은 방에는 패트릭 시몬스, 필리퍼 헤임스, 그리고 이스터브룩 대령이나 또는 에드먼드 스웨테남 중 어느 누군가가(어느 쪽인지는 알 수 없지만) 있었어. 자, 마거트로이드, 잘 들어 줘. 얼른 생각할 수 있는 것은 이 셋 가운데 누구인가 하는 경우야. 저 제1문으로 빠져 나가려면 불이 꺼졌을 때 곧 그렇게 할 수 있는 위치에 있는 것이 자연스럽지. 아마도 이 셋 가운데의 한 사람이 했으리라고 나는 생각해. 그 경우, 넌 관계없어.”

마음이 놓이는 듯 미스 마거트로이드의 얼굴이 밝아졌다.

“한편 이 셋 가운데 한 사람이 한 짓이 아닌 경우도 있을 수 있어. 그래서 또 너에게도 관계되는 셈이지” 하고 힌치리피는 말을 계속했다.

“하지만 난 알고 있을 것 아니겠어?”

“아까도 말했듯이, 마거트로이드 네가 생각해 내지 않으면 아무도 알 수 없어.”

“하지만 난 몰라, 정말. 아무것도 보이지 않았어.”

“아니, 넌 생각해 낼 수 있어. 볼 수 있었던 것은 너뿐인걸. 넌 문 뒤에 서 있었어. 그렇기 때문에 문에 가려져서 손전등에는 비치지 않았어. 넌 다른 쪽을, 즉 손전등이 향해진 쪽을 보고 있었을 거야. 그러니까 다른 사람은 눈이 부셨지만 넌 부시지 않았을 거야.”

“아니 그렇지 않아. 아무것도 보지 않았어. 손전등이 빙 움직이고 있었지만——”

“무엇을 비추어 보았지? 모든 사람의 얼굴을 비춘 것이 아니었을까? 그리고 테이블, 의자?”

“그래, 그랬어. 미스 배너가 입을 쩍 벌리고 눈을 깜빡이고 있었어.”

“그런 것은 아무래도 좋아. 네 머리를 활동시키는 것은 정말 힘들군. 자, 잘 생각해 봐."

미스 힌치리피는 아주 힘들다는 듯이 한숨을 쉬었다.

"하지만 본 것은 그것뿐이야, 정말."

"그럼, 방 안이 텅 비었었다는 말이야? 아무도 서 있지 않았어? 아무도 앉아 있지 않았단 말이야?"

"물론 그렇지는 않았지. 미스 배너는 입을 멍청하니 벌리고 있었고, 하몬 부인은 팔걸이의자에 앉아 있었어. 눈이 치켜올라가 덜덜 떨면서——어린아이처럼."

"됐어. 그것으로 하몬 부인과 미스 배너는 알았어. 내가 무엇을 추구하고 있는지 아직도 모르겠어? 넌 쓸데없는 일들만 생각해 내는군. 하지만 네가 본 사람을 하나씩 빼내 가노라면 가장 중요한 점, 즉 네가 보지 못한 사람이 누구였는지 알게 될 거야. 테이블 옆이라든가 의자, 또는 국화꽃 옆에 나머지 사람이 분명히 있었지? 그러니까 줄리아 시몬스, 스웨테남 부인, 이스터브룩 부인, 그리고 대령이나 에드먼드 스웨테남 중의 하나, 그리고 돌라 배너와 번치 하몬, 그 가운데에서 하몬과 배너는 보았으니까 됐어. 한 사람을 빼놓고 잘 생각해 봐, 마거트로이드, 지금 말한 사람들 가운데 분명히 없었던 사람이 있지?"

열린 창문에 나뭇가지가 닿은 것처럼 미스 마거트로이드는 몸을 흠칠했다. 눈을 감은 그녀는 혼잣말을 중얼거리기 시작했다.

"꽃…… 테이블 위…… 커다란 팔걸이의자……손전등은 네가 있는 데까지 닿지 않았어, 힌치. 하몬 부인은……"

전화 벨이 요란하게 울렸다. 미스 힌치리피가 일어나 그쪽으로 갔다.

"여보세요? 그렇습니다. 정거장이라고요?"

순진한 미스 마거트로이드는 눈을 감고 29일 밤의 일을 생각해 내

고 있었다……손전등이 천천히 사람들을 비추기 시작한다…… 창문
…… 소파…… 돌라 배너…… 벽…… 스탠드가 있는 테이블…… 그
리고 별안간 권총이 번뜩였다…….

"……그렇더라도 좀 너무 색다르잖아" 하고 마거트로이드는 중얼
거렸다.

"뭐라고요?" 미스 힌치리피가 성난 듯이 전화통에 대고 소리쳤
다. "오늘 아침부터라고요? 지금 몇 시인 줄 알아요? 참 기가 막혀
서. 이제야 전화를 걸어오다니. 실수였다고요? 이제 와서 무슨 말이
에요?"

힌치리피는 소리내어 전화기를 놓았다.

"개 말이야" 하고 그녀는 말했다. "붉은 털의 세터. 오늘 아침 8시
부터 정거장에 내버려 두었다지 뭐야? 물도 주지 않고, 더욱이 멍청
하게도 이제야 겨우 전화를 했잖아? 내가 지금 당장 가서 데리고 오
겠어."

그녀는 방을 뛰쳐나갔으나 마거트로이드는 눈을 감고 큰 소리를 질
렀다.

"힌치! 들어 줘, 도저히 믿어지지 않는 일이야……. 나로선 알 수
없어……."

미스 힌치리피는 문으로 뛰쳐나가 차고로 쓰고 있는 광 쪽으로 걸
어갔다.

"돌아와서 또 이야기해!" 하고 그녀는 외쳤다. "네가 생각해 내
기를 기다리다가는 해가 지고 말겠어."

그녀는 스쿠터를 밀어 차고에서 거칠게 차를 꺼냈다. 미스 마거트
로이드는 위태롭게 옆으로 홀쩍 뛰다시피 하면서 말했다. "하지만 힌
치, 지금 들어 줘. 꼭 말해야겠어."

"돌아와서 듣겠어."

차는 갑자기 속도를 빨리하며 떠나갔다.

미스 마거트로이드의 흥분한 목소리가 그 뒤로부터 희미하게 들렸다.

"하지만 힌치, '그녀는 거기에 있지 않았어'…… "

### 3

머리 위에 구름이 짙어지고 주위가 어두컴컴해졌다. 미스 마거트로이드가 달려가는 차를 물끄러미 바라보고 있는 동안에 굵은 빗방울이 떨어지기 시작했다.

그녀는 당황하여 허둥지둥 마당으로 뛰어나가 빨랫줄에 걸어 둔 빨래를 걷기 시작했다.

그녀는 작은 목소리로 중얼거렸다.

"도무지 생각조차 할 수 없는 일이야…… 어머나, 저런, 비에 젖잖아…… 거의 다 말랐는데……. "

빨래집게를 간신히 벗기자, 그녀는 가까이 다가오는 발소리 쪽으로 머리를 돌리고 방긋 웃었다.

"안녕하세요, 빨리 집안으로 들어가세요. 젖겠어요. "

"도와 주겠어요. "

"어머나, 미안해요……. 젖으면 어떻게 하지요? 정말은 빨래줄을 내리는 편이 좋겠지만, 이래도 겨우 손이 닿아요. "

"저런, 당신의 스카프를 목에 감아 줄까요? "

"미안합니다. 이 못에 손이 닿으면 좋겠지만……. "

털실로 짠 스카프가 그녀의 목에 부드럽게 감겼는가 싶자 그것이 갑자기 세게 죄어지기 시작했다.

미스 마거트로이드의 입이 무슨 말인지 하고 싶은 듯이 벌어졌으나, 조금 목을 그르럭거렸을 뿐이다.

스카프는 더욱 더 세게 죄어져 갔다……

4

정거장에서 돌아오는 길에 미스 힌치리피는 차를 세우고, 길을 서두르고 있는 미스 마플에게 말을 걸었다.

"젖으시겠어요. 저의 집에 잠깐 들르셔서 차라도 한 잔 하시지요. 번치가 버스를 기다리는 것을 보았어요. 당신은 목사관으로 돌아가셔도 혼자이실걸요. 오세요, 전 마거트로이드와 그 사건에 관해 다시 생각해 보고 있답니다. 우리는 어딘지 잘못되어 있었던 게 아닐까 하고 생각하고 있어요. 어머, 개를 조심하세요. 아주 겁쟁이니까요."

"개가 참 예쁘군요."

"귀엽지요? 정거장 사람들은 제게 알려 주지도 않고 오늘 아침부터 그대로 내버려 두었답니다. 태만하다고 한 마디 해주었어요. 어머나, 죄송합니다. 이런 말씨를 써서요. 아일랜드에 있는 저의 집 하인에게 배우고 말았어요."

작은 차는 한 번 크게 흔들리더니 바울더스의 좁은 뒤뜰 쪽으로 돌아갔다.

두 사람이 차에서 내려서자, 오리며 닭들이 기다리고 있었던 듯이 주위에 모여들었다.

"마거트로이드가 아직도 모이를 안 주었군" 하고 힌치리피가 말했다.

"모이를 쉽게 구할 수 없나요?" 하고 미스 마플이 물었다.

"농부에게 부탁하면 쉽게 구할 수 있어요."

발 밑에 있는 닭을 쫓으면서 힌치리피는 마플을 집 쪽으로 안내했다.

"많이 젖으셨지요?"

"괜찮아요, 이 코트는 방수가 아주 잘 되어 있어요."

"마거트로이드가 하지 않으니 제가 불을 켜겠어요. 마거트로이드!
어디 갔지? 마거트로이드! 개는 어딜 갔을까? 모두 없어졌어
요."

슬프게 들리는 개 짖는 소리가 마당 쪽에서 들려왔다.

"성가시게 구는 개로군."

미스 힌치리피는 문께로 가서 개 이름을 불렀다.

"큐티, 큐티! 이름이 맘에 들지 않아. 다른 이름을 지어 주어야
지. 큐티!"

미스 힌치리피가 마당에 눈길을 보내자 널려 있는 빨랫감이 바람에
나부끼고 팽팽하게 당겨진 빨랫줄 밑에서 붉은 털의 세터가 열심히
무슨 냄새를 킁킁거리며 빙빙 돌았다.

"마거트로이드가 웬일일까? 빨래도 걷어들이지 않았잖아? 어디
에 있는 거지?"

또다시 개가 옷 뭉치인 듯한 물건에 코를 비벼 댔다. 그런 다음 위
를 보고 짖었다.

"저 개가 왜 저럴까?"

미스 힌치리피는 성큼성큼 잔디 위를 가로질러 다가갔다.

미스 마플도 걱정스러운 듯이 종종걸음으로 그녀의 뒤를 쫓았다.
그러다가 두 사람은 나란히 걸음을 멈추고 우뚝 섰다. 비를 맞은 채
마플은 힌치리피의 어깨에 손을 돌렸다. 그녀는 힌치리피가 긴장되어
서 몸이 굳어져 있는 것을 잘 알 수 있었다. 발 밑에는 보랏빛으로
충혈된 마거트로이드의 얼굴이 가로누워 있고 혓바닥을 쑥 내민 채
입을 벌리고 있었다.

"누가 범인이든 당장 죽여 버리고 싶어요. 그녀의 증거만 잡았다면

그냥——" 하고 미스 힌치리피가 짓눌린 듯한 낮은 목소리로 말했다.

"그녀?" 미스 마플이 의아스럽다는 표정으로 되물었다.

힌치리피는 노여움에 찬 얼굴을 마플에게로 돌렸다.

"그렇답니다. 대강 짐작은 하고 있어요, 세 가지 추리 가운데 하나지요."

힌치리피는 여전히 한참 동안 우두커니 선 채 죽은 친구의 얼굴을 내려다보더니 조금 뒤 안채 쪽으로 발을 돌렸다. 그녀는 감정을 억누른 목소리로 말했다.

"경찰에 알려야지. 경관이 올 때까지 당신께 말씀드리고 싶은 일이 있어요, 어떤 의미로는 마거트로이드가 살해된 것은 제 책임이에요, 탐정 놀이를 했었는데…… 살인은 게임이 아니에요——"

"그렇고말고요, 게임일 수가 없지요" 하고 마플이 말했다.

"당신은 이 사건에 대해 뭔가 알고 계신 것 아니에요?" 미스 힌치리피가 수화기를 집어들고 다이얼을 돌리면서 말했다.

힌치리피는 간단하게 사건을 보고하고 전화를 끊었다.

"2, 3분 있으면 경찰이 올 거예요. 전 당신이 이 사건에 관계한다는 것을 전에 들은 일이 있어요, ……에드먼드 스웨테넘이 말했던 것으로 생각해요, ……마거트로이드와 제가 무엇을 하려고 했었는지 듣고 싶지 않으세요?"

힌치리피는 정거장으로 나가기 전에 두 사람이 주고받은 대화의 내용을 간단하게 설명했다.

"아시겠지요? 제가 막 떠나려고 할 때 뒤에서 그녀가 부르더군요, 그래서 여자라는 것을 알았어요…… 만약 제가 떠나지 않고 그녀에게서 듣기만 했다면! 개 따위야 15분쯤 더 기다렸어도 좋았을 것을."

"그렇게 자신을 나무라지 말아요. 좋지 않아요. 미리 짐작할 수 없는 일인걸요."

"그렇군요. 누군가가 창문을 두드린 기억이 나요. 틀림없이 범인은 밖에 있었어요. 그리고 물론 집 안으로 들어왔을 거예요…… 그러자 거기서 마거트로이드와 제가 커다란 목소리로 서로 이야기하고 있었어요…… 그래서 그녀는 들은 거예요…… 하나도 남김없이 모조리……."

"당신의 친구가 뭐라고 했는지 아직 듣지 않았군요."

"꼭 한 마디! '그녀는 거기에 있지 않았어'."

힌치리피는 말을 끊었다가 다시 이었다.

"아셨어요? 우리가 문제로 삼은 여자가 셋이었어요. 스웨테남 부인, 이스터브룩 부인, 그리고 줄리아 시몬스——이 셋 가운데 한 사람이 '거기에 있지 않았던' 거예요. 그녀는 다른 문으로 빠져 나가서 홀에 갔으니까, 응접실에는 있지 않았다는 거지요."

"잘 알았어요" 하고 미스 마플이 말했다.

"이 셋 가운데 한 사람이에요. 누군지는 모르겠지만, 무슨 일이 있더라도 찾아내 보이겠어요."

"잠깐만, 그녀는——미스 마거트로이드는 당신이 지금 말한 대로 말했단 말인가요?"

"제가 말한 대로라니…… 어떤 뜻이지요?"

"어떻게 설명하면 좋을까요. 당신은 이렇게 말했지요? '그녀는 거기에 있지 않았다' 즉 어떤 말에도 똑같이 힘을 주는 방법 말이에요. 알겠어요? 세 가지로 말하는 방법이 있어요. '그녀는' 거기에 있지 않았다——이 경우는 어느 특정한 사람을 강조하고 있어요. 그녀는 거기에 '있지 않았다'에 힘이 들어 있다면 사태는 확실해지지요."

미스 힌치리피는 머리를 가로저으며 말했다.

"모르겠어요. 아무리 제가 남의 비밀 따위를 재빨리 들어 알고 있다고 해도 거기까지는 기억하고 있지 않아요. '그녀는' 거기에 있지 않았다고 말한 것 같은데, 이것이 가장 자연스러운 방법이 아닐까요? 하지만 잘 모르겠어요. 어떻게 다를까요?"

"글쎄요. 물론 말하는 방법에 있어 약간 다른 것이겠지요. 하지만 역시 어떤 일을 나타내고 있는 것 같군요. 그렇고말고요. 굉장한 차이가 있다고 생각해요."

미스 마플은 깊은 생각에 잠기는 것처럼 이렇게 말했다.

# 사라진 마플

1

치핑 클레그혼의 우편 배달부는 아침뿐 아니라 오후에도 배달하라는 명령을 받고 매우 풀이 죽어 있었다.

그날 오후 정각 5시 10분 전에 우체부는 리틀 패독스에 3통의 편지를 배달했다.

한 통은 아이들 글씨로 쓴 필리퍼 헤임스 앞으로 온 편지고, 나머지 두 통은 미스 블랙록 앞으로 온 편지였다. 미스 블랙록은 필리퍼와 함께 티 테이블에 앉아 편지를 뜯었다. 그날은 아침부터 비가 억수같이 쏟아져 온실도 닫아 버렸으므로 필리퍼는 아무것도 할 일이 없었다.

미스 블랙록이 맨 먼저 뜯은 봉투에는 부엌 보일러를 수리한 비용을 청구한 청구서가 들어 있었다. 블랙록은 기분나쁜 듯이 코를 킁킁거렸다.

"다이몬드는 바가지를 씌우는군. 이건 정말 너무 비싸잖아. 다른 사람도 그렇게 생각할 거야, 아마."

그녀가 또 한 통의 편지를 뜯으니 그것은 낯선 글씨로 쓴 것이었다.

그리운 레티 아주머니에게

화요일에 찾아 뵈어도 괜찮을까요? 이틀 전에 패트릭에게 편지를 보냈는데 아무 회답도 없습니다. 그래서 저는 잘 되었다고 혼자서 결정했습니다. 어머니가 새달에 영국에 오시는데, 아주머니를 꼭 뵙고 싶어합니다.

치핑 클레그혼에는 16시 15분에 도착하는 열차로 가겠으니 잘 부탁드립니다.

줄리아 시몬스

미스 블랙록은 놀란 듯한 표정으로 그 편지를 읽었으나, 냉정한 얼굴로 되돌아와 다시 한 번 읽어 보았다.

필리퍼는 어떻게 하고 있나 쳐다보니, 미소를 띠면서 아들의 편지를 읽고 있었다.

"줄리아와 패트릭은 돌아왔나요?"

필리퍼가 얼굴을 들었다.

"네, 제가 들어오자 곧 뒤따라 돌아왔어요. 옷이 다 젖어 갈아입으려고 2층에 올라갔습니다."

"좀 불러다 주겠어요?"

"네, 그러지요."

"잠깐만, 이것 좀 읽어 봐요."

필리퍼의 얼굴은 그 편지를 받아 읽더니 차츰 흐려졌다.

"저는 무슨 말인지……"

"나도 무슨 말인지 모르겠어요. 그럼, 줄리아와 패트릭을 불러다

줘요."

필리퍼가 계단 밑에서 큰 소리로 외쳤다.

"패트릭! 줄리아! 레티 아주머니가 부르세요."

패트릭이 계단을 뛰어내려 방으로 들어왔다.

"필리퍼, 여기 있어 줘요" 하고 미스 블랙록이 말했다.

"레티 아주머니, 무슨 일이 있어요?" 하고 패트릭이 쾌활한 어조로 물었다.

"으음, 너는 이 편지를 알 것 같아서……."

편지를 읽어 내려가더니 패트릭의 얼굴은 우스울 정도로 당황했다.

"그 아이한테 전보를 치겠어요. 내가 왜 이런 실수를 했을까?"

"이 편지는 네 여동생 줄리아가 쓴 거지?"

"네, 네, 그래요."

미스 블랙록은 쌀쌀한 어조로 "그럼, 네가 줄리아 시몬스라고 여기 데려다 놓은 저 젊은 여자는 대체 누구지? 네 동생을 내 육촌이라고 생각해도 되겠니?" 하고 물었다.

"네, 실은——아주머니, 모두 설명하겠어요. 이런 짓은 하지 말아야 한다는 건 저도 잘 알고 있었습니다만, 참으로 재미있는 트릭이지 않습니까. 저에게 설명하게 해주신다면……."

"나는 네가 설명해 주기를 기다리고 있잖아. 누구냐, 그 젊은 여자는?"

"그러니까 제가 제대하고 얼마 안 되어 칵테일 파티에서 그 여자와 알게 되었습니다. 이런저런 이야기를 하다 보니 제가 여기로 온다는 말도 지껄이고 말았지요. 그래, 그 여자도 함께 데리고 오면 더 재미있을 것 같기에……. 줄리아는, 아주머니도 아시다시피 진짜 줄리아는 무대에 서고 싶어했지만 어머니가 몹시 반대하셨지요. 그래도 줄리아는 파스 같은 기반이 든든한 극단에 들어갈 수 있는 기

회가 있었으므로 그 극단에 들어갔습니다. 그러나 어머니에게는 얌
전히 약제사 공부를 하고 있는 것으로 해 두어, 시끄러운 잔소리를
막으려고 했던 것이지요."

"너는 그 젊은 여자가 누구라는 말을 하지 않는구나."

이때 줄리아가 침착한 태도로 방으로 들어왔으므로 패트릭은 구원
을 받은 듯 안도의 숨을 내쉬었다.

"들통이 났어" 하고 그는 말했다.

줄리아는 약간 어깨를 으쓱해 보이더니 서슴없이 앞으로 나와 의자
에 앉았다.

"할 수 없지요, 뭐. 화나셨나요? 화나시는 게 당연하지요."

줄리아는 거의 감정을 겉으로 나타내지 않고 미스 블랙록의 얼굴을
물끄러미 쳐다보았다.

"아가씨는 누구지?"

그러자 줄리아는 숨을 크게 쉬고 말했다.

"분명히 밝힐 때가 온 것 같군요. 다 말하겠어요. 저는 피프의 동
생 에마, 정확히 말해 세례명은 에마 조슬란 스탠포디스——그 뒤
우리 아버지는 스탠포디스라는 성을 버리고 드 쿠루시라고 자칭했
어요. 피프와 제가 태어나고 3년쯤 뒤에 아버지와 어머니는 이혼했
어요. 그래서 우리는 따로따로 헤어졌지요. 저는 아버지를 따라갔
어요. 아버지는 매력있는 분이었지만 아버지로서는 자격이 없는 사
람이었지요. 저는 수녀원 신세도 지고 숱한 고생을 했습니다. 그
무렵 아버지는 돈이 한푼도 없었으며, 뭔가 나쁜 일을 꾸미고 있었
어요. 처음에만 잘사는 것처럼 양육비를 내놓고는 그 뒤로는 1년이
고 2년이고 저를 수녀원에 맡겨 놓은 채 모른 척했던 겁니다. 물론
그 동안 저와 아버지는 함께 재미있게 산 적도 있었지요. 그러나
전쟁으로 우리는 따로따로 헤어지고 말았습니다. 아버지가 어떻게

지냈는지 전혀 모릅니다. 저도 위험한 고비를 많이 넘겼지요. 잠깐 동안이지만 프랑스의 레지스탕스에 가담했던 일도 있습니다. 아주 스릴 있었어요. 이야기가 길어지니 간단히 하겠어요. 저는 런던으로 건너가 어떻게 지낼 것인가를 생각했습니다. 그리고 저는 어머니하고 사이가 좋지 않았던, 어머니의 오빠되는 분이 많은 재산을 남기고 돌아가셨다는 것을 알았습니다. 저는 뭔가 유산이 없을까 하고 유언장을 조사했습니다. 그러나 없었어요, 직접적으로는. 그래서 미망인을 조사해 보았는데, 그녀는 약병을 잠시도 떼어 놓지 못하는 다 죽어가는 환자인 것 같았어요. 솔직히 말해 당신은 저의 희망이었습니다. 당신은 많은 재산을 가졌으면서도 제가 보기엔 그것을 받을 사람이 친척 중에 없는 것 같더군요. 숨기지 않고 말하지요. 제가 만일 당신과 친해져 당신이 저에게 호의를 가져 주신다면——그런 생각이 떠올랐습니다. 그러나 결국 랜들 외삼촌이 돌아가시자 상황이 조금 달라졌지요. 우리가 가지고 있던 돈은 전쟁으로 다 없어졌어요. 당신이 외톨이가 된 불쌍한 고아에게 동정하여 조금쯤은 선심을 써 주실 줄 알았습니다. 물론 당신을 아직 만나지는 않았었지요. 저는 감격적인 대면을 가슴 속에 그리고 있었습니다……. 그런데 뜻하지 않은 행운으로 저는 패트릭을 만나게 된 것입니다. 그가 당신의 조카인지 사촌인지 어쨌든 친척이 된다는 걸 알았습니다. 더없이 좋은 기회였지요. 제가 패트릭을 가까이 하자 그도 저를 따랐습니다. 진짜 줄리아는 연극에 열중해 있었으므로, 그녀를 충동질하여서 사라 베르나르처럼 성공하는 것이 운명이라고 생각하게끔 했습니다. 패트릭을 나무라지 마세요. 그는 외로운 저를 동정하고 저의 힘이 되어 동생으로서 저를 이리로 데리고 올 마음이 생겼을 뿐이니까요.”

“그래, 패트릭은 아가씨가 경찰에게 거짓말하고 있다는 것을 알고 있었어?"

"그 묘한 강도 사건이 일어났을 때——일어났을 때라기보다 일어난 뒤로 저는 그 사건에 말려들어가고 있다는 것을 알아차렸습니다. 패트릭마저도 가끔 저를 의심했습니다. 패트릭까지도 그러는 판이니 경찰이야 어떻게 생각하겠어요. 그 사람들은 틀림없이 저를 용의자로 취급할 거예요. 그렇게 되는 건 정말 질색이에요. 그래서 저는 줄리아로 계속 행세하다 열이 좀 식은 뒤에 도망칠 작정이었어요."

그녀는 숨을 크게 쉬고 다시 말을 계속했다.

"밀체스터에서 제가 얼마나 곤란했던가를 모르시지요? 물론 자선 사업의 신세는 지지 않았어요. 영화관에 틀어박혀 몇 시간이고 무서운 영화를 되풀이 보며 지냈어요."

"피프와 에마——경감은 진짜 오누이라고 했지만, 나는 도저히 믿을 수가 없었어."

미스 블랙록은 중얼거리듯이 말하며 줄리아의 얼굴을 살피듯이 쳐다보았다.

"아가씨가 에마라고? 피프는 어디에 있지?"

줄리아는 그녀의 시선을 받자 당황하지 않고 서슴없이 대답했다.

"몰라요, 전혀."

"줄리아(지금까지 이렇게 불러왔으니까 그대로 부른다만), 거짓말을 하고 있는 게 아니냐? 마지막으로 피프를 만난 것은 언제지?"

줄리아는 잠깐 어물거리더니 곧 침착하게 뚜렷한 어조로 대답했다.

"3살 때 헤어지고는 못 봤습니다. 어머니가 데리고 갔는데, 그 뒤로 두 사람 다 만난 일이 없어요. 어디에 있는지도 모릅니다."

"네가 할 말은 그것뿐이니?"

줄리아는 한숨을 쉬었다.

"그렇습니다. 그러나 사실은 그렇지가 못해요. 왜냐하면 그 말을 되풀이해야 하니까요."

"줄리아, 너는 프랑스의 레지스탕스에 가담했던 일이 있었다고 했지?"

"네, 8개월 동안."

"그럼, 사격을 배웠겠군."

블랙록은 이렇게 말하고 또 차가운 푸른 눈으로 줄리아를 쳐다보았다.

"사격은 잘합니다. 그러나 전에도 말했듯이 제가 당신을 쏜 것은 아닙니다. 만일 제가 쏘았다면 빗나가는 일은 없을 거예요."

자동차 소리가 긴장된 방 안의 공기를 뚫고 들려왔다.

"누굴까?" 미스 블랙록이 말했다.

머리가 헝클어진 채 미치가 문 밖을 내다보더니 놀란 듯 눈을 번뜩이며 소리쳤다.

"또 경감이 왔어요. 정말 끈질기군요. 어째서 우리를 가만두지 않지요? 더 이상 참을 수 없어요. 총리대신께 호소해야겠어요, 국왕께도."

클래독이 그녀를 밀어내듯 하며 들어왔다. 그 얼굴이 몹시 위엄 있어 보였으므로 모두 걱정스러운 듯이 그를 지켜보았다. 여느 때의 클래독과는 좀 달라 보였다.

"미스 마거트로이드가 살해되었습니다. 목이 졸려서, 아직 한 시간도 안 된 바로 조금 전에 말입니다."

그는 이렇게 말하고 줄리아를 쳐다보더니 물었다.

"줄리아 양, 당신은 아침부터 어디에 있었지요?"

"밀체스터에요. 지금 막 돌아왔어요." 줄리아는 조심스럽게 대답했다.

"당신은?" 하고 이번에는 그의 눈이 패트릭이 있는 쪽으로 돌아갔다.

"저도요."

"당신들은 함께 돌아왔소?"

"그, 그렇습니다. 우리는 같이 있었습니다." 패트릭이 대답했다.

"아녜요, 패트릭. 그런 말을 하는 것은 좋지 않아요. 곧 탄로날 거짓말이에요. 버스의 사람들은 우리를 잘 알고 있어요. 경감님, 저는 한 발 먼저 4시에 도착하는 버스로 돌아왔어요."

"그러고 어떻게 했지요?"

"산책을 했어요."

"바울더스 쪽으로?"

"아뇨, 농장을 가로질러 갔습니다."

경감이 줄리아를 쳐다보았다. 얼굴이 창백해지고 입술을 꼭 다문 줄리아는 경감을 노려보았다.

한동안 방 안에 침묵이 흐르고 있을 때 전화 벨이 울렸다. 미스 블랙록이 무엇을 묻고 싶은 듯한 시선을 클래독에게로 던지며 수화기를 들었다.

"네, 누구시지요? 아, 번치로군요. 네? 아뇨, 그분은 없어요. 모르겠는데요. ……네, 여기 있어요."

블랙록은 수화기를 입에서 떼고 말했다.

"경감님, 하몬 부인이 당신에게 할 말이 있답니다. 미스 마플이 목사관으로 돌아오지 않아 걱정하고 있군요."

클래독은 성큼성큼 두 발자국 앞으로 나와 수화기를 집어들었다.

"클래독입니다."

"경감님, 전 걱정이 되어서요." 번치의 목소리가 아이들처럼 떨리며 수화기를 통해 들려왔다.

"제인 아주머니가 외출한 채 돌아오지 않으셨어요. 미스 마거트로이드가 살해되었다는 말이 사실인가요?"

"사실입니다. 미스 마플이 미스 힌치리피와 함께 시체를 발견했습니다."

"그래요?" 번치가 마음을 놓은 듯 말했다.

"그렇지만, 지금은 안 계신 것 같습니다. 30분쯤 전에 돌아가셨습니다. 아직도 댁에 도착하지 않으셨습니까?"

"네, 돌아오지 않으셨어요. 걸어서 10분도 안 걸리는데. 대체 어딜 가셨을까요?"

"이웃 집에라도 들르신 게 아닐까요?"

"가실 만한 곳에는 다 전화를 해 봤어요. 그런데 아무 데도 안 게세요. 정말 걱정이 되네요."

"그래요? 저도 걱정이 되는군요" 하더니 클래독은 걱정스러운 듯이 "곧 댁으로 가겠습니다" 하고 재빨리 말했다.

"꼭 부탁드립니다. 제인 아주머니가 나가시기 전에 무엇을 써 놓은 종이쪽지도 있습니다. 무슨 뜻인지 저는 통 알 수 없습니다만……"

클래독은 수화기를 놓았다.

미스 블랙록은 걱정스러운 듯이 말했다.

"미스 마플에게 무슨 일이 있었습니까? 잘못되는 일이 없었으면 좋으련만……."

"그러게 말입니다" 하고 클래독은 입을 일그러뜨리며 말했다. "그녀는 나이가 많은 데다 몸도 약하니까요."

"그렇지요."

미스 블랙록은 목에 건 진주 목걸이를 만지작거리며 가라앉은 목소리로 말을 계속했다.

"점점 사태가 악화되어 가는군요, 누가 그런 짓을 하는지 모릅니다만, 틀림없이 미친 사람의 짓일 거예요."

"어떨까요?"

미스 블랙록의 손가락에 신경질적으로 힘이 주어졌으므로 진주 목걸이가 끊어져 방바닥 위에 떨어졌다. 새하얀 진주알이 방 안에 흩어졌다.

미스 블랙록은 이성을 잃고 소리를 질렀다.

"진주가, 내 진주가——"

그 목소리가 너무도 날카로웠으므로 모두들 놀라 그녀를 지켜보았다. 미스 블랙록은 목에 손을 대고 흐느껴 울며 방에서 뛰어나갔다.

필리퍼가 방바닥에서 진주를 주우며 말했다.

"이렇게 이성을 잃은 적은 지금까지 한 번도 없었는데. 그래요, 언제나 이것을 걸고 있었어요. 누군가 특별한 사람한테서 받은 것인지도 모르겠군요. 틀림없이 랜들 게들러에게서——"

"받았는지도 모르겠지요" 하고 클래독이 천천히 말했다.

"아니에요, 그럴 리 없어요. 이것이 꼭 진짜라고만 할 수는 없잖아요?"

필리퍼가 무릎을 꿇고 하얗게 빛나는 진주알을 주우며 말했다.

진주알을 하나 손바닥 위에 올려놓고 클래독은 경멸하는 듯한 어조로 대답했다.

"진짜? 물론 진짜는 아니겠지." 이렇게 말하고 그는 갑자기 입을 다물었다.

이 진주가 진짜라고 할 수 있을까? 하나같이 진주알이 크고 고르며 너무 지나치게 희다. 분명히 모조품이다. 그러나 클래독은 갑자기 진짜 진주 목걸이가 전당포에서 몇 실링 안되는 싼 값으로 팔렸던 형사 사건을 생각했다.

레티시아 블랙록은 비싼 보석류는 하나도 가지고 있지 않다고 그에게 확언하였다. 그러나 만일 이 진주가 진짜라면 굉장한 값어치가 있을 것이다. 더구나 랜들 겐들러가 그녀에게 보낸 것이라면 얼마든지 비싼 값을 매길 수 있을 것이다.

그것은 모조품으로 보인다. 모조품이 틀림없다. 그러나 만일 진짜라면?

미스 블랙록은 그것을 눈치채지 못했는지도 모른다. 아니면 싸구려로 알게 해놓고 자기 재보(財寶)를 지키고 있는 것인지도 모른다. 진짜라면 어느 정도의 값어치가 있을까? 엄청난 가격이리라…… 살인을 범할 만한 가치가 있는 진짜 진주의 비밀을 알고 있는 자에게는.

클래독은 이런 생각을 하다가 문득 제정신으로 돌아왔다. 미스 마플이 행방불명이다. 목사관으로 가야만 한다.


### 3

클래독 경감이 도착하자 번치와 그녀의 남편은 그를 기다리고 있는 중이었다. 두 사람은 걱정이 되어 못 견디겠다는 듯한 얼굴 표정을 짓고 있었다.

"아직도 돌아오지 않으셨어요" 하고 번치가 말했다.

"바울더스를 나갈 때 곧장 돌아온다고 말하지 않았던가요?" 줄리앙이 물었다.

"분명히 그러지 않았던 것 같습니다."

클래독은 아까 마플과 만났을 때의 일을 생각하며 천천히 대답했다.

클래독은 마플의 입술이 차갑게 일그러지며, 여느 때의 부드러운 푸른 눈이 몹시 빛나던 것을 생각하고 있었다.

그 굳은 결의를 품었던 무서운 얼굴…… 무엇을 하기 위해서였을까? 어디에 가기 위해서였을까?

목사관에 와 있던 미스 힌치리피가 말했다.

"제가 마지막으로 그녀를 보았을 때는 마침 문이 있는 곳에서 플레처 형사부장과 이야기하고 있었어요. 그러고는 그냥 문 밖으로 나갔지요. 저는 그녀가 곧장 목사관으로 돌아가는 줄만 알았어요. 자동차로 보냈으면 좋았을걸. 거기까지는 생각지 못했군요. 게다가 그녀가 서둘러 슬그머니 가 버렸기 때문에……. 그렇지, 플레처 형사부장이 무언가 알고 있을지도 모르겠군요. 그 사람은 어디 있을까?"

클래독이 바울더스로 전화를 걸어 보니 플레처 형사부장은 어디를 간다는 말도 없이 나갔다는 것이었다. 그러나 무슨 곡절이 있어 밀체스터로 돌아갔을 것이다.

경감은 밀체스터의 본서에도 전화를 걸어 보았으나 플레처의 행방은 그곳에서도 알 수 없었다. 그래서 그는 번치가 전화로 했던 말이 생각나서 그녀가 있는 곳으로 되돌아갔다.

"그 종이쪽지는 어디 있습니까? 미스 마플이 종이쪽지에 뭔가 써 두었다고 하셨지요?"

번치가 그 종이쪽지를 가지고 오자 경감은 그것을 테이블 위에 펴놓고 자세히 들여다보았다. 번치는 경감의 어깨 너머로 그것을 읽었다. 떨리는 손으로 쓴 글씨라 읽기가 힘들었다.

'스탠드' 그리고 다음 말은 '제비꽃'

간격을 두고──

'아스피린 병은 어디에 있나?'

이 기묘하게 쓴 구절 다음 줄은 더 읽기 힘들었다.

"'감미로운 죽음'" 하고 번치가 읽었다. "이건 미치의 케이크 이름이에요."

"'신상조사를 한다'" 하고 클래독이 읽었다. "신상조사? 무슨 말일까? 아니, 이건 또 뭐지? '심한 고통을 꿋꿋하게 견디고……', 도무지 알 수 없군."

경감은 또 읽어 내려갔다.

"'요오드팅크', '진주', 옳거니, 진주로군. 그리고 '로티', 아니 레티군. 레와 로를 구별하기 힘들군. 그리고 '베른'. 이건 뭐야? '양로 연금'……"

번치는 여우에 홀린 듯이 상대방 얼굴을 쳐다보았으나 클래독은 곧 그것을 연결지어 읽어 보았다.

"스탠드, 제비꽃, 아스피린 병은 어디에 있나, 감미로운 죽음, 신상조사를 한다, 심한 고통을 꿋꿋하게 견디고, 요오드팅크, 진주, 레티, 베른, 양로 연금."

"이건 무슨 뜻이 있는 걸까요? 사건과 무슨 관계가 있는 것인지 저로선 짐작도 안 가는데요" 하고 번치가 물었다.

"저도 잠깐 봤을 뿐이라 잘 모르겠습니다. 진주에 대해 쓴 게 마음에 걸리는군요."

"진주라고요? 무슨 뜻이지요?"

"미스 블랙록은 늘 그 세 줄로 된 진주 목걸이를 걸고 있습니까?"

"네, 걸고 있어요. 우리는 가끔 그것을 보고 웃을 때가 있어요. 꼭 가짜로 보이거든요. 안 그런가요? 하지만 레티는 유행이라고 생각하는 모양이에요."

"다른 이유에서 그러는지도 모르지요" 하고 클래독은 천천히 말했다.

"설마 그것이 진짜라는 뜻은 아니겠지요? 그럴 리가 없어요."

"그만한 크기의 진짜 진주를 본 일이 있습니까?"

"하지만 그것은 너무 유리구슬 같은걸요."

클래독은 어깨를 움츠렸다.

"진주 이야기는 나중으로 돌립시다. 문제는 미스 마플입니다. 그녀를 찾아야지요."

너무 늦기 전에 그녀를 찾아내야만 한다. 이미 늦어 버린 일인지도 모르지만. 그 연필로 쓴 말은 그녀의 몸에 위험이, 무서운 위험이 닥쳐왔음을 나타내고 있는 것이다. 그런데 플레처란 녀석은 어디를 돌아다니고 있는 것일까?

클래독은 목사관을 나오자 차를 세워 놓은 곳으로 성큼성큼 걸어갔다. 미스 마플을 찾아야 한다. 그러는 도리밖에 없다.

그러자 마침 그때 비에 젖은 월계수 그늘에서 그를 부르는 소리가 들려왔다.

"경감님!" 플레처 형사부장의 초조한 목소리였다. "경감님……."

# 세 여자

리틀 패독스에서는 저녁 식사가 끝난 참이었다. 아무도 입을 열지 않았다. 숨이 막힐 것 같은 분위기의 식사였다.

패트릭은 불안한 듯이 침착성을 잃고 띄엄띄엄 이야기를 했으나 분위기는 조금도 부드러워지지 않았다. 필리퍼 헤임스는 멍하니 생각에 잠겨 있고 미스 블랙록도 여느 때의 명랑함은 어디론가 사라져 버렸다.

미스 블랙록은 저녁 식사를 위해 옷을 갈아입고 보석 목걸이도 하고 있었으나 그 거무스름한 둥근 눈에는 공포의 빛이 나타나 있었으며, 침착성을 잃은 두 손이 속마음을 말해 주고 있었다.

그날 밤, 아이러니컬한 태도를 유지하고 있던 것은 줄리아 한 사람뿐이었다.

"떠나지 않아서 미안하군요, 레티 아주머니. 제가 떠나려 해도 틀림없이 경찰이 허락하지 않을 거예요. 하지만 오랫동안 있진 않을 거예요. 클래독 경감이 부하를 거느리고 수갑을 가지고 들어오는 모습이 눈 앞에 선해요. 왜 좀더 빨리 범인이 잡히지 않았는지 이상할 정도예요" 하고 줄리아는 말했다.

"경감은 미스 마플을 찾느라고 정신없어" 하고 미스 블랙록은 말하였다.

"그 여자도 죽었다고 생각하나요? 어째서지요? 그녀가 무엇을 알고 있었다는 거지요?" 하고 패트릭이 과학적인 호기심을 만족시킨 듯한 어조로 물었다.

"그것은 잘 모르지만 틀림없이 미스 마거트로이드가 그녀에게 뭔가 말했을 거야." 미스 블랙록이 분명치 않은 목소리로 말했다.

"만일 그녀도 살해되었다면 논리적으로 말해 범인은 단 한 사람이라는 말이 되는군요." 하고 패트릭이 말했다.

"그게 누구지?"

"물론 힌치리피지요" 하고 그는 의기양양하게 말했다.

"미스 마플이 살아 있는 것을 마지막으로 본 곳은 바울더스가 아닙니다. 나의 판단으로는 그녀는 바울더스에서 나오지 않았어요."

"골치가 아프군." 미스 블랙록은 힘없는 목소리로 이렇게 말하더니 손으로 이마를 짚었다. "왜 힌치가 미스 마플을 죽이지? 이해가 안 가는 소리야."

"그것은 힌치가 마거트로이드를 죽였을 경우지요" 하고 패트릭이 자신 있는 듯한 어조로 말했다.

이때 필리퍼가 제 정신으로 돌아온 듯한 어조로 입을 열었다.

"힌치가 마거트로이드를 죽이지는 않았을 거예요."

"힌치가 범인이라는 것을 폭로하려고 했기 때문입니다." 패트릭은 논쟁을 하기에 여념이 없었다.

"하지만 마거트로이드가 살해되었을 때 힌치는 역에 있었어요."

"역에 가기 전에도 죽일 수 있단 말입니다."

이때 갑자기 레티시아 블랙록이 큰 소리를 질러 모든 사람을 깜짝 놀라게 했다.

"살인자, 살인자, 살인자! 좀 다른 이야기를 하면 어떨까! 너희들은 내 기분이 어떤지 모르는 모양이지. 이렇게 무서운 기분이 들기는 생전 처음이야. 지금까지 스스로 내 몸을 지킬 수 있다고 생각했는데…… 다음 사람을 노리고 있는 살인마에 대해 너희들은 무력해. 아, 끔찍해, 하느님!"

미스 블랙록은 머리를 숙이고 두 팔로 감쌌다. 잠시 뒤에 얼굴을 들더니 변명하듯 말했다.

"미안하구나, 이성을 잃어서."

"괜찮아요, 아주머니. 제가 옆에 있으니까요" 하고 패트릭이 힘주어 말했다.

"네가 말이냐?" 블랙록은 이렇게 말했을 뿐이나, 그 말에서는 비난이 포함된 깊은 실망을 느낄 수 있었다.

저녁 식사가 시작되기 조금 전의 일이지만 미치가 찾아와 이제는 부엌일을 하지 않겠다고 선언함으로써 그것이 오히려 그 자리의 기분을 전환하게 해주었다.

"저는 이 집에서는 더 이상 아무 일도 하지 않기로 하겠어요. 방에 들어가 꼼짝않고 있겠어요. 밝기 전에는 나오지 않을 거예요. 아이, 무서워라――사람이 계속 죽다니. 그 사람 좋은 미스 마거트로이드를 죽이다니, 도대체 그자가 누구일까요? 그런 짓을 하는 것은 미치광이일 거예요. 미치광이는 앞뒤 분별이 없으니까. 하지만 저는 죽고 싶지 않아요. 부엌에 그림자가 비치고――그리고 무슨 소리가 들렸어요. 마당에 누가 있어요. 식료품실 문 옆에서도 사람의 그림자를 보았어요. 게다가 발자국 소리도. 이제부터 제 방에 들어가서 문을 잠그고 장롱으로 막아 놓겠어요. 그리고 날이 새면 그 심술궂은 경관에게 이 집에서 나가겠다고 말하겠어요. 만일 못 나가게 하면 '나가게 할 때까지 떠들어 줄 테다'라고 말할 거예요."

모두 미치의 무서운 비명 소리를 생각하고 주춤하는 모습이었다.

"전 제 방으로 가겠어요."

미치는 다시 한 번 선언을 되풀이하고 과장된 몸짓으로 입고 있던 비단 앞치마를 벗어 던졌다.

"안녕히 주무세요, 미스 블랙록. 내일 아침이면 당신은 살아 있지 않을 거예요. 그때를 생각하여 지금 말해 두겠어요. 안녕히 계십시오."

그녀는 무뚝뚝하게 말하고 나갔으나 문은 여느 때나 다름없이 살그머니 소리를 내며 조용히 닫혔다.

그 말이 맞다는 듯이 줄리아도 일어섰다.

"현명한 조치군요. 나도 식탁에 없는 편이 낫겠어요. 패트릭은 레티 아주머니의 호위를 자청했으니까 무슨 요리건 먼저 시식해야 할 거예요. 난 하필이면 당신을 골라 독살했다는 죄로 고소당하는 일은 딱 질색이니까."

그렇게 말하고 줄리아는 맛있는 고기 요리를 만들었다.

필리퍼가 부엌으로 가서 거들겠다고 했으나 줄리아는 그럴 필요가 없다고 거절했다.

"줄리아, 당신에게 할 말이 있는데……."

"비밀 이야기 같은 건 듣고 있을 틈이 없어요. 식당으로 돌아가세요, 필리퍼" 하고 줄리아는 잘라 말했다.

식사가 끝나자 모두 객실에서 난로 옆에 있는 작은 테이블 앞에 빙 둘러앉아 커피를 마셨다. 아무도 말을 하는 사람은 없었다. 그들은 다 다른 사람이 말하기를 기다리고 있을 뿐이었다.

8시 반에 클래독 경감이 전화를 걸어왔다.

"15분 안에 그곳으로 찾아가겠습니다. 이스터브룩 대령 부부와 스웨테남 부인과 그의 아들도 같이 가겠습니다" 하고 그는 말했다.

"하지만 경감님. 정말이지, 저는 오늘밤 누구를 만날 힘이 없어요."

미스 블랙록의 목소리에는 힘이 하나도 없었다.

"당신 기분은 잘 압니다. 그러나 급하게 서둘러야 하므로……."

"미스 마플은 찾았나요?"

"아니오, 아직 찾지 못했습니다."

경감은 이렇게 말하고 전화를 끊었다.

줄리아가 커피 잔이 놓인 쟁반을 들고 부엌으로 가자 놀랍게도 미치가 싱크대 옆에 쌓아 놓은 접시들을 노려보고 있는 참이었다. 미치는 대단한 기세로 떠들어댔다.

"깨끗한 내 부엌에서 대체 무엇을 하고 있는 거예요? 저 프라이팬은 오믈렛만 만드는 건데, 저기다 무엇을 했지요?"

"양파를 볶았는데……."

"정말 너무했군. 씻어야 되겠네. 지금까지 오믈렛 용 프라이팬은 씻은 일이 없는데. 기름이 묻은 종이로 닦아 낼 뿐이었어요. 그리고 당신이 쓴 이 냄비는 우유를 데우는 데만 썼을 뿐인데."

"당신의 프라이팬 쓰는 법까지 내가 어떻게 알아요?" 하고 줄리아가 응석부리듯 말했다. "당신은 마음대로 잤어요. 그런데 이제 뭣하러 나왔지요? 다시 방에 들어가 꼼짝 말고 있으면 어때요? 내가 다 치워 놓을 테니."

"싫어요, 내 부엌을 당신이 쓰게 내버려 둘 순 없어요."

"어머나, 미치. 그렇다면 좋아요."

줄리아는 화가 나서 부엌에서 나갔는데 그때 현관의 벨이 울렸다.

"나는 안 나가겠어요." 미치가 부엌에서 소리쳤다.

줄리아는 입 속으로 투덜거리며 현관으로 나갔다.

온 손님은 미스 힌치리피였다.

"안녕하세요? 실례하겠어요. 경감님이 전화로 불러서 왔는데요."

미스 힌치리피는 여느 때나 다름없이 메마른 목소리로 말했다.

"경감님은 당신이 오신다는 말은 안 하던데요." 줄리아가 그녀를 객실로 안내하며 말했다.

"오기 싫으면 오지 않아도 된다고 말했지만 나는 꼭 오고 싶었기 때문에……" 하고 미스 힌치리피는 말했다.

아무도 그녀에게 미스 마거트로이드가 죽은 데 대한 원망을 말하는 사람은 없었다. 미스 힌치리피도 굳어진 얼굴로 입을 꼭 다물고 있었다.

"불을 다 켜요." 미스 블랙록이 말했다. "그리고 석탄을 좀더 지피고. 난 웬일인지 오싹오싹 한기가 드는군. 미스 힌치리피, 좀더 불 옆으로 가까이 와서 앉아요. 경감님은 15분 안으로 온다고 했는데, 벌써 시간이 된 것 같아요."

"미치가 또 내려왔어요." 하고 줄리아가 말했다. "그래요, 전 가끔 그 아이는 정신이 이상한 게 아닌가 생각됩니다만——또 모르지요, 우리가 이상한 것인지도."

힌치리피가 말했다.

"범죄를 범하는 인간이 다 정신이 이상하다는 설에는 찬성할 수 없어요. 이번의 범인은 무서울 정도로 머리가 좋고 정상적인 사람이에요."

밖에 차가 멈추는 소리가 나고 잠시 후에 클래독을 비롯해 이스터브룩 대령 부부, 에드먼드, 스웨테남 부인, 이렇게 넷이서 들어왔다.

모두 다 얌전하다.

이스터브룩 대령이 여느 때나 다름없이 쩌렁쩌렁 울리는 목소리로 말했다.

"아아, 정말 불이 좋군."

이스터브룩 부인은 모피 코트를 벗을 생각도 않고 대령 옆에 앉았다. 여느 때 같으면 침착해 보일 그녀의 얼굴이 겁에 질린 족제비처럼 표독스러워 보였다.

한편 에드먼드는 화난 듯한 태도로 모든 사람을 노려보고 있었다. 스웨테남 부인은 애써 상냥한 태도를 보이려고 했으나 그것이 오히려 우스꽝스럽게 보였다.

"큰일이군요, 안 그래요? 모든 것이 다——되는 대로 내버려 두는 게 더 나을 거예요. 재난이나 다름없어요. 다음에는 누가 당할지 모르는걸요. 미스 블랙록, 브랜디를 좀 마셔 보면 어떻겠어요? 반잔만으로도 정신이 나게 하는 데는 브랜디가 제일 좋다고 생각해요. 우리가 이렇게 이곳에 모이게 된 것이 정말 편치 않습니다만, 경감님이 그렇게 말하니 어쩌겠어요. 그리고 그녀를 아직도 찾아내지 못했다니 정말 무서운 이야기예요. 그 목사관의 불쌍한 미스 마플 말이에요. 번치가 걱정이 되어 실성한 사람 같아요. 그녀가 집으로 돌아가지 않고 어디로 갔는지 아무도 모르는 모양이죠. 우리 집에는 오지 않았어요. 오늘은 보지도 못했어요. 만일 그녀가 왔다면 금방 알았을 거예요. 나는 뒤쪽 객실에 있었고, 에드먼드는 앞쪽 서재에 있었으니까요. 그녀가 어디로 들어갔거나 우리의 눈에 띄었을 거예요. 그녀가 무사하기를 진심으로 빌고 있답니다."

스웨테남 부인이 정신없이 지껄여댔다.

"어머니" 하고 에드먼드가 더 참고 있을 수 없다는 듯한 목소리로 말했다. "가만히 계세요."

"그래그래, 내가 뭐 특별히 지껄이고 싶어서 그러는 건 아니란다."

그녀는 그렇게 말하고 줄리아와 나란히 소파에 앉았다.

클래독 경감은 문 옆에 서 있었다. 그리고 세 여자가 거의 한 줄로 앉아 그를 보고 있었다. 줄리아와 스웨테남 부인은 소파에, 이스터브룩 부인은 남편이 앉은 의자의 팔걸이에 걸터앉아 있었다.

경감이 의식적으로 이렇게 나란히 앉힌 것은 아니지만, 그렇게 앉은 것이 그로서는 대단히 편리했다.

미스 블랙록과 미스 힌치리피는 불 옆에 바싹 다가앉아 있고, 에드먼드는 두 사람 가까이에 서 있었다. 필리퍼는 두 사람의 그림자가 진 곳에 자리를 잡고 있었다.

클래독은 서론도 없이 말을 꺼내기 시작했다.

"미스 마거트로이드가 살해된 것은 여러분도 다 아시리라고 생각합니다. 그녀를 죽인 사람이 여자라고 믿을 수 있는 이유가 있습니다. 또 다른 이유로도 우리는 수사 범위를 좁힐 수 있습니다. 지금부터 여기 계신 부인들께 오늘 오후 4시부터 4시 20분 사이에 무얼 하고 계셨는지 여쭈어 보고자 합니다. 줄리아라고 자칭하는 저 젊은 여성한테서는 이미 설명을 들었습니다. 다시 한 번 물어 보겠는데, 줄리아 양, 당신의 대답이 당신에게 불리하다고 생각되면 대답할 필요 없습니다. 당신이 진술하는 이야기는 에드워즈 순경이 기록해놓았다가 법정에서 증거로 취급할지도 모르니까요."

"그런 것까지 말해야 하나요?" 하고 줄리아가 말했다. 그녀의 얼굴은 창백했으나 여전히 침착성은 잃지 않았다. "되풀이 말합니다만, 4시부터 4시 30분까지 냇물을 따라 들판을 걸어 콤프튼 농장까지 갔습니다. 그리고 포플러 나무가 세 그루 있는 들판에서 길로 나와 집으로 돌아왔어요. 제 기억으로는 아무도 만나지 않았습니다. 바울더스 근처에는 가지 않았습니다."

"스웨테남 부인, 당신은?" 하고 클래독이 물었다.

그때 에드먼드가 말을 했다.

"아까 그 말은 우리들에게도 다 해당됩니까?"

클래독은 그가 있는 쪽을 보고 말했다.

"아닙니다. 줄리아 양의 경우만입니다. 당신의 진술이 당신을 불리하게 만든다고는 믿을 수 없습니다. 그러나 물론 누구에게든 변호사를 입회시킬 권리는 있는 것이고, 변호사가 없을 때는 대답을 거부할 권리를 가지고 있습니다."

"하지만 그런 것은 시간 낭비가 될 뿐 바보 같은 짓이지 뭐예요." 스웨테남 부인이 소리쳤다. "그 시간에 내가 무엇을 하고 있었는지 지금 당장 분명히 대답할 수 있어요. 그러는 게 좋겠군요. 안 그래요? 시작할까요?"

"꼭 부탁드립니다, 스웨테남 부인."

"그러니까……" 하고 그녀는 눈을 감더니 다시 떴다. "물론 나는 미스 마거트로이드가 살해된 사건하고는 전혀 관계가 없어요. 여러분도 그것은 아시고 계시리라 믿습니다. 그러나 나는 경찰이 불필요한 질문을 하여 그 대답을 정성스럽게 써 둔다는 것을 잘 알고 있어요. 그것은 다 '기록'으로 필요하니까요. 안 그래요?" 스웨테남 부인은 부지런한 에드워즈 순경에게 질문을 한 다음 말했다. "말이 너무 빠르지 않은가요?"

에드워즈 순경은 속기가 아주 능숙했으나 아직 세상 물정에 익숙지 못했으므로 귓불까지 새빨개져 대답했다.

"괜찮습니다, 부인. 하지만 조금만 더 천천히 말씀해 주시면 더욱 좋겠습니다."

스웨테남 부인은 다시 진술을 시작했으며 쉼표와 마침표를 찍을 만한 곳에서는 말에 억양을 붙였다.

"물론 정확하게 설명하기는 곤란합니다. 나는 아무래도 시간 관념이 희박해서요. 그리고 전쟁 이후 우리 집 시계는 거의 반이나 못

쓰게 되었어요. 움직이고 있는 것도 제대로 가고 있는지 늦은 것인지 알 수 없고, 또 잊어 버리고 태엽을 감아 주지 않았거나 하는 형편입니다."

스웨테남 부인은 잠깐 말을 끊고 생각한 다음 계속 열을 올려 말했다.

"그러니까 어떻게 되었더라? 4시에 나는 아마 양말 뒤꿈치를 만들고 있었을 거예요. 웬일인지 잘못 만들었어요. 테를 두르는 일은 간단하지 않거든요. 하지만 만일 그 일을 하지 않았다면 밖에서 시든 국화를 잘라 내고 있었을 거예요. 아, 그렇지 않아요. 너무 이른 것 같군요. 그것은 비가 오기 전이었어요."

"비는 4시 10분에 오기 시작했습니다" 하고 경감이 말했다.

"그랬었나요? 정말 미안합니다. 물론 나는 2층에서 언제나 비가 새는 곳에 빨래통을 놓고 있었지요. 물이 너무나 무섭게 새기에 또 홈통이 막혔구나 하고 생각했답니다. 그래서 나는 2층에서 내려와 비옷과 장화를 꺼냈지요. 에드먼드를 불렀으나 아무 대답도 없더군요. 이것은 틀림없이 이 애가 소설을 쓰다가 중요한 대목에 와 있는 것이라 생각하고 더 이상 방해하지 않기로 했어요. 불러도 대답이 없을 때는 늘 그렇게 생각하지요. 당신도 아시다시피 긴 장대 끝에 빗자루를 붙잡아 매어——"

클래독은 에드워즈 순경의 얼굴에 당황하는 빛이 떠오르는 것을 보며 말했다.

"당신은 홈통 청소를 했다, 그 말씀인가요?"

"네, 낙엽으로 꽉 막혀 있었어요. 상당히 오랜 시간을 비를 맞으면서 결국 깨끗이 치웠지요. 그리고 집으로 들어와 옷을 갈아입고 빨래를 했어요. 아주 냄새가 지독하더군요. 썩은 낙엽이. 그리고 나서 부엌으로 가 주전자를 불 위에 올려놓았지요. 부엌 시계로는 그

때가 6시 15분을 좀 지났을 거예요."

에드워즈 순경이 눈을 깜박거렸다.

"그러니까 정확히 말해서 그것은 5시 20분 전의 일이에요. 아마 거의 틀림없을 거예요" 하고 스웨테남 부인은 자신 있게 덧붙여 말했다.

"누군가 당신이 홈통을 치우고 있는 것을 본 사람이 있습니까?"

"아니오" 하고 그녀가 말했다. "만일 보는 사람이 있었다면 거들어 달라고 했을 거예요. 혼자서는 아주 힘이 들었으니까요."

"그러니까 당신 말로는 비가 올 때, 당신은 비옷과 장화를 신고 밖에서 홈통 청소를 하고 계셨군요. 그러나 그것을 증언할 만한 사람은 아무도 없는 셈이군요."

"홈통을 보세요. 깨끗해졌을 테니까요" 하고 스웨테남 부인이 말했다.

"에드먼드 씨, 어머니가 당신을 부르는 소리가 들렸습니까?"

"아니오, 곤히 자고 있었거든요" 하고 에드먼드가 대답했다.

"소설을 쓰고 있었던 게 아니었군" 하고 부인은 나무라듯이 말했다.

클래독 경감은 다음으로 이스터브룩 부인 쪽을 보았다.

"이스터브룩 부인, 당신은?"

"저는 아치와 함께 서재에 있었습니다. 둘이서 라디오을 듣고 있었어요. 안 그래요, 여보? 그랬었지요?"

부인은 이렇게 말하며 아주 선량해 보이는 눈을 남편 쪽으로 돌렸다.

이스터브룩 대령은 잠깐 주저하더니 얼굴을 붉히고 아내의 손을 잡았다.

"당신은 이런 일을 몰라. 내가 대답하지. 경감님, 보시다시피 아내는 흥분해 있습니다. 이 사람은 신경과민이기 때문에 마음이 약해 쓸데없는 말을 하는 겁니다."

"아치, 당신은 저하고 같이 있지 않았다고 말씀하시는 건가요?"

부인이 나무라듯 말했다.

"나는 없었잖소? 거짓말을 하면 못 써요. 이런 질문을 우습게 보 았다가는 큰일난다구. 나는 클로프트엔트에서 농부 램프손과 닭 이 야기를 하고 있었습니다. 4시 15분전쯤 되었을 겁니다. 집에는 비 가 그친 뒤에 돌아갔습니다. 마침 차 마시는 시간인 5시 15분 전이 었습니다. 로라는 과자를 굽고 있었습니다."

"이스터브룩 부인, 당신도 외출하셨던가요?"

부인의 예쁘장한 얼굴이 겁에 질린 족제비처럼 보였다.

"아니오, 저는 집에서 라디오를 듣고 있었어요. 외출하지 않았어 요. 그보다 앞서 3시 반쯤에 외출을 했었지요. 잠깐 산책을 했을 뿐 먼 곳에는 가지 않았어요."

이스터브룩 부인은 더 추궁하려니 하고 체념한 듯한 모습이었으나 클래독은 조용히 이렇게 말했다.

"이제 됐습니다, 이스터브룩 부인. 지금 한 증언을 타이프로 치겠 습니다. 읽어 보고 틀림이 없으면 사인해 주십시오."

이스터브룩 부인은 갑자기 원망스러운 듯한 얼굴로 경감 쪽을 보았 다.

"어째서 저기 있는 다른 사람들에게는 묻지 않지요? 저 헤임스 부 인과 스웨테남 부인의 아드님에게는——그가 방에서 자고 있었다 는 것을 어떻게 압니까? 아무도 본 사람이 없는데."

클래독 경감은 조용한 어조로 말했다.

"미스 마거트로이드는 죽기 전에 어떤 사실을 말했습니다. 강도 사 건이 있던 날 밤, 어떤 사람이 이 방에 없었습니다. 그 사람은 줄

곧 이 방에 있는 것으로 알았던 사람입니다. 미스 마거트로이드는 자기가 본 사람의 이름을 친구에게 말했습니다. 그리고 본 사람을 제외하고 보니, 보지 않은 누군가가 남게 된다는 사실을 그녀는 알게 된 것입니다."

줄리아가 말했다.

"아무도 무엇을 본 일이 없어요."

"마거트로이드에겐 보였습니다." 미스 힌치리피가 갑자기 엄숙한 목소리로 입을 열었다. "그녀는 지금 경감님이 서 계신 그 문 뒤에 있었습니다. 그녀만은 무엇이 일어났는지 볼 수 있었습니다."

그러자 이때 미치의 나무라는 듯한 목소리가 들려왔다.

"좀더 머리를 쓰라고요."

갑자기 문이 열리고 미치가 극적으로 나타났다. 옆에 있던 클래독은 자칫하다가는 쓰러질 뻔했다. 미치는 몹시 흥분해 있었다.

"이 미치를 부르지 않았지요? 참 융통성 있는 순경 아저씨군그래. 아무래도 나는 부엌일을 맡고 있는 단순한 하녀라 이거지요. 하지만 좋아요. 나는 누구 못지않게, 아마 그 누구보다도 사건을 잘 보고 있을걸요. 난 분명히 보았어요. 도둑이 들어왔던 날 밤, 그 어떤 사실을 보았어요. 도저히 믿을 수 없는 일을 보았어요. 그러나 지금까지 아무 말도 하지 않았습니다. 시기가 올 때까지 말하지 않으려고 했던 거지요. 그때까지 기다릴 작정이에요."

"사건이 일단락짓게 되면 누구한테 사례라도 받을 셈인가?" 하고 클래독이 말했다.

미치가 화난 고양이처럼 그가 있는 쪽으로 몸을 돌렸다.

"뭐라고요? 사람을 우습게 보지 마세요. 나는 들었어요. 알고 있고말고요. 피프와 에마의――이 사람들의 비밀을 알고 있단 말이에요."

그녀는 이렇게 말하고 줄리아 쪽을 과장된 몸짓으로 손가락질했다.

"이 사람은 가짜예요. 적당한 때를 기다렸다가 돈을 울궈 내도 되는 건데…… 나는 무서웠어요. 돈보다는 목숨이 아까워졌단 말이에요. 누군가가 틀림없이 나를 죽이려고 할 거예요. 그러니까 알고 있는 일을 말해 버리겠어요."

"알았어. 대체 무엇을 알고 있다는 거지?" 하고 경감이 의심스럽다는 듯이 물었다.

"좋아요. 그날 밤 내가 식기장이 있는 방에서 은그릇을 닦고 있었다는 것은 거짓말이었어요. 권총 소리를 들었을 때는 식당에 있었어요. 나는 열쇠 구멍으로 들여다보았어요. 홀은 캄캄했지만. 권총 소리가 또 들리고 손전등이 바닥에 떨어지고——떨어질 때 비쳤어요, 저 사람을. 저 사람이 권총을 들고 그의 옆에 서 있었어요. 내가 본 것은 미스 블랙록이었어요."

"나를? 너 제 정신으로 말하는 거니?"

미스 블랙록은 놀라 자리에서 엉덩이를 들썩했다.

"그러나 그럴 리는 없어. 미치에게 미스 블랙록이 보였을 리는 없어!" 하고 에드먼드가 외쳤다.

클래독은 이 말을 가로막았는데, 그의 목소리는 마치 강한 산(酸)이 물건을 부식시킬 때와 같은 격렬함이 있었다.

"보였을 리가 없다고요? 에드먼드 씨, 어째서 그렇지요? 권총을 들고 서 있던 것이 미스 블랙록이 아니란 말이오? 그럼 당신이었군, 안 그렇소?"

"저라고요? 물론 그렇지는 않지요. 당치도 않은 소립니다."

"당신은 이스터브룩 대령의 권총을 훔쳤소. 그리고 루디 셔트와 도리에 벗어난 일을 하기로 결정을 보았지. 패트릭의 뒤를 따라 작은 방으로 들어갔으나 불이 꺼졌을 때 기름을 친 문으로 살짝 빠져나왔소, 미스 블랙록을 쏜 뒤 루디 셔트를 죽였을 거요. 그리고 몇 초 뒤 객실로 돌아와 라이터 불을 켜 본 거요."

잠깐 동안 에드먼드는 말이 안 나오는 것처럼 보였으나 갑자기 떠들어댔다.

"다 엉터리요. 어째서 내가——? 대체 무슨 동기로 그랬다는 건가요?"

"만일 미스 블랙록이 게들러 부인보다 먼저 죽으면 두 사람이 유산을 상속받게 되지. 그건 알고 있을 것이오, 즉 피프와 에마, 두 사람 말이오. 줄리아 시몬스가 에마라는 사실은 분명히 밝혀졌지만……."

"당신은 나를 피프라고 생각하고 있습니까? 공상적이고 너무도 비약적인 생각입니다. 비슷한 것은 나이 정도예요. 내가 에드먼드 스웨테남임에 틀림없다는 사실을 증명해 보이지요. 출생 증명이든 졸업증서든, 당신이 원하면 다 보여 주겠습니다."

"그는 피프가 아니에요."

방 한구석에서 이런 소리가 들리고 필리퍼가 앞으로 나왔는데, 그녀의 얼굴은 창백해져 있었다.

"제가 피프예요, 경감님."

"당신이? 헤임스 부인, 당신이?"

"그래요. 다들 피프가 남자인 줄로 알고 있는 모양이지만. 물론 줄리아는 여자라는 것을 알고 있었습니다. 오늘 오후 왜 줄리아가 그 말을 하지 않았는지 저도 알 수 없지만——"

"피는 다툴 수 없는 법이지요. 난 갑자기 당신이 누군지 알게 되었어요. 지금까지는 전혀 생각지도 못했던 일인데."

"나도 줄리아와 같은 생각을 했어요" 하고 필리퍼가 말했다. 그녀의 목소리는 조금 떨리고 있는 것 같았다. "제가 남편을 잃은 뒤 전쟁이 끝났습니다. 저는 어찌해야 좋을지 막연했습니다. 어머니는 오래 전에 돌아가셨어요. 저는 게들러 집안과의 관계를 알게 되었어요. 게들러 부인은 거의 죽게 되었으며 그녀가 죽으면 유산은 미스 블랙록이 받게끔 되어 있었습니다. 나는 미스 블랙록이 있는 곳을 알아내어 이곳으로 온 것입니다. 그리고 루커스 부인에게 고용되었습니다. 미스 블랙록은 의지할 데 없는 노부인이니까 기꺼이 도와 주리라고 생각한 거예요. 나를 이야기하는 게 아닙니다. 나는 일을 할 수 있으니까요. 해리의 교육비를 대어 줄 줄 알았던 것이지요. 근본을 캐고 보면 그것은 게들러의 돈이고, 게다가 그녀는 쓸 곳이 없었으니까요."

필리퍼는 지금까지 참아 오던 말의 봇물이라도 터지듯이 더욱 빠르게 지껄이기 시작했다.

"그러고 나서 그 강도 사건이 일어난 것입니다. 나는 무서워졌습니다. 왜냐고요? 미스 블랙록을 죽일 동기를 가진 것은 나뿐이라고 볼 수밖에 없다고 생각되었기 때문이지요. 줄리아가 에마인지 몰랐습니다. 쌍둥이라도 우리는 일란성 쌍둥이가 아니므로 겉모습은 그렇게 닮지 않았거든요. 의심을 받게 되는 것은 나밖에 없다고 생각한 것입니다."

그녀는 여기서 잠깐 말을 끊고 아름다운 머리칼을 이마에서 뒤로 쓸어넘겼다. 클래독은 그 편지를 넣은 상자 속에 있었던 빛이 바랜 사진이 필리퍼의 어머니 사진임에 틀림없구나 하는 생각이 갑자기 들었다. 비슷한 것만은 부정할 수 없다. 편지에 있던, 손을 쥐었다 폈다 하는 짓도 어디서 본 것 같은 생각이 들었는데, 필리퍼가 지금 바로 그렇게 하고 있었다.

"미스 블랙록은 나에게 잘 해주었습니다. 아주 친절하게 해주었습니다. 그러나 뭐라고 해도 제가 피프라는 사실은 틀림없습니다."

이렇게 말하고 끝으로 덧붙여 말했다.

"이것으로 아셨지요? 더 이상 에드먼드를 의심할 필요는 없습니다."

"필요없다고요?" 클래독은 이렇게 말했으나 그의 목소리에는 사람을 찌를 것 같은 날카로움이 있었다.

"에드먼드 스웨테남은 돈을 원하고 있는 젊은 남자요, 즉 돈 있는 여자와 결혼하고자 하는 젊은이란 말이오. 그런데 그 여자는 미스 블랙록이 게들러 부인보다 빨리 죽지 않으면 부자가 될 수 없는 형편이오. 게다가 게들러 부인이 미스 블랙록보다 먼저 죽으리라는 것은 확실한 일이었으므로 그는 무슨 수단을 강구하지 않을 수 없게 된 셈이지. 안 그렇소, 에드먼드 씨?"

"당치도 않게 만들어낸 말이오!" 하고 에드먼드가 소리쳤다.

그러자 그때 갑자기 묘한 소리가 들려왔다. 부엌 쪽에서 이 세상 것으로는 생각되지 않는 길게 꼬리를 끄는 공포의 외침 소리가 들려온 것이다.

"미치의 목소리가 아니야?" 줄리아가 소리쳤다.

"세 사람을 죽인 범인의 목소리다!" 하고 클래독은 말했다.

# 진상

경감이 에드먼드 쪽을 보고 있을 때 미치는 남의 눈에 띄지 않게 방을 나가 부엌으로 돌아갔다. 미스 블랙록이 부엌에 와 보니 미치는 싱크대에 물을 버리고 있는 중이었다.

미치가 마음에 가책을 받은 듯 그녀를 쳐다본 다음 옆쪽으로 눈길을 돌렸다.

"어쩌면 그렇게도 거짓말쟁이지, 미치. 너라는 아이는?" 하고 미스 블랙록이 별로 뜻도 없이 말했다. "어머나, 씻는 법이 틀려. 은그릇을 먼저 넣어 둔 다음에 싱크대에 물을 채우는 거야. 그렇게 물이 조금이면 씻을 수 없어."

미치는 순순히 수도꼭지를 틀었다.

"미스 블랙록, 제 말에 화내지 않으세요?" 미치가 물었다.

"네가 하는 거짓말에 일일이 화내다가는 한이 없을 게다" 하고 미스 블랙록이 말했다.

"경감님이 있는 곳에 가서 모두 제가 만들어낸 일이라고 말해도 좋을까요?"

"그는 그런 것쯤은 벌써 옛날에 알고 있어" 하고 블랙록은 기분좋게 말했다.

미치가 수도꼭지를 잠가 물을 멎게 하려고 하자, 등 뒤에서 두 팔이 불쑥 나와 눈 깜짝할 사이에 그녀의 머리를 물이 찰찰 넘게 찬 싱크대 속으로 틀어박았다.

"너는 꼭 한 번 진실을 지껄였어. 그것을 알고 있는 것은 나뿐이야."

미치는 팔을 뿌리치려고 몸부림쳤으나 힘이 센 미스 블랙록은 미치의 머리를 힘껏 물에 처박은 채 손을 떼지 않았다. 그때 어딘가 뒤에서 돌라 배너의 슬픈 목소리가 들려왔다.

"오, 로티, 로티. 그런 짓을 하면 안 돼, 로티!"

미스 블랙록은 비명 소리를 질렀다. 그녀의 두 손은 공중으로 튕겨 올라가고 미치는 물 속에서 숨이 넘어갈 듯 헐떡이며 얼굴을 들었다.

미스 블랙록은 몇 번이고 비명을 질렀다. 부엌에는 그들밖에 아무도 없는데……

"돌라, 돌라, 용서해 줘. 나는 그렇게 할 수밖에 없었어. 그렇게 할 수밖에…… "

블랙록은 방심한 듯 싱크대의 문이 있는 쪽으로 달려갔으나 플레처 형사부장의 거구가 앞을 가로막았다. 마치 그때 청소도구가 들어 있는 칸막이 장 속에서 미스 마플이 기쁜 듯이 얼굴에 홍조를 띠고 나타났다.

"나는 목소리를 흉내내는 일이 자랑이지요."

"부인, 당신을 연행합니다. 나는 익살(溺殺) 미수죄의 목격자니까요. 그밖에도 죄야 있겠지만. 레티시아 블랙록, 경고하겠는데——"

"샬롯 블랙록이에요" 하고 미스 마플이 바로잡았다.

"그녀가 누구인지 아시겠지요? 늘 걸고 있는 진주 목걸이 밑에 수술한 흔적이 있어요."

"수술이라고요?"

"그래요, 갑상선종 수술이지요."

미스 블랙록은 완전히 침착을 되찾고서 미스 마플 쪽을 보았다.

"당신은 다 알고 있었군요?"

"네, 모르는 사이에."

미스 블랙록은 테이블 옆에 앉아 울기 시작했다.

"시, 심한 짓을 하셨군요. 돌라의 목소리를 흉내내다니. 나는 돌라를 사랑했었습니다. 돌라만은 진심으로 사랑했어요."

클래독 경감과 그밖의 사람들이 몰려왔다. 인공 호흡을 할 줄 아는 에드워즈 순경이 미치를 간호했다. 미치는 말을 할 수 있게 되자마자 곧 제 자랑을 하느라 정신이 없었다.

"어때요, 잘했지요? 난 머리가 좋아요. 그리고 참 용감하지요? 조금만 더 있었으면 죽을 뻔했어요. 하지만 용감하니까 무슨 모험이라도 할 수 있는 거예요."

이때 미스 힌치리피가 사람들을 헤치고 테이블 옆에서 흐느껴 우는 미스 블랙록에게 덤벼들었다. 플레처 형사부장은 있는 힘을 다해 그녀를 끌어안고 말렸다.

"글쎄 이러지 말아요, 미스 힌치리피!"

미스 힌치리피는 이를 갈면서 말했다.

"말리지 마세요. 부탁이에요. 마거트로이드를 죽인 것은 저 사람이에요."

샬롯 블랙록은 얼굴을 들고 코가 막힌 소리로 말했다.

"나는 죽이고 싶은 생각은 없었어요. 아무도 죽이고 싶지는 않았어. 하지만 나는 돌라의 일이 걱정되었어요. 돌라가 죽은 뒤로 나는 정말 혼자였어요. 줄곧 나는 외로웠어요. 돌라, 돌라——"

미스 블랙록은 고개를 떨구고 두 손으로 얼굴을 가리더니 흐느껴
울었다.

# 목사관의 저녁

미스 마플은 커다란 안락의자에 앉아 있었다. 번치는 난로 앞 마룻바닥에 무릎을 끌어안고 앉아 있었다. 줄리앙 하몬 목사는 의자에서 몸을 앞으로 내밀고서 얼른 보기에는 원숙한 장년이라기보다 오히려 학교 학생 같은 얼굴 표정을 하고 있었다. 클래독 경감은 파이프 담배를 피워 가며 위스키 소다 수를 기울이는 아주 한가해 보이는 모습이었다. 이 네 사람을 에워싸듯이 줄리아, 패트릭, 에드먼드, 필리퍼가 둘러앉아 있었다.

"당신이 말씀하시는 게 좋겠군요, 미스 마플" 하고 클래독이 말했다.

"천만의 말씀. 나는 그저 이것저것 조금 거들었을 뿐이에요. 사건을 담당하고 수사를 이끌어간 것은 당신이지요. 내가 모르는 일을 잘 아시고 있잖아요."

"그렇다면 두 분께서 말씀하세요" 하고 번치가 참다못해 말했다. "두 분이 차례차례로요. 하지만 처음에는 제인 아주머니가 말씀하시는 게 좋겠어요. 난 처음에는 갈피를 못잡다가 차차로 추리해 나가는 아주머니의 사고방식을 좋아하거든요, 이 사건은 미스 블랙록이 모두 꾸민 일이라는 것을 처음으로 알게 된 것은 언제였나요?"

"글쎄, 번치. 그것은 매우 대답하기 힘든 질문이야. 물론 나는 처음부터 그 강도 사건을 꾀하기에 가장 이상적인 사람은——말하자면 분명히 설명할 수 있는 사람은——미스 블랙록이라고 생각했어. 관계자 중에서 루디 셔트를 알고 있는 사람은 그 사람뿐이었고, 무대를 만드는 데에도 그녀가 있는 곳이라면 지극히 간단하니까. 이를테면 중앙 난방을 땐 일도 그래. 난로를 피우지 않았잖아. 난로를 피웠다가는 방이 환해지니까 말이야. 그런데 난로에 불을 피우지 않도록 주선할 수 있는 사람이라면 그 집 주인밖에 더 있겠어?

그래도 그때 나는 다른 생각을 하고 있었어요, 즉 이렇게 '간단할 리는 없다'고요! 네, 그래요, 나도 다른 사람처럼 누가 정말 레티시아 블랙록을 죽일 작정이었다는 생각에 사로잡혀 버렸던 거예요."

"저는 무엇보다도 먼저 정말 일어난 사실을 알고 싶어요" 하고 번치가 말했다. "그 루디 셔트가 레티시아 블랙록을 샬롯 블랙록이라고 곧 알아보았었나요?"

"그런 것 같아. 셔트는——" 이렇게 말을 꺼내다 말고 미스 마플은 입을 다물고 클래독 쪽을 흘끔 쳐다보았다.

"베른의 아돌프 코호 병원에서 일하고 있었습니다" 하고 클래독이 뒤를 이어받아 말했다. "코호는 갑상선 수술로는 세계적으로 유명한 사람입니다. 샬롯 블랙록은 그 선생의 병원에서 갑상선종 제거 수술을 받았는데, 셔트는 그곳에서 간호사로 있었어요, 그래서 그는 영국 호텔에서 옛 환자를 만나자 앞뒤 생각도 없이 이야기해 버린 겁니다. 좀 분별이 있었다면 그렇게 이야기하지는 않았을 텐데. 셔트가 병원을 그만둔 것은 좋지 않은 일을 했기 때문이었으니까요, 그것은 샬롯이 퇴원하고 얼마 안 되어서의 일이었으므로, 샬롯은 아마 그런 일은 몰랐을 테지만——"

"그렇다면 셔트는 몬트루의 일이며, 아버지가 호텔을 경영하고 있다는 말은 미스 블랙록에게 말하지 않았던가요?"

"그렇지요, 그것은 다만 셔트가 말을 걸어 왔다는 사실을 과장하기 위해 블랙록이 꾸며댄 일입니다."

"셔트와 만나게 된 일은 미스 블랙록에게 커다란 쇼크를 주었을 것입니다" 하고 미스 마플이 감개무량한 듯 말했다. "그때까지 그 사람은 이제 아무 걱정 없다고 생각했던 거예요, 그런데 어쨌든 자기 정체를 알고 있는 사람을 만나게 된 것입니다. 그것도 블랙록의 언니인지 동생인지 분간을 못할 그런 사람이 아니라——그랬었다면 그녀는 태연했겠지만——분명히 샬롯 블랙록이라고 알고 있는 사람이었지요, 갑상선 수술을 한 환자 샬롯이라는 사실을 말이에요.

그래, 처음부터 이야기를 듣고 싶다는 거지요? 글쎄, 이야기는 클래독 경감님도 아시리라 믿습니다만——아름답고 명랑하고 상냥한 소녀 샬롯 블랙록이 갑상선 비대라는 병에 걸린 일부터 시작됩니다. 이 병은 그 여자의 일생을 망치고 말았어요, 아주 감수성이 예민한 소녀였으니까요, 어쨌든 늘 자기 용모에 신경을 쓰던 나이였거든요, 십대 소녀는 각별히 자기 외모에 신경을 쓰는 법이지요, 샬롯에게 어머니가 있었다면, 적어도 신경을 써 주는 아버지가 있었다면 훗날 그렇게 무서운 일은 일어나지 않았을지도 모릅니다. 그러나 샬롯을 돌봐 주고, 사교계에도 내보내고, 보통 생활을 할 수 있게 신경을 써 주고, 병에 대해 너무 골똘히 생각지 않도록 힘을 북돋아 주는 사람은 아무도 없었어요, 게다가 다른 가정에서 자랐다면 좀더 빨리 수술을 받게 했을 거예요,

그런데 아버지 블랙록 의사는 옛 기질이 완고하고 도량이 좁은 폭군이었어요. 그는 수술 같은 것을 믿지 않았어요. 샬롯이 받은 치료는 다만 요오드팅크나 그밖의 여러 가지 약을 썼을 뿐이에요. 샬롯은 얌전히 아버지가 시키는 대로 했지요. 레티시아도 내과의사로서의 아버지의 실력을 보통 이상으로 믿고 있었던 것 같아요.

  샬롯은 겁이 많고 의지가 약했지만 아버지를 완전히 믿고 있었던 거예요. 아버지가 병에 대한 것은 가장 잘 알고 있다고 생각했던 겁니다. 그러나 갑상선이 점점 커져 보기 흉하게 되자 샬롯은 집에 틀어박혀 남의 눈을 꺼리게 되었어요. 정말 친절하고 상냥한 성질이었는데."

  "살인자를 묘사하는 일 치고는 상당히 사정을 봐 주시는 셈이군요." 하고 에드먼드가 말했다.

  "그럴지도 모릅니다" 하고 미스 마플은 말했다. "그러나 마음이 약하고 상냥한 사람이 그렇게 기대에 벗어난 사람이 되는 일은 흔히 있는 일이지요. 인생에 원한을 갖게 되면 그 원망하는 마음이 도덕심을 서서히 파괴해 버리기 마련이니까요.

  그런데 한편 레티시아 블랙록은 샬롯과는 전혀 다른 성질을 가지고 있었지요. 클래독 경감님의 이야기에 의하면 벨 게들러는 레티시아에 대해 대단히 훌륭한 사람이라고 말했던 모양이에요. 나도 사실 그랬으리라고 생각해요. 그녀는 아주 정직한 사람으로, 부정직한 일은 곧 꿰뚫어볼 만한 눈을 가지고 있었어요. 또 아무리 유혹을 받아도 남을 속이는 일은 절대로 하지 않았어요.

  레티시아는 동생을 끔찍이 생각하는 성격이었어요. 긴 편지를 보내어 어떻게든지 동생을 세상 사람과 사귈 수 있도록 이끌어 주고 있었어요. 또 샬롯의 병이 점점 악화된다는 말을 듣고서는 걱정을 안 할 수 없었던 거죠.

이윽고 블랙록 의사가 죽었어요. 레티시아는 곧 랜들 게들러의 비서를 그만두고 샬롯이 있는 곳으로 돌아왔지요. 그리고 동생을 스위스의 유명한 병원으로 데리고 가서 아직 수술을 할 수 있을지의 가능성을 문의해 보았어요. 손쓰기에 거의 때늦은 상태였습니다만, 그러나 우리가 알고 있는 것처럼 수술은 그럭저럭 성공했어요. 목의 기형은 완치된 거지요. 남은 상처도 진주나 염주알을 꿴 목걸이로 쉽게 감출 수 있었어요.

그 무렵 제2차 대전이 일어났습니다. 두 자매는 영국에 돌아가기가 힘들게 되었으므로 그대로 스위스에 머물러 적십자 일이며 그밖의 일을 했지요, 그랬었지요, 경감님?"

"네, 그렇습니다, 미스 마플."

"영국에서 가끔 편지가 왔지요. 그 중에는 벨 게들러가 이제 오래가지 않을 거라는 소식도 있었을 거예요. 가까운 장래에 굴러들어올 막대한 유산을 어떻게 쓸 것인지에 대해 두 사람이 이것저것 계획을 세우고 이야기를 나누었다 해도 그것은 인지상정이겠지요. 그런데 누가 보아도 분명한 일이라고 생각됩니다만, 유산이 자기들의 것이 되리라는 희망은 레티시아보다도 샬롯에게 더 큰 뜻이 있었던 일이죠. 사실이 안 그렇겠어요. 샬롯은 생전 처음으로 어엿한 한 여자로서, 연민의 정이나 혐오의 정을 갖게 하지 않는 여자로서의 생활을 누릴 수 있게 되는 것이니까요. 가까스로 자유로이 인생을 ──말하자면 앞으로 남은 생활을 마음껏 즐길 수 있게 될 테니까요. 여행을 하고 아름다운 땅이 딸린 집을 마련하고, 옷과 보석을 사들이고, 연극이나 음악회에 참석하고, 마음껏 색다른 놀이를 하고──이러한 꿈 같은 사실이 완전히 샬롯의 현실에 찾아오는 것이니까요.

그런데 그렇게 튼튼하고 건강했던 레티시아가 인플루엔자에 걸려 폐렴까지 병발, 불과 일주일도 안되어 급사해 버린 거예요! 샬롯은 언니를 잃었을 뿐 아니라 동시에 마음 속에 그리고 있던 꿈이 완전히 사라져 버린 거예요. 틀림없이 그녀는 레티시아를 원망스럽게 생각했겠지요. 벨 게들러의 목숨이 길지 않으리라는 편지를 받은 지도 얼마 안 되는데, 레티시아가 죽어야 할 이유가 어디 있단 말인가. 앞으로 한 달 뒤면 유산은 레티시아의 것이 되고 레티시아가 죽으면 자기 것이 되려는 참인데……

바로 이때입니다. 자매의 성격 차이가 분명히 나타난 것은. 샬롯은 그때 자기가 문득 생각한 일이 잘못 되었다고는 꿈에도 생각지 않았던 거예요. 해서는 안 될 일이라는 생각은 조금도 하지 않은 거지요. 유산은 레티시아 앞으로 오게 되어 있다. 2, 3개월 뒤면 레티시아의 것이 될 것이다. 그녀는 자기와 레티시아를 한 사람의 인간으로 생각했던 거예요.

이 생각은 아마 의사나 누가 언니의 크리스천 네임을 물어 왔을 때 갑자기 생각난 일이겠지요. 그때 샬롯은 언니와 자기와 다른 사람들 앞에 나설 때는 늘 블랙록 자매로 통하고 있다는 사실을 생각해낸 거예요. 좋은 가정에서 자란 중년의 영국인 자매, 게다가 같은 옷차림과 얼굴 모습도 닮은 자매로서 통하고 있었습니다. 게다가 번치, 너도 언젠가 말했듯이 중년 부인이란 그다지 특징이 없어. 아주 비슷한 법이지. 그렇다면 죽은 사람을 샬롯으로 하고 산 사람을 레티시아로 해서 안 될 법이 없겠지라는 생각을 하게 된 겁니다.

이 생각은 뭐 나쁜 생각에서 그랬다기보다 틀림없이 단순한 충동에서 온 결과겠지요. 레티시아는 샬롯의 이름으로 매장되었어요. '샬롯'은 죽고 레티시아는 영국으로 돌아온 것입니다. 오랜 세월 동안 잠자고 있던 타고난 독창성과 에너지가 발휘되기 시작했습니다.

지금까지의 그녀는 샬롯이라는 이름으로 제2바이올린의 자리에 있었던 거지요. 그런데 이번에는 지휘자의 자리를——레티시아의 것이었던 지휘자의 자리를 자기 손에 집어넣기 시작한 거예요. 본디 두 사람의 마음에는 그다지 큰 차이가 없었어요. '도덕적'으로는 심한 상이점이 있지만요.

　물론 샬롯은 한두 가지 주의를 해야 할 점이 있는 것을 알고 있었어요. 그녀는 영국으로 돌아가자 자기가 알지 못하는 고장에 집을 샀습니다. 얼굴을 보이면 곤란한 것은 고향 킴벌랜드(여기서는 세상에서 버림받은 사람처럼 생활하고 있었어요)에 있는 몇몇 친지와 레티시아를 대단히 잘 알고 있는 벨 게들러뿐이지만, 그 사람들은 아무리 변장을 해도 문제없이 알아볼 거예요. 필적은 통풍에 걸려 있는 나이 탓으로 돌리고 그럭저럭 속일 수 있었지요. 샬롯은 사실 알고 있는 사람이 거의 없었으므로 모두 간단히 처리되었던 셈이지요."

"하지만 레티시아를 아는 사람을 만나면 어떻게 되지요?" 하고 번치가 물었다. "많다고 보는데요."

"똑같이 하면 되는 거예요. '요전에 레티시아 블랙록을 우연히 길에서 만났어요. 너무 변해서 알아보지 못할 정도였어요' 하는 정도로 끝이 나는 거예요. 하기야 레티시아가 아니라는 의심이 조금쯤은 마음 한구석에 남겠지만, 10년이나 지났으니까 레티시아를 아는 사람도 변했을 것 아닙니까. 미스 블랙록이 자기를 알고 있는 사람을 몰라 보았다 한들 근시안 탓으로 돌릴 수도 있을 테니까요. 그리고 이것은 중요한 일이지만 샬롯은 레티시아의 런던 생활——어떤 사람들을 알고 있었나, 어디에 출입을 했었나 하는 것을 세밀한 점까지 알고 있었어요. 레티시아의 편지를 꼼꼼히 조사했으므로, 레티시아를 아는 사람을 만나도 교묘하게 옛날에 있었던 이야기를 하고 서로 친구의 소식을 묻거나 하여 늘 의심을 받지 않고 넘어갈 수 있었어요. 그래요. 그 여자가 단 한 가지 두려워했던 일은 자기가 샬롯임을 확실히 알아보는 일이었습니다.

그녀는 리틀 패독스에 자리를 잡고 이웃 사람들과 가까이 지냈습니다. 두 젊은 '육촌'이 하숙을 하겠다는 편지를 받자 기꺼이 승낙했어요. 세 사람 다 첫 대면이었으므로 오히려 레티시아 아주머니로서 보증이 확실해지는 셈이니까요.

여기까지는 모든 일이 잘 되었지요. 그런데 이윽고 그녀는 큰 실수를 해 버린 거예요. 이 실수는 오로지 그녀의 착한 마음과 타고난 애정의 깊이에서 일어났던 거예요. 불행한 여학교 시절의 옛 친구로부터 편지가 온 거지요. 그러자 그녀는 서둘러 구원의 손길을 뻗었지요. 아마 이것은 그녀가 무엇보다도 고독했던 사실을 나타내는 하나의 증거겠지요. 그녀의 비밀은 자기 자신을 고독하게 하는 형편이 되어 버린 거예요. 그리고 그녀는 진심으로 돌라를 사랑하고 있었어요. 명랑하고 제멋대로 굴던 여학생 시절의 상징으로서의 돌라가 그녀의 기억 속에 남아 있었어요. 그래서 그녀는 일종의 충동에 의해 곧 돌라에게 답장을 써 보냈습니다. 돌라는 몹시 놀랐겠지요! 돌라가 편지를 보낸 것은 레티시아인데 답장을 보낸 사람은 샬롯이었으니까요. 샬롯은 돌라에게는 레티시아라고 속일 수가 없었습니다. 어쨌든 돌라는 샬롯이 쓸쓸하고 불행했던 시절에 사귀던 몇 안 되는 친구 중의 한 사람이었으니까요.

샬롯은 돌라도 틀림없이 자기와 똑같이 생각해 주려니 하고 확신했으므로 지금까지 해 온 일을 다 털어놓았습니다. 과연 돌라는 진심으로 받아들여 주었어요. 돌라의 혼란된 멍한 머릿속에는 친한 로티가, 레티가 갑자기 죽는 바람에 유산을 받을 수 없다니 당치도 않은 일이라고 생각한 것이지요. 로티는 그때까지 용감하게 괴로운 생활을 견디어 왔으니까 당연히 유산을 받을 만한 가치가 있다고 돌라는 생각했습니다. 그것을 전혀 낯선 사람이 받게 된다면 너무나 부당한 일이라고까지 생각했던 거예요.

돌라는 샬롯의 비밀에 대해 절대로 입을 열어서는 안 된다는 것을 잘 알고 있었습니다. 그 유산은 과외로 배급된 버터 같은 것이었어요. 즉 공공연하게 말할 수는 없지만, 그렇다고 해서 이것을 자기 것으로 하면 나쁘다는 법도 없는 셈이지요. 이리하여 돌라는 리틀 패독스로 왔습니다. 샬롯이 커다란 잘못을 저질렀다는 사실을 알게 된 것은 그로부터 얼마 안 되어서였습니다. 돌라 배너는 늘 갈피를 못 잡고 당황하거나 일 처리를 하고 손해를 보이거나 하여서 함께 생활하고 있으면 화가 치밀어올랐지만, 실수는 단순히 그것만이 아니었어요. 샬롯은 그런 일쯤은 그래도 참을 수 있었지요. 그녀는 진심으로 돌라를 소중히 여겼고 게다가 의사로부터 돌라의 목숨은 그다지 오래 가지 않을 거라는 말을 은연중에 들었기 때문이죠. 그러다가 돌라는 갑자기 위험 인물이 되어 버린 거예요. 샬롯과 레티시아는 서로 줄이지 않은 이름으로 부르고 있었는데, 돌라는 늘 줄여서 부르는 습관이 있었어요. 그녀는 블랙록 자매를 레티(레티시아), 로티(샬롯)라고 부르고 있었지요. 물론 돌라는 샬롯의 집에 온 뒤로는 그녀를 레티라고 부르도록 습관을 붙이기는 했어요. 그러나 아무래도 '로티'라고 말해 버리는 때가 가끔 있었어요. 게다가 과거의 기억이 가끔 그녀의 머리를 혼란케 하여 당치도 않은 말을 해 버리고 마는 거였어요. 샬롯은 건망증이 심한 돌라에게 늘 신경을 써야 했던 셈이지요. 그녀는 차츰 신경과민이 되고 말았어요.

그러나 돌라의 말의 모순에 대해 신경을 쓰는 사람은 없었어요. 샬롯의 신상에 정말 타격을 준 것은 역시 로열 수퍼 호텔에서 루디 셔트가 알아보고 말을 건네 왔던 사건이었습니다.

　그가 호텔에서 훔친 몫을 별충하기 위해 샬롯 블랙록으로부터 돈을 뜯어낸 것이 아닌가 하는 추리는 아마 성립되지 않을 거예요. 그러나 클래독 경감은——나도 같은 의견입니다만——비록 그것이 사실이었다 해도 유산에 대한 일을 알고 협박한 것은 아니라고 생각하고 있는 것 같습니다.”

“그는 샬롯을 협박할 생각은 조금도 없었습니다” 하고 클래독 경감이 말했다. “그는 자신의 용모와 풍채에 자신을 가지고 있었습니다. 그리고 용모와 풍채가 좋은 청년이 그럴듯하게 자신의 궁한 처지를 호소하면 중년 부인은 그대로 믿고 돈을 주게 된다는 것을 경험에 의해 잘 알고 있었던 거지요.

　그러나 샬롯은 그의 무심함을 그렇게 해석하지 않았습니다. 아마 무언가 눈치를 채고 취하는 일종의 음흉한 협박이라고 받아들인 모양입니다. 그래서 벨 게들러가 죽고 레티시아에 대한 유산 상속이 신문에라도 나오게 되면 틀림없이 금광을 발견한 것 같은 기분이 들 것이라고 생각한 모양이에요.

　그녀는 신분을 속이고 있는 것입니다. 세상에서 레티시아 블랙록으로 통하고 있는 것입니다. 은행에서도 그렇고 벨 게들러에게도 그녀는 레티시아로 통하고 있었던 거지요. 그러나 단 한 가지 장해로 나타난 것이 이 음흉하고 신용할 수 없는 협박자인 스위스 사람, 즉 호텔의 종업원인 루디 셔트였습니다. 그 사람만 없다면 이제 안심할 수 있을 텐데 하고 그녀는 생각했습니다.

　그녀는 그를 없애 버릴 계획을 생각했지만 처음에는 다만 환상을 그리는 것 같은 심정이었을 뿐입니다. 어쨌든 그 무렵의 그녀는 심한 감동이나 극적인 생을 경험하고 싶어서 못 견딜 정도였으니까요. 그녀는 세밀한 점까지 이것저것 생각하고 혼자서 즐겼습니다. 어떻게 하면 감쪽같이 죽일 수 있을까 하고.

　마침내 계획은 완성되었습니다. 그리고 이윽고 실행하기로 결심했습니다. 그녀는 루디 셔트에게 파티 때 홀드업의 연극을 하는데 모든 사람이 몰라볼 사람이 필요하다, 만일 협력해 주면 상당한 사례를 하겠다고 말했습니다.

　그가 순진하게 승낙한 것을 보면 역시 셔트는 그녀를 협박했던 것이 아니라는 사실이 확인된 셈입니다. 그에게 있어 샬롯은 언제나 용돈을 대어 주는 어수룩한 노부인에 불과했으니까요.

　그녀는 루디에게 게재할 신문 광고의 원고를 주어 리틀 패독스로 오게 한 다음 집의 배치를 머릿속에 외어 두게 했습니다. 두 사람이 만날 장소도 가르쳐 주었어요. 물론 돌라 배너는 이 일에 대해서는 아무것도 몰랐지요. 마침내 사건이 일어난 그날이 왔습니다" 하고 클래독은 말을 끊었다.

　미스 마플이 조용한 목소리로 뒤를 이어받았다.

　"샬롯에게는 틀림없이 싫은 날이었을 거예요. 아직도 계획을 단념할 시간은 있었으니까요……. 돌라 배너의 이야기로는 레티는 그날 몹시 겁을 먹고 있었다고 하는데, 사실 그랬을 거예요. 앞으로 무서운 일을 해야 했었으니까요. 하지만 겁을 먹은 나머지 마음을 돌려 그만둬야겠다는 결심은 서지 않았어요.

　이스터브룩 대령의 서랍에서 권총을 꺼냈을 때만 해도 아직 장난을 치고 있다고 생각했으니까요. 마치 달걀이나 잼을 슬쩍하는 그런 심정이었지요. 아무도 없는 집의 2층에 몰래 들어가 소리를 내지 않고 여닫을 수 있도록 응접실 제2의 문에 기름을 칠했을 때도 농담삼아 하는 그런 기분이었지요. 그 문 밖에 있던 테이블을 옮긴 것도 필리퍼가 꽂아 놓은 꽃이 잘 돋보이도록 하려고 한 것에 불과했던 거예요. 모든 일이 게임을 준비하는 것처럼 보였지요. 그러나 다음에 일어난 일은 이미 게임이 아니었어요. 물론이지요. 그녀는 겁을 먹고 있었어요…… 돌라 배너의 관찰은 틀림없었어요."

"샬롯은 착착 준비를 갖추었습니다" 하고 클래독이 말했다. "모든 것이 계획대로 진행되었습니다. 6시가 좀 지났을 무렵 그녀는 오리 우리를 닫으러 밖에 나간다고 하고 셔틀을 안으로 들어오게 하여 마스크, 망토, 장갑, 손전등을 주었습니다. 시계가 6시 반을 알리자 그녀는 아치웨이 쪽의 테이블로 가서 담배통을 집었습니다. 준비가 끝났습니다. 모든 것이 다 자연스럽게 진행되었습니다. 패트릭은 주인 측이었으므로 술을 준비하러 가고 샬롯은 여주인으로서 담배를 가지러 간다는 것이었지요. 그녀는 시계가 치기 시작하면 모든 사람의 눈이 그 시계에 집중하리라고 판단하고 있었지요. 사실 사람들은 시계를 물끄러미 쳐다보았습니다. 단 한 사람, 충실한 돌라 배너만이 샬롯에게 시선을 돌리고 있었어요. 돌라는 첫 심문 때 미스 블랙록의 행동을 정확하게 증언하고 있어요. 즉 그녀의 말에 의하면 미스 블랙록은 그때 제비꽃 화병을 들고 있었다고 합니다.

샬롯은 미리 램프의 코드를 벗겨서 선이 드러나게 해 둔 것입니다. 정전은 순식간에 이루어졌어요. 담배통, 꽃병, 램프, 이 세 가지는 다 한곳에 놓여져 있었습니다. 그녀는 제비꽃을 꺾는 것처럼 하고 선에 물을 엎지른 다음 램프의 스위치를 넣은 거예요. 아시다시피 물은 전기의 양도체입니다. 곧 퓨즈가 끊어졌지요."

"얼마 전 오후에 우리 집에서도 그런 일이 있었어요" 하고 번치가 말했다. "그때 상당히 놀랐던 모양이지요, 제인 아주머니?"

"그래, 번치. 나는 전기가 이상하다고 생각했어요. 그리고 한 쌍으로 된 램프가 있어서 그날 밤으로 바꿔 놓은 줄 알았어요."

"그렇습니다" 하고 클래독이 말했다. "플레처가 다음날 아침 그 램프를 조사해 보았으나 다른 램프와 똑같이 아무 데도 이상한 곳이 없었습니다. 선도 드러나 있지 않고 합선된 부분도 없었습니다."

"돌라 배너는 전날 밤에는 그 램프가 양치기 여자라고 했는데, 그 것으로 뜻을 알았지요" 하고 미스 마플이 말했다. "그러나 나는 패트 릭의 일을 비유해서 말하는 것으로 잘못 알았던 거예요. 돌라는 이상 하게도 전에 들었던 것을 되풀이시키면 대개 틀린 말을 해버린단 말 예요. 즉 자기의 상상이 덧붙여져 실지로 들은 일을 과장하거나 왜곡 되게 전하는 거예요. 무슨 일을 생각하며 지껄이고 있는지 알 수 없 는 일이 허다하니까요. 그러나 자기 '눈으로 본' 일에 대해서는 매우 정확했어요. 레티시아가 제비꽃을 꺾고 있는 것을 분명히 보았으니까 요."

"그러면서도 자기는 그다지 중요한 말을 한다고는 생각지 않았던 겁니다" 하고 클래독이 잠깐 말참견을 했다.

"요전에 번치가 크리스마스의 장미꽃 수반에서 전깃줄에 물을 엎질 렀 때, 나는 그 자리에서 머리에 떠오른 것이 있었어요. 전기를 끈 것은 미스 블랙록 외에는 없다, 테이블에 있는 것은 그녀 하나뿐이 었다 하는 생각이."

"지금 생각하면 어수룩한 이야기지만" 하고 클래독은 말했다. "돌 라 배너는 누가 피우다 만 담배를 놓아 두었기 때문에 테이블에 탄 자국이 남았다고 지껄였습니다. 그러나 그때는 아무도 담배를 피우지 않았거든요……. 그리고 꽃병의 제비꽃은 물이 없어서 시들어 버렸 더군요. 레티시아도 깜빡 잊었던 모양입니다. 다시 한 번 물을 가득 채워 두었더라면 되었을 텐데. 그러나 샬롯은 아무도 눈치채지 못하 려니 생각했던 모양입니다. 사실 미스 배너는 처음부터 자기가 물을 넣어 두지 않았기 때문이라고 생각했었으니까요." 그는 이야기를 계 속했다. "돌라는 곧 남의 암시에 걸려 버리는 겁니다. 미스 블랙록은 이 점을 여러 번 이용한 것이지요. 배너가 패트릭을 의심한 것도 틀림없이 블랙록의 암시일 겁니다."

"무슨 뜻이지요, 그게?" 하고 패트릭은 뿌루퉁한 얼굴로 물었다.

"뭐, 대단한 암시는 아니겠지만, 적어도 그런 암시를 주면 배너의 샬롯에 대한 의심을 다른 곳으로 쏠리게 하는 효과 정도는 있으니까요. 그럼, 다음으로 옮겨갈까요. 전기가 꺼져 모든 사람이 웅성거리자 샬롯은 미리 기름을 칠해 둔 문으로 살짝 빠져 나가, 장난삼아 손전등으로 방 안을 비추고 있는 루디 셔트의 뒤로 돌아갔습니다. 셔트는 자기 뒤에 원예용 장갑을 끼고 권총을 든 샬롯이 서 있을 줄은 꿈에도 생각지 못했을 겁니다. 그녀는 손전등이 자기에게 비추어질 장소——아까까지 서 있던 창가를 비추기를 기다리고 있었습니다. 그리고 그때가 되자 서둘러 두 발 쏘았습니다. 루디는 깜짝 놀라 돌아다보고, 그녀는 그에게 다가가 또 한 발, 그리고 권총을 루디가 쓰러진 근처에 떨어뜨리고서 장갑을 벗어 아무렇게나 홀의 테이블 위에 집어던지고 다시 아까 나왔던 그 문으로 들어가 정전됐을 때 서 있던 장소로 돌아갔습니다. 귀에 상처를 입은 것은 그때였지요. 어떻게 해서 상처를 냈는지는 잘 모릅니다만——"

"손톱깎이로 잘랐겠지요" 하고 미스 마플이 말했다. "귓불을 조금 자르면 피가 많이 나오기 마련이거든요. 이것은 물론 남의 눈을 속이기에는 아주 좋은 방법이었어요. 어김없이 피가 흰 옷에 뚝뚝 떨어지면 누구나 정말로 총을 맞은 것이다, 총알이 스쳐간 것이라고 생각할 테니까요."

"정말이지 모든 일이 척척 이루어진 것입니다" 하고 클래독이 말했다. "돌라는 셔트가 분명히 미스 블랙록을 노린 것이라고 주장했지만, 그 주장에는 그만한 가치가 있었습니다. 즉 돌라는 그렇다는 것을 알아차리지 못했지만, 그녀가 사실 샬롯이 총에 맞는 것을 보았다는 인상을 주었기 때문입니다. 이 견해를 밀고 나가면 아무래도 셔트의 죽음은 자살이나 사고사가 되는 셈이지요. 그렇게 되면 사건은 그대로 해결되는 결과가 되었겠지요. 그것이 번복되어 올바른 결말을 가져오게 된 것은 오로지 미스 마플 덕분입니다."

"아니 천만의 말씀이에요." 미스 마플은 크게 머리를 내저으며 대답했다. "나의 서투른 노력도 다 억측에 불과했어요. 그것으로 만족하지 않았던 것은 당신이에요, 클래독 씨. 그대로 사건을 해결하지 않았던 것은 당신의 공적입니다."

"뭔가 석연치 않았습니다" 하고 클래독은 말했다. "왠지 모르게 이상한 기분이 들었어요. 그러나 도대체 '어디가' 잘못된 것인지는 당신이 일러 주어서 비로소 알았습니다. 그리고 미스 블랙록의 운명을 역전해 버린 것입니다. 나는 그 문이 비밀리에 사용되고 있는 것을 발견했습니다. 그때까지 우리는 '이럴 것이다'라는 단순한 추리에서 더 앞으로 끌고 나가지 못했는데, 기름을 칠한 문은 바로 '물적 증거'였습니다. 그것을 발견한 것은 정말 우연이었어요. 잘못하여 그 문 손잡이를 잡아 버렸던 겁니다."

"난 당신이 그곳으로 '이끌려' 간 것이라고 생각돼요, 경감님" 하고 미스 마플이 말했다. "옛날 사람이라고 생각할지 모르지만."

"그래서 또 수사를 다시 하게 된 거지요." 클래독이 말했다. "그러나 이번에는 다른 각도에서였습니다. 즉 우리는 레티시아 블랙록을 죽일 동기를 지닌 사람을 찾기 시작한 것이지요."

"그리고 동기를 지닌 사람은 사실상 있었습니다."

미스 마플이 뒤를 이어받았다.

"미스 블랙록도 그 사실을 계산에 넣고 있었어요. 그녀는 필리퍼를 만났을 때 곧 정체를 알아본 모양이에요. 샬롯은 소니아 게들러의 얼굴을 알고 있는 소수의 사람 가운데 하나였으니까요. 인간이란 나이를 먹으면――클래독 씨는 아직 모르겠지만――젊었을 때 만났던 사람의 얼굴을 1, 2년 전에 만났던 사람의 얼굴보다 잘 기억하고 있게 마련입니다. 필리퍼는 샬롯이 기억하고 있을 무렵의 필리퍼의 어머니와 비슷한 나이였고, 게다가 어머니와 너무도 닮았던 거예요. 묘하게도 샬롯은 필리퍼가 소니아 게들러의 아이인 줄 알자 몹시 기뻐했습니다. 그녀는 필리퍼를 매우 사랑하게 되었지요. 틀림없이 무의식중에 양심의 가책을 그 애정으로 갚고 있었던 걸 거예요. 그녀는 유산을 상속하면 필리퍼를 돌봐 줄 작정이었습니다. 딸로 대하려고 했던 거예요. 필리퍼와 해리는 자기와 함께 살아야 한다고 생각한 것입니다. 이렇게 생각하면서 그녀는 기뻐서 아주 좋은 생각이라고 여겼습니다.

그런데 경감님이 심문을 시작하여 '피프와 에마'의 일을 알아 내자, 샬롯은 몹시 불안해졌지요. 그녀는 필리퍼에게 자기 죄를 덮어쓰게 하고 싶지 않았던 거예요. 그녀의 생각으로는 루디가 강도를 계획했다가 과실사한 것처럼 보이고 싶었던 거예요. 그러나 기름을 칠한 문이 발견되자 완전히 계획을 바꿔야만 했습니다. 그런데 그렇게 되니 필리퍼를 제외하고는——'그녀가 아는 바로는'라는 조건부입니다. 줄리아의 신원에 대해서는 아무것도 몰랐으니까요——아무도 그녀를 죽일 동기를 지닌 사람이 없었습니다. 그녀는 온 힘을 다하여 필리퍼의 신원을 감추었습니다. 남이 물으면 그녀는 임기 응변으로, 소니아는 자그마한 몸집에 검둥이처럼 생겼느니 하고 속이고 있었어요. 그리고 남이 눈치채게 되면 곤란했으므로 앨범에 붙였던 소니아의 사진을 레티시아의 사진과 함께 떼어 버렸던 거예요.”

“나는 글쎄, 소니아 게들러는 스웨테남 부인이라고 생각하고 있었으니……” 하고 클래독이 내뱉듯이 말했다.

“우리 어머니도 참 불쌍하시지” 하고 에드먼드는 중얼거렸다. “비난할 데 없는 여성——나는 아직도 그렇게 믿고 있답니다."

"하지만 역시" 하고 미스 마플이 이야기를 계속했다. "진짜 위험 인물은 돌라 배너였어요. 돌라는 날이 갈수록 건망증이 심해지고 수다쟁이가 되어 갔습니다. 앞서 돌라와 우리가 차를 마시러 갔을 때 나는 샬롯이 돌라를 보던 눈초리를 잊을 수가 없어요. 왜 그런지 아세요? 마침 그때 돌라가 또 샬롯을 로티라고 불렀어요. 그저 어쩌다 잘못 부른 것이려니 하고 생각했지만 샬롯은 몹시 놀랐어요. 이야기는 그대로 계속되었지요. 가엾게도 돌라는 수다스러운 말을 그만둘 수가 없었던 거예요. 그날 우리는 블루버드에서 커피를 마시고 있었는데, 돌라가 한 사람이 아니라 두 사람의 이야기를 했던 거예요. 어떤 때는 레티를 아름답지는 않지만 좋은 사람이라고 말하는가 하면, 곧 아름답고 명랑한 사람이라고 말하는 거예요. 레티는 아주 영리하고 처세에 성공한 사람이라고 말한 입으로——'그 사람의 생애는 아주 불행했어요'라는 말을 하고, '심한 고통을 꿋꿋하게 견디어 내고'라는 시구를 인용하기도 했었지요. 레티의 생활에 그런 점은 없었는데 말이에요. 샬롯은 그날 아침 블루버드에 찾아와 우리가 모르는 사이에 돌라의 이야기를 거의 다 들었던 모양이에요. 램프를 바꿔 놓았다는 돌라의 이야기도 분명히 들었을 거예요. 양치기 여자가 아니라 목자였었다는 이야기를 말이에요. 그때 샬롯은 돌라가 자기에게 대단한 위험 인물이라는 사실을 절실하게 느꼈던 거예요.

나와 돌라와의 사이에 오고간 찻집에서의 이야기가 어쩌면 돌라의 운명을 결정지었을지도 모릅니다. 좀 멜로드라마 같은 표현 방법인지는 모르지만, 그러나 생각해 보면 아무래도 같은 결과를 초래했을 거예요……. 돌라 배너가 살아 있는 이상 샬롯의 안전은 보장될 수 없었으니까요. 그녀는 돌라를 사랑하고 있었어요. 죽이고 싶지는 않았을 거예요. 하지만 그밖에 다른 방법도 없었지요. 그리고 아마——

번치, 그때 말한 간호사 엘러튼처럼——죽이는 것은 친절심에서라고 자기 변명을 했을 거야. 우스운 이야기지만 배너의 마지막 날을 행복한 하루로 하기 위해 그녀는 온 힘을 다했습니다. 생일 파티, 그리고 특제 케이크……. ”

"감미로운 죽음이군요"라고 필리퍼가 부르르 몸을 떨며 말했다.

"네, 정말 그래요……. 친구에게 되도록 감미로운 죽음을 준 것이지요……. 파티, 돌라가 가장 좋아하는 음식, 그리고 모인 사람들에게는 돌라를 조용히 있을 수 있게 해주라고 부탁했어요. 그리고 뭔가 알약이 들어 있는 아스피린 병을 머리맡에 놓아 두었어요. 자기가 산 새 아스피린 병이 눈에 띄지 않으면 당연히 배너는 블랙록의 머리맡에 있는 병에 든 것을 꺼내리라고 생각했던 거지요. 그 알약은 만일 발견되었다 하더라도 블랙록을 노리는 자가 산 것으로 되었겠지요. 사실 나중에 자기도 먹었으니까요…….

이렇게 되어 배너는 잠든 것처럼 행복하게 죽었습니다. 샬롯은 안도의 숨을 쉬었습니다. 그러나 그녀는 돌라를——돌라의 애정과 충실함이 사라진 것을 쓸쓸하게 생각했어요. 이제 옛일을 이야기할 수도 없게 된 셈이지요……. 내가 줄리앙이 맡긴 편지를 전하러 갔던 날, 샬롯은 몹시 울고 있었어요. 그녀는 진심으로 슬퍼했던 거예요. 자기 친구를 죽여 버렸으니까요……. ”

"무서운 이야기로군요" 하고 번치가 말했다. "무서워요. ”

"하지만 아주 인간적이 아닙니까? " 하고 줄리앙 하몬이 말했다.

"인간은 살인을 해도 그런 법이오. ”

"그래요" 미스 마플이 말했다. "인간적이에요. 살인범이라도 상당히 동정할 만한 경우가 있어요. 그러나 역시 아주 위험한 일이에요. 특히 샬롯 블랙록처럼 마음이 약하고 친절한 살인자는, 즉 약한 인간이란 정말로 자기의 안전이 위협을 받으면 너무 무서운 나머지 광포

해져서 자신을 억제할 수 없게 되기 마련이지요."

"마거트로이드의 일을 말하는 것이지요?" 하고 줄리앙이 물었다.

"그래요, 불쌍한 미스 마거트로이드, 샬롯은 두 사람이 있는 오두막 앞을 지나다가 둘이 살인 장면을 되풀이하고 있는 것을 엿들은 모양이에요. 창문이 열려 있었으므로 거기서 귀를 기울이고 있었던 거예요. 그때까지 샬롯은 달리 위험 인물이 있으리라고는 조금도 생각지 못했던 거지요. 미스 힌치리피는 계속 마거트로이드의 기억을 되살리려 하고 있었습니다. 샬롯은 설마 사건이 일어났던 그날 밤의 일을 주의깊게 보고 있던 사람이 있을 줄은 생각도 못했던 거지요. 그녀는 그곳에 있던 사람은 모두 그야말로 자동적으로 루디셔트 쪽만 보고 있었으려니 생각한 것입니다. 그녀는 아마 창문 밖에서 숨을 죽인 채 귀를 기울이고 있었겠지요. 어쩌면 아무것도 생각해 내지 못할지 모른다고 믿고 있었을지도 모르지요. 그런데 미스 힌치리피가 급하게 역으로 향한 순간에 마거트로이드는 생각이 떠올랐던 거예요. 그녀는 뛰어가는 미스 힌치리피의 뒤에서 불렀습니다. '그녀는 '거기에' 있지 않았어……' 나는 미스 힌치리피에게 마거트로이드가 어떤 식으로 말했었느냐고 물어 보았습니다……. 왜냐하면 만일 마거트로이드가 "그녀'는 거기에 없었어' 라고 했다면 뜻이 달라지니까요."

"문제가 상당히 미묘하게 되었습니다" 하고 클래독이 말했다.

미스 마플은 발그레해진 흰 얼굴에 열을 띠고 경감 쪽을 보았다.

"미스 마거트로이드의 마음에 무슨 생각이 떠올랐는지 좀 생각해 보세요……. 사람은 물건을 보기는 했지만 보았다는 사실을 기억하고 있는 것은 아닙니다. 나는 어떤 교통 사고를 목격했는데, 객차 옆에 칠한 페인트가 열 때문에 큰 거품 모양을 이루었던 것을 지금도 분명히 기억하고 있어요. 나중에 그림으로 그릴 수 있을 정도로 잘 기억하고 있어요. 그리고 런던의 공습 때 일이지만——사방에 흩어진 유리조각, 충격, 그러나 가장 강하게 나의 기억에 남아 있는 것은 내 앞에 섰던 부인입니다. 그녀는 구멍이 크게 뚫린 전혀 어울리지 않는 양말을 신고 있었습니다. 이처럼 미스 마거트로이드가 생각하는 일을 그만두고 다만 '본' 일을 생각해 내려고 노력했을 때는, 이미 대부분의 일을 생각해 내고 있었던 거예요. 우선 그녀는 맨틀피스 근처에서부터 기억을 더듬기 시작했습니다.

손전등은 처음에 이곳을 비치고 있었지요. 그리고 두 개의 창문으로 빛이 옮겨 갔습니다. 이 창과 그녀 사이엔 여러 사람들이 있습니다. 하몬 부인은 손가락으로 눈을 힘껏 누르고 있었습니다. 마거트로이드는 이렇게 하여 마음 속으로 손전등을 이동시켜 갑니다. 미스 배너는 입을 멍하니 벌리고 커다란 눈으로 물끄러미 한 군데를 바라보고 있었지요. 그리고 아무것도 없는 벽과 램프와 담배통이 있는 테이블. 순간에 총소리. 갑자기 마거트로이드는 도저히 믿을 수 없는 일을 보았다는 사실을 알게 되었어요. 그녀는 곧이어 두 개의 총알 자국이 남은 벽, 미스 블랙록이 총에 맞았을 때 서 있던 '벽'을 본 것입니다. 그리고 권총이 발사되고 블랙록이 맞았을 때 '블랙록'은 '그곳에 없었다'는 생각이 떠오른 것입니다……

이제 내가 말한 뜻을 아셨겠지요? 그녀는 미스 힌치리피의 말을 듣고 세 부인을 생각하고 있었던 거예요. 만일 그 중 한 사람이 그곳에 없었다면 그녀가 기억을 되살려 붙잡은 것은 인격이었을 겁니다. 그녀는 사실 이렇게 소리쳤지요——''그녀는' 거기에 있지 않았어……' 라고요. 그러나 그녀의 마음 속에 있었던 것은 '장소'예요. 누군가가 당연히 있었어야 할 장소——그 장소가 비어 있었다, 그곳에는 아무도 없었다, 장소는 그곳에 있다——그러나 사람은 그곳에 없다——그녀는 이것을 하나의 관념으로 정리할 수가 없었어요. '정말 이상한 일이지, 힌치' 하고 그녀는 말했습니다. '그녀는 '그곳에' 있지 않았어' 하고, 그러므로 이 말은 바로 레티시아 블랙록을 가리키는 말이었습니다……."

"하지만 아주머니, 그러기 전에 벌써 알고 계셨던 것 아녜요?" 하고 번치가 물었다.

"램프가 합선되었을 때도 여러 가지 의문점을 종이에 써넣고 계셨잖아요."

"그래, 금방 알아냈지. 여러 가지 고립된 재료가 하나의 어엿한 패턴이 된 거야."

번치는 조용히 미스 마플이 써놓은 항목을 인용했다.

"'램프', 이것은 아셨지요? '제비꽃', 이것도요. '아스피린 병', 아주머니의 이야기로는 그날 배너가 아스피린을 새로 사러 갔으니까 블랙록의 것을 필요로 하지 않았을 거 아녜요?"

"하지만 돌라가 사 온 병이 도둑맞았거나 감추어졌다면 또 모르지. 어쨌든 레티시아 블랙록이 살인자가 노렸던 인물인 것처럼 보여야 했으니까요."

"알았어요. 그리고 감미로운 죽음이라는 거겠지요. 과자──그러나 과자만이 아니었어요. 파티 전체가 준비물이었었군요. 죽기 전의 행복한 하루, 죽으려는 개를 귀여워해 주는 것 같은 거지요. 이런…… 뭐랄까 '표면'만의 친절은 정말 무섭군요."

"그러나 샬롯은 정말 친절한 여자였어요. 마지막으로 부엌에서 한 말은 거짓말이 아니었습니다. '아무도 죽이고 싶지는 않았어'라고 말했잖아요. 그 사람이 원했던 것은 자기 것이 아닌 막대한 유산이었던 거예요! 그리고 그 욕망 앞에서──그것은 일종의 부수물 같았어요. 그 돈은 그녀의 과거의 괴로운 생활을 보상하는 것이었지요. 모든 것이 길을 양보한 것입니다. 세상에 대해 악의와 원한을 가지고 있는 사람은 항상 위험합니다. 그 사람들은 세상은 으레 껏 자기들에게 보상을 해야 한다고 생각하고 있지요. 나는 샬롯 블랙록보다도 훨씬 더 괴로워하고 보다 더 인생에서 동떨어진 환자를 많이 알고 있답니다. 그러나 그들은 어떻게 해서든지 행복하고 만족한 생활을 보내려 하고 있어요. 사람을 행복하게 하는 것이나 불행하게 하는 것은 그 사람의 정신 나름이지요. 아니, 이야기가 다른 방향으로 흘러 버렸군요. 어디까지 이야기했었지요?"

"아주머니가 쓰신 리스트에 대해 이야기했었어요" 하고 번치가 말했다.

"'신상조사(Making enquiries)'라고 쓰신 것은 무슨 뜻이지요?"

미스 마플은 유쾌한 듯이 클래독 경감 쪽을 보았다.

"클래독 경감님, 경감님도 보셨겠지요? 레티시아 블랙록이 샬롯에게 보낸 편지를 보여 준 것은 경감님이었으니까요. 이 편지에 두 번이나 'enquiries'라는 말이 씌어 있었습니다. 두 번 다 e로 시작되었어요. 그런데 내가 번치에게 부탁하여 경감님께 보여드린 종이쪽지에서 샬롯은 'inquiries'라고 i로 시작했습니다. 대부분의 사람은 나이를 먹은 뒤에도 젊었을 때 쓰던 법을 바꾸지 않는 법입니다. 이 사실은 나에게 대단히 뜻있는 것으로 생각되었어요."

"그렇지요" 하고 클래독은 고개를 끄덕였다. "나는 거기까지는 알아차리지 못했습니다."

번치는 이야기를 계속했다.

"'심한 고통을 꿋꿋하게 견디어 내어'——미스 배너는 분명히 아주머니에게 찻집에서 이렇게 말했었지요. 레티시아는 조금도 괴로워하지 않는데. '요오드팅크', 갑상선에 대한 것이 생각난 것은 그 말에서였지요?"

"그렇지. 샬롯은 언니가 죽은 것을 폐결핵처럼 말하고 있었지요.

또한 장소도 스위스이고, 나는 갑상선의 최고 권위와 갑상선 수술에 가장 숙달된 병원도 스위스에 있다는 것을 생각해낸 거예요. 이 생각은 레티시아 블랙록이 늘 걸고 있던 사치스러운 진주 목걸이와 연관성을 갖게 되었어요. 정말이지 '그것은 어울리지' 않았으니까요. 다만 상처를 감추기 위해서였던 거예요."

"그래서 끈이 끊어지던 날 밤 샬롯은 그렇게 법석을 떨었군" 하고 클래독은 말했다. "정말이지 그때는 이상했지요."

"그 다음에 쓴 것은 '로티'지요. 우리는 레티를 잘못 쓴 것인 줄 알았어요" 하고 번치가 말했다.

"그래요, 동생 이름이 샬롯이라는 것은 알고 있었고, 게다가 돌라 배너가 미스 블랙록을 한두 번 로티라고 불렀으니까, 돌라는 저도 모르게 그렇게 말하고는 나중에 굉장히 당황했지요."

"'베른'과 '양로 연금'이란 뭐지요?"

"루디 셔트는 베른의 병원에서 간호사 노릇을 하고 있었어요."

"양로 연금은?"

"그것은 블루버드에서 말했잖아요? 하긴 그때 무슨 다른 생각이 있어서 그런 것은 아니었지만. 왜 와더스푼 부인이 자기 연금과 함께 패트레트 부인의 몫까지 탈 수 있게 되었는가 하면——패트레트 부인은 벌써 2, 3년 전에 죽었는데도 말예요——나이 든 여성은 겉보기에 서로 많이 닮았다는 간단한 이유에서이지요. 이렇게 하여 여러 개의 추리가 하나의 패턴으로 정리된 것입니다. 그리고 나는 다소 상기되었으므로 밖에 나가 머리를 식혔지요. 그리고 지금까지의 추리를 증명하려면 어떻게 해야 할까 하고 생각했습니다. 그때 미스 힌치리피와 딱 마주쳐, 미스 마거트로이드가……."

미스 마플의 목소리는 침통해졌다. 이미 그 목소리에는 흥분하거나 즐기는 듯한 느낌은 없었다. 오히려 조용하고 후회하고 있는 듯한 기색이었다.

"나는 또 무슨 일이 일어날 징조라고 생각되었습니다. 급한 일이 없기를! 그러나 아무런 '증거'가 없었습니다. 그래서 나는 가망이 있는 계획을 생각해내어 플레처 형사부장에게 말한 거예요."

"그 일로 나는 플레처를 나무랐습니다" 하고 클래독이 끼어들었다. "나에게 보고도 하지 않고 당신의 계획에 찬성했다고 말입니다."

"플레처가 도무지 나의 계획에 찬성하려 들지 않는 것을 끝까지 설득했었지요," 미스 마플은 계속했다. "우리 두 사람은 리틀 패독스에 가서 미치를 불렀습니다."

줄리아가 한숨을 쉬고 말했다.

"미치에게 일을 시킬 수 있었다니, 난 아무리 생각해도 이상해요."

"정말 힘이 들었어요" 하고 미스 마플이 말했다. "미치는 늘 자기 생각만 하는 사람이지만, 이번에는 남을 위한 일을 했으니까 틀림없이 좋은 사람이 될 거예요. 물론 나는 그녀를 부추겼지요. 이렇게 말해 줬어요. 당신은 고향에 있었으면 틀림없이 레지스탕스 운동에 가담했을 거라고요. 그러자 '그야 물론이지요' 하고 말하더군요. 그래서 또 '당신은 그런 운동에 알맞는 성격의 사람이에요. 용감하고, 위험을 두려워하지 않고, 맡은 일을 틀림없이 이행하는 사람이니까요' 하고 말했습니다. 그리고 레지스탕스 운동에서 공적을 올린 여자의 이야기를 해줬지요. 사실 이야기도 있었지만 그 중에는 내가 만들어낸 이야기도 있었지요. 그녀는 굉장히 감격하더군요!"

"아주 멋있는데요" 하고 패트릭이 말했다.

"그리고 내가 말하는 일을 해 달라고 설득했지요. 나는 한 마디도 틀리지 않고 대사를 욀 수 있도록 철저하게 연습을 시켰어요. 그 일이 끝나자 미치를 2층 자기방으로 올려 보내 클래독 경감님이 오실 때까지 내려오면 안 된다고 말했지요. 이렇게 흥분하기 쉬운 사람의 최대 결함은 일을 그대로 밖으로 드러내어 때가 되기도 전에 해치워 버리는 점이니까요."

"하지만 아주 멋지게 해냈어요" 하고 줄리아가 말했다.

"아무래도 저로선 주요점을 잘 모르겠어요"라고 번치는 말하더니 "물론 저는 그곳에는 없었지만" 하고 변명하듯이 덧붙여 말했다.

"미치가 승낙한 이유는 좀 복잡해요. 그리고 어쨌든 갑자기 변했으니까요. 즉 미치는 별안간 협박 관념이 자기 마음 속에 있었다는 것을 알아차린 거예요. 그리고 내 이야기에 몹시 흥분하여 깜짝 놀랐기 때문에 오히려 기꺼이 협력할 생각이 든 모양이에요. 그래서 나는 그녀가 식당 열쇠 구멍으로 미스 블랙록이 권총을 들고 루디 셔츠의 뒤에 서 있는 것을 봤다는 말을 하게 한 것입니다. 미치는 '실제로 일어난 일'을 본 거예요. 단 한 가지, 샬롯 블랙록은 열쇠가 열쇠구멍에 들어가 있는 이상 미치가 아무것도 볼 수 없었으리라는 사실을 알아차릴 우려가 있었습니다. 그러나 나는 심한 충격을 받았을 때는 그런 일까지는 생각지 못하리라고 여겼습니다. 샬롯은 미치가 보고 있었다는 사실에만 신경을 쓰리라고 생각한 거지요."

그러자 클래독이 뒤를 이어받아 말했다.

"그러나——이것은 중요한 일이었습니다——나는 그 이야기를 그대로 받아들일 수 없는 체했습니다. 그리고 마침내 포격 개시를 하려는 듯한 얼굴로 전에 조금도 의심한 일이 없는 인물을 급습한 것입니다. 나는 에드먼드 씨에게 덤벼들었습니다——"

"'나는' 아주 멋지게 '나의' 역할을 해치웠습니다" 하고 에드먼드가 말했다. "격노한 부인——모든 것이 계획대로 이루어졌습니다. 계획대로 안 된 것은 필리퍼, 당신이 킬킬 웃은 일과 공공연하게 '피프'라는 것을 증명한 일이오. 하지만 피프는 '나'의 역할이었단 말이오. 그 때문에 경감님과 나의 발걸음이 맞지 않고 좀 난맥상을 이루었지만, 경감님은 과연 베테랑답게 그 난처한 입장을 잘 모면했습니다. 너는 돈 많은 부인을 노리고 있지 하고 연기 만점의 밉상을 보였지요. 이런 말은 당신의 잠재 의식을 자극하여 앞으로 우리들 싸움의 동기가 될지도 모르겠군요."

"그런데 왜 그런 연극을 하셨지요?"

"모르겠소? 즉 샬롯 블랙록의 견지에서 보면 진상을 보았다고 의심할 수 있는 인물은 오직 미치 한 사람뿐이오. 그러나 경찰은 다른 사람을 의심했지요. 첫째 미치는 딱지붙은 거짓말쟁이였으니까. 그러나 미치가 어디까지나 주장한다면 경찰도 그녀의 말에 귀를 기울여 이것을 중요시하지 않을 수 없지 않겠습니까? 그러면 아무래도 미치가 살인범의 다음 목표가 되게 마련이지요."

"미치는 곧장 방에서 나와 부엌으로 갔어요, 내가 일러둔 대로" 하고 미스 마플이 말했다. "미스 블랙록은 곧 미치의 뒤를 따라나왔습니다. 미치는 부엌에 혼자 있었지요. 플레처 형사부장은 싱크대 문 뒤에 숨어 있었고, 나는 부엌 청소 도구를 넣어 두는 장 안에 들어가 있었어요. 몸이 여위었기 때문에 그런 대로 들어갈 수 있었지요."

번치는 미스 마플의 얼굴을 들여다보며 말했다.

"무슨 일이 일어날 줄 미리 아셨군요, 제인 아주머니?"

"둘 중 어느 하나라고 생각했지. 즉 샬롯은 돈을 내놓고 입을 막을지도 모르며──그렇게 하면 플레처 부장은 그 금전 제공에 대한 증인이 될 수 있지──또는 미치를 죽일지도 모른다는 두 가지 경우였어."

"하지만 그런 짓을 하면 숨길 가망성이 없어질 것 아니에요? 곧 의심을 받을 텐데요."

"번치, 그렇지 않아. 이미 샬롯은 이성을 잃고 있었어. 구석으로 몰린 쥐나 다름없었지. 그날 일어난 일을 생각해 봐. 미스 힌치리피와 미스 마거트로이드의 실연(實演). 힌치는 부지런히 역으로 갔으나 돌아오면 미스 마거트로이드가 레티시아 블랙록이 사건이 일어난 날 밤 방에 없었던 일을 설명할지도 모르거든. 마거트로이드의 입을 막으려면 앞으로 2, 3분의 시간밖에 없다고 생각하자 계획적인 트릭을 사용하여 해치울 시간이 없으므로 거칠게 목을 죄어 죽인 거지. 잘 있었어요 하고 인사하는 체하며 덤벼든 거지. 그리고 쏜살같이 집으로 돌아가서 옷을 갈아입고 난로 옆에 앉아 있었어. 누가 들어오더라도 외출하지는 않았다는 듯한 표정을 하고 말이야.

그리고 줄리아의 정체를 알게 되었고, 그녀는 진주 목걸이가 끊어져 상처가 남의 눈에 띌까봐 겁을 먹었지. 이윽고 경감님께서 전화로 이 사건에 관련된 사람을 모두 집으로 데리고 온다는 이야기를 들었으니 더 이상 생각해 볼 여유도 없었지. 곧 인정사정없이 줄리아를 죽여 버리든가 그 호감 가지 않는 청년을 해치우든가 어느 한 가지 일을 해야 했던 거야. 어떤 경우이건 맨손으로 해야 할 살인이지. 이제는 가망이 없는 일이었을까? 아니야. 아직도 가망은 있었어. 그런데 미치의 문제가 생긴 거야. 또 하나의 위험인 미치를 죽여 혀를 놀리지 못하게 하자! 공포에 몰린 샬롯은 정신이 없었어. 그때는 사람이 아니었어. 동물에 지나지 않았던 거야."

"하지만 어째서 청소 도구 장에 들어가 있었나요, 제인 아주머니?" 하고 번치가 물었다. "플레처 형사부장만으로는 안 되었던가요?"

"두 사람이 있는 편이 훨씬 더 안전할 것 아니겠어? 게다가 나는 돌라 배너의 목소리를 복화술로 할 수 있거든. 샬롯 블랙록을 쓰러뜨리려면——복화술로 돌라의 목소리를 내는 것이 가장 좋을 것이라고 생각했었지."

"사실 멋진 효과였어요……!"

"그래요…… 그녀는 완전히 녹초가 되어 버렸지요."

오랫동안 침묵이 계속되었다. 모두 그때의 일을 생각하고 있는 것이었다. 이윽고 긴장을 완화시키기 위해 줄리아가 애써 명랑하게 말을 꺼냈다.

"미치는 아주 사람이 달라졌어요. 어저께 사우샘프턴 근처에다 일자리를 구했다고 그러더군요. 그리고 이렇게 말했어요." 줄리아는 미치의 악센트를 그럴듯하게 흉내내었다.

"나는 거기에 가서, 사람들이 외국인이니까 경찰에 등록해야 한다고 하면 이렇게 말하겠어요――그래요, 등록하겠어요! 경찰에 있는 사람이 나를 잘 알고 있어요. 내가 경찰일을 도왔으니까요! 내가 없었더라면 아주 위험한 범인을 붙잡지 못했을 거예요. 사자처럼 용감하게 위험 같은 것을 아무렇지도 않게 생각했으니까요――라고요. 그러면 모두들 미치, 너는 히로인이구나, 아주 대단한데 라고 말할 거예요. 그때 나는 이렇게 말해 줄 거예요――뭘요, 그게 뭐 그리 대단한 일이라고." 줄리아는 여기서 숨을 돌리더니 "정말이지 아주 달라졌어요" 하고 덧붙여 말했다.

"틀림없이" 하고 에드먼드가 생각에 잠기며 말했다. "여러 가지 사건에서 경찰을 돕게 될 거예요!"

"그 여자는 나에게도 친절히 대하게 되었어요" 하고 이번에는 필리퍼가 말했다. "미치는 결혼 선물이라고 하며 '감미로운 죽음'을 만드는 비결을 가르쳐 주었어요. 그리고 '줄리아에겐 절대로 이 비밀을 가르쳐 주면 안 돼요, 줄리아는 나의 오믈렛용 프라이팬을 못쓰게 만들어 놓았으니까요' 하고 말하더군요."

"루커스 부인은" 하고 에드먼드가 말했다. "필리퍼의 일을 아주 기뻐하고 있답니다. 벨 게들러가 죽어 필리퍼와 줄리아가 게들러 가문의 유산을 상속받았으므로 결혼 축하로 은으로 만든 아스파라거스 가위를 보내 주었지요. 결혼식에 와 달라는 말은 안 했지만 오히려 잘된 일인지도 모르겠군요!"

"이제부터는 축하할 일뿐이로군" 하고 패트릭이 말했다. 그리고 "에드먼드와 필리퍼…… 줄리아와 패트릭은 어떨까?" 하고 떠보듯이 덧붙여 말했다.

"나는 안 돼요. 당신도 축하를 받아서는 안 돼요" 하고 줄리아가 대답했다. "클래독 경감님이 에드먼드에게 한 이야기는 당신에게 딱 들어맞는 말이에요. 당신은 아무것도 안 하는 걸요, 뭐!"

"이거 고맙군" 하고 패트릭이 말했다. "그러나 여자를 위해선 할 만큼 일을 했어."

"나는 당신 때문에 하마터면 살인죄로 형무소에 갈 뻔했어요. 당신은 늘 건망증이 심하기 때문이에요" 하고 줄리아가 말했다. "나는 당신의 동생에게서 편지가 온 날 밤의 일을 잊을 수가 없어요. 나에게 온 편지인 줄 알았단 말이에요. 그렇게밖에 생각할 수 없어요." 그녀는 한참 생각한 다음 덧붙여 말했다. "그래서 나는 배우가 되려고 생각해요."

"뭐라고, 당신도?" 하고 패트릭이 신음 소리를 내었다.

"네, 파스에 갈지도 몰라요. 그곳에 일이 있을지도 모르니까요. 그리고 공부가 끝나면 이번에는 극장을 경영하고 싶어요. 에드먼드의 희곡을 상연할래요."

"소설을 쓰는 것이 아니었던가요, 당신은?" 하고 줄리앙 하몬이 물었다.

"네, 쓰고 있었습니다" 하고 에드먼드가 말했다. "소설을 쓰기 시작했습니다. 그냥 읽히는 소설이지요. 수염을 깎지 않은 남자가 침대에서 나와 코를 킁킁거리는 장면부터 시작하여 회색빛 도는 거리, 수종(水腫)을 앓는 무서운 노파, 턱이 긴 젊은 매춘부——모두다 아침부터 밤까지 세계의 현 정세를 논의하고, 무엇 때문에 살고 있는지 의문을 갖는 것입니다. 그런데 갑자기 나도 의문을 갖게 되었습니다. 그리고 아주 우스운 생각이 떠올랐습니다. 그것을 적어 두었습니다만——그리고 그것으로 가벼운 희곡을 썼지요…… 뭐, 별로 어려운 것은 아닙니다. 하지만 어딘가 모르게 흥미를 느끼게 되어 눈깜짝할 사이에 3막짜리 대희극을 완성시켰습니다.”

“제목은?” 하고 패트릭이 물었다. “《집사가 본 일》이라는 건가요?”

“으음, 빨리 말하자면 그런 것 같은데…… 실제로 내가 붙인 것은 《코끼리도 잊어버린다》지요. 다행히 마음에 들어서 가까운 시일 안에 상연하기로 되었소!”

“《코끼리도 잊어버린다》” 라고 번치가 중얼거렸다. “정말 코끼리는 잊어버리는 건가요?”

줄리앙 하몬이 아차 하는 표정을 짓고 있었다.

“이거 야단났군. 너무 이야기가 재미있는 바람에 그만 ‘설교’할 일을 잊어 버렸어!”

“어느 때는 탐정소설에만 정신을 빼앗기는데 이번에는 사실담에 그랬군요” 하고 번치가 말했다.

“‘그대, 죽이지 말지어다’라고 설교하세요” 하고 패트릭이 말했다.

“아닐세” 하고 줄리앙은 대답했다. “그것은 그만두지.”

“그래요” 하고 번치가 말했다. “당신 말이 맞아요, 줄리앙, 나는 더 좋은 것을 알고 있어요.” 이렇게 말하고 번치는 아름다운 목소리로 덧붙였다.

“이리하여 봄이 오면 해구(海龜——터틀)의 소리 땅에 들리다—

—잘 외지는 못하지만 당신 알고 계시지요? 그런데 어째서 해구
라고 했을까요? 그 동물의 목소리는 조금도 좋지 않은데."

"터틀이라는 말은" 하고 줄리앙 하몬 목사가 설명했다. "아주 서
투른 번역이오, 이것은 바다거북을 말하는 게 아니라 산비둘기를 말
하는 거요(turtle에는 그 두 가지 뜻이 있다). 헤브라이 말로는——"

번치가 줄리앙에게 매달렸으므로 이야기는 끊어졌다. 번치가 말했
다.

"나는 한 가지 알고 있어요, 바이블에 나오는 아하스엘스는 아르탁
세륵세스 2세라고 말하시려는 거지요, 당신은? 하지만 우리들 사
이에선 아르탁세륵세스 3세를 말하는 거예요."

여느 때와 마찬가지로 줄리앙 하몬은 어째서 아내가 이 이야기를
특별히 재미있어하는지 이상스럽게 생각했다.

"티글러스 필레샤가 당신이 있는 곳으로 가서 거들어 주고 싶어해
요" 하고 번치가 말했다. "이 고양이를 자랑해도 되겠지요? 퓨즈가
어떻게 해서 합선되는가를 가르쳐 주었으니까요."

# 에필로그

"신문을 봐야겠군" 하고 에드먼드는 필리퍼에게 말했다. 두 사람은 신혼 여행을 마치고 치핑 클레그혼으로 막 돌아온 뒤였다. "토트만 상점에 가 봅시다."

뚱뚱하고 거동이 느린 토트만 씨는 상냥하게 두 사람을 맞이했다.

"무사히 돌아오셔서 다행입니다."

"신문을 보고 싶은데요."

"알겠습니다. 어머님은 안녕하신가요? 이제 본마스에 정이 좀 드셨나요?"

"좋은 곳이라고 말씀하시더군요" 하고 에드먼드는 대답했다. 실은 그런 일은 어떠한지 잘 모르지만, 대부분의 자식들이 그러하듯이 사랑하는 부모——때로는 사람들을 초조하게 만드는 부모이지만——의 일이니까 무엇이나 잘 되고 있으려니 하는 것이다.

"그렇고말고요, 참으로 좋은 곳이니까요, 작년 휴가 때, 그곳까지 갔었는데 아내는 기뻐서 어쩔 줄을 몰라하더군요."

"그거 다행이로군요, 그런데 신문을 어떤 것으로——"

"런던에서 댁의 연극이 상연되고 있는 모양이더군요. 아주 재미있다고 모두들 말하고 있어요."

"네, 성공한 것 같습니다."

"《코끼리는 잊어버린다》, 뭐 그런 거라면서요? 이렇게 말하면 뭣합니다만, 나는 잊어버리지 않는 것으로 알고 있었는데요——즉 코끼리라는 것은 말예요."

"네, 그렇지요. 제목을 그렇게 붙인 것은 잘못된 일이라고 생각하고 있습니다. 모두들 당신처럼 말하고 있으니까요."

"동물학상으로 분명히 그렇습니다."

"네, 그래요, 새끼를 낳을 때의 집게벌레처럼."

"아하, 그래요? 미처 몰랐군요, 집게벌레에 대한 것은."

"신문 말인데요——"

"우선 〈타임스〉이겠지요?" 하고 토트만 씨는 연필을 들었다.

"데일리 워커" 하고 에드먼드는 분명히 말했다. "그리고 데일리 텔레그래프" 하고 필리퍼가 말했다. 그리고 "뉴 스티츠먼" 하고 에드먼드가 말했다. "레디오 타임스" 하고 필리퍼가 말했다. "스펙테이터" 하고 에드먼드가 말했다. "가드너즈 클로니클" 하고 필리퍼가 말했다.

두 사람은 그제야 숨을 돌렸다.

"정말 고맙습니다" 하고 토트만 씨가 말했다. "그리고 〈가제트〉지요?"

"필요없습니다" 하고 에드먼드가 말했다.

"필요없어요" 하고 필리퍼도 말했다.

"아니, 〈가제트〉를 안 보십니까?"

"필요없어요."

"필요없어요."

"그러니까, 저⋯⋯." 토트만 씨는 일을 분명히 해 두고 싶었던 것이다. "〈가제트〉는 '필요하지 않다' 이 말씀이지요?"

"네, 필요없어요."

"정말이에요."

"〈노드 베남 뉴스 앤드 치핑 클레그혼 가제트〉가 필요하지 않다는 말씀이시지요?"

"네."

"일주일에 한 번 나오는 이 신문이 필요치 않다, 그 말씀이지요?"

"네." 에드먼드는 덧붙여 말했다. "잘 알았습니까?"

"네, 잘 알고말고요."

에드먼드와 필리퍼는 가 버렸다. 토트만 씨는 다실로 들어갔다.

"연필 좀 주구려" 하고 그는 말했다. "내 펜이 어디로 가 버렸어."

"그렇다면" 하고 토트만 부인은 주문 장부를 집어들면서 말했다.

"제가 쓸게요. 무엇 무엇이지요?"

"데일리 워커, 데일리 텔레그래프, 레디오 타임스, 뉴 스티츠먼, 스펙테이터, 그리고 또⋯⋯ 가드너즈 클로니클."

"가드너즈 클로니클, 그리고요?" 토트만 부인은 바쁘게 펜을 움직이며 이렇게 되뇌었다.

"그리고 〈가제트〉지요?"

"〈가제트〉는 필요없대."

"뭐라고요?"

"〈가제트〉는 필요없대. 그렇게 말했단 말이야."

"그게 무슨 바보 같은 소리에요." 토트만 부인이 말했다. "잘못 들은 게지요, 아마. 〈가제트〉가 필요하지 않다니, 그럴 리가 없잖아요! 한 사람도 빠지지 않고 〈가제트〉를 보고 있는걸요. 이 신문이 아니면 이 고장에서 무슨 일이 있었는지 모르지 않겠어요?"

# 애거서가 사랑한 미스 마플

미스터리소설가는 그 작품을 쓸 경우, 등장시킬 탐정을 어떤 인물로 할 것이냐 하는 문제로 골치를 앓게 마련이다. 이것은 탐정 소설의 시조 포가 프랑스 인 오귀스트 뒤뺑을 창조했을 때부터 탐정소설에 따라다니는 하나의 숙명인지도 모른다. 셜록 홈즈처럼 원작자인 코난 도일보다도 더 유명해질 경우도 생각할 수 있으므로 탐정작가가 새로운 형의 탐정을 창조하기에 급급하고 있는 것도 수긍이 가는 일이다. 지금까지 각광을 받았던 탐정들도 다종다양하여 각기 사랑스러운 개성을 지니고 있으며, 그들의 독자적인 방법으로 범인 추궁을 밀고 나간다. 말하자면 셜록 홈즈, 브라운 신부, 파이로 번스, 피터 웜제이 경, 에르큘 포아로, 펠 박사, 메리벨 경 등 이루 다 헤아릴 수 없다. 최근에는 눈 앞의 신기함만을 노린 탓인지 기술사(奇術師), 수녀까지 주인공 탐정으로 등장하고 있는 형편이다.

애거서 크리스티는 1920년에 처녀작 《스타일즈 장(莊)의 괴사건》을 발표했을 때 벨기에 인 명탐정 에르큘 포아로를 등장시켰다. 포아로는 전 벨기에 경찰의 수뇌였는데, 퇴직 후 유럽 대전에서 부상을 입고 망명자로서 영국으로 건너가 사립 탐정을 개업했다. 참으로 호감이 가는 사람이다. 크리스티는 《스타일즈 장의 괴사건》에 이어 《링크스의 살인 사건》 《포아로의 탐색》 등 계속해서 포아로가 등장하는 자작품을 발표했으므로 지금은 포아로라고 하면 그 계란 모양의 머리, 사건을 맡으면 고양이처럼 인광을 내뿜는 녹색의 눈, 포마드를 바른 커다란 수염 등이 눈앞에 아른거릴 정도로 인기 있는 존재가 되었다. 하워드 헤이클래프트는 에르큘 포아로를 평하여 "소설 속의 탐정 중 포아로의 역량에 필적할 만한 탐정은 얼마 없을 것이다. 크리스티는 포아로 이외의 탐정을 등장시킨 작품을 가끔 발표하는데, 거의 그 반복이라 포아로의 라이벌이 될 수는 없을 것이다"라고 말하고 있다.

그런데 크리스티는 이 작품 《예고살인》에서 보기좋게 헤이클래프트의 예상을 뒤엎은 것이다. 《예고살인》에 등장하는 탐정은 시골 세인트 메리 미드 마을에 사는 늙은 고양이(올드 팟시) 미스 마플인데, 크리스티는 말 잘하고 탐색을 좋아하는 올드 미스를 내세워 포아로가 등장한 곳에선 거둘 수 없던 훌륭한 효과를 올리고 있다. 포아로 이외의 탐정들 중에서도 이제 이 미스 마플만은 포아로의 강력한 라이벌이 될 것이다.

미스 마플이 등장하는 첫 번째 장편은 1929년의 《목사관의 살인》인데, 크리스티의 말에 의하면 1923년의 단편집 《미스 마플 13 수수께끼》에서 처음으로 미스 마플을 등장시켰다고 한다. 이 단편집 《미스 마플 13 수수께끼》가 한 권의 책으로 발매된 것은 1932년의 일인데, 그 중 최초의 6편이 잡지에 발표된 것은 《목사관의 살인》 보다 조금 전의 일이었으므로 엄밀히 말해서 미스 마플이 등장하는 작품 중 처녀작은 《미스 마플 13 수수께끼》의 첫머리에 수록된 단편 《화요 나이트클럽》이 되는 셈이다.

미스 마플을 작자는 이 작품 안에서 다음과 같이 썼다.

"미스 제인 마플은 클래독이 상상했던 것과 그다지 다르지 않았다. 다른 점이라고 하면 생각보다 훨씬 얌전해 보이는 부인이었다는 점과 생각보다 늙었다는 점이다. 사실 할머니라고 해도 좋을 정도였다. 눈처럼 흰 머리와 주름진 분홍색 얼굴에, 부드럽고 맑은 눈동자를 가지고 있었다. 그녀는 털실로 어린이용 숄을 만들기 위해 뜨개질을 하고 있었다."

미스 마플은 이처럼 전형적인 영국의 올드 미스이다. 섬세한 마음과 사물에 대한 깊은 통찰력을 지녔으며 인간성에 따뜻한 신뢰와 솔직한 눈을 반짝이고 있다.

미스 마플은 세인트 메리 미드 마을에 살고 있다. 이 작품《예고살인》에서 마플은 메데남 웨일스까지 일부러 가고 있는데, 세인트 메리 미드 마을을 무대로 한 작품도《목사관의 살인》《서재의 시체》, 단편《줄자 살인 사건》《나무랄 데 없는 하녀》등 몇 편이 있으며, 작자 크리스티는 이 세인트 메리 미드 마을에 많은 애착을 품고 있는 것 같다.

미스 마플의 이웃에 사는 미스 해트넬, 미스 웨저비 등 소문의 수집에 여념이 없는 올드 팻시(늙은 고양이)들, 잔소리가 심한 플래이스 리드레이 부인, 마을에 단 한 사람밖에 없는 개업의 헤이독 의사, 마을에 주재하는 포크 순경, 사건이 있을 때마다 5킬로미터 떨어진 매치 베남의 경찰에서 끌려나오는 슬랙 경감, 마을 변두리의 고신턴 홀에서 유유자적한 생활을 보내는 밴트리 대령 부부, 이런 인물들이 미스 마플을 중심으로 아주 생생하게 묘사되고 있다.

미스 마플이 등장하는 작품에 대하여 크리스티는 다음과 같이 쓰고 있다.

"미스 마플은 나의 할머니와 어딘지 모르게 닮은 데가 있습니다. 저희 할머니도 볼이 빨갛고 살결이 희며 매우 호감을 주는 노부인이었습니다. 집 안에 들어박혀 빅토리아 왕조식 생활을 했으면서도 이 할머니는 인간의 옳지 못한 점을 속속들이 깊은 곳까지 알고 있는 것처럼 생각되었습니다. '그렇지만 애야, 그 사람들의 말을 믿어 버린 모양이구나. 그러면 안되는 거란다. 나라면 절대 믿지 않고말고……' 하고 나무라듯 할머니가 말씀하시면, 모두들 마치 자신이 속기 쉽고 세상 물정이라고는 아무것도 모르는 어리석은 바보 같은 기분이 들곤 했습니다.

미스 마플의 이야기를 쓰는 것은 나로서는 매우 즐거운 일이었습니다. 이 부드러운 느낌을 주는 할머니에게 나는 말할 수 없는 애착을 느끼고 있었습니다. 나는 그녀가 많은 인간미를 얻어 주었으면 좋겠다고 바랐었는데, 아니나 다를까 독자들의 대환영을 받았습니다. 맨 처음에 6가지의 이야기를 발표했는데, 그 뒤에 다시 6가지를 더 써달라고 했던 것입니다. 이리하여 미스 마플은 결정적으로 세상에 나왔습니다.

오늘날에는 미스 마플은 여러 권의 책에 나타났으며 연극에도 한번 등장했습니다. 그리고 실제로 에르퀼 포아로와 인기를 다투고 있을 정도입니다. 어떤 사람은 '언제나 미스 마플을 내주십시오, 포아로 따윈 말고요' 라고 말하고, 다른 독자는 '미스 마플이 아니라 포아로를' 하고 써보냈습니다. 나 자신은 어떤가 하면 미스 마플 쪽을 편들고 있는 셈입니다. 그녀는 짧막한 수수께끼를 푸는 데 있어서 특히 자신의 특색을 발휘하는데, 그런 짧막한 수수께끼가 미스 마플의 친밀감을 느끼게 하는 생활 태도에 잘 들어맞는 모양입니다. 이에 대해 포아로의 재능을 활약시키기 위해서는 아무래도 장편의 무대가 필요해지는 것입니다. "

이 작품 《예고살인》은 1926년의 《애크로이드살인사건》과 함께 크리스티의 수많은 작품 중에서도 첫째, 둘째를 다투는 걸작이다. 《애크로이드살인사건》 이후 약 25년의 세월이 지난 다음 내놓은 작품이지만, 조금도 늙은 느낌을 주지 않는다. 뿐만 아니라 그 원숙한 기교, 교묘한 인물묘사 등이 참으로 얄미울 정도다. 영국의 작은 마을 치핑 클레그혼을 무대로 지방 신문에 게재된 '살인 예고'로 시작되는 사건을 둘러싸고 등장하는 올드 미스들, 퇴역 대령, 망명해 와 있는 외국 아가씨, 젊은 전쟁 미망인, 아프레게르(戰後)의 젊은이들, 이런 인물들을 교묘하게 구사하며 대전 후 영국의 전원 생활을 유머와 서스펜스를 섞어 가며 생기있게 묘사하고 있다. 크리스티의 최고 걸작의 하나일 것이다.

그러면 끝으로 미스 마플이 등장하는 작품을 모두 적어 보기로 한다. 단편도 알고 있는 것은 다 써 보았다.

장편

《Muder at the Vicarage(목사관의 살인 1929))》
《The Body in the Library(서재의 시체 1942)》
《The Moving Finger(움직이는 손가락 1943)》
《A Murder Is Announced(예고살인 1950)》
《They Do It with Mirrors(마술 살인 1952)》
《A Pocket Full of Rye(포켓에 호밀을 1953)》

단편

《Miss Marple and the Thirteen Problems(미스 마플 13 수수께끼 1932. 미국판 The Tuesday Club Murders)》
《The Tuesday Night Club(화요 나이트 클럽)》

《The Idol House of Astarte(아스타테의 신전)》

《Ingots of Gold(금괴)》

《The Bloodstained Pavement(피에 물든 포석)》

《Motive versus Opportunity(동기 대 기회)》

《The Thumb Mark of St Peter(성 베드로의 손가락 자국)》

《The Blue Geranium(푸른 제라늄)》

《The Companion(말벗)》

《The Four Suspects(네 사람의 용의자)》

《A Christmas Tragedy(크리스마스의 비극)》

《The Herb of Death(죽음의 풀)》

《The Affair at the Bungalow(방갈로 사건)》

《Death by Drowning(익사)》

 (이상 13편은《미스 마플 13 수수께끼》에 수록된 작품이다)

《Miss Marple Tells a Story(미스 마플은 말한다)》

《Strange Jest(특별한 장난)》

《Tape-Measure Murder──또는 The Case of the Retired Jeweller
──(줄자 살인 사건)》

《The Case of the Caretaker(관리인 노파)》

이상은 20여 년 전에 집필한 원고이다. 1953년의《포켓에 호밀을》
이 나온 뒤 한동안 쉬었다가 다시 마플 시리즈의 장·단편이 발표되기
시작했다.


장편

《4：50 from Paddington：(패딩턴 발 4시 50분, 1957. 미국판
What Mrs. McGilcuddy Saw！)》

《The Mirror Crack'd from Side to Side(거울은 가로 금이 가고,

1963, 미국판 The Mirror Crack'd)》

《A Caribbean Mystery(카리브 해의 비밀 1964)》

《At Bertram's Hotel(버트럼 호텔에서 1965)》

《Nemesis(복수의 여신 1971)》


단편

《Sanctuary(교회에서 죽은 남자 1954)》

《Greenshaw's Folly(그린쇼 씨의 아방궁 1957)》


이밖에도 앞으로 발표될 유작 장편이 하나 있으며, 1975년 7월에 크리스티의 편지에 의하면 아직 발표하지 않은 단편이 아직도 세 편이 있는데 그 중 한편이 미스 마플을 주인공으로 한 작품이라고 한다.

크리스티는 1976년 1월 12일에 세상을 떠났다. 그 전해 추위가 심해지자 몸이 몹시 쇠약해져 런던 교외 월링포드의 자택에서 요양중이라는 말을 듣기는 했지만 상당히 갑작스러운 죽음이라 할 수 있다. 1891년생이며 85살이었으니까 적은 나이라고는 할 수 없다. 게다가 그 전해에 포아로 최후의 사건인 《커튼》을 발표하고 계속해서 미스 마플 최후 사건의 출판이 평판에 오르고 있던 때라 적절한 시기에 죽었다고 할 수 있을지도 모르지만, 그래도 크리스티 팬에게는 커다란 충격이었을 것이다.

마침 《커튼》의 발표를 계기로 영국 본토뿐 아니라, 좀 과장되게 말하면 온 세계에서 애거서 크리스티의 인기가 다시 올라가기 시작할 때였다. 다소 유행성을 띤 소품이긴 하지만 크리스티 연구서도 몇 권 나오기 시작했다. 앨버트 피니가 포아로로 등장하는 《오리엔트 특급 살인》이 개봉되어 호평을 받았고, 《백주(白晝)의 악마》의 영화가 기도되기도 했다.

참으로 아까운 죽음이라고 할 수밖에 없다.

세계 미스터리문학사 불멸의 거인 애거서 크리스티의 명복을 빌 뿐
이다.